LA RÉFUGIÉE

Rabih Alameddine

LA RÉFUGIÉE

Traduit de l'anglais
par Nicolas Richard

LES ESCALES

Titre original : *The Wrong End of the Telescope*

Édition française publiée par :

92, avenue de France
75013 Paris – France
Courriel : contact@lesescales.fr

ISBN : 978-2-36569-580-0
Dépôt légal : avril 2022
Imprimé en France

Couverture : Hokus Pokus créations
Mise en pages : Nord Compo

Pour Makram et Carine,
Jalal et Yasma

« Où
pourrissent ses os,
les mouettes seules peuvent le dire. »

Glaucos de Nicopolis,
Épitaphe pour Érasippos

Tourne et tourne manège

Nous étions du même peuple, lui et moi – pétris des mêmes mains. Il était plutôt petit, ma taille, pas en très grande forme. Ses cheveux étaient moins parsemés de gris que les miens mais avaient la même teinte foncée. Nos traits se ressemblaient. J'aurais su qu'il était du Levant même sans le blouson du Croissant-Rouge palestinien qu'il portait. Nous autres qui venions de descendre de l'avion, une vingtaine de personnes, formions un groupe hétéroclite, de nationalités diverses. Tu dirais sans doute que nous ressemblions à un tableau d'antan, la lumière froide du soir illuminant et plongeant dans l'ombre nos dos tandis que nous nous tenions autour du tapis roulant, seuls ou par deux, dans l'attente de nos bagages, une attente qui n'en finissait pas. Le Palestinien était dans son coin, sur ma gauche. Il avait un visage heureux, comblé, l'expression que je m'attendrais à voir chez la sainte Thérèse du Bernin après le coït, après l'extase.

Sur l'île de Lesbos, au-delà d'Athènes, à l'est, cela faisait des décennies que je n'avais pas été aussi près du Liban, et pourtant je ne contemplais pas la Méditerranée mais le *teuf-teuf-teuf* du caoutchouc noir crasseux, une roue du temps s'il en fût – une roue du temps avec quelques accrocs rafistolés avec du chatterton. Le plafond était foncé et oppressant. J'ai cherché un siège mais il n'y en avait pas. Les vingt passagers, ayant peu d'endroits où s'asseoir, dansaient d'un pied sur l'autre, balançant les hanches comme des pendules paresseuses, arythmiques. L'air était piquant et onctueux, comme du velours.

J'ai envoyé un texto à Francine : Bien atterri. Je t'aime.

J'ai envoyé un texto à Mazen : Bien atterri. Je t'aime. Hâte de te voir.

Un livre, posé sur sa couverture, était le seul objet qui tournait sur le tapis roulant. Il quittait la scène tout au bout et, quelques instants plus tard, glissait sous le rideau de caoutchouc, sur ma droite, l'éternel retour, chaque fois un peu plus mouillé à cause du crachin. Un jeune homme affichant une moue d'ennui, germanique d'apparence et d'attitude, sans doute un étudiant de première année, de deuxième année tout au plus, encore en vacances d'hiver, a ramassé le livre, y a jeté un bref coup d'œil avant de le retourner et le remettre sur le tapis en mouvement. La couverture décolorée était maintenant visible, une espèce de roman scandinave, un policier – un bel homme ombrageux, une cuisse dénudée de femme, un pistolet. Une femme d'Asie du Sud, coiffée d'un foulard, discutait en malais avec une Chinoise Han, les yeux fixés sur l'endroit où ses bagages apparaîtraient possiblement un jour. Une Africaine et un Européen, un Grec peut-être, arborant tous deux des coupe-vent de la Croix-Rouge et des smartphones assortis, avaient l'air parfaitement dans leur élément. Tout l'aéroport semblait être en pause-café. Le temps était comme léthargique.

Le livre est réapparu une fois de plus, et il avait été retourné. J'ai trouvé cela étrange. Sur ma gauche, le Palestinien qui regardait autour de lui a croisé mon regard et froncé le sourcil d'un air interrogateur. J'ai plissé le visage en haussant les épaules. Il a souri et, lorsque le livre est arrivé à sa hauteur, l'a retourné. Lui et moi l'avons regardé disparaître à nouveau. Il se rongeait une petite peau autour d'un ongle. Le livre est revenu, la couverture contre le tapis une fois de plus. Il a eu une expression de joie et a mis sa main charnue devant sa bouche, m'incluant dans sa jubilation. Nous n'avions pas encore échangé un mot et cela ne s'imposait pas – la communication non verbale levantine semblerait paranormale à l'œil non initié, un froncement de sourcil ou un petit mouvement de lèvre valaient des milliers de photos, sans même parler du langage des mains.

Le Palestinien a attendu que le livre repasse devant lui et l'a encore une fois retourné. Nous tous à présent suivions le cycle du livre, y compris les deux Américains qui avaient discuté bruyamment et sans interruption pendant la totalité du vol depuis Athènes mais n'avaient, depuis lors, plus dit un mot. Il y a eu comme un regain d'énergie dans la salle. Le livre est revenu, la couverture de nouveau face au sol. Quelqu'un s'ennuyait, me suis-je dit. Nous avons attendu que le Palestinien intervienne. Tel un comédien sur scène ayant soif d'attention, il a jaugé son public, nous a adressé un regard puis, d'un geste un peu théâtral, a retourné le livre de poche. Mais cette fois-ci, dès qu'il a disparu, nous avons entendu le boucan assourdi des bagages qui arrivaient derrière le mur, le livre revenant comme il était parti. Peu de passagers, et pourtant le tapage qui s'est ensuivi a été énorme, des mouvements bourdonnants, comme des frelons excités autour de leur nid.

L'aéroport arborait le nom ronflant de Mytilène International mais n'avait visiblement pas plus de cinq chariots utilisables. J'allais devoir traîner ma valise. C'était la première fois depuis plus de dix ans que je faisais enregistrer un bagage, je voyageais habituellement avec juste un sac que je prenais en cabine, mais je m'étais dit que ce serait une bonne idée de venir avec un surplus de vêtements d'hiver à donner aux réfugiés : chaussettes, pulls, caleçons longs, vestes polaires et jupes en laine qui n'iraient à personne ayant mon tour de taille parce que si le magasin discount avait beaucoup de modèles bariolés pour l'été, pour le temps froid il ne disposait que de petites tailles.

Ma valise est sortie en dernier, évidemment. J'avais noué à la poignée un fin ruban rouge pour la reconnaître, mais cela s'est révélé inutile car c'est une vieille Samsonite, un modèle que l'on ne voit plus depuis les années 1980, et qui n'est plus fabriqué depuis les années 1970. Je n'avais pas l'intention de revenir avec. J'ai commencé à me demander, pas pour la première fois, ce que je faisais là. Les Américains ont pris leurs bagages et se sont dépêchés afin d'être les premiers au guichet Hertz, appuyant deux fois sur la sonnette de service. Je suis arrivée derrière eux. Le stand faisait à peine la taille d'un placard, mais ses deux enseignes lumineuses nous ont néanmoins éclaboussés d'une teinte de jaunisse.

L'employé, à l'extérieur sous l'auvent, nous a entendus, nous a vus à travers les portes en verre, a laissé tomber sa cigarette et remonté son pantalon en tirant sur la ceinture. Il a pris une longue inspiration exagérée et soupiré. Derrière lui se trouvait un petit parking à ciel ouvert, une route côtière luisante de pluie et la Méditerranée ci-dessus mentionnée, splendide, effectivement. Ou bien était-ce la mer Égée, dans laquelle se jeta Égée quand il crut que son fils Thésée avait échoué face au Minotaure ? Les nuages étaient tels que le bitume et l'eau étaient de la même couleur, ardoise tirant sur le bleu, la couleur de l'oxydation du cuivre avec une nuance de violet pervenche. Hors saison sur l'île, pas de voitures sur la route, pas de bateaux sur l'eau, des collines mauves au loin, à l'est la Turquie très probablement, à la fois proche et distante, une heure en ferry si vous aviez le bon passeport. Sur le parking, un van gris s'est arrêté dans un crissement de pneus devant le Palestinien, et deux femmes en sont sorties, portant le même blouson orange et blanc que lui. Elles l'ont étreint avec une telle vigueur que j'ai cru qu'il allait tomber à la renverse et, sans le lâcher, elles se sont mises à sauter en l'air comme des mômes grassouillets sur un bâton sauteur, ne craignant manifestement pas de se mouiller un peu. J'ai regardé autour de moi pour voir si quelqu'un d'autre observait la scène, mais les Américains étaient engagés dans une sorte de discussion philosophique avec l'employé Hertz, insistant bien pour dire qu'ils n'étaient pas le genre d'hommes à se faire arnaquer.

Si ces collines mauves étaient la Turquie, alors le Liban, ce tout petit pays riquiqui, devait être à quelques degrés au sud. Je n'y étais pas retournée depuis presque quarante ans, et il était hautement improbable que j'y retourne un jour. Mon frère Mazen m'invitait constamment à lui rendre visite – reviens, reviens, disait-il – et je résistais. Le rêve de mon retour était mort des décennies plus tôt. Il était le seul membre de ma famille qui comptait à mes yeux. Quand je l'avais informé que je venais à Lesbos, sa première réaction avait été de dire qu'il fallait que je pousse jusqu'à Beyrouth, qui était la porte à côté. Comment pouvais-je être dans cette partie du monde et ne pas le voir ? Je lui avais expliqué que je ne prendrais pas plus de congés mais que lui en revanche devait venir à Lesbos. Il avait un peu discuté, arguant qu'il adorerait me voir dans ma ville natale, qu'il fallait que j'aille à Beyrouth, mais nous savions l'un et l'autre que j'avais l'ascendant, que j'allais l'emporter, qu'avec lui je l'emportais toujours.

Les portes automatiques se sont ouvertes en un bâillement ; l'air froid et le Palestinien sont entrés.

« Est-ce qu'on peut vous déposer quelque part ? » a-t-il demandé en arabe. Les joues marbrées, rondes, occupaient la plus grande partie de son visage, avec les lèvres – de délicates lèvres pleines de gourmet. Tout chez lui était rond. J'ai montré du doigt l'enseigne jaune, souri. « En tout cas, si vous voulez économiser de l'argent, et vous savez, a-t-il dit avant un bref pincement de lèvres, avec moi, votre honneur n'est pas menacé, c'est absolument sans danger. » En attendant de voir le genre de réplique que j'allais lui servir, il semblait être sur le point d'exploser de joie, un garçon espérant que j'allais entrer dans son jeu.

« Je m'inquiéterais davantage pour votre honneur, mon cher. »

Il a ri suffisamment fort pour que les deux Américains lui adressent un regard noir en franchissant précipitamment la porte avec leurs bagages.

« J'ai égaré le mien à Jérusalem », a-t-il dit, à présent à fond dans le registre *camp*, les mains sur les hanches, les doigts agrippés à sa taille.

L'employé de l'agence de location a fait semblant de tousser, avant d'être pris d'une vraie quinte qui a duré dix bonnes secondes. J'aurais dû sortir mon stéthoscope, mais je me suis contentée de lui tendre mon permis de conduire et mon passeport, lui ai dit que j'avais une réservation, une petite voiture pour la semaine que j'allais passer à Lesbos.

Le Palestinien s'est présenté, il s'appelait Rachid. Il était avec un groupe d'infirmiers et de secouristes hiérosolymitains, m'a demandé avec qui j'étais et où j'allais.

Je lui ai dit mon nom et que je retrouvais une amie d'une ONG suédoise. « Je veux juste voir ce qui se passe ici, ai-je dit. Mon frère me rejoint dans deux jours. Nous aiderons là où on aura besoin de nous.

— Venez nous aider, a-t-il dit, inscrivant son numéro de portable sur une carte. Vous nous serez utile. Quiconque parle arabe est apprécié. Bon, il y a un certain nombre de gens qui parlent arabe, mais peu comprennent la culture. Il ne se passe rien à Skala Sikaminéas. Plus aucun bateau n'y débarque. Tous les réfugiés arrivaient ici au début de la crise, mais maintenant ils débarquent par là-bas, sur ces plages, et un peu plus au sud. »

Le van a klaxonné deux fois, l'employé de l'agence a agité les clés de la voiture.

« Appelez-moi, je vous en prie. Je vous expliquerai ce que nous faisons. » Il s'est éloigné en direction du parking.

La porte coulissante s'est refermée derrière lui mais il s'est retourné et est entré de nouveau. « Je connais tous les secrets de cette île, a-t-il dit. Si vous m'appelez, je vous en dirai plus. » Il a haussé les sourcils de façon aguichante. « Vous devez m'appeler pour savoir. » Il est sorti, puis s'est retourné encore une fois. « Que faites-vous comme métier, madame Mina ?

— C'est docteur Mina, ai-je dit d'un air faussement vexé.

— Oh, mais non, a-t-il dit. Vous n'êtes pas sérieuse. Vous pouvez vraiment nous aider. Je vous en prie, je veux bien me mettre à genoux pour vous supplier. »

C’est toi qui m’as obligée à le faire

C’est toi qui as suggéré que j’écrive ça. Toi, l’écrivain, tu n’as pas pu. Tu as essayé d’écrire l’histoire du réfugié. Plusieurs fois, à de nombreuses reprises. Tu as échoué. Et échoué encore. Peut-être échoué mieux. Il n’empêche, tu n’as pas pu. Plus de deux ans après notre rencontre à Lesbos, tu essayais encore. Tu t’y es attaqué par un versant, puis par un autre, en vain. Tu étais trop impliqué, incapable de te dépêtrer toi-même de l’histoire. Tu as dit que tu n’arrivais pas à estimer la bonne distance. Tu n’étais pas capable de trouver les mots justes, même après nombre de séances sur le canapé de ton psychiatre.

C’était à moi d’écrire cette chose, m’as-tu dit. Tu l’as qualifiée de chose, avec un geste dédaigneux de la main typiquement levantin. Le premier crétin venu se prend pour un écrivain ; il se trompe. Le premier abruti est persuadé d’avoir une histoire à raconter ; il se trompe. Mais moi, il fallait que je m’y colle. Je tenais quelque chose. Tu as insisté pour que j’écrive l’histoire du réfugié, ainsi que ton histoire et la mienne. Cette chose.

Je t’ai dit que je n’étais pas écrivaine. Je pouvais assembler des phrases, présenter des idées et ainsi de suite, mais pas nécessairement écrire un mémoire ou un livre que quiconque aurait envie de lire. Qui a parlé de publication ? as-tu dit. Que j’écrive donc mon histoire ; même si personne ne la lit. Il y a assez de livres en circulation, as-tu dit. Pourquoi en ajouter davantage ? Que j'écrive pour comprendre mon monde, pour me saisir de mon histoire. Écrire simplifie la vie, as-tu dit, impose de la cohérence à des récits discordants, sauf si ça ne marche pas, et la plupart du temps ça ne marche pas, car comment véritablement trouver un sens à ce qui n'en a pas ? On arrange une histoire dans un ordre linéaire, on postule des rapports de cause à effet, et on se croit arrivé. Écrire sa propre histoire c'est lui administrer un narcotique. La littérature aujourd'hui est un opiacé.

Tu te contredis tout le temps. Tu sais ça, hein ?

Je sais, je sais. Tu es vaste, comme Whitman. Tu contiens des multitudes.

Si le fait d'écrire mon histoire ne me simplifie pas la vie, ne rend pas mon récit plus clair, si je ne peux pas publier et devenir multimilliardaire, pourquoi devrais-je le faire ?

Le souvenir est une blessure, as-tu dit. Et certaines choses ne sont libérées que par l'acte d'écrire. Si je n'y vais pas avec mon scalpel et à la ventouse pour creuser, nettoyer, la mettre au jour, cette plaie suppurera et la gangrène du délabrement me mangera toute crue.

Et quoi que tu fasses, as-tu dit, ne l'intitule pas *Lesbienne libanaise à Lesbos*, je t'en supplie.

J'écris présentement. Je vais raconter ton histoire et la mienne.

Je vais écrire ton histoire à ta place.

Je plonge.

Conduire comme un manche, voler sur un balai

C'était une petite Opel avec au compteur un nombre de kilomètres à six chiffres et, chose étonnante, un levier de vitesse. Cela faisait une quarantaine d'années, depuis le Liban, que je n'avais pas conduit autre chose qu'une automatique. Hertz n'avait que des transmissions manuelles, ce qui s'est révélé ne pas être un problème. Quand j'ai démarré la voiture, l'instinct a pris la relève. L'embrayage est devenu une extension de mon pied gauche.

La nuit tombait, et j'ai été enveloppée dans l'obscurité dès que la petite ville de Mytilène a été derrière moi. Les pleins phares de l'Opel étaient légèrement désaxés. J'ai incliné la tête pour m'adapter, n'ai pas pu m'en empêcher. Une fine pluie m'avait accompagnée depuis l'aéroport. Je n'avais pas enlevé mon manteau ni mon pull-over en shetland ultra-usé. Tout devant moi, tout autour de moi, était dans des nuances bleues et grises, des formes pâles qui se métamorphosaient de manière fluide, tout éthéré et illusoire, comme si j'étais sur le point de m'effondrer dans un vieux souvenir. Le vent d'orient était vicieusement virulent. Je voyais de minuscules poussières de luminescence en provenance de la crête des vagues, en mer, sur ma droite. Pour la première fois en une vingtaine de minutes, j'ai croisé un autre véhicule sur la route, un camion léger qui arrivait d'en face, transportant des moutons sur son plateau arrière. Dans le rétroviseur, une fois que nous nous sommes croisés, j'ai vu des étincelles orange, projetées par centaines du hayon, comme des éclaboussures, avant de disparaître sous la pluie. Mon cerveau tordu m'a fait penser à de l'agneau grillé et mon estomac s'est mis à gronder en signe de protestation. Les pneus de la voiture tournaient et tournaient. Seuls mon souffle et le couinement irrégulier du caoutchouc sur le pare-brise égratignaient le silence du trajet.

La dernière fois que j'avais été sur une route aussi étroite, c'était quatre ans auparavant, en Toscane, pendant des vacances avec Francine. Sa mère avait fait un AVC à Chicago ; sa sœur nous avait demandé de revenir au plus vite. On avait besoin de nous. J'avais roulé dans l'obscurité, en silence, jusqu'à ce que nous arrivions à l'aéroport de Florence. Francine semblait toujours sur le point de dire quelque chose pendant le trajet, elle ouvrait la bouche, inspirait pour prendre la parole ; mais expirait, et nulle parole ne sortait. Je savais qu'elle ne voulait pas que je parle, que je dise quoi que ce soit. Elle avait besoin de son espace, besoin de rassembler ses forces pour ce qui l'attendait. Lorsqu'elle était mélancolique ou souffrante, je me devais d'être présente uniquement pour la soutenir moralement. Il fallait que je sois vue mais pas entendue, que je réponde seulement lorsqu'elle m'adressait la parole. Il avait fallu qu'elle m'apprenne à devenir silencieuse. Il y a très longtemps, avant que nous emménagions ensemble, elle avait insisté pour que nous fassions des séances de thérapie de couple parce que je ne l'écoutais pas, ne savais pas m'y prendre, voulais toujours tout régler. C'était tout moi, la chirurgienne. Nos amis s'étaient moqués de nous qui entamions une thérapie avant même d'être en couple, ce qui était prématuré, y compris au regard des standards lesbiens. Elle devait être au travail à l'heure qu'il était, déjà onze heures du matin à Chicago, déjà avec des patients.

Il y a à peu près un an, la nièce de douze ans de Francine a modifié la voix de mon téléphone, si bien que les consignes que j'entends sont désormais données avec la voix de Bugs Bunny. J'ai trouvé cela amusant sur le coup et n'ai touché à rien, je n'y serais d'ailleurs pas parvenue sans son aide. Sur cette route trempée de pluie que je ne connaissais pas, toutefois, je trouvais incroyablement pénible la manière dont Bugs massacrait les noms grecs et disait des choses comme : « Première à gauche sur Mitilinis-Thermis, Doc. »

Une heure plus tard, pas de lumière, pas de lune, pas de lampadaires, Skala Sikaminéas pelotonnée au pied d'une colline, en bas d'une route en lacet sans rambarde ni marquage au sol luminescent. J'ai eu une montée d'angoisse en contemplant la pente raide, mais quand j'ai effectué mon premier virage et que mon pneu s'est enfoncé dans un nid-de-poule gorgé d'eau, le malaise s'est transformé en allégresse. Certes, cela faisait trente-six ans que je n'avais pas mis les pieds au Liban, et bien davantage que je n'avais pas roulé en montagne dans l'obscurité, sans parler de la conduite manuelle, mais là, j'avais l'impression de retrouver mes marques. J'utilisais sans difficulté les pleins phares pour couper les virages. Au moment où j'ai croisé une autre voiture qui montait, quand nous avons communiqué en passant des pleins phares aux codes – allez-y, passez, non, je vous en prie, vous en premier – je tremblais de joie. J'avais de nouveau seize ans, j'étais sûre de mon monde.

Sauf que je n'étais pas sûre de mon monde quand j'avais seize ans – je n'étais sûre de rien. Je me présentais comme un garçon à l'époque, un garçon confus, plein d'une assurance factice et de peu d'espoir. Je passerais des années de prétentieux faux-semblants à parfaire ma confusion.

Comment j'ai appris à conduire

Mazen m'a appris à conduire il y a bien longtemps. Je ne sais plus exactement ce qui nous a convaincus que c'était une bonne idée. Il avait à peine onze mois de plus que moi, tout juste dix-sept ans, n'avait pas encore son permis, mais notre père lui avait appris, comme il avait appris à notre sœur et à notre frère aîné. Mazen était prêt ; c'était un homme. Il pensait que j'en étais un. Il a emprunté la voiture de notre frère Firas, une Peugeot délabrée héritée de notre mère, essentiellement parce qu'elle était si vieille qu'elle avait pour habitude d'agoniser capricieusement quand le moteur tournait au ralenti. La Peugeot refusait ensuite d'être ressuscitée si un temps convenable ne s'était pas au préalable écoulé, disons deux minutes ; à ce moment-là, il fallait cogner à un endroit précis du moteur avec une clé anglaise ou un marteau pour que la voiture s'anime de nouveau. Ma mère redoutait de tomber en carafe. Ce qui n'était pas le cas de son fils aîné, qui lui ne redoutait pas grand-chose. Il avait donc fini par récupérer la Peugeot et ma mère avait dû attendre plus d'un an avant d'en avoir une nouvelle. Je m'en souviens parce que c'est Firas, et non ma mère, qui devait nous emmener à l'école, Mazen et moi, chaque fois que nous étions en retard. Au cours de ces premières années de guerre civile au Liban, aller en voiture à l'école, aller en voiture n'importe où d'ailleurs, était une aventure.

Mazen avait décidé que le meilleur endroit pour que j'apprenne était en montagne, loin de la circulation, loin de la police et de la gendarmerie et, plus important, loin de mes parents ou, pire, de Firas, qui n'aurait pas été très content que je prenne mes leçons de conduite au volant de sa voiture. Ce devait être un samedi ou un dimanche, parce que je me souviens que nous avons fini par y passer la journée entière, jusqu'à ce que j'arrive à relâcher doucement la pédale d'embrayage et enclencher les vitesses. Je n'apprenais pas nécessairement lentement, mais de temps à autre je relevais trop tôt mon pied gauche de la pédale d'embrayage et la voiture sursautait, comme prise de convulsions, et rendait son dernier souffle. Nous devions alors attendre les coups sur le moteur et la résurrection.

Le soir, nous avons dû écourter la leçon parce que la météo était en train de changer. L'air était devenu doux et dense, ce qui en montagne annonçait l'arrivée d'un orage. À la descente, nous avons vu un accident ; un taxi Mercedes Ponton noir était en travers de la route, les quatre roues en l'air, comme un chat exposant son ventre. Il y avait au moins quatre voitures garées sur le bas-côté, à flanc de colline, un attroupement d'une douzaine d'hommes. Pas de blessures, pas d'ambulance, pas de police, juste des badauds et deux miliciens exagérant leur importance, essayant désespérément de faire croire qu'ils avaient récemment abattu quelqu'un.

Un petit village appelé Skala Sikaminéas

Le petit hôtel se dressait vers le bas de la route, non loin du rivage. Entre les deux se trouvait un grand platane au milieu de ce qui pouvait être décrit comme une minuscule grand-place, formant non pas un carré mais plutôt un heptagone aux côtés irréguliers. Tout était charmant, quoique désuet. En dépit de la faible luminosité, je percevais les murs blancs à liseré bleu typiques des villages grecs. Les tuiles rouges des toits me semblaient plus libanaises, plus ottomanes, que grecques.

Il a fallu que je m'y reprenne à plusieurs fois pour demander à la vieille propriétaire de l'auberge si Emma était dans sa chambre. Comme j'étais incapable de saisir son sabir d'anglais et de grec, la femme – aux cheveux si blancs, si fragile – s'est mise à parler à haute et intelligible voix, ouvrant grand la bouche, articulant chaque syllabe, comme si elle instruisait patiemment un enfant lent à la comprenette. J'ai hoché la tête avec enthousiasme, trop gênée pour lui dire que je ne comprenais qu'un mot sur quatre ou cinq. Apparemment, Emma n'était pas dans sa chambre, elle m'attendait dans un des cafés. La propriétaire ne savait pas lequel.

La vieille femme m'a aidée à monter ma valise jusqu'à ma chambre, au premier étage. En gravissant les marches, elle s'est lancée dans un interminable monologue, cramponnée à un des flancs de mon lourd bagage. Une femme voilée aux traits las passait la serpillière, poussant du pied gauche un seau gris. En voyant la propriétaire, elle s'est précipitée pour la soulager de son fardeau, mais celle-ci l'a repoussée d'un bref mouvement de tête. Lorsqu'elle a déposé la valise devant ma porte, j'ai remarqué qu'elle paraissait plus gaie, moins livide ; ses joues avaient repris des couleurs et sa blouse de matrone boutonnée sur le devant semblait moins froissée que tout à l'heure. Elle m'a laissée devant la porte avec la clé.

L'interrupteur était exactement là où je pensais qu'il serait, ma main gauche a atterri dessus à la première tentative. La chambre s'est départie de son obscurité. Elle dégageait une odeur de sommeil, de fine poussière et de désinfectant.

J'étais un brin déconcertée. Emma m'avait envoyé un texto la veille pour me dire qu'elle m'attendrait à l'hôtel, après quoi nous irions dîner. J'ai essayé d'appeler mais son téléphone était coupé. J'avais l'impression qu'il était tard, mais il n'était que dix-neuf heures. Je me suis demandé si je devais d'abord défaire ma valise ou partir tout de suite à sa recherche.

La femme de ménage devait bien faire son travail. La chambre était impeccable – ses blancs semblaient avoir été blanchis à la main, chaque coin étincelait – et modeste. Pas de fioritures ici : un lit double avec un seul oreiller, des murs dépouillés, un sol carrelé, de vieilles portes-fenêtres qui donnaient sur un balcon et des volets en bois à claire-voie comme je n'en avais pas vu depuis que j'avais quitté le Liban. Le bois dans la chambre dégageait une odeur résineuse, un parfum citron artificiel. Un napperon en dentelle sur la crédence constituait l'unique décoration.

Je m'inquiétais pour Emma, craignais qu'elle ne soit hyperstressée. Quelques semaines plus tôt, en lisant dans le *New York Times* un reportage sur la crise en cours à Lesbos, j'étais restée en arrêt devant la photo de plus d'une vingtaine de réfugiés syriens en gilet de sauvetage orange descendant d'un petit canot pneumatique noir. Des hommes, des femmes et des enfants, tous trempés et l'air misérable, de l'eau jusqu'aux genoux, en marche chaotique vers le rivage. Au milieu de la photo se tenait une silhouette déterminée, portant un garçon d'environ sept ans sur un bras, tâchant, de l'autre, de relever une femme, certainement la mère du garçon, qui avait manifestement glissé et se retrouvait à quatre pattes dans l'eau. Je n'avais pas tout de suite reconnu Emma. Comment aurais-je pu ? Détrempée, négligée, sa chevelure d'habitude impeccable en désordre, tout le reste aussi. La sainte sur la photo ne ressemblait en rien à la femme que je connaissais. Je lui ai téléphoné et j'ai eu la confirmation que c'était elle. Cela faisait déjà un certain temps qu'elle était sur l'île. Elle a suggéré que son ONG pourrait utiliser les services de quelqu'un ayant mes compétences. Tout le monde était débordé. Les photographies publiées dans les journaux étaient loin de montrer l'amplitude de la catastrophe. Les réfugiés semblaient arriver en nombre infini, des milliers chaque jour, et personne ne voyait cet afflux décroître à court terme. Les portes européennes commençaient à se refermer, en particulier depuis les attentats à Paris, et pourtant de plus en plus de gens réclamaient à cor et à cri de pouvoir entrer. Viens, avait-elle dit.

L'ennui avec Emma

Je ne suis pas sûre que tu apprécierais Emma. Francine ne l'aime pas, ça c'est sûr, et vous deux avez tendance à aimer et détester les mêmes choses. J'ai fait la connaissance d'Emma en 2005, à un colloque sur la santé des personnes transgenres, à Malmö, quand elle est venue me voir après mon intervention. Elle avait les cheveux courts et noirs à l'époque, style années soixante. Elle était très maquillée, son rouge à lèvres foncé aurait rendu jalouse une cerise, une robe moulante mettait en valeur sa silhouette fine et un long cardigan mettait en valeur la robe. Francine avait trouvé Emma trop hétéro, mais peut-être était-ce parce qu'Emma l'avait ignorée, faux pas qu'elle ne s'était pas donné la peine de rectifier, même après que je les eus présentées l'une à l'autre. Emma et moi avons pu être amies car elles deux avaient parfaitement réussi à s'ignorer mutuellement.

J'avais beau être fatiguée après le long trajet en voiture depuis l'aéroport, la faim m'a obligée à quitter la chambre d'hôtel pour partir en quête de nourriture et d'Emma, à descendre de quelques pas jusqu'à la grand-place. Les seuls sons étaient le doux clapotis des vagues en provenance de la mer et le couinement de mes chaussures de randonnée imperméables sur le bitume mouillé. Il ne pleuvait plus. Ce que je croyais être un débarcadère s'est révélé être le port, un doigt noir recourbé qui calmait la mer. Trois chats erraient sur la place, parfaitement silencieux, comme s'ils examinaient leur propriété pour s'assurer qu'aucun dégât n'avait été causé par des intrus en leur absence. L'air était figé devant les trois cafés. Deux des chats ont poursuivi leur mission de reconnaissance, mais le troisième s'est assis sur son arrière-train, jaugeant la situation, attendant que je décide quoi faire. Une colonie de chauves-souris est apparue de nulle part, en un vol silencieux. Cinq d'entre elles sont passées devant moi et se sont mises à tourner au-dessus du toit d'un bâtiment, se nourrissant, très certainement. En temps normal, j'aurais considéré cela de bon augure, car j'adorais les chauves-souris, contente car leur présence était la garantie qu'il n'y aurait pas d'insectes, mais je me suis dit que si le bâtiment sous elles était un restaurant, je l'éviterais, même si Emma y était. Je doutais qu'elles se nourrissent de moustiques par ce froid.

Le premier café que j'ai vu m'a tout d'abord paru vitré, mais à y regarder de plus près c'était du plastique. Ce devait être une terrasse l'été, mais ce soir-là, à travers le plastique pas tout à fait transparent, avec la lumière fluorescente et la fumée de cigarettes, les clients semblaient embaumés, comme immergés dans de l'ambre. Et parmi les conservés trônait Emma.

J'essayais d'attirer son attention en faisant de grands signes de la main quand j'ai remarqué le garçon assis à côté d'elle. Le groupe de jeunes gens avec qui elle était l'entourait à la table, mais elle ne voyait que lui ; elle était la collectionneuse admirant sa pièce rare. Il n'y avait personne sur la grand-place pour remarquer mes gesticulations clownesques, mais deux types à l'intérieur du café, en pleine partie de backgammon derrière le grand rideau en plastique, ont regardé dans ma direction d'un air réprobateur, et pas qu'un peu. Je me ridiculisais comme d'habitude, je devais ressembler à un danseur-des-vents gonflable. J'ai cherché la porte dans la mer de plastique, suis entrée et ai été giflée par l'intense fumée de cigarette d'un blanc bleuté.

Va savoir pourquoi, je voyais toujours Emma en fumeuse, tenant une fine cigarette dans sa main droite, tirant de longues bouffées et exhalant de petits ronds montant vers le plafond, et pourtant je savais qu'elle ne fumait pas. C'était une image gravée dans mon esprit, dénuée de fondement dans la réalité.

Outre Emma et le garçon qu'elle ne quittait pas des yeux, il y avait à la même table cinq autres jeunes gens d'une vingtaine d'années, trois garçons, deux filles, de toute évidence des amis à lui, pas à elle. Entourée de sa cour, incontestablement la vedette et l'outsider exotique, elle a été la dernière à me remarquer debout à côté d'elle. Elle a bondi de sa chaise pour me serrer dans ses bras : comment s'était passé le voyage en avion, n'avais-je pas eu de difficulté à trouver l'hôtel, à trouver le café, peu importe, comment allais-je, les présentations, des noms espagnols et italiens, le garçon, Rodrigo. La tornade qu'était Emma a simplement continué de déferler, les paroles et les gestes tourbillonnant sur son passage. Elle n'attendait pas de réponse à ses questions. Je n'avais toujours pas dit un mot. Si besoin, elle comptait sur le fait que je l'interromprais. Elle a demandé à Rodrigo d'aller me chercher une chaise, mais il a hésité ; ses yeux bruns ont papilloté un instant, et j'ai cru voir de la peur, non, de la terreur. Un de ses amis en a emprunté une à la table d'à côté. Je me suis finalement retrouvée à la gauche d'Emma, le garçon à sa droite. Après avoir dit avec insistance que nous devrions nous apprécier mutuellement car nous comptions l'un et l'autre beaucoup pour elle, elle nous a demandé de nous serrer de nouveau la main. Il a ensuite glissé sa main sous ses genoux, ce qui a dévoilé ce qu'il redoutait d'exposer s'il avait dû se lever pour aller chercher une chaise : une érection plutôt impressionnante. Seules Emma et moi, assises du même côté de la table, pouvions voir, et pour s'assurer que Rodrigo comprenait à qui appartenait sa fierté, la main d'Emma s'est posée dessus comme une bernache, pour que les choses soient claires, le vif incarnat de ses ongles encerclant un tube de velours côtelé brun usé.

Le maquillage, les boucles d'oreilles, et même le corsage tapageur en tissu bouclette, je m'y étais attendue. Une tenue criarde, outrancière était son quotidien, à tout instant, et il en serait certainement ainsi jusqu'à sa mort. Sa blouse stérile était tellement seyante qu'elle aurait pu faire office de déguisement d'infirmière polissonne pour Halloween. Ce à quoi je ne m'attendais pas, en revanche, c'étaient ses ongles parfaitement manucurés. Je ne comprenais pas comment elle était censée aider des réfugiés sur des bateaux avec des ongles comme ça. Il m'a fallu une minute pour comprendre qu'il s'agissait de faux ongles en acrylique. Elle avait quinze ans de moins que moi, et Rodrigo et ses amis sans doute encore quinze de moins, et pourtant le contraste entre les gamins et moi était moins net. J'avais exactement le look mal fagoté de l'éternelle étudiante. Il se trouvait que mon pantalon en velours côtelé était brun également.

Les jeunes gens étaient sauveteurs. J'avais entendu parler de leur organisation, bien entendu. Un certain nombre de sauveteurs espagnols avaient été horrifiés en voyant aux informations que des réfugiés se noyaient alors que Lesbos était à une heure de la côte turque en bateau, deux tout au plus. Ils étaient devenus sur l'île une des ONG les plus efficaces. J'ai demandé, dans mon mauvais espagnol avant de passer à l'anglais, combien d'entre eux seraient capables de nager d'ici jusqu'à la Turquie. Les quatre garçons ont dit qu'ils pourraient. Les filles ont hésité. L'une d'elles a dit que ce serait peut-être dans ses cordes. L'autre qu'elle ne pourrait pas sans un sérieux entraînement sur une assez longue période, peut-être un an ; à ce moment-là la première lui a donné raison, en disant qu'elle non plus ne pourrait pas sans entraînement, puis elle a suggéré que les garçons non plus n'en seraient pas capables, d'autant qu'ils fumaient tous. Une discussion bruyante s'est ensuivie, chacun y allant de ses fanfaronnades, ce qui a permis à mon esprit et mes yeux de vagabonder.

Il y avait deux non-jeunes dans le café, deux femmes d'âge mûr, plus vieilles que moi, qui mangeaient des sandwichs. Toutes deux arboraient des cheveux d'un blanc harmonieux, noués à la hâte en chignon, une robe et un cardigan clair. Je me demandais si elles étaient sœurs. Un jeune homme à la table d'à côté parlait l'arabe classique, un peu trop fort, un peu trop sérieusement, en mettant plein la vue avec son excellente maîtrise de la langue pour quelqu'un dont ce n'était pas la langue maternelle. Il pérorait à propos de ses études ; j'ai compris qu'il était en doctorat d'arabe dans une université polonaise d'un certain renom. Deux Arabes à la table à côté de la sienne, des Nord-Africains supposais-je, jouaient au backgammon, faisant de gros efforts pour réprimer leur hilarité. Pour nombre d'entre nous, rien n'est plus amusant que d'entendre de l'arabe classique prononcé à haute voix.

Une serveuse derrière le comptoir, la tête rasée presque à zéro, a monté le volume des enceintes. J'ai sans doute trahi une expression de perplexité ou de surprise, car le sauveteur assis à ma gauche a expliqué que la chanteuse qui éructait cette ballade était la grande prêtresse de la soul, Nina Simone, une artiste authentique, a-t-il insisté. Lentement les voix des clients ont paru gagner en urgence. Les femmes assez âgées ont demandé l'addition. Elles ont soudain eu l'air pressées. On aurait dit qu'elles savaient que l'ambiance avait changé, qu'une allumette avait été grattée, et elles ne souhaitaient pas être atteintes par les flammèches.

Une atmosphère chargée s'est abattue sur l'espace clos du café, comme tombée du plafond. Les garçons assis dans la salle ont eu l'air plus sûrs d'eux, désireux de paraître à l'aise et n'y parvenant pas, tous tendus et empruntés. Des rires éclataient dans divers coins puis s'estompaient. Ça sentait la fumée rance, la bière et les phéromones. Des Kindermecs se pavanant, des Kindermeufs faussement timides, des doigts dans les cheveux à trois tables différentes. Emma et moi nous sommes regardées et, par solidarité, nous sommes nous aussi fendues d'un mouvement de cheveux.

« Ils sont jeunes, a dit Emma, et gorgés d'endorphines, du fait d'être ici et d'accomplir du bon boulot. La plupart retournent à leurs études d'ici quelques jours, les hormones au désespoir.

— Il y a quelques millénaires, ai-je dit, on se serait livrés à des bacchanales.

— Ç'aurait été plus simple, a-t-elle dit. D'avoir tous les sauveteurs mignons en même temps, au lieu d'un par un. »

Elle m'a expliqué que Rodrigo, son nouveau, retournait en troisième cycle d'université d'ici quelques jours. Il allait lui manquer. Heureusement, a-t-elle dit, avec le mauvais temps, ils auraient plus de temps pour baiser. Nombre de ces hommes n'étaient jamais allés avec une femme trans, m'a-t-elle dit, et elle avait l'intention de rectifier ce déséquilibre, un service public. Mon sandwich n'avait pas de goût, la bière fraîche s'est laissé boire sans opposer de résistance, et il n'y avait rien de plus à ajouter. C'est à ce moment-là que j'ai soudain pris conscience de quelque chose ; interrompant le monologue d'Emma, je lui ai demandé ce qu'elle entendait par avoir plus de temps. Elle a expliqué qu'avec la pluie et la mer orageuse, les bateaux ne tenteraient pas la traversée, qu'il n'y aurait pas de nouveaux réfugiés et que, dans la semaine à venir, comme c'étaient les vacances, il y aurait pléthore de bénévoles, d'étudiants, de locuteurs arabes. Il y avait suffisamment d'infirmiers sur l'île pour qu'elle prenne un peu de repos jusqu'à ce que les touristes de la catastrophe s'en aillent et que les réfugiés reviennent.

« Mais Emma, ai-je dit. Qu'est-ce que je fabrique ici, alors ? »

Ses yeux étaient légèrement asymétriques, élargis ; son visage a exprimé la surprise ou a esquissé un petit sourire, comme si elle ne contrôlait pas totalement ses muscles faciaux. Trop de temps écoulé, sans doute, depuis sa dernière injection de Botox.

« Bon, tu sais bien, a-t-elle dit en tripotant ses cheveux. J'ai pensé réfugiés syriens, j'ai pensé Lesbos, j'ai pensé à toi. C'est ta place ici. Si la pluie s'arrête demain, nous aurons quelques bateaux. Je suis navrée, ma chérie. Quand tu as téléphoné, nous étions débordés, et nous le serons bientôt de nouveau, dès que la météo sera meilleure et que les bénévoles des vacances seront repartis.

— Emma, ai-je fait en secouant la tête. Je ne suis ici que pour une semaine.

— Est-ce que tu peux prolonger ?

— Emma. Tu m'as suppliée de venir. Tu as dit que tu étais désespérée. La situation était désastreuse, tu as dit. Un médecin en plus ferait vraiment la différence. Emma, j'ai tout mis en stand-by pour venir ici. J'ai même demandé à mon frère de venir.

— Demain pourrait être pire, a-t-elle dit, hasardant un sourire penaud, ou mieux pour nous. On aura peut-être des bateaux.

— Emma », ai-je dit d'un ton sec.

Elle a commencé à me promettre la lune. Nous prendrions une voiture pour aller sur une plage au sud de Mytilène. Un bateau y avait débarqué aujourd'hui malgré le mauvais temps. Elle avait entendu dire qu'il y avait plus de bénévoles que de réfugiés qui attendaient, mais mon aide serait toujours la bienvenue, avec toutes mes compétences. Ce n'était pas sa faute. Elle ne pouvait pas savoir que des bénévoles afflueraient pour Noël et le Nouvel An, mais tous repartiraient trop tôt. Il fallait que je reste un peu plus longtemps. Elle parlait sans me regarder, fixant un point au plafond, tant elle était possédée par l'intensité de ses excuses et les caprices des dieux qui avaient détraqué la météo pour moi, à croire que des orages en hiver étaient impensables sans quelque intervention de l'Olympe.

La vérité était que je n'avais pas eu à annuler tant d'obligations professionnelles que cela. Moi aussi j'avais du temps libre pendant les vacances. Ce que je loupais en étant ici c'était notre treizième anniversaire de mariage. Francine m'avait encouragée à faire ce voyage. Ce n'était qu'une date. Nous pourrions marquer le coup à mon retour ; être à Lesbos me ferait du bien. Elle avait dernièrement senti que je tournais en rond, que j'étais agitée, que je passais trop de temps refermée sur moi-même. On aurait dit que j'étais coincée au point mort, que je n'enclenchais pas les vitesses, et, pire, je ne communiquais pas, quoi que cela veuille dire. Il fallait qu'on me rappelle que ce que je faisais était important, que je vivais encore en ce monde. Elle ne pouvait pas m'accompagner, malheureusement, mais que j'y aille donc, allez, va, va, va.

La danse avec Marley

Tu sais, notre anniversaire de mariage ne correspond pas au jour de notre mariage. Nous en avons fait trois, deux cérémoniels et un reconnu par l'État. Ce n'est pas la première fois que nous nous sommes rencontrées, ni notre premier rendez-vous galant, qui fut le lendemain. Le 6 janvier 1986 c'est le jour de la danse.

Francine était deux années devant moi à la fac de médecine, et je l'avais déjà croisée ici et là. Il était difficile de ne pas la remarquer. Tu lui as dit une fois que tu n'avais jamais vu de femme aussi belle, alors tu peux imaginer l'effet qu'elle a eu sur moi quand nous étions toutes deux encore jeunes. Ce visage, ces yeux pétillants, ces lèvres pleines que je voulais aspirer, la sensualité, la peau couleur terre de Sienne. Je me rappelle l'avoir vue toute de lin vert d'eau vêtue, à la bibliothèque, essayant de lire des journaux, allongée à plat ventre sur un sofa rugueux, épuisée, les pages tombant au sol quand elle piquait du nez. Elle les ramassait une par une, les remettait dans l'ordre et elles glissaient de nouveau lorsque ses yeux se refermaient. J'ai complètement craqué pour elle avant même que nous ayons échangé un mot.

Même à l'époque, elle avait ces yeux qui pouvaient voir anges et démons. Je me suis dit voilà une femme que tout étonne et que rien ne choque. Bien sûr que j'ai craqué. Elle était ce que je voulais être et ce que je voulais avoir. J'étais au summum de ma gêne à l'époque. Jennifer, la femme avec qui j'avais cru par erreur que je passerais le reste de ma vie, m'avait laissée tomber neuf mois plus tôt. Je traversais une phase où je me disais qu'aucune femme ne voudrait plus jamais de moi. Je commençais à arborer un nouveau corps, je l'étrennais, je me dépouillais de ce que j'avais été, laissais cela derrière moi comme une vieille peau de serpent au bord d'une rivière, tout en essayant de ne pas me noyer, j'essayais de sortir de l'eau en étant moi-même, avec ce qui comptait vraiment pour moi, m'autorisant à être vue pour la première fois. Et puis il y avait Francine, qui semblait savoir qui elle était, ce qu'elle voulait, toujours naturelle et sûre d'elle. Comment ne pouvais-je pas tomber sous son charme ?

Une des administratrices de l'université avait organisé une espèce de soirée, sans doute pour célébrer quelque occasion, mais on aurait dit que son but premier était que les nouveaux étudiants admirent sa belle baraque à Cambridge. Autour d'un buffet constitué de denrées bon marché tout juste comestibles, de boissons non alcoolisées en bouteilles d'un litre, de vin pas cher dans des bouteilles plus grandes encore, de serviettes en papier de couleurs variées étalées en éventail, nous étions rassemblés, médecins, professeurs, étudiants, faisant mine de nous intéresser à ce que je ne sais qui était en train de raconter, nous demandant ce que nous faisions là, en tout cas en ce qui me concerne. Je n'arrivais pas à rassembler suffisamment d'amabilité pour participer au bavardage insipide. Je me rappelais que c'était le genre de soirée inepte qui, si je n'y prenais garde, se transformerait en nuit d'insomnie. Je m'apprêtais à prendre congé au moment où j'ai remarqué Francine au milieu de la salle de séjour, seule, une assiette en carton dans une main. Elle tenait un morceau de fromage dans l'autre, une pâte molle jaune, l'examinait avec étonnement, comme hypnotisée par sa structure et sa consistance incongrues. Qu'est-ce que c'est que cette substance ? Quelle est cette couleur artificielle, cette saveur épouvantable ? Premier contact avec le muenster conditionné en tranches individuelles.

Je me suis approchée d'elle, peu sûre de moi, gauche, peu au fait des règles, comme si je me déplaçais dans le sanctuaire sacré d'une religion qui n'était pas la mienne, mais j'ai dû faire une halte avant d'arriver à l'autel. La musique d'ascenseur dans le fond s'était transformée en une chanson de Bob Marley et Francine a pirouetté. Seule au milieu de la pièce, elle et ses dreadlocks ont chaloupé au gré du rythme. Sa robe jaune était suffisamment ample pour sembler bouger en décalage par rapport à elle, à l'exception des hanches où la ceinture assurait une synchronisation parfaite. La peau de ses bras exquis absorbait le mauvais éclairage et reflétait un éclat divin, un lustre corporel. Elle n'a pas renoncé à son assiette, a tournoyé en la tenant comme avec une présence familière, une serveuse derviche. L'hôtesse a suivi son exemple. Elle aussi s'est mise à danser, traînant un homme pour qu'il soit son partenaire. Quelques autres se sont joints. Bénie soit ton âme, Bob Marley, sauveur des mauvaises soirées partout dans le monde. Nous avions notre piste de danse. À côté de Francine, tous étaient de pâles cadavres, des morts dansants. Trois hommes au moins ont essayé de danser avec elle, l'un d'eux a tenté d'imiter ses mouvements, se ridiculisant, un autre a tenté de lui donner des petits coups de hanche, le troisième a dansé avec les deux pouces accrochés à ses poches arrière, et elle s'est gracieusement échappée, retournant dans son monde à elle. Elle dansait comme si elle explorait son corps dans l'espace.

On voit bien que c'est la musique de son peuple, a dit un des médecins à un autre. Elle a le reggae dans le sang. Elle est haïtienne, ai-je dit en riant nerveusement. Pas la même chose, pas du tout la même chose. Je ne pouvais pas rester à côté de ces médecins ; je me suis déplacée, leur conversation s'est estompée comme le bruit d'une autoroute quand on

* mystique musulman appartenant à une confrérie

s'éloigne. Je me suis retrouvée à tourner autour de la piste de danse improvisée, presque magnétisée, ne réfléchissant pas, somnambule, en un sens, mes yeux rivés sur elle. Une petite citrine accrochée à une chaînette rebondissait entre ses seins, s'adressant à moi. Viens, disait-elle. Lèche-moi. Une goutte de sueur s'était formée sur son front comme une perle. Et je me suis retrouvée à danser. Pas avec elle, pas au début. Moi aussi j'ai commencé à explorer mon corps dans l'espace, mon corps nouveau, sa forme et la façon dont il bougeait, mes courbes. Ce sont ce que l'on appelle des seins ; ce sont mes bras. Je découvrais ses nouvelles odeurs. *No Woman, No Cry*, mais cette woman, elle dansait.

Francine a décidé de me rejoindre. Nous avons ondulé ensemble, deux solitudes synchronisées, suivant une rythmique.

J'ai su que je lui appartiendrais, que je ferais tout pour elle, quand elle s'est mise à regarder son assiette au milieu de la piste de danse. Elle a pris une tranche de pomme, une rouge, l'a approchée de mon visage. J'ai ouvert les lèvres, son auriculaire et son annulaire m'ont caressé la joue, son pouce et son index ont placé le fruit sur ma langue, et il a explosé dans ma bouche, il ne s'agissait pas de goût, note bien, mais de perspectives.

La mer, la mer

Je me suis réveillée désorientée, le cou tordu dans une position inconfortable sur l'oreiller où ma tête avait laissé son empreinte. J'étais comme un ivrogne reprenant ses esprits, incapable de me souvenir de ce que j'avais fait la veille ni de l'endroit où j'étais. Je ne reconnaissais pas la chambre d'hôtel dans la pénombre. L'air circulait autour de moi comme de l'encre froide, semblait se poser sur mon corps. Aucune sensation d'intimité. Le décalage horaire était horrible. Mes yeux se sont adaptés à l'obscurité, des formes vagues se fondaient pour ressembler à quelque chose. Je me suis penchée vers la table de chevet, sur ma gauche, et j'ai allumé la lampe. Je me suis levée, les fonctions motrices fonctionnaient. Une douche rapide me laverait peut-être l'esprit et chasserait la confusion. Quand je suis passée devant mon reflet dans la glace, un gémissement expressif m'a traversé de part en part. J'étais sans l'être cette femme qui me toisait. Les cheveux gris me brouillaient les idées. Je n'arrivais toujours pas à m'habituer à leur nombre croissant. J'avais dû prendre au moins cinq kilos depuis Noël, neuf jours plus tôt. Mes hanches étaient des lunes dont la force gravitationnelle attirait mes seins vers le bas. Une douche, une douche, de grâce. Je me suis sentie légèrement mieux dès que j'ai entendu le son des vagues sur le rivage, pas très loin de ma chambre d'hôtel.

Tu ne peux pas savoir comme l'odeur de la mer me manque. Tu viens des montagnes ; ça ne peut pas être pareil pour toi. La famille de mon père a habité pendant des générations à Ain el-Mraisseh. J'ai grandi près de la mer. Appelle-moi Aphrodite, pourquoi pas ! J'adorais marcher sur la corniche – en journée, quand les garçons plongeaient du haut des rochers tandis que la bourgeoisie bronzait sur des chaises longues, et à la tombée de la nuit, quand les pêcheurs partaient à la rame sur la mer assombrie à bord de leurs bateaux peu maniables. J'aimais même la Méditerranée par temps d'orage, le son euphonique des vagues frappant ces rochers était vivifiant. L'air salé revigorait mon âme.

La première fois que Mazen et moi nous sommes revus après mon expulsion cataclysmique de ma famille, c'était à Vence, une petite commune sur la Côte d'Azur. Parmi les myriades de choses remarquables qu'il avait apportées – un bocal de confiture de figues, le dernier CD de Fairuz, la première chemise que nous avions partagée quand, adolescents, nous nous étions stabilisés à la même taille ; désormais je n'hériterais plus de ses anciennes fringues – il y avait une photographie grise de nous sur une plage au sud de Beyrouth. Apparemment, ma mère avait jeté à la poubelle toutes mes affaires et tout ce qui pouvait lui rappeler mon existence, mais elle ignorait que Mazen avait quelques photos en sa possession. Nous étions petits, peut-être cinq et six ans – une photo à la bordure en dents de scie, collée à l'intérieur d'un dossier cartonné avec quatre coins triangulaires argentés pour caler les pointes de la photo, protégée par une feuille gaufrée semi-transparente. Mazen me recouvre de sable, on ne voit plus que ma tête, lui-même est constellé de petits grains de sable, vestige de sa propre inhumation, peu de temps auparavant. Mes yeux sont fermés. On me dirait en extase, mon genre est indéterminé. Nous étions nés de la mer, lui et moi.

Quand Mazen a épousé sa femme, ils ont emménagé dans un appartement à proximité de la maison de mes parents. Il ne pouvait pas habiter loin de la mer, ni de notre épouvantable mère. Quand sa femme a obtenu le divorce, il lui a laissé la garde des enfants, mais a conservé leur petit appartement. Elle l'a quitté pour un homme riche qui a promis de l'entretenir. Elle a emménagé dans un splendide penthouse d'où elle pouvait effectivement voir la mer, et non pas seulement la sentir.

Sauf qu'en définitive elle ne tenait pas tant que cela à la garde des enfants. Elle n'était pas une mère cruelle, pas au sens traditionnel. Ma nièce et mon neveu vivaient avec elle – enfin, apparemment vivaient avec elle. Elle les avait inscrits dans les meilleures écoles, leur achetait les plus beaux vêtements, avait engagé les meilleures nounous philippines pour s'occuper d'eux. Elle n'avait pas demandé à Mazen une lire de pension alimentaire. Les enfants préféraient être dans le petit appartement de Mazen, qui leur était familier. Elle remarquait rarement qu'ils n'étaient pas à la maison, et les nounous appréciaient le temps libre. Le chauffeur qu'elle avait engagé pour les accompagner à l'école a commencé à passer les prendre dans le deux-pièces où ils dormaient dans des lits superposés. Mais eux aussi aimaient le marmonnement perpétuel de la mer. Ils renonçaient à l'air raréfié pour en humer un plus salé.

Tu as dit que la Californie te convenait mieux que la côte est car tu ne supportais pas l'idée du soleil renaissant de la mer chaque matin. Le char d'Apollon avait besoin de plonger à la fin de la journée. Le soleil devait tomber dans l'eau, se noyer et mourir sous nos yeux.

L'art de la marche

Il était encore bien trop tôt. Je me tenais à la lisière du port, inspirant profondément, l'eau dégageait une odeur saline, poissonneuse, ainsi qu'une senteur d'essence pour bateau à moteur qui se mêlait à l'arôme tannique âcre des arbres alentour. Le soleil n'était pas encore apparu, l'horizon non plus. En prévision de la rose éclosion de l'aube, de premières ombres ont commencé à se former autour des bateaux de pêche amarrés. Le lent clapotis de l'eau était synchrone avec ma respiration.

J'étais censée prendre le petit déjeuner avec Emma, mais il était bien trop tôt. J'allais marcher. Est ou ouest ? Après un pile ou face mental, je suis partie d'un pas lent vers l'ouest, longeant une route au revêtement mal fichu, la plage sur ma droite. Un bleu froid, intense, dérivait dans l'air.

J'ai traversé dans la boue, un brouet détrempé de feuilles, suivant un virage qui m'a fait faire une boucle dans la partie nord de l'île. Le paysage n'était pas aussi virginal que je l'avais espéré. Diverses habitations interrompaient le décor dépourvu de tout être humain, toutes occupées par des ONG, semblait-il : une maison avec jardin pour Médecins sans frontières, un bâtiment pailleté de moisissure et un camping pour les sauveteurs espagnols, un camping-car distribuant de la nourriture. Sur un panneau en carton planté dans un sapin, on pouvait lire ce message confus : « DOCTOR 16:00-11:00 P.M. », avec une flèche indiquant la direction dans laquelle je marchais. Un panneau dans l'autre direction indiquait un bus médical appelé Adventist Help, mais le carton avait pris un tel coup de vieux que l'écriture était à peine lisible, ce qui m'a poussée à me demander si les adventistes du septième jour n'avaient pas fourré leurs bagages dans leur bus et fichu le camp. Une autre pancarte un peu plus loin proposait des vêtements gratuits : à ses pieds gisaient une douzaine de grands sacs-poubelle. Les réfugiés étaient-ils censés entreprendre des promenades matinales, puis fourrager dans les sacs-poubelle pour trouver des tenues qui leur iraient ? Étrange était ce monde du bénévolat. Le long d'une barrière criblée de vermoulures, un aspirant artiste avait accroché une série de gilets de sauvetage orange abandonnés par des réfugiés après la traversée, trois entassés les uns sur les autres, puis deux, puis trois, puis deux, comme les graphiques d'entraînement sur les tapis de jogging. Un peu plus loin, des gilets de sauvetage suspendus formaient un cœur.

Il faudrait que je fasse des promenades matinales de retour à la maison, mais cela risquait de contrarier Francine. Elle fait une marche sportive chaque jour le long du lac, hiver, printemps, été, sauf si on est pris dans une de ces furieuses tempêtes de neige. C'est son moment en solitaire, sans moi, sans distractions. Elle ne prend pas son téléphone. Il serait égoïste de ma part de la priver de ça. Même si je marchais dans une autre direction, je m'imposerais à elle. Je lui ai parlé de balade à pied un jour, il y a des années. Très bien, a-t-elle répondu, mais pourquoi pas sur un tapis de marche elliptique à la salle de sport, ce serait mieux pour mes genoux, tout ça. C'est ce que j'ai fait pendant un certain temps, mais je n'aimais pas le fait de dépenser tant d'énergie pour faire du surplace.

Mazen est un marcheur lui aussi. La dernière fois qu'il m'a rendu visite, il y a deux ans, il m'a traînée dans toute la ville, de Hyde Park à Rogers Park, du Loop à Oak Park, pendant des heures et des heures. J'en ai attrapé des ampoules. Il appréciait que la ville soit plate, comparée à Beyrouth, que les trottoirs ne soient pas défoncés, qu'il y ait si peu de klaxons. J'ai dû perdre deux kilos et demi pendant son séjour, mais pas Mazen. Il a toujours été un peu replet, même enfant, quoi qu'il mange, quels que soient ses régimes, pas de perte de poids.

J'ai remarqué des empreintes de pieds dans la boue, différentes de celles que j'étais en train de faire. Quelqu'un avait parcouru cette route pieds nus. Je voyais les marques des talons et les creux ovales des orteils. Était-ce un bénévole ou un réfugié ? Comme aucun bateau n'avait accosté de ce côté-ci de l'île, les empreintes étaient probablement celles d'un bénévole ivre rentré tardivement. J'ai fait demi-tour et entamé ma marche de retour en direction de la grand-place.

Le village était en train de s'éveiller, le pouls de la grand-place faible mais gagnant en vigueur. La nuit relevait avec précaution son postérieur sombre. Une jeune femme à l'intérieur du café aquarium de la veille au soir descendait les chaises posées sur les tables. Un pêcheur nettoyait le moteur de son hors-bord. Des colombes tristes roucoulaient passionnément sous les avant-toits d'un restaurant. Et une vision inattendue dans ce tableau rustique, un villageois travesti, assis jambes croisées, sur une chaise en bois sous le platane, avec une cigarette qui soudain est devenue incandescente. Une antique cafetière en bronze, le dessus recouvert d'une soucoupe, était posée sur le mur en pierre à côté de la chaise. Une chatte calico était allongée en travers du giron du travesti, ronronnant fièrement, offrant sa nuque étirée aux caresses. Nous sommes partout, me suis-je dit. Je me suis brièvement demandé combien de temps j'allais pouvoir différer de savoir son genre, quel indice serait offert. La robe rouge était bien trop courte pour le temps froid, en particulier sans bas ni chaussettes, les jambes poilues nues ; le duffel-coat anthracite élimé était plus court que la robe. Pas de perruque, des cheveux courts, blancs, en désordre, pas de maquillage. Il s'identifiait probablement comme un homme, un type d'âge moyen en robe rouge et sur des escarpins noirs conventionnels. Il confirmerait par la suite ma supposition. Il souriait, penché en avant, murmurant à l'oreille du chat, quelqu'un du matin, assurément. Une vieille veuve grecque – avec tous les attributs de la femme en deuil, le foulard noir, la canne et le panier en osier – s'est approchée de lui, a bavardé une minute. Elle a caressé le chat puis a poursuivi sa route vers le port.

Quand il m'a remarquée, il a dit quelque chose qui ressemblait à « *kaliméra* », a hésité, puis a enchaîné avec « *good morning* ». J'ai froncé un sourcil et montré la chaise à côté de lui, demandant si je pouvais m'asseoir. J'ai ensuite dû refuser la cigarette qu'il me proposait. Son anglais était inexistant. Parlais-je allemand ? Non. Parlait-il français ? Mais bien sûr, madame. Il s'appelait Nikolaos, bien entendu – j'avais connu trois Grecs dans ma vie et tous s'appelaient Nick ou Nikolaos, comme un Grec orthodoxe sur deux au Liban. Il avait passé deux ans à Paris dans sa jeunesse, une si belle ville, mais invivable. Un gars du coin avec un grand sac marin et une barbe délirante s'est approché, m'a saluée d'un hochement de tête, puis s'est lancé dans une histoire drôle en grec. Nikolaos, à présent pétulant et vif, a réagi en disant quelque chose d'encore plus drôle parce que le type à la barbe délirante s'est littéralement plié en deux. Il est parti en direction du port, son gros sac sur le dos, encore ricanant, son ventre énorme montant et descendant comme une pompe en action. J'ai demandé à Nikolaos de quoi il s'agissait et il a essayé de m'expliquer, mais n'a pas réussi. Il m'a demandé d'où j'étais, ce que je faisais à Skala Sikaminéas. Je lui ai dit que j'étais naturalisée américaine, d'origine libanaise, de mère syrienne, que j'étais ici parce que je voulais aider. Il a suggéré que je n'étais pas comme les autres. Il avait dû y avoir d'autres bénévoles trans, lui ai-je dit. J'en connais au moins une.

« Vous êtes trans ? a-t-il dit. J'ai cru que vous étiez juste, vous savez, gouine.

— Je suis ça aussi », ai-je dit.

Il a dit que je n'étais pas comme les autres parce que je lui avais parlé – enfin, plus que parlé, parce que beaucoup de bénévoles européens lui adressaient la parole, alors que moi j'étais prête à discuter, pas juste lui lancer un mot ou lui dire quoi faire. Je lui ai demandé de m'accorder un peu de temps ; ma femme se plaignait tout le temps que je sois toujours à donner des ordres. Il a trouvé ça modérément amusant. Il a expliqué que les bénévoles, qu'ils soient européens ou américains, se comportaient exactement comme les touristes allemands qui arrivaient chaque été avec leurs grands airs et repartaient avec la peau laquée, se plaignant du chaos qu'était l'île.

« Vous vous rendez compte ? a-t-il dit. Des Allemands qui nous donnent des conseils culinaires. Réfléchissez-y un instant. »

Il avait les yeux étirés vers les tempes et gonflés, comme s'il avait la maladie de Graves, aux premiers stades d'exophtalmie, ce qui lui donnait un air étrange, presque comme s'il avait des yeux disposés avec un angle de vision anormalement large. Ce qui m'a davantage frappée c'étaient ses escarpins noirs. Comment pouvait-il marcher avec dans ces rues défoncées ? Cela me dépassait. J'ai essayé de porter des escarpins une fois ou deux, il y a une trentaine d'années, et ce fut niet-niet, pas question, pas de mon vivant ni du vivant de qui que ce soit d'autre.

Lesbos était une île endormie. Nikolaos dit en plaisantant que leur approvisionnement en événements s'était tari depuis que Sappho avait été portée en terre. Quand il se passait quelque chose, c'était ailleurs. Mais quand les réfugiés syriens avaient commencé à arriver, tout le village, toute l'île s'étaient mobilisés pour leur porter secours. Aucun habitant de l'île ne laisserait un autre être humain, quel qu'il soit, à la merci des vagues capricieuses. C'était la loi de la mer. Tenez, ce type, là, avec la barbe délirante, une fois il a sauvé vingt-trois réfugiés dont le bateau avait chaviré. Il était en train de pêcher dans le secteur quand il avait entendu des cris – des hommes, des femmes, des enfants et des bébés. Vingt-trois personnes sur son bateau, ce n'était ni sûr ni malin, mais nécessaire. Aucun des réfugiés ne savait nager, aucun d'eux n'avait seulement vu la mer avant d'entreprendre la traversée. Dès qu'un villageois apercevait un bateau, un appel était lancé et tous sortaient pour prêter main-forte, y compris Nikolaos, mais sans ses escarpins noirs. Le pays connaissait la pire récession de mémoire récente, on ne disait pas merci aux Allemands, et pourtant les villageois ouvraient leurs maisons, partageaient leurs repas, faisaient don de leurs habits. Parfois trente, quarante personnes dormaient dans une maison. Les ONG et les bénévoles affluaient. Ils pensaient accomplir l'œuvre de Dieu et attendaient des villageois qu'ils soient à leur service.

« Ils sont venus parce que la situation échappait à tout contrôle, ai-je dit. Les chiffres augmentaient de manière exponentielle. Vous savez cela. C'est une catastrophe humaine.

— Bien sûr, a-t-il dit. Mais tous ces Européens du Nord pètent plus haut que leur cul. »

Je n'avais jamais entendu cette expression, et lorsque Emma, telle une sylphide, elle aussi en escarpins, est majestueusement apparue, Nikolaos et moi étions en train de ricaner comme des écolières préadolescentes. Il a fallu que je fasse les présentations ; ils ne se connaissaient pas, ce qui n'était pas surprenant car je savais qu'Emma n'appréciait guère les drag-queens, et encore moins les travestis. Elle avait le sentiment que leur existence dépréciait la personne qu'elle était. Elle a décliné notre invitation à s'asseoir. Elle voulait prendre son petit déjeuner et, plus important, un café. Je l'ai choquée en demandant à Nikolaos s'il souhaitait se joindre à nous, mais il a décliné, montrant sa tasse de café et la chatte calico assoupie dans son giron.

Toi, l'écrivain

La météo pour la journée prévoyait de belles éclaircies en alternance avec de brusques précipitations. Quelques bateaux feraient la traversée plus au sud, a dit Emma. Une fois Rodrigo réveillé, il nous conduirait sur une des plages et je pourrais commencer à me rendre utile. Même tôt le matin, elle sentait délicieusement bon, un subtil mélange de jasmin et de cannelle. Elle avait un goût très sûr en matière de parfums et s'en aspergeait généreusement, à croire qu'elle souhaitait ne jamais diffuser une odeur qui soit la sienne propre. Mange, a-t-elle dit, en indiquant d'un geste du menton mes œufs au bacon. J'allais avoir besoin d'énergie. Elle a avalé un demi-mug de café américain. La nourriture était médiocre. J'imaginais effectivement qu'un certain nombre d'Allemands pourraient donner au cuisinier quelques tuyaux.

Emma m'a ensuite dit qu'elle avait oublié de m'en parler la veille au soir – elle était, tu sais, occupée avec Rodrigo –, mais elle t'avait vu. Je n'ai tout d'abord pas compris de quoi elle parlait.

« Tu sais, l'écrivain, a-t-elle dit. Le Libanais. Tu m'as envoyé un de ses livres pour Noël, illisible, le pire cadeau qu'on m'ait jamais fait. Comment peut-on s'intéresser à une vieille dame qui ne sort pas de son appartement ? Pour moi ça ne rimait à rien. Ce n'est pas une histoire, c'est juste idiot. Enfin bref, il était là. Oui, à Skala Sikaminéas.

Avant-hier. J'avais l'impression de l'avoir déjà vu, mais il m'a fallu un certain temps avant de le remettre. Je ne me rappelais pas où je l'avais vu. Qui se souvient des photos d'auteurs ? Avec quelqu'un de normal, je serais allée le voir et lui aurais demandé si on se connaissait, mais il n'est pas normal. On aurait dit qu'il avait une pancarte autour du cou annonçant MAGASIN FERMÉ. Il ne parlait à personne. Il s'est promené de long en large sur la plage, dans un sens et dans l'autre, toujours silencieux, constamment en train d'observer, à juger les autres. Oui, toujours à juger. Il allait de café en café. Il s'est promené sous la pluie, bon sang ! C'est étrange, non ? Ses lunettes étaient fabuleuses, en revanche. Et puis d'un seul coup il a disparu. Il est resté ici à peine plus de vingt-quatre heures. Je l'ai vu dîner tout seul, le type qui souriait nerveusement, que personne ne semblait ou ne voulait connaître, et puis il a disparu. Attends, je me trompe. Il a parlé à quelqu'un, à ce type moche en robe. Je les ai vus tous les deux assis sous le même arbre, exactement comme toi. »

Je t'ai loupé de justesse

Pourquoi es-tu venu à Lesbos ? Ce n'est pas la bonne question. Pourquoi n'as-tu pas contacté une organisation avant d'arriver ? Tu t'es pointé en espérant que tout se passerait bien. J'ai demandé à Nikolaos, qui m'a rapporté que tu lui avais dit que tu voulais aider et que tu t'étais arrêté en revenant de Beyrouth, à destination de San Francisco. Il a expliqué que tu te demandais pourquoi aucun bateau n'arrivait sur la plage, ce qui était le motif de ta présence ici, dans le village, et tu as été déconcerté quand il t'a expliqué que les bateaux arrivaient sur d'autres plages désormais, sur celle près de l'aéroport et celles plus au sud. Sous la pression de l'Union européenne, les Turcs s'en prenaient aux passeurs de la plage turque la plus proche de Skala Sikaminéas, si bien que les bateaux avaient migré plus au sud avec les oiseaux.

Tu n'as donc pas songé à prévoir ? As-tu abordé cela comme tes romans, tu commences et tu résous les questions au fur et à mesure ?

À propos, Nikolaos a dit que mon français était bien meilleur que le tien. Tu peux être jaloux !

Apparemment, tu lui as parlé exactement à la même heure matinale que moi, un jour plus tôt. Tu étais en décalage horaire toi aussi. Nous nous sommes loupés à vingt-quatre heures près.

Il a dit que ce qui t'intéressait c'était de discuter de l'histoire des gens du village, du fait qu'ils étaient eux-mêmes fils et filles de réfugiés, arrivés sur l'île après la guerre gréco-turque de 1922, tous expulsés d'Anatolie par les Turcs plus-si-jeunes.

Vous étiez tous deux obsédés par les massacres et l'incendie de Smyrne cette année-là. Il a dit que tu l'utilisais comme un narrateur, un interprète d'histoires.

Ce terme m'a plu. Je me suis demandé si c'était la manière dont tu interagissais avec les gens autour de toi. Tu voulais leurs histoires, pas eux. Tu t'intéressais à l'histoire, pas au raconteur.

Voilà le bateau

Une grisaille douce comme l'amnésie recouvrait la mer. Une Turquie plus grise interrompait la ligne de jonction entre la mer et le ciel. Je frissonnais malgré les multiples couches, dont une fourrure polaire et un imperméable. Je sentais le froid de la nouvelle année. Par instants, mes dents claquaient. La matinée avait mûri jusqu'à ce qu'il soit une heure raisonnable, mais ça ne s'était pas réchauffé. Je n'avais pas simplement froid. J'étais anxieuse, comme à l'époque de l'école, quand j'attendais que le prof nous distribue le sujet d'examen.

Emma et Rodrigo avaient rencontré des gens qu'ils connaissaient sur la plage, et ils m'ont présentée, mais je me suis tenue en retrait quand ils ont discuté. Emma a plissé le front en regardant dans ma direction. Elle a souri au moment où je me suis rendu compte que je fronçais les sourcils. J'avais tendance à plisser les yeux lorsque je réfléchissais. Ma mère détestait ça quand j'étais enfant. Une fois elle m'a collé du Scotch sur le front pour que je remarque les fois où je fronçais les sourcils. Pourquoi le souvenir de ma mère me revenait-il alors que j'attendais un bateau par une matinée si froide ? Peut-être parce que sur cette plage j'étais plus près d'elle que je ne l'avais été depuis des décennies.

Rodrigo parlait dans un talkie-walkie Motorola noir et chartreuse, gros comme la paume, qu'il avait bercé comme un nouveau-né pendant tout le trajet depuis Skala Sikaminéas. L'air grésillait, comme l'appareil. Une voix a parlé, Rodrigo a informé Emma qu'un bateau arrivait. Elle m'a adressé un bref sourire narquois qui disait quelque chose entre « Tu vois tout ce que je fais pour toi » et « Il est canon, Rodrigo, non ? » D'ici une demi-heure tout au plus, nous allions apercevoir le bateau à l'horizon, trente-deux personnes sur un canot pneumatique qui n'était pas censé en transporter plus d'une douzaine.

« Une famille royale, peut-être », a dit Emma, car de nombreux bateaux de la même taille étaient arrivés avec cinquante réfugiés, voire davantage.

« Les passeurs ont peut-être des problèmes de trésorerie à cause des pluies », a dit Rodrigo.

J'ai senti la première goutte dans mes cheveux et j'ai mis ma capuche. J'espérais que ce n'était pas le prélude à un orage plus important, que Zeus n'attendait pas patiemment avant de lancer ses coups de tonnerre. Parmi la vingtaine de personnes sur la plage, la moitié a ouvert des parapluies. Emma a décidé que sa parka multipoches ferait bien l'affaire pour l'instant. Elle était habillée de manière toute simple aujourd'hui : jean, chaussures de marche boueuses. Les deux femmes qui avaient été dans mon avion, la Sud-Asiatique avec un foulard sur la tête et la Chinoise, se sont précipitées vers un van sur le parking en attendant la fin de l'orage.

Quand le petit point gris plus sombre est apparu sur l'eau, tout a semblé changer. J'ai basculé le poids de mon corps des talons aux métatarsiens. J'ai eu l'impression que nous commencions tous à tendre nos ressorts. Pendant un moment, j'ai savouré la sensation du vent sur mon visage. L'air est devenu bleu et vif comme un rasoir. Deux hommes ont couru vers un camion gris aussi vieux que Sappho et en sont revenus avec des sacs marins – des couvertures de l'espace, comme les appelait Emma. Tous ces bénévoles, a-t-elle dit, pour un bateau seulement. Deux mois plus tôt, cinquante-sept bateaux avaient accosté en une journée et il n'y avait que huit bénévoles pour s'occuper des arrivants. Un bazar sans nom, a-t-elle dit. Plus d'une centaine d'enfants en bas âge ce jour-là, et tous gémissaient à cause du froid humide.

Il a fallu que j'ajuste ma capuche, que je la tire en avant, car la pluie m'arrivait droit dans les yeux. Un autre van a fait son entrée sur le parking, d'où sont sortis neuf gamins en âge d'être à la fac, cinq garçons, pas rasés, en tenue décontractée, chacun portant une boîte de rangement en plastique clair remplie de sandwichs, et quatre filles, dont deux portaient de longues robes et des foulards, sans doute des mennonites ou des amish, en tout cas assurément des Américaines. Un des garçons est passé devant moi en courant, ses tennis projetant du sable tout autour. Il était tellement bronzé qu'on l'aurait dit sorti d'une rôtissoire. Emma et Rodrigo ne se sont pas retournés pour regarder les nouveaux arrivants, mais ils ont senti leur présence, comme si les jeunes étaient des animaux importuns, des intrus sur le territoire d'une troupe de lions. Emma a frémi, pris une longue inspiration, retenu son souffle un long moment.

J'étais complètement trempée avant que la pluie ne se calme. Même ceux qui étaient protégés avaient l'air ratatiné, sauf Emma, qui ne semblait pas perturbée par la pluie, les yeux rivés sur le bateau. Qu'on lui donne une épée, me suis-je dit, et elle ressemblerait à un tableau de Jeanne d'Arc.

Comme une épiphanie, la tache embryonnaire sur l'eau s'est transformée en un véritable bateau. Je voyais à présent l'orange des gilets de sauvetage des réfugiés, le vert-de-gris du canot pneumatique, le noir des tenues de plongée des trois personnes à jet-ski – des sauveteurs espagnols, ai-je supposé – guidant le bateau vers le rivage.

Le soleil, fatigué qu'on l'ignore, a percé. La mer était maintenant reconnaissable, du même bleu translucide dans lequel j'avais coutume d'entrer enfant. Rodrigo a déployé ses lunettes Oakley, Emma ses Prada. Elle a montré du doigt deux médecins italiens du groupe. Ils étaient sur l'île depuis deux semaines, a-t-elle dit. L'un d'eux était fin comme un Giacometti, malgré ses pulls et sa vareuse. Il avait des lunettes épaisses comme des presse-papiers. En regardant le doigt tendu d'Emma, j'ai remarqué que ses ongles étaient courts et incolores. Les fabuleux faux ongles rouges de la veille au soir avaient disparu.

Avant sa venue, a dit Emma, certains bateaux étaient de vieilles embarcations de pêche en bois que les passeurs achetaient aux pêcheurs turcs, avant de faire payer un prix exorbitant aux réfugiés désespérés. Sur la plage de Skala Sikaminéas, il y avait eu une fois plus de cinquante bateaux les uns sur les autres. Ils étaient nombreux à accoster chaque jour, et la nuit aussi. On pouvait nettoyer les plages, ramasser les détritus des réfugiés – il y avait tout un réseau de garçons grecs qui faisaient de la récupération, démontaient les moteurs et les retapaient –, mais que faisait-on des bateaux ? Finalement des plongeurs sous-marins norvégiens sont arrivés et ont commencé à les démanteler planche par planche jusqu'à ce que le secteur soit nettoyé. Les canots en caoutchouc étaient plus communs que les bateaux en bois, ce qui était pire parce qu'ils étaient plus faciles à repérer pour les commandos, des types atroces en uniforme et masque noir qui attaquaient les réfugiés en pleine mer. Les commandos fonçaient avec leurs bateaux sur les réfugiés, utilisaient de longs couteaux fixés à des perches pour déchirer les pneumatiques, puis s'enfuyaient. Parfois ils tiraient sur les réfugiés. Les Grecs pensaient que c'étaient des émissaires du gouvernement turc, les Turcs pensaient que c'étaient des Allemands, mais Emma disait que c'étaient des voyous de la garde côtière hellénique, des membres d'Aube dorée, le parti néonazi.

La cacophonie est arrivée sur le rivage avant le bateau : les moteurs, les sauveteurs à jet-ski hurlant dans un anglais approximatif, les réfugiés répondant plus fort dans un arabanglais qui a fait poindre un sourire sur mes lèvres dès que je l'ai entendu. Tel un organisme unicellulaire géant, le groupe a commencé à se rapprocher du bord. Je me suis retrouvée prise dans le mouvement, tout en restant à sa périphérie. Le brouhaha de notre côté de la ligne de démarcation est également devenu de plus en plus fort.

« Si un seul de ces jeunes gens fait un selfie avec le bateau, a dit Emma, je lui arrache les yeux.

— Quoi ? ai-je dit. Tu plaisantes, non ?

— Absolument pas, a-t-elle répondu. Je te promets que je le ferai. Ça fait un certain temps que je le dis, cette fois je vais le faire.

— Non, je voulais dire tu plaisantes en parlant de gens qui prendraient des selfies.

— Oh, ma chérie, a-t-elle dit. Tu es si merveilleusement naïve. Une fillette dans la forêt, voilà ce que tu es. » Elle m'a attirée à elle, hanche contre hanche. « C'est tout ce qu'ils veulent, en fait. La photo parfaite pour Facebook, Instagram ou je ne sais quelle dernière bêtise. Regardez-moi, je ne suis pas inutile, je suis un humanitaire. Ne suis-je pas merveilleux ? »

Pendant quelques secondes, nous sommes tous restés immobiles, en attente. Le soleil furtif nous a prêté des ombres. Le premier à débarquer a été un des jet-skis. Les deux autres ont patienté quelques instants que le bateau touche le sable. Ma première pensée avant la précipitation a été que personne ne devrait s'embarquer sur un rafiot comme ça, jamais, et encore moins trente personnes entassées les unes sur les autres. Ma seconde pensée ne s'est pas matérialisée car soudain ce fut le branle-bas de combat.

Ça n'a pas été les femmes et les enfants d'abord. Deux jeunes hommes ont sauté en premier, leurs chaussures ont atterri dans l'écume de la plage. Les enfants tremblants, dont deux bébés en pleurs, ont été promptement confiés à des bénévoles. Emma et moi avons aidé une vieille dame aux yeux rosis et humides à débarquer, si tant est que le terme convînt pour une coque de noix aussi glissante. Nous avons dû la porter ; nous lui avons fait un trône en reliant nos bras croisés par en dessous. Elle était un peu mouillée, petite, et vraiment pas lourde, elle ne pesait quasiment rien, les os de son visage étaient visibles sous la peau translucide presque bleue à cause du froid. Elle ne cessait de se cramponner à ses affaires, un sac-poubelle en plastique usé de la taille d'une brouette. Elle s'est détendue en voyant Rodrigo le porter. Dès que nous l'avons posée sur une couverture, elle s'est mise à essayer de défaire son gilet de sauvetage, la seule chose qu'elle avait sur elle qui ne soit pas noire, mais elle avait les doigts raides de froid et n'a pas réussi à défaire l'attache. Emma s'est agenouillée devant elle, a dégrafé le gilet de sauvetage. Un homme lui a remis un carré argenté brillant. Il passait d'un réfugié à l'autre, distribuant des couvertures, et elle a regardé son dos qui s'éloignait avec une expression qui ne disait pas autre chose que « Qu'est-ce que je suis censée faire de ça ? »

« C'est pour vous tenir chaud », a dit Emma en se frottant les bras afin de se faire comprendre. Elle a pris la couverture de l'espace et l'a dépliée, lamé or d'un côté, argenté de l'autre. Elle a essayé d'expliquer par gestes que la femme devait enlever ses vêtements mouillés en croisant les bras à sa taille et les remontant, mais la vieille dame l'ignorait. Elle s'est enveloppée dans la couverture, se recouvrant tout le corps, tête comprise. Elle ressemblait à un meuble ultra-design sous un drap. Je voulais lui parler mais ne savais que lui dire. Je me sentais nerveuse, je perdais pied. Emma a annoncé que quelqu'un avait des sacs d'habits, mais elle ne se souvenait plus de quel côté de la plage ils se trouvaient.

La vieille dame n'avait pas bien fermé son sac plastique comme les autres réfugiés car du tissu blanc en sortait ; à y regarder de plus près, c'était de la vieille dentelle de mariage. Ce pouvait être sa propre robe d'un autre temps. Je n'imaginais pas de nos jours qui que ce soit se consacrant à ce genre d'ouvrage divin.

Un homme sous une cape de l'espace, la quarantaine, la peau d'une teinte tirant légèrement sur le vert, s'est approché d'un pas hésitant, perplexe face au monticule argenté. Ses vêtements à lui aussi étaient mouillés. « Ça va, mère ? »

J'ai frémi de surprise. Un frisson d'excitation ? De peur ? De nervosité ? Cette simple question a froissé les feuilles de ma mémoire. J'avais reconnu l'accent, syrien, de la région de Deir ez-Zor, dont ma mère était originaire, même si elle s'était départie du sien bien avant ma naissance. Mais ce n'était pas cela qui m'avait désarçonnée. C'était la façon dont le fils l'avait appelée mère, à la manière arabe : Ô ma mère. Ces mots avaient retenti jusque dans ma moelle.

La vieille femme a sorti la tête de sous la couverture argentée et son foulard a glissé sur ses épaules, mais elle n'a pas paru s'en soucier. Une chevelure clairsemée, en désordre, mouillée, c'est tout ce que nous avons vu pendant un instant avant qu'elle relève la tête et dise : « Maintenant tu me demandes ? Je suis morte sur ce bateau. La mer m'a avalée. J'ai hurlé “Aide-moi, mon fils”, j'ai hurlé, hurlé, mais tu n'es pas venu. Et quand il a plu, tu es resté avec ta femme, pas avec ta mère. Je perdais dix ans à chaque cri, mais tu t'en fichais. Quand l'homme a menacé de me jeter par-dessus bord, tu ne l'as pas arrêté. Mais maintenant tu me demandes si ça va. J'ai envie de mourir ici, devant tous ces gens laids, et tout le monde saura que j'ai un fils qui ne s'occupe pas de sa mère. Puisse la terre s'ouvrir et m'engloutir sur-le-champ pour que je meure immédiatement. »

Je me suis demandé si nous étions de la même famille, parce que c'était ma mère qui parlait.

Emma m'a donné un petit coup de coude. « Elle a été terrifiée sur le bateau, lui ai-je dit doucement, et elle s'en prend à son fils. »

Il avait la tête baissée, de honte, de contrition ou de frustration, difficile à dire. « Je ne pouvais pas me déplacer, a-t-il répondu. On n'avait pas le droit de bouger. Pour l'équilibre du bateau. On était aussi mal installés que toi. »

Un garçon d'une dizaine d'années, aux yeux écarquillés, s'est approché de la vieille femme. Il a tendu son poignet gauche, et dans sa main droite il tenait un sac plastique. « Regarde, grand-mère, a-t-il dit. La montre de mon oncle marche encore. Regarde, l'aiguille des secondes tourne encore. »

Je n'avais pas vu de montre aussi ancienne depuis au moins cinquante ans, je crois.

Le visage de la vieille femme s'est plissé en un semblant de sourire. Des vaisseaux sanguins dilatés apparaissaient sur ses joues comme des marques guerrières. Elle a fait asseoir son petit-fils sur ses genoux. « Je t'avais dit qu'elle marcherait, a-t-elle dit. Ta mère ne sait rien. Tu n'étais pas obligé de l'enlever. Je t'avais dit, tu la recouvres de plastique. Tu pourrais traverser un océan et pas une goutte d'eau ne la toucherait si tu fais attention. Tu es un bon garçon, pas comme ton père qui ne se soucie pas de sa mère. »

Le petit garçon rayonnait. Son père semblait concentré sur sa propre respiration, inspirant et expirant de façon mesurée.

Les couvertures de l'espace reflétaient étrangement la lumière. L'argent et l'or chatoyaient, on aurait dit que les bénévoles étaient à la chasse au trésor. Une des filles mennonites distribuait des sandwichs emballés dans du papier d'aluminium, encore de l'argenté. J'ai remarqué un bénévole à genoux que j'avais l'impression de reconnaître. Il a allumé deux cigarettes en même temps, en a tendu une à un vieux Syrien aux cheveux de jute qui avait l'air traumatisé, et c'est alors que j'ai reconnu l'employé de l'agence Hertz de l'aéroport. Les deux hommes ont tiré une longue bouffée de leur cigarette et se sont mis à tousser en même temps. Le réfugié a éclaté de rire.

Emma et moi avons tourné la tête, attirées par le gémissement d'une femme sur notre gauche. Le docteur Giacometti s'occupait d'elle. Son mari et trois filles étaient tout près. Emma m'a prise par la main et m'a amenée auprès du petit groupe.

La plage était une scène de film catastrophe, après l'attaque, quand tous les survivants se rassemblent et essayent de comprendre ce qui leur est arrivé : est-ce Godzilla ou Mothra qui a ravagé notre ville ?

« On dirait qu'il y a autant de bénévoles que de réfugiés, ai-je dit à Emma. Peut-être plus.

— Je t'avais prévenue, seulement quelques jours de plus, a-t-elle dit. Ensuite la plupart des bénévoles rentrent chez eux, leurs vacances terminées, et tout le monde oublie que nous sommes ici. »

Giacometti réclamait la traductrice mais elle était occupée avec quelqu'un d'autre. La Syrienne semblait mal à l'aise. Il n'arrêtait pas d'essayer de la toucher et elle tressaillait. Je me suis approchée, mais Emma a été plus rapide. Elle a suggéré à Giacometti que la femme accepterait peut-être d'être auscultée par elle. Ils avaient déjà dû travailler ensemble, parce que Giacometti, sans broncher, a commencé à se relever dès qu'Emma a commencé à s'agenouiller, articulant en silence ce qui semblait être un « merci ».

« Je suis infirmière, a-t-elle dit. Dis-lui, s'il te plaît. »

Avant que je puisse dire quoi que ce soit, la femme s'est tournée vers son mari. « Ne dis rien, a-t-elle dit en arabe. Pas un mot. »

Son mari a ouvert la bouche, comme pour parler, mais a décidé de s'abstenir, a serré ses fines lèvres. Ses yeux chaleureux refusaient de voir autre chose que sa femme. Il avait une tête d'oiseau rongée par l'inquiétude.

« Pas un mot à propos de quoi ? » ai-je demandé dans sa langue, et j'ai observé la femme qui hésitait. Son mari a dégluti bruyamment. Les trois filles ont paru décontenancées. On m'avait déjà dit que mon comportement avec les malades alités était acceptable, quoique tout juste, mais manifestement, pour ce qui était de mon comportement sur la plage, il y avait encore du boulot. « Je suis navrée, ai-je dit. Je n'ai pas pu m'empêcher d'entendre ce que vous disiez.

— Tout va bien, a dit la femme », mais il était clair que non, tout n'allait pas bien. Elle avait les yeux injectés de sang et le fond de l'œil jaunâtre. Elle était bien trop maigre, pâle, épuisée, ce qui aurait pu être la conséquence de la traversée en bateau sous l'orage, des nuits sans sommeil pendant le voyage, des émanations de diesel, de plein de choses, mais je ne pourrais pas le savoir sans l'examiner.

« Elle est médecin », a dit Emma en anglais, à la femme ou au mari, je ne savais pas trop, mais la fille aînée a plusieurs fois pointé Emma du doigt : « Elle, médecin ? »

Elle ne pouvait avoir plus de dix ans, et elle était déjà coiffée d'un foulard, ce que j'ai trouvé étrange. Pendant mes années d'adolescence, quand mon père nous emmenait faire des excursions à Deir ez-Zor, peu de femmes étaient couvertes, et encore moins de fillettes. Emma, taquine, a pointé l'index à plusieurs reprises sur la petite puis sur moi en disant : « Elle, médecin. » Puis elle a tourné l'index vers elle : « Moi, infirmière. » Puis, s'adressant à la fillette : « Toi, Tarzan ?

— Non, a rétorqué la petite avec ardeur. Moi, médecin. » Elle s'est tue un instant puis a tendu sa main à Emma. « Moi, Asma, a-t-elle dit. Moi, médecin. »

Emma n'a pas hésité. Au lieu de serrer la main qui lui était tendue, elle a pris la fillette dans ses bras et l'a étreinte avec affection, l'humidité se mêlant à l'humidité. « Asma, mon Asma, a-t-elle dit. Meilleure doctoresse au monde. » Elle s'est relevée, a pris la main de la petite. « On va vous trouver à tous des vêtements secs pour que vous n'attrapiez pas un vilain rhume. Allons, tout le monde m'accompagne. On va se changer et trouver quelque chose de chouette pour habiller votre maman pendant qu'elle reste ici et parle à cette gentille doctoresse. »

Je ne savais pas du tout si le mari et les trois fillettes comprenaient un mot de ce que disait Emma, mais ils l'ont suivie jusqu'à un van. Alors que je les regardais s'éloigner, les trois gamines se tenant la main, Emma s'est retournée et m'a adressé un regard suffisant. « Si tu as besoin de moi, fais-moi un grand signe des bras, comme tu fais d'habitude. Je regarde. »

Quatre réfugiés se tenaient à quelques pas, de jeunes hommes. L'un d'eux avait les cheveux dressés, le manteau maculé de toutes les taches possibles et imaginables, à genoux comme en prière, mais pour plaisanter il embrassait la plage. Quand il s'est relevé, il avait la figure décorée de motifs de sable, ce que les quatre ont trouvé parfaitement hilarant.

Seule avec moi sur la plage où grouillaient tant de gens, la femme se cramponnait à son sac à main ventru des années 1940, soupçonneuse et terrifiée mais résolue. Je m'en voulais de mes mauvaises manières.

« Je m'appelle Mina Simpson, ai-je dit. Pardonnez mon impertinence. C'est mon premier jour ici. J'étais tendue et, avec tout ce qui se passe, je n'ai pas songé à me présenter correctement. »

Elle s'est forcée à sourire. Je n'avais pas besoin d'en voir davantage pour savoir qu'elle souffrait. Elle m'a rassurée en m'expliquant que les mondanités étaient les premières choses à disparaître en temps de crise, et c'était regrettable ; elle était néanmoins contente que nous puissions rectifier ce faux pas sans gravité. Elle s'appelait Sumaiya, d'un village à proximité de Hussainiyah, au nord de Deir ez-Zor. Son mari s'appelait Sammy. Facile à retenir, Sammy et Sumaiya. Ils étaient faits l'un pour l'autre, a-t-elle dit. Sa famille avait échappé à la loi de Daesh et aux bombardements du régime, tous des chiens galeux, elle n'y retournerait jamais, et pourtant, certes elle le regrettait, mais elle ne me laisserait pas l'ausculter. Sa main droite sur le quadrant supérieur droit de son abdomen.

« Je n'en parlerai à personne sans votre permission, ai-je dit. C'est entre vous et moi. Je préférerais vous examiner ici, tant que nous ne sommes que toutes les deux, plutôt qu'attendre que vous arriviez au camp. Parce que je ne sais pas comment ce sera là-bas. Vous voulez bien ?

— Non, a-t-elle dit. Ni ici ni au camp. Peut-être quand on arrivera au bout du voyage, là où on habitera, peut-être alors. »

Et la chouette de Pallas Athéna dans sa grande sagesse a agité ses ailes dans mon cerveau. J'ai fini par comprendre, idiote que j'étais. Elle était émaciée. Ictère scléral, douleur abdominale, le quadrant supérieur droit où elle tenait son sac à main imitation peau de croco, bon sang de bon sang, Mina. Même sa peau avait une coloration jaune. Si ses vêtements amples avaient été plus mouillés, avaient davantage épousé ses formes, j'aurais remarqué le ventre distendu.

« Depuis combien de temps savez-vous ? » ai-je demandé.

J'ai observé son visage trahir de la surprise une fois de plus, si ce n'est que cette fois-ci, elle a eu un mouvement de recul. L'angoisse lui a conféré des yeux de fouine. Il fallait que je fasse marche arrière, je ne voulais pas l'effrayer. J'ai marqué un temps de silence, puis j'ai pris sa main gauche. Elle ne voulait pas me regarder.

« Je ne dirai rien sans votre permission, ai-je susurré. Je vous le promets », puis, pour que ce soit plus officiel : « Je le jure sur la tête de ma mère et de mon père.

— Que savez-vous ? m'a-t-elle demandé, regardant toujours droit devant elle, en direction de la mer, en direction de là où se trouvait naguère son passé, sa maison.

— Je ne sais pas, ai-je dit. J'essaye juste de comprendre. Je devine que vous n'avez pas besoin que je vous examine. Vous savez ce qui ne va pas et, je ne sais pas ce que c'est, mais c'est grave – grave au point qu'aucune autre affection causée par le voyage ne fera grande différence. Vous avez peur, si on découvre de quoi il s'agit, qu'on vous renvoie. Est-ce que je me trompe pour l'instant ? »

Je ne pouvais plus lire l'expression sur son visage. Était-elle encore effrayée ? Soulagée ? Curieuse ? Elle restait silencieuse, les yeux braqués vers l'orient. Pour l'essentiel, j'avais raison, je le savais. Je n'étais pas oncologue, mais je n'étais pas non plus aveugle. Je ne voulais pas forcer les choses. Francine pour plaisanter m'appelle sa camionneuse pour maintes raisons. Ne me laissez pas seule dans un magasin de porcelaine. Sumaiya savait que c'était fatal, pas seulement grave. Comment faire preuve de délicatesse ?

« Vous n'avez pas peur qu'on vous renvoie au pays, c'est ça ? ai-je dit. Non, cela ne vous fait pas peur. Vous ne voulez pas que votre famille soit renvoyée. »

Elle m'a offert un pâle sourire.

« Quel type de cancer ?

— Vous vous en sortez bien, a-t-elle dit. Pourquoi ne devinez-vous pas ?

— Je ne peux pas, ai-je dit, sans vous ausculter, mais si je devais dire quelque chose, je dirais le foie, c'est ce qui semble le plus évident.

— Vous voyez, a-t-elle dit. Vous n'avez pas besoin de m'ausculter. »

Je n'ai pas eu à demander si elle suivait un traitement. Retrouver ses antécédents médicaux aurait été quasiment impossible. Je savais que tous les hôpitaux de la région avaient volé en éclats, bombardés par les Syriens, par Daesh, par la Russie, par les États-Unis. Tout le monde avait tenté de s'en prendre aux médecins et aux hôpitaux. Je me suis demandé qui avait posé le diagnostic pour elle et à quand remontait ce diagnostic.

« Est-ce que vous savez si la maladie a démarré dans le foie ou ailleurs ? ai-je demandé.

— Foie », a-t-elle dit doucement, avec mélancolie, sans me regarder.

J'ai exercé une pression sur sa main, lui ai dit que je ferais tout pour qu'elle ne soit pas renvoyée, ce qui était de toute façon hautement improbable. Je n'étais arrivée que la veille, ai-je dit, et ne savais pas grand-chose sur ce qu'il était possible de faire sur l'île et qui pouvait aider, puis j'ai montré Emma sur le parking, entourée de la famille de Sumaiya, qui me regardait depuis tout là-bas. Elle pouvait aider, ai-je dit à Sumaiya. Elle travaillait pour une ONG suédoise avec plein de médecins et saurait comment s'y prendre pour que vous ne soyez pas renvoyée. Pas seulement ça, mais elle était digne de confiance. Si on lui disait de n'en parler à personne, elle ne dirait rien. J'ai chanté les louanges d'Emma, vanté sa compétence et sa discrétion, jusqu'à ce que Sumaiya fléchisse.

J'ai fait un grand signe des deux bras en l'air.

Ma famille

Mon père se rendait souvent en voiture à Deir ez-Zor pour chasser le gibier à plume le long de l'Euphrate, toutes sortes d'oiseaux, des canards, des oies, des cailles, des perdrix, des faisans. Une ou deux fois l'an, il partait de Beyrouth, faisait neuf heures de route, restait là-bas quelques jours, puis revenait avec un butin qu'il distribuait à ses amis, car sa femme n'aimait pas nettoyer et cuisiner le gibier. Il y allait le plus souvent tout seul et je me demandais si sa passion était la chasse ou la solitude. Comme il était marié à ma mère, je me disais que c'était plutôt la seconde option. Mais d'un autre côté c'était à Deir ez-Zor qu'il avait fait la connaissance de sa femme, une beauté douée d'une énergique ambition, et il avait coutume de s'y rendre depuis qu'il avait dix-huit ans, alors peut-être était-ce la chasse. Il avait vingt ans et elle dix-sept quand il l'avait ramenée à Beyrouth, ce qui n'avait pas particulièrement enchanté ses parents à lui, car elle était issue d'une classe bien inférieure. La famille de mon père n'aurait jamais dû se faire trop de souci car elle était bien plus consciente des distinctions de classe qu'eux tous réunis. Après son mariage, elle ne remit les pieds dans son village qu'une seule fois, pour l'enterrement de son père. Mon père quant à lui s'en tenait à son calendrier de chasse ; une ou deux fois par an, il allait en voiture jusqu'à Deir ez-Zor, était hébergé chez ses beaux-parents, dormait dans leur petite maison et mangeait avec eux. Elle ne voulait pas entendre parler de la ville ni de sa famille. Elle n'arrivait pas à le convaincre de ne pas y aller, et il n'arrivait pas à la convaincre de l'accompagner. Concernant les enfants, ils firent des compromis. Les trois garçons purent accompagner leur père tous les deux, trois ans, mais ma sœur jamais. Heureusement pour ma mère, à part mon père, personne ne se souciait vraiment de la ville ou de la famille maternelle : le trajet était trop long, rien à faire là-bas, trop chaud en été, trop froid en hiver, lits grumeleux.

J'ai visité Deir ez-Zor deux fois seulement, en comptant l'enterrement de mon grand-père dont je me souvenais à peine. Ce dont je me souvenais en revanche, c'est que ma mère avait fait en sorte que notre tenue vestimentaire à tous soit impeccable et qu'elle avait acheté une robe noire dont le prix était quasiment trop élevé pour nous.

Je ne voudrais pas que tu penses que mon père et ma mère ne s'entendaient pas, pas du tout. Elle l'a vénéré jusqu'au jour où il est mort. Il était au-dessus de tout pour elle – et pas seulement en raison de la tradition. Quels qu'aient été les défauts de mon père, et il en avait beaucoup, elle l'a aimé de manière à la fois pieuse et impie, car il avait coutume de la regarder comme si elle était arrivée sur une coquille Saint-Jacques, avec l'odeur de la mer dans ses cheveux. Elle était son Saint-Esprit. Leurs névroses étaient parfaitement complémentaires ; leurs folies s'emboîtaient comme des lames de scies sauteuses. La pièce qui ne s'emboîtait pas était la mienne, pas la leur.

Moi aussi j'aimais cet homme. Quand j'étais jeune, Mazen et moi attendions à la maison qu'il revienne du travail. La première chose qu'il faisait en entrant dans l'appartement c'était délacer ses chaussures, les enlever et nous les confier. Mon nez détectait une odeur ammoniaquée. Chacun une chaussure noire sur les genoux. Nous nous asseyions sur le vieux coffre, dans l'entrée, lui à ma gauche car il était gaucher. Nous les cirions à la main jusqu'à ce qu'elles soient d'un lustre parfait, les frottions avec un chiffon propre, glissions délicatement un embauchoir dans chacune, puis entreposions les chaussures dans des sacs de coton individuels. Avant de partir au travail le lendemain, il déballait chaque chaussure aussi méticuleusement que nous l'avions emballée. Lorsqu'il revenait de ses excursions de chasse, nous devions sortir ses bottes sur le balcon pour un vigoureux nettoyage à la brosse. Il les aimait, ses chaussures.

Quand mon père est mort, Mazen, le seul membre de la famille qui a maintenu le contact avec moi, après des années de silence, m'a envoyé une autre photographie que ma mère n'avait pas éliminée, une photo de mon père, Firas, Mazen et moi en expédition de chasse à Deir ez-Zor. Mon père était au centre, bien sûr, tenant un fusil de chasse, un bonhomme replet brandissant un Beretta à canons superposés. Surtout des blancs et des gris clairs, étain et huître délavés, l'image remontait au temps jadis, aux années soixante. Ses cheveux gominés étaient bien plus foncés que n'importe quoi d'autre sur la photo, plus foncés que le fusil, les branches en métal de ses lunettes d'aviateur plus blanches que le blanc. C'est ainsi que je me le rappelais, dans cette pose, le tireur d'oiseaux. Quand je l'imaginais, je visualisais même le gilet qu'il portait sur cette photo, beige dilué dans la vraie vie, suffisamment ample pour sa large taille, avec quatre profondes poches basses où ranger les cartouches. Firas et Mazen, gonflés et débordants de testostérone, dardés dans des directions différentes, lui le soleil considérable, eux ses rayons. Je me tenais à côté de lui, le haut de ma tête arrivait à peine à sa ceinture. Moi, son plus jeune rejeton, son petit nuage noir, aux larmes qui coulent coulent coulent – *la brute, le cœur de brute d'une brute comme toi* –, refusant ou incapable de s'éloigner, ma masse trop minuscule pour résister à sa force d'attraction gravitationnelle. Voilà ce dont je me souvenais de mon enfance. Ce cher enfant, une traduction erronée de mon identité.

Je n'ai pas été étonnée que Mazen m'envoie une photographie commémorative sur laquelle j'étais en pleurs. J'étais impuissant avec les armes. Je me rappelle la marque et le modèle exacts des deux fusils de chasse de mon père, un pour le ball-trap et un pour les oiseaux, mais rien concernant celui qu'il m'avait confié. Était-ce un calibre quatorze ? Il me l'avait donné le matin et me l'avait repris quelques instants plus tard car j'avais failli lui tirer dessus en chargeant l'arme. Il m'avait dit d'une voix apaisante de ne pas m'inquiéter parce que je n'aurais pas pu le blesser, compte tenu de la taille de la cartouche, mais nous savions l'un et l'autre que ce n'était pas vrai. Je ne pourrais pas te dire ce qui lui avait fait le plus de peine, que je sois malheureux avec les armes à feu ou que j'aie fondu en larmes quand le machin était parti, les plombs explosant juste à côté de son pied, le trou dans la terre à peine plus grand que le diamètre de la cartouche, mais je pourrais te raconter dans les plus infimes détails son visage anéanti ce jour-là, le choc, l'horreur, le chagrin, le blanc de ses yeux écarquillés et les pupilles noires dilatées, comme s'il était revenu de chez l'ophtalmo, le nez globuleux et ses narines bizarrement circulaires, l'une plus petite que l'autre.

Ta famille

J'échangerais ma famille contre la tienne n'importe quel jour de la semaine, y compris les dimanches et les principales vacances. Sauf Mazen, lui c'est mon pote. Et ses enfants, ma nièce et mon neveu, je les aime. Les autres, tu peux les prendre. Je n'arrive pas à croire que tu écrives des histoires de familles aussi ignobles, alors que la tienne t'a toujours soutenu. Quand je t'ai lu, au début, j'ai cru que tu avais dû être ostracisé, renié, déshérité, blackboulé, ce genre de saloperies. Le vaste chiasme abrupt entre tes narrateurs et leurs familles est clairement défini, ressenti intimement. J'étais sûre que c'était autobiographique. Et puis j'ai rencontré les membres de ta famille. Ils t'adoraient, t'avaient toujours adoré. Je n'ai cessé de me demander comment quelqu'un qui était tant aimé pouvait se sentir seul à ce point, comment tu pouvais demeurer à ce point insatisfait – un mal congénital, je suppose. Même Francine n'a pas su résoudre cette énigme, et crois-moi, elle a travaillé avec toutes sortes de gens désespérés.

Ta famille pourrait peut-être m'adopter.

La seule personne à qui j'ai parlé de ma famille est Francine, bien sûr. Je n'en ai pas parlé à mes amis, ni à ma première partenaire, Jennifer. Je les ai enfouis dans un coffre. J'ai expliqué qui ils étaient à Mme Francine-je-me-mêle-toujours-de-tout parce que, tu la connais, elle a l'art de tirer les vers du nez, d'obtenir n'importe quel secret de quiconque, ce qu'elle accomplissait sans effort avant même d'obtenir son diplôme de psychiatre.

Mon buste

Si je n'avais pas voulu que qui que ce soit voie ce qu'il y avait dans mon coffret empli de secrets, n'a pas manqué de me dire Francine il y a bien longtemps, j'aurais dû le verrouiller. Pas nécessairement une serrure élaborée, juste indiquer que le contenu était personnel eût été un indice suffisant pour qu'elle n'aille pas regarder ce qu'il y avait dedans. Francine avait baptisé le coffret mon buste, en référence à la caisse en bois de sapin servant au transport du raisin de Damas, et elle m'embrassait en me caressant le buste chaque fois qu'elle utilisait le terme. Achète un petit cadenas, disait-elle. Enroule ton buste dans de la ficelle ; glisse un ruban dans ses œillets. Elle saurait qu'elle ne devait pas y fourrer son nez. Tu veux que je mette mes bijoux de famille à l'abri, ai-je plaisanté. Nous étions toutes deux nerveuses, aucune ne souhaitant pousser le bouchon trop loin, ne voulant commettre une bourde idiote ou une erreur monumentale, craignant le faux pas sentimental. Francine venait juste d'emménager. Nous avions apporté toutes ses affaires pendant le week-end, ses bagages, tout son bazar a rejoint mon coffret, mon buste comme elle disait. Nous nous sommes assises d'un côté de notre lit, ce lit qui, quelques jours plus tôt, n'appartenait qu'à moi, désormais impeccable avec sa couette brun foncé, le coffret entre nous, face à l'armoire où elle l'avait trouvé, d'où elle l'avait exhumé de sous une myriade de cartons de livres, de papiers et de colifichets. J'ai voulu faire remarquer, mais ai choisi de m'abstenir, qu'un coffret avec mon prénom original, Ayman, sculpté patiemment dans le bois au stylo Bic, aurait dû la faire hésiter. J'ai vu des traces d'encre bleue dans les rainures des lettres gravées. Il était possible que quelqu'un d'autre ne voie rien ; il était possible que je voie une encre imaginaire, évanouie depuis des lustres, l'encre vue jadis. Je savais que j'accordais trop d'importance à la situation. Le coffret était le dépositaire de mon passé, mon livre des réminiscences, exactement ce que je devais partager avec mon amante. Il fallait que je me détende, que je relâche la tension de ces muscles dans mes épaules. Mais de qui me moquais-je, la tension dans mon corps était palpable, mon estomac réclamait des antiacides. C'était idiot, je pouvais facilement me raisonner pour chasser cette nervosité, je pouvais apaiser cette angoisse naissante. Je pouvais raconter une plaisanterie, je racontais toujours des plaisanteries, je me débrouillais bien dans ce domaine, je pouvais répéter un cliché sur le mode n'avons-nous-pas-tous-peur-de-l'intimité, n'importe quoi, pour réduire la tension. Aurais-je été le devin Tirésias, j'aurais trouvé une réplique amusante pour adoucir le choc de l'annonce : Écoute, Œdipe, souviens-toi, ton papa a dit que tu commençais à être trop âgé pour que ta maman vienne t'embrasser au lit le soir, eh bien, je vais te dire... Était-ce un moment tirésiassien ? Ma vie avant et après l'ouverture ? Je me sens ridicule, avais-je expliqué, je ne crois pas qu'il y ait autre chose que des papiers et des photos là-dedans. Je veux que tu les voies, et je ne sais pas pourquoi cela me terrifie. Francine m'a embrassée sans avoir à mentionner le buste. Je te montrerai le mien, a-t-elle dit, si tu me montres le tien. C'est ainsi que cela a commencé.

La vieille charnière a émis un gémissement lugubre, j'ai ouvert la boîte, l'ai pandorée, et j'ai libéré mes démons dans le monde de Francine. Ne m'en veux pas, l'ai-je prévenue.

La famille

Il fallait que nous déclarions la famille à la police, que nous lui trouvions un abri pour la nuit, que nous nous assurions qu'elle partirait bientôt pour Athènes, que Sumaiya soit diagnostiquée, qu'elle commence un protocole de traitement si possible. Il lui fallait des antidouleurs plus forts que du paracétamol. Elle n'avait rien d'autre. Elle avait dû tellement souffrir. J'avais apporté des trucs plus puissants, mais j'avais tout laissé dans ma chambre d'hôtel. Quelle idiote ! Oxycontin ? Oui, j'en avais apporté un flacon. Oxycodone ? Ça aussi, et de la morphine. La moitié de ma valise était remplie de cachets et pilules en tout genre. Je ne les avais même pas encore sortis de ma valise.

Je voulais qu'Emma règle les problèmes. Elle savait quoi faire, où tout se trouvait. Elle a choisi de compatir avec Sumaiya, de lui tenir la main et de lui parler doucement dans des langues approximatives. Le mari de Sumaiya, Sammy, était assis dans le sable, à câliner leur fille cadette. J'ai demandé à Rodrigo s'il fallait qu'on emmène la famille pour les déclarations administratives. Non, nous devions attendre un bus qui acheminerait tous les réfugiés à un camp appelé Moria ; nous ne pouvions pas tenir à cinq dans notre voiture.

Je me sentais inutile. Que pouvais-je faire ?

J'étais une spécialiste du sentiment d'impuissance, l'impotence, mon amie proche. Parfois, comme Orphée, j'avais l'impression de pouvoir chanter la vie, repousser la Faucheuse en personne, ne fût-ce que pour un temps, mais je devais aussi, désespérée, regarder Eurydice se faire renvoyer aux enfers. J'avais entendu des récriminations au sujet des médecins et de leur complexe de Dieu, en particulier les chirurgiens. J'avais fréquenté des médecins pratiquement toute ma vie – certains étaient arrogants, d'autres de vrais enfoirés –, mais je n'en avais encore jamais rencontré qui se soient crus omnipotents. Mais il faut dire que Dieu non plus ne l'était pas, si Il ou Elle existait. Nous étions capables de faire des choses incroyables de temps à autre, mais souvent nous étions impuissants. Nous étions divins au sens où nous étions à la fois omnipotents et impuissants, et, comme Dieu, souvent nous ne pouvions rien faire d'autre que regarder en témoins.

J'ai sorti mon téléphone, suis allée sur Internet pour en apprendre le plus possible sur l'hépatocarcinome. Je me suis demandé si je ne devais pas obtenir un numéro local pour économiser sur les frais d'itinérance.

Asma, la future doctoresse, a déballé le haut de son sandwich, laissant le reste dans le papier d'aluminium pour qu'il ne se désagrège pas. Elle a examiné le contenu entre les tranches de pain, puis a pris une première bouchée exploratoire. Le papier d'alu la faisait ressembler à un oiseau avec un bec argent. Elle a trouvé le goût bizarre mais a tenté une deuxième bouchée. J'ai expliqué que c'était du beurre de cacahuète et de la gelée, une étrange invention américaine. Elle a trouvé que c'était bien trop sucré pour un sandwich mais a continué à le manger. Ce n'était pas le cas de la vieille femme, là-bas, restée où nous l'avions laissée. Elle était assise bien droite, entourée de son fils qui selon elle ne s'occupait pas d'elle et de sa famille. La grincheuse patentée a croqué dans son sandwich et recraché. Une jeune bénévole blonde a essayé de la réprimander pour avoir craché de la nourriture, mais la Syrienne s'est contentée de lui tourner le dos.

Même de loin, la vieille femme semblait s'être ragaillardie, plus vive, robuste, ayant repris des couleurs en dépit de son grand voyage et de son âge plus grand encore. Le temps, ce banquier capricieux, n'avait pas encore jugé opportun de collecter les intérêts échus. L'étudiante a tenté une tactique différente, a demandé à la vieille femme pourquoi elle n'aimait pas le sandwich, la traduction effectuée par l'une des petites-filles de la vieille dame. S'est ensuivie une sorte de conversation à sens unique pendant laquelle la vieille femme est demeurée stratégiquement hostile. L'étudiante lui a montré un iPhone – le dernier modèle, assurément, sorti de sa boîte à Noël –, lui demandant sur un ton interrogatif théâtral, du genre utilisé pour stimuler la curiosité du spectateur à la fin d'un épisode : « Est-ce que vous êtes d'accord si je prends une photo avec vous, ensuite je pourrai vous montrer ce que ça donne, là, sur l'écran ? »

J'ignorais si la vieille femme avait compris quoi que ce soit à ce papotage, mais elle a prononcé un unique mot anglais qui a fait blêmir la jeune fille. « Non », s'est-elle écriée. Où les passions trouvaient-elles de la place dans un corps si chétif ?

« Arrachage des yeux évité, ai-je dit.

— Attends un peu, a dit Emma. La gamine va demander à quelqu'un d'autre. Cherche les bébés, tu trouveras des imbéciles en train de faire des selfies. »

J'ai fini par causer boutique avec le docteur Giacometti de Bari pendant que nous attendions. Cela faisait deux semaines qu'il était sur l'île, son deuxième séjour depuis octobre. Sumaiya ne cessait de m'adresser des regards interrogateurs. Je lui ai dit en arabe de ne pas s'inquiéter, que nous ne parlions pas d'elle. Sa benjamine, qui devait avoir dans les quatre ans, somnolait dans son giron pendant qu'Emma caressait les cheveux de la fillette. Giacometti avait décidé qu'il ne reviendrait plus à l'arrivée d'un bateau, préférant travailler au camp, mais ce matin il s'ennuyait à la pause, et s'était dit qu'il viendrait faire un tour à la plage. Il a chanté les louanges d'Emma, elle qui régnait sur l'île, la meilleure infirmière de Lesbos, capable de régler n'importe quel problème. Il m'a raconté une histoire drôle : la première fois qu'il était venu accueillir un bateau sur la plage, il essayait d'aider une femme terrifiée à l'idée de descendre de l'embarcation et, en gesticulant, elle l'avait frappé au visage et avait fait tomber ses lunettes dans l'eau. Il ne savait que faire. Il ne voyait rien sans ses lunettes. Devait-il continuer d'aider les réfugiés à descendre à terre ou bien chercher ses lunettes ? Il a dit sur le ton de la plaisanterie que la question devenait existentielle : il pouvait secourir les réfugiés en tant qu'homme, mais s'il devait aider en tant que médecin, il fallait qu'il puisse voir. Il est parti à la chasse aux lunettes, tel un pélican à la vue basse, sans les retrouver, bien sûr, et pourtant l'eau était calme ce jour-là. Puis une chose infiniment étrange s'était produite. Il avait remarqué une forme floue et sombre plonger dans l'eau devant lui. Puis un garçon syrien d'une dizaine d'années avait émergé, frissonnant, sa main était sortie la première de l'eau, tenant les lunettes de Giacometti.

« J'étais estomaqué, a-t-il dit. J'ai fondu en larmes. J'étais la dame qui avait fait tomber son mouchoir, et il était mon prince à l'armure étincelante, un enfant qui aurait dû être dans une salle de classe je ne sais où, ce matin-là. Regardez, je suis à deux doigts de fondre en larmes rien que d'en parler. »

J'ai songé à le serrer dans mes bras mais me suis contentée d'une tape sur l'épaule, et c'est à ce moment-là que son collègue s'est approché. « Laissez-moi deviner, a dit l'autre médecin dans un anglais presque sans accent. Paolo vous a raconté l'histoire du réfugié, le garçon-chevalier qui a risqué sa vie en plongeant d'une haute tour dans des eaux infestées de requins pour récupérer ses lunettes. » Giacometti a fait mine d'étrangler son collègue. Nous avons discuté une minute ; ils ont échangé quelques plaisanteries pas marrantes qui les ont néanmoins fait rire. J'ai baissé la tête. Emma étreignait Sumaiya, qui pleurait discrètement, sans bruit, espérant que ses filles ne remarqueraient pas. Son mari retenait sa respiration, s'efforçant manifestement de ne pas pleurer.

Nous avons été dûment interrompus par selfie-girl paniquée, qui a demandé si quelqu'un avait vu son téléphone. Elle l'avait une minute plus tôt et ne le retrouvait plus. J'ai su qu'Emma allait éclater de rire. Selfie-girl courait d'un contingent à l'autre, menant l'enquête – chaque groupe de réfugiés et de bénévoles occupait un endroit précis, comme les éléments de la table périodique. Une des mennonites lui a proposé d'utiliser son téléphone pour appeler le téléphone égaré.

Un bus scolaire aménagé est apparu, un rectangle jaune au loin. Tous ont rassemblé leurs affaires, souvent bien modestes, avant de se diriger vers le parking. La plupart des réfugiés portaient leurs affaires dans de grands sacs-poubelle. En passant devant la vieille femme, j'ai entendu le sien sonner.

Ma mère et l'ouvre-boîte

En arrivant à Beyrouth, ma mère était une jeune fille de la campagne tout juste capable de lire et d'écrire, qui ne s'était jamais éloignée de son village natal de plus d'une trotte à dos de baudet. En très peu de temps, elle s'était réinventée et, aussi loin que je me rappelle, n'avait cessé de se réinventer. Elle émergeait d'un cocon puis d'un autre, chaque papillon ne voulant rien savoir de la chenille qu'il avait été auparavant. Mon père n'était pas particulièrement aisé quand ils se sont mariés, mais elle dépensait le peu d'argent dont ils disposaient en vêtements et, plus important, en accessoires. Elle pouvait porter la même robe pendant toute une semaine et la faire paraître chaque jour différente. Je n'ai pas hérité de ce talent.

Un certain nombre de ses robes ont marqué mon enfance. Instruisant ma sœur sur la cuisson du riz, elle arborait une robe rouge aux petits lilas bleus éparpillés comme si elle était tombée dans un bouquet de fleurs ; me hurlant dessus parce que j'essayais sa précieuse toque, elle avait une petite chose blanche à col montant dont la coupe sophistiquée mettait en valeur sa fine silhouette. Pour la gifle, elle portait une robe popover mauve. Quelques jours après mon neuvième anniversaire, je me tenais devant un miroir en pied après un bain, je me séchais les cheveux, constatant que la serviette enroulée sur ma tête me donnait un air moins garçon. Je l'avais disposée comme un turban qui montait au-dessus de ma tête. J'étais une femme d'un village africain se rendant au marché, une jeune fille du désert allant au puits. Nue devant cette glace, j'avais placé une cuisse devant l'autre et fait disparaître mon pénis dans la chair qui n'était pas encore dodue. Mazen avait accidentellement ouvert la porte. Ébahi, il ne l'avait pas refermée suffisamment vite. Ma mère en mauve passait à ce moment-là. Elle était entrée en trombe, m'avait arraché sans un mot ma coiffure d'Africaine-vierge du désert et m'avait giflée fort. À bientôt soixante ans je sentais encore la brûlure sur ma joue.

Enfant, je l'idolâtrais – enfin, au début. Elle incarnait à elle seule le mot « fabuleux ». Elle avait coutume de faire de grands gestes théâtraux avec les mains en parlant. Je me disais que je n'avais pas besoin d'entendre ses paroles car ses mains expliquaient tout, que ses mains étaient les dernières praticiennes d'une langue babylonienne perdue. Puis ses gestes ont mûri, sont devenus plus grandiloquents, avec davantage de fioritures, de panache. Ils n'illustraient plus son récit, étaient davantage affaire de style que nécessité de se faire comprendre. Je me serais égarée en tentant de les réinterpréter.

Francine était catégorique, les femmes comme elle ne devaient pas avoir d'enfants, car nous n'avions pour elle qu'une fonction décorative. À sa façon à elle, ma mère aimait ses enfants – elle nous aimait avec un noble détachement magnanime. Pour nous souhaiter une bonne nuit, elle nous soufflait une bise de loin. Si l'un d'entre nous accomplissait quelque chose d'honorable, elle lui tapotait la tête. Mon frère Firas, à dix-sept ans, a remporté les championnats scolaires aux 400 mètres en course à pied. Il a eu droit à une petite tape sur la tête. Mes résultats étaient tellement excellents au baccalauréat qu'un organisme libanais a proposé de financer mes études à Harvard, une tape sur la tête.

La plupart des vêtements qu'elle nous achetait étaient neutres, noirs, blancs, gris et marron, alors qu'elle en revanche affectionnait les couleurs vives. Où que nous allions en famille, nos couleurs fades mettaient en valeur son éclat. Et pas seulement nous. Les murs de notre maison étaient d'un blanc morne, le mobilier beige. Même les tapis avaient des teintes ternes. Chaque chose dans l'appartement avait une fonction : la rendre éblouissante.

Il me reste une photo d'elle dans mon coffret aux secrets, datant de la fin des années soixante, les couleurs ont viré à l'orange fané. Ses épaules drapées d'un cardigan blanc à passepoil rouge. Elle se la joue élégance culinaire façon *Vogue* pour budget limité. Elle a les cheveux coiffés en l'air comme cela se faisait à l'époque, ramenés en un chignon sophistiqué qui nécessitait des litres et des litres de laque ; les yeux me piquent rien qu'à regarder la photo. Devant elle, sur la table en Formica de la cuisine, jaune moutarde, sont posés toutes sortes d'ustensiles de cuisine, trois bols, et sa nouvelle acquisition de l'époque, la raison pour laquelle l'appareil photo avait été sorti de son étui : un ouvre-boîte électrique. Ses mains apparaissent comme par magie de derrière le cardigan pour diriger les yeux de l'observateur vers le gros lot. Le sourire de ma mère est celui de la victoire.

Sa joie ne durait jamais, bien sûr. Au bout d'un an tout au plus, l'ouvre-boîte électrique a rejoint les bocaux de navets marinés au fond du placard.

Quand les boîtes de conserve ont infesté la conscience des Beyrouthins, elles étaient un signe d'ascension sociale, on renonçait aux vilaines traditions. Ma mère voulait désespérément être soulevée par les mains calleuses de la modernité. Rien ne lui parlait davantage à l'époque. Regarde, toutes les asperges de la même taille, pas comme celles de la nature. Nous étions tous dûment, quoique brièvement, impressionnés. Les champignons en boîte ont connu un succès tout particulier. Tout cela s'est terminé l'été où ma mère a fait une compote de fruits en boîte. Je me souviens avoir regardé le plat devant moi avant de sentir l'odeur des pêches récemment cueillies sur le buffet. Je n'étais pas le seul. Mon père regardait avec mélancolie la coupe débordante. Mazen a pris les uns après les autres des morceaux de fruits gluants et sirupeux. Il a retroussé sa lèvre supérieure et y a coincé un morceau de mandarine, comme une moustache.

Comme sa toque et les affiches psychédéliques de mes frères, la nouveauté avait fait long feu et nous étions revenus au ramassage des fruits dans les arbres. Quelques années plus tard, une boîte de conserve oubliée a soudainement explosé, une bouillie de toxines botuliques et de haricots verts a tout recouvert dans le placard.

Les petites canailles en colonie de vacances

Sumaiya et sa famille ont pris le bus tandis qu'Emma, Rodrigo et moi suivions en voiture. Heureusement, nous avions décidé de ne pas prendre mon Opel ce matin. La Honda de location d'Emma était bien plus confortable. Sur la banquette arrière je me suis soudain sentie épuisée et molle. La somnolence m'a envahie. S'adressant à moi dans le rétroviseur, Emma a proposé que je ferme un peu les yeux. Il y en aurait pour au moins une demi-heure avant d'arriver à Moria. Je me suis endormie avant qu'elle termine sa phrase.

J'ai rêvé de ma mère, de mon père, j'étais assise face à eux, adulte, nous étions tous sous l'eau dans la Méditerranée, quelque chose dans ce goût, tout était fugace et creux. J'entendais d'étranges bruits, des coups, comme si j'étais dans un aquarium avec un enfant tapant contre le verre, ma tête faisait chambre d'écho. Et effectivement c'est un enfant qui m'a réveillée – en fait pas un mais cinq, quatre garçons et une petite fille, tous dans des habits ayant connu des jours meilleurs, si tant est qu'ils en eussent connu un de bon. Les gamins se sont écartés de la voiture dès que je me suis retournée, tous ricanaient. J'avais dormi plusieurs heures, la tête appuyée contre la vitre arrière.

J'avais un texto d'Emma m'expliquant qu'elle avait jugé préférable de me laisser dormir, que je n'avais qu'à les rejoindre au camp et appeler quand je serais réveillée. J'ai étiré les bras, prenant appui contre le plafond de la voiture, ce qui a fait rire les enfants encore plus fort. Je suis sortie de la voiture, leur ai demandé en arabe si quelque chose en particulier n'allait pas ou s'ils me trouvaient drôle de manière générale. Le plus âgé des garçons, qui ne devait pas avoir plus de onze ans et portait un pull maintes fois reprisé, a expliqué que j'avais ronflé fort. Il avait entendu mes ronflements à travers la vitre de la voiture, a-t-il dit, mais son ami et lieutenant n'avait rien entendu, lui, parce qu'il avait les oreilles sales. Ses oreilles étaient tellement sales, a dit le garçon plus âgé, qu'on pouvait y faire pousser du blé et faire du pain. Cela n'a pas amusé l'autre garçon, dont les oreilles ne semblaient pas plus sales que celles des autres.

Il avait plu à verse pendant mon sommeil et toutes les voitures garées le long de la route étaient encore dégoulinantes. Des lambeaux de nuages effilochés se coagulaient en une masse sombre menaçante, recouvrant la lumière de fourrés d'humidité. Les ombres autour de moi ont pâli.

Les enfants m'ont demandé d'où j'étais, puis se sont présentés. Le chef, son lieutenant et un autre étaient de la région d'Alep. Le quatrième garçon venait de très loin, du Pakistan, et ne parlait pas arabe, mais il était néanmoins drôle, et la fillette blonde vêtue de couleurs stridentes venait d'Irak et ne disait pas grand-chose parce qu'elle était timide. Mais il fallait qu'elle fasse partie du club, parce que si le chef n'autorisait pas les filles, sa mère lui collerait une raclée. Et que faisait leur club ? Eh bien, il n'avait été formé que ce matin, donc ses objectifs n'étaient pas encore tout à fait clairs, mais la raison principale de son existence était de faire des bêtises, sa mère lui avait dit d'aller avec ses amis faire des bêtises ailleurs, de ne pas rester dans ses pattes, s'il ne voulait pas que ça chauffe pour lui, et évidemment il voulait éviter que ça chauffe pour lui. Pouvaient-ils m'emmener au camp, pour que je retrouve mon amie ? Bien sûr qu'ils pouvaient, et pas seulement ça, ils allaient m'expliquer des choses car de toute évidence j'étais nouvelle ici, mais ça allait me coûter. Non, pas de l'argent, mais une barre au chocolat, ou deux, puisqu'ils étaient cinq, et bien sûr qu'ils savaient que je n'avais pas de chocolat sur moi. Je n'avais même pas de sac à main, mais je pouvais acheter des friandises dans une des cantinas, par là-bas, ont dit les garçons. Dans la grande, face au portail, c'est là qu'il y avait les meilleurs chocolats ; les propriétaires leur avaient donné deux barres ce matin, parce qu'ils avaient ramassé tous les gobelets en carton et les avaient mis dans un sac-poubelle. Avais-je déjà bu du café dans un gobelet en carton ? Ils avaient mangé le chocolat plusieurs heures plus tôt, et ils étaient cinq, et c'étaient deux barres seulement, et ils pouvaient me dire toutes sortes de choses à propos de Moria, le camp sur ma droite, ce n'était pas la ville du *Seigneur des anneaux*, mais ils pouvaient même m'expliquer le film, si je voulais, alors il fallait que je leur achète les barres au chocolat, évidemment qu'il le fallait.

Des voitures et des vans étaient garés à touche-touche des deux côtés de la route étroite. La petite Irakienne a pris ma main dans la sienne. J'ai cru qu'elle obéissait à la consigne universelle qui veut que l'on donne la main quand on traverse une rue, mais ensuite un des garçons a pris mon autre main. Ils m'escortaient, mes guides me conduisant en safari à travers cette effrayante savane, m'évitant d'être attaquée par un féroce véhicule. Nous sommes passés devant deux camionnettes branlantes proposant des snacks, garées le long de la route ; les garçons les appelaient cantinas. Apparemment, des gitans étaient venus la veille vendre des habits neufs et usagés, à l'arrière d'un camion, mais rien de chouette. Nous avons dû contourner les nombreux clients des cantinas, essentiellement des Syriens, pour autant que je puisse dire, mais aussi au moins deux Africains et un Sud-Asiatique, presque tous fumaient et buvaient du café.

Bon nombre d'entre eux rechargeaient leur téléphone portable. La cantina vendait absolument tout ce qu'on pouvait souhaiter acheter au monde, m'ont expliqué les garçons. Est-ce que je voulais un téléphone, une carte SIM, du café, du sucre, un sandwich, une glace à la banane ayant mauvais goût, un ballon de foot bien trop cher, un tee-shirt Messi, tout ce que mon cœur désirait. Et des barres au chocolat, ai-je dit.

Je leur en ai acheté cinq, j'étais obligée. La propriétaire grecque, une femme d'une quarantaine d'années, a suggéré que je n'aurais pas dû parce qu'ils avaient mangé trop de sucre. Elle leur avait donné une barre à chacun ce matin, gratuitement, après quoi ils s'étaient mis à insister auprès des clients pour qu'ils leur en achètent d'autres. Elle ne savait même plus combien de barres ils avaient dévorées. Les petits filous se pourléchaient comme des félins. Je m'attendais presque à trouver des plumes de canaris prises dans les taches de chocolat autour de leurs lèvres. Quand j'ai demandé à la petite Irakienne combien de barres elle avait mangées, elle a brandi quatre doigts.

Juste en face de l'entrée du camp de réfugiés, de l'autre côté de la route, se trouvait un gros van de police, à l'arrêt, avec le moteur qui tournait, d'un bleu tellement lugubre qu'il en était presque noir. Pendant une minute je n'ai rien pu regarder d'autre. C'était une balise d'obscurité dans la lumière, une grosse tache d'une vilaine couleur. Les gamins, encore en train de savourer le chocolat, se tenaient à mes côtés, regardant le même van. Ils étaient tellement gros, a dit un des garçons en montrant les trois policiers en tenue antiémeute, fumant à côté de leur véhicule, ayant retiré leur casque afin que les cigarettes s'accouplent plus facilement aux lèvres. Ils n'avaient pas posé leurs boucliers antiémeute en polycarbonate. De grands gaillards avec mitraillettes, matraques, gilets, protège-cous, protège-genoux – oui, les gilets pare-balles vous faisaient un gros cul. Ils ne parlaient pas anglais, a dit un autre garçon, ni arabe. Ils ne parlaient qu'entre eux. Sur le mur en parpaings à côté du portail un graffiti rouge provoquant criait : NO BORDERS, NO NATIONS.

J'ai dit aux enfants que je pouvais y entrer toute seule ; ils n'étaient pas obligés d'être mes guides. Mais ils ont insisté. J'avais besoin d'eux, ont-ils dit. Et puis nous avions passé un accord. Une fois de plus ils m'ont pris la main et m'ont fait traverser la route. Le camp était délimité par de hauts murs en béton et des grillages, le tout coiffé de bobines de fil de fer barbelé avec lames de rasoir, lui donnant un air de prison haute sécurité ayant mal tourné en raison des centaines de minitentes dans l'oliveraie, à l'extérieur. Il n'y avait pas assez de place à l'intérieur, a dit le chef des garçons. Il y avait plus de réfugiés à l'extérieur qu'à l'intérieur. Le garçon pakistanais dormait avec sa famille dans une tente plantée dans une autre oliveraie à l'autre bout du camp. Le chef a dit au garçon pakistanais qu'on parlait de lui, avant de se retourner vers moi et de se plaindre qu'ils ne puissent pas se comprendre, ce qui créait une tension dans leur relation. Un des garçons syriens m'a dit que sa famille avait dû dormir à la belle étoile le premier soir parce qu'ils n'avaient pas les moyens de s'acheter une tente, ce qui était moche à cause du froid et de toutes les fourmis, mais le deuxième soir ils avaient été installés dans les baraquements du camp et demain ils se rendraient en bateau à Athènes, donc tout allait bien. Ils ont expliqué qu'ils partiraient tous d'ici une semaine ou deux, à part le garçon pakistanais, et ils ne savaient pas s'il arriverait à survivre sans eux.

Une bruine nous a accueillis dès que nous avons passé le portail, si fine que les enfants n'ont pas paru s'en rendre compte. Les policiers n'ont pas semblé non plus prendre conscience ni de la pluie ni de notre présence ; ce n'étaient pas des cerbères. C'étaient eux les policiers, a dit le garçon.

Ça c'était un van, ce bâtiment, là, c'était pour l'administration, et ils avaient leurs propres toilettes. Ces familles allaient prendre le bus qui les emmènerait au ferry qui les conduirait à Athènes, après quoi ils iraient en train en Europe. Le bateau pour Athènes était immense, il n'y avait aucun danger.

Toi l'immigré

Tu as écrit naguère que cela te gênait que les critiques et les chroniqueurs classent tes écrits dans la catégorie littérature de l'immigration. Tu as dit en plaisantant que le pire traumatisme d'immigration que tu avais enduré était quand ton vol au départ d'Heathrow avait été retardé.

Ouh le menteur ! Est-ce que tous les auteurs de fiction sont des menteurs, ou est-ce juste que tu fais ton Libanais ?

Comme nous tous, tu as dû t'adapter.

Le Beyrouth de 1977 ne pouvait pas te préparer au Los Angeles dans lequel tu es arrivé. Tu as atterri dans la Cité des Anges avec ton père alors que la guerre civile faisait rage au Liban. Il était venu pour t'aider à trouver un logement et t'installer à l'UCLA. Il voulait s'assurer que tu serais capable de te débrouiller tout seul pendant un certain temps. Il n'était censé rester qu'une semaine avant de repartir. Personne ne savait ce qui arriverait à la famille alors que la guerre s'éternisait.

Ton père a loué une énorme bagnole, une Cadillac. C'est ce que l'on conduisait sur les grandes routes d'Amérique. Vous avez trouvé un hôtel à proximité du campus. Le deuxième soir à L.A., vous deviez rendre visite à des amis de la famille qui habitaient Pasadena. Ils avaient proposé que vous vous retrouviez à un endroit facile à repérer, le Hilton Pasadena, puis de là vous iriez jusque chez eux en voiture. Tu as noté sur un bout de papier les indications qu'on t'a données à la réception. Ton père t'a proposé de conduire. Il fallait t'habituer car tu aurais bientôt dix-huit ans et tu aurais besoin d'une voiture.

Il s'est moqué de toi quand tu t'es installé au volant. Étais-tu sûr de pouvoir atteindre la pédale ? Te chambrer était son passe-temps favori. Tu as trouvé que conduire la Cadillac de location était simple comme bonjour. Ton père n'a cessé de te demander si tu savais ce que tu faisais. Tu es arrivé à Robertson Boulevard et tu as tourné en direction du sud. Tu as pris la bretelle d'accès à la I-10 et t'es glissé en douceur dans le flot des voitures. Tu cherchais la Pasadena Freeway, as-tu annoncé confiant. Tu as allumé la radio, mais ton père l'a immédiatement éteinte, voulant éviter toute distraction.

Arrivé à la deuxième Freeway, tu t'es engagé dessus. Là encore, tu t'es merveilleusement coulé dans la circulation. Tu voyais ton père sourire. Soudain, sur ta droite, au milieu des grands immeubles, tu as vu une grande enseigne au néon rouge qui annonçait HILTON. Regarde, as-tu dit en jubilant. Vous étiez déjà arrivés. Tu as pris la première sortie et voilà, tu t'es avancé jusqu'à l'entrée du Hilton.

Ton père était fier de toi. Tu étais bien son garçon, tiens.

Tu as utilisé la cabine téléphonique pour appeler l'ami de la famille et lui annoncer que vous étiez arrivés. Il a paru étonné qu'il vous ait fallu si peu de temps et t'a dit qu'il serait là d'ici peu. Vous avez attendu dans le hall, attendu et attendu. Personne n'arrivait.

Au bout d'une demi-heure, ton père a rappelé son ami. Tu t'es mis à transpirer quand tu l'as entendu rigoler au téléphone. Vous n'étiez pas au Hilton de Pasadena mais au Hilton de Los Angeles. Vous étiez en centre-ville et pourtant la route que vous aviez prise s'appelait clairement la Pasadena Freeway. Vous étiez censés la suivre jusqu'à Pasadena. Comment pouvais-tu le savoir ? Tu ne pouvais déjà pas concevoir l'existence de plus d'un Hilton dans un pays, alors dans une même ville, n'en parlons pas. Pourquoi un pays aurait-il eu plus d'un Hilton ?

Ton père a ricané en disant que c'était lui qui allait prendre le volant.

Et comme nous tous, tu as fait l'expérience du traumatisme.

Tu as écrit à propos des premiers ennuis que tu as connus en tant qu'immigré, tu t'es fait traiter de tous les noms pendant la crise des otages américains en Iran par des camarades de classe de l'UCLA, l'établissement le plus progressiste qui fût. Tu as essayé d'expliquer que tu n'étais ni iranien ni musulman, mais qui pouvais-tu convaincre avec un accent si différent ?

Tu étais incapable de prononcer *« Aï-ranian »* comme eux le prononçaient.

Quelqu'un a brisé ton pare-brise à coups de batte de base-ball dans le parking d'un bar homo sur Santa Monica Boulevard, alors que tu te trouvais dans la voiture, qui plus est. Dirais-tu que ce fut un traumatisme d'immigré ou l'expérience banale d'un acte homophobe ? Comme c'est injuste. Tu n'étais même pas entré dans le bar. Tu étais resté assis un quart d'heure dans ta voiture pour t'assurer qu'on ne demandait pas de pièce d'identité à l'entrée, puis un quart d'heure de plus pour essayer de trouver le courage d'y aller.

En plus, c'était une voiture neuve, ta première en Amérique.

Bienvenue à Moria, mesdames et messieurs

Je t'ai vu debout au cœur de Moria. J'ai regardé en haut de la côte, au bout de la route en ciment, et tu étais en plein milieu, entre les baraquements clôturés, les bureaux en préfabriqué des ONG, les tentes – tellement de tentes –, les bennes à ordures, les poubelles. Tu regardais vers le bas mais tu ne nous as pas vus, ni moi ni les gamins. Tu ne pouvais pas détacher ton regard des policiers grecs dans leurs si viriles tenues antiémeute, derrière moi, tout en bas de la côte, de leurs vans, de leurs matraques et de leurs panoplies de Power Rangers avec les visières de protection du visage. Tu ressortais comme un lentigo sur une peau claire – un grain de beauté, chéri, un grain de beauté. Au milieu de la misère, tu avais l'air encore plus misérable, même de loin, ta posture elle-même exprimait l'angoisse. J'ai marché vers toi, gravissant la pente, des gens montaient et descendaient, des bénévoles, des réfugiés, de toutes nationalités. Quelques Africains subsahariens tapaient dans un ballon de foot, une partie entre les minitentes, chacune avec une famille de réfugiés gardant l'entrée, de longues files de gens à ma gauche et à ma droite, et des flaques, de l'eau et de la boue partout. Beaucoup de monde, ils étaient si nombreux. Des familles, des hommes seuls, des enfants. Les garçons ont montré des Syriens, des Irakiens, des Afghans, des Iraniens, tant et plus. Des Nord-Africains d'Algérie, du Maroc, des Subsahariens du Mali, du Congo. Tout le monde fuyait tant de choses, le régime syrien, Daesh, les Talibans, les groupes terroristes aux sobriquets encore plus idiots. Des files d'attente partout, pour se faire enregistrer, pour la nourriture, pour les vêtements, pour les dons. Et des Blancs qui indiquaient le chemin aux piétons.

Les enfants ont poursuivi leur mission, discutant à chaque pas. C'est là qu'ils avaient eu droit à du thé gratuit, là qu'ils avaient pu avoir gratuitement des couvertures. Le ballon de foot appartenait à un Grec et il fallait inscrire son nom et attendre pour l'emprunter. Il fallait ensuite le rendre au bout d'une demi-heure. Je n'y prêtais qu'une vague attention. En m'approchant, j'ai commencé à me faire du souci pour toi. Plus que découragé tu avais l'air effrayé, désorienté, comme si tu venais juste de t'éveiller d'un cauchemar horrible. Je me suis demandé si tu étais sur le point de faire une crise d'angoisse ou si tu étais en train d'en faire une. Quelque chose t'a intrigué, a fait que tu t'es retourné. Je me suis arrêtée à quelques pas. Les garçons ont indiqué une structure en préfabriqué où des bénévoles servaient des boissons chaudes et des petits gâteaux, ont dit qu'ils allaient faire la queue pour avoir leurs petits gâteaux et que si j'en voulais un il allait falloir que je me mette dans la queue avec eux. Je leur ai répondu que je voulais parler avec toi. Ils m'ont promis qu'ils reviendraient.

À quelques pas, je t'ai observé en train d'observer un bel adolescent syrien qui parlait dans un iPhone d'un modèle ancien, emmitouflé sous des couches de pulls et un duffel-coat, les yeux brillants et résineux. Le petit rocher saillant sur lequel il était assis permettait à son pantalon repassé de rester sec, sinon propre. Il donnait l'impression d'avoir sur lui tout ce qu'il possédait. Il racontait les détails de son voyage à sa mère, restée en Syrie, l'interminable attente sur la côte turque, la traversée en canot pneumatique, la pluie, les files d'attente pour se faire enregistrer. Il a essayé de prendre des nouvelles du reste de la famille, mais elle l'interrompait, il fallait qu'il lui dise comment il allait, lui, rien n'était plus important que lui. Toi et moi avons attendu une ou deux minutes. Nous avons entendu et observé, et puis il a craqué. Il a pleuré en silence avant de dire à sa mère combien elle lui manquait ou, plus précisément, combien son absence l'anéantissait, et je t'ai entendu déglutir. Notre langue est déchirante. Tu étais sur le point de pleurer toi aussi, mais tu as jeté un bref coup d'œil alentour, tu as remarqué que j'étais là et tu t'es contrôlé, tu as composé ton visage. Il a raccroché et s'est levé, un garçon magnifique, un kouros en chair et en os, entièrement habillé, plus grand que nous, mais bon, peu de gens ne l'étaient pas. Je t'ai vu faire un pas en avant, t'arrêter, puis te mettre de nouveau en mouvement. Les veines de ta tempe étaient gonflées, elles palpitaient, se dilataient. Tu t'es présenté au jeune homme, tu t'es excusé, tu n'avais pu t'empêcher d'entendre la conversation. Pouvais-tu lui poser quelques questions, en apprendre un peu plus sur son histoire ? Ta voix paraissait douce et cassante, comme si tu étais un disque vinyle tournant sur un vieux Gramophone. Il a paru tout d'abord énervé, mais s'est détendu, en se rendant compte peut-être que tu étais encore plus mal à l'aise que lui. D'où était-il ? D'un village de la région de Hama. Non, il n'y avait ni guerre ni violence dans cette partie de la province, quelques escarmouches, beaucoup de morts un an et demi plus tôt, mais pas ces temps-ci. Il n'y avait rien là-bas, littéralement rien, pas de travail, pas d'écoles. Il avait dix-huit ans et demi – il a insisté sur le et demi – et il voulait une éducation, étudier quelque chose, n'importe quoi. Que pouvait-il faire ? Sa famille avait réuni tout son argent, son père, sa mère, deux de ses oncles, même sa grand-mère ; tout était allé dans un pot commun pour l'envoyer en Europe. Il espérait l'Allemagne, mais il irait n'importe où, du moment qu'il y ait une université. Il étudierait, travaillerait dur, rembourserait largement ce que sa famille avait investi en lui d'argent et de foi. Il ne se déroberait pas, pas lui. Tu l'as laissé s'éloigner quand il a eu fini de parler, tête baissée, penché en avant, il s'est presque mis à courir dans la pente, il s'en allait.

Les mômes sont revenus, m'ont demandé ce que j'avais envie de voir maintenant. La fillette irakienne était la seule encore en train de manger son petit gâteau. Je leur ai dit que je voulais te parler un instant, mais tu n'étais plus là. Tu avais disparu, comme par enchantement. Maintenant c'était à mon tour d'être debout là où tu t'étais trouvé juste quelques instants plus tôt, déconcertée et désorientée au milieu du camp de réfugiés, me demandant ce qui t'était arrivé, ne sachant où regarder, ignorant où étaient l'est et l'ouest. Les policiers antiémeute étaient encore au pied de la colline ; mais contrairement à toi quelques minutes plus tôt, j'avais mes enfants autour de moi, la fillette irakienne me tenait la main, les grains collants dans ma paume.

Toi, la pelote de nerfs

Tu dirais par la suite que cet incident avait été ton point de rupture. Tu voulais rentrer à San Francisco et te faire une séance de manucure, te peindre les ongles d'un vernis bleu, un massage, décamper. Tu as dit avoir fini dans ta chambre d'hôtel à Mytilène, derrière une porte fermée à clé, sous les draps, un casque antibruit sur les oreilles, Christa Ludwig chantant à plein volume les *Kindertotenlieder* de Mahler au creux de ton âme. Ce qui nous brise est rarement ce à quoi on s'attendait.

J'avais lu les essais que tu avais écrits à propos des réfugiés syriens en 2012 et 2013. C'était une des raisons pour lesquelles j'étais venue sur cette île grecque. Tu avais travaillé avec des réfugiés au Liban depuis le début, des années avant la crise à Lesbos. Tu avais interviewé des enfants dont les familles avaient été tuées, avais parlé à des survivants de massacres, avais rencontré des victimes de tortures. Tu avais interviewé une petite fille de sept ans qui t'avait montré un dessin de sa maison perdue accrochée à un parachute. Elle avait dit que le parachute était nécessaire pour que la maison soit en sécurité au cas où elle s'envolerait si plus personne ne pouvait la surveiller. Tu avais parlé à une mère à Oslo dont le fils se faisait régulièrement tabasser à l'école. Elle t'avait dit que l'Europe avait jadis pu être un sanctuaire, mais que ce n'était plus le cas. L'Europe était comme la lumière d'une étoile brillant encore longtemps après la mort de l'étoile elle-même.

Diantre, je me souviens que tu as écrit à propos de l'homme qui t'avait invité dans sa tente à Zahlé. Il était cloué au lit avec la grippe et ne cessait d'inhaler de la sauge en pot, persuadé que c'était un remède. Il n'avait pas voulu te parler de ce qui lui était arrivé, et pourtant tu voyais bien les bandages autour de ses deux bras et de son torse. Son fils avait fini par chuchoter que son père avait été lentement écorché vif lors de son séjour dans la fameuse prison Tadmor de Palmyre, un tortionnaire du gouvernement avait passé une journée entière à dépouiller son père de sa peau couche par couche. Tout cela ne t'avait pas brisé, ce qui avait eu raison de toi c'était qu'un garçon ait été obligé de partir de chez lui pour faire des études.

Un petit break nous ferait du bien à tous

Comme toi, je suis partie de chez moi pour faire des études. Il y a plus de trente ans, j'ai été acceptée à Harvard et un organisme local a proposé de financer tout ça, une scolarité complète nourrie-logée-abreuvée-blanchie, dont le prestige me valut la bénédiction de ma famille. *Pars, pars, jeune homme, que Dieu t'accompagne – pars et reviens avec d'inestimables richesses et un brin de culture pour bâtir.* J'ai quitté ce pays, quitté ma mère ; je le voulais et, comme toi également, j'ai surpris tout le monde en ne revenant pas, alors même que je savais dès le début que je ne reviendrais pas. J'ai effectué ma transition à l'université – la personne déprimée que j'étais est devenue une personne en colère. Les humiliations de mon enfance – les fais-pas-ci, les-garçons-ne-font-pas-ça, il-faut-que-tu-essayes-d'être-normal – toutes ces brindilles, ces fétus, ce petit bois sec ont déclenché un furieux feu de joie. Tout était de la faute de ma famille, bien entendu. Ma coupe craquelée débordait d'une rage en fusion qu'aucune soucoupe ne pouvait contenir. Mes appels téléphoniques à la maison se firent plus vindicatifs et moins fréquents. Ma part du dialogue consistait en diverses permutations sur le thème « Je vous déteste, je vous ai en horreur, vous ne m'avez jamais respecté, vous ne m'avez jamais compris, je suis malheureux et c'est votre faute, je demande justice, je vous méprise. » La colère était la forme de ma respiration, l'indignation le son de ma voix. Je cultivais la révolte comme une orchidée en serre. Ma mère continuait d'insister pour que je suive les règles : il fallait que je fasse ceci, je ne pouvais pas faire cela, que je n'aille pas croire que je pourrais échapper à je ne sais quoi. Elle tenait à ce que je sache que je nuisais à la réputation de toute la famille, qu'ils seraient ridiculisés à cause de moi, de ce que je faisais et de la manière dont je choisissais de vivre ma vie.

J'avais été adolescente à l'époque de la rage, des bombardements intensifs et de l'anéantissement, à l'époque de Baader-Meinhof, de Kissinger et des factions rejectionnistes de l'OLP. J'ai beaucoup appris. J'ai su caparaçonner de fer mon cœur exubérant et aller de l'avant coûte que coûte, et, en partant de chez moi, c'est assurément ce que j'ai fait. J'ai beaucoup ravagé à l'époque. Débauchée je fus, en pleine mue, me débarrassant de maints poids, de maints fardeaux, le plus lourd étant mon passé. J'ai renoncé à toutes ses chaînes. J'ai courtisé l'amnésie. Dans le monde de langue arabe, dissidents et agitateurs tentaient de se débarrasser du passé colonial et, en Amérique, j'ai désavoué le nom de la famille. Je suis devenue la révolution permanente, libérée des contraintes bourgeoises, vivant au présent. La femme de Loth était une poule mouillée comparée à moi. Je n'étais femme de nul prophète. Ne pas ressasser le passé, point de remords. J'allais de l'avant au grand galop, me concentrant sur le leurre du lapin mécanique devant moi.

Des erreurs furent commises. Je me rebellais contre ma mère et ne parvenais pas à exprimer cela avec éloquence. Elle usa de jurons bien choisis, me concernant, et je finis par la traiter de putain. La décision de couper les ponts avec moi ne vint toutefois pas uniquement d'elle. Firas et ma sœur Aida menèrent la charge et m'achevèrent. C'est Firas qui m'annonça la nouvelle : « Tu n'existes plus pour nous. »

À maints égards la trahison de mes frères et de ma sœur me blessa plus que celle de mes parents, et nulle blessure ne fut plus profonde que le silence de Mazen. Les années où il ne parla pas furent les pires. Mazen, mon Mazen. Je n'arrivais pas à croire qu'il m'avait abandonnée. Nous étions censés être inséparables. Il était présent dans tous mes souvenirs. Dans les premiers que j'avais, les plus clairs, indélébiles, je le suivais. Il arpentait le couloir de notre appartement, tirant un camion de pompiers rouge au bout d'une ficelle. Il me demandait de le suivre et de faire semblant de me boucher les oreilles pendant qu'il imitait le bruit d'une sirène. « Pin-pon, pin-pon, pin-pon. » Je devais avoir trois ans tout au plus. C'était le plus ancien souvenir que j'avais et Mazen était avec moi. S'il voulait la rupture, j'étais prête. J'étais forte. Je blindais mon cœur.

La famille voulait la rupture, alors j'ai officialisé les choses. J'ai changé officiellement de nom. Je ne reviendrais pas. J'ai disparu dans ce pays de l'inlassable réinvention. J'ai cru ne jamais pouvoir pardonner au charmant Mazen, mais bien sûr je me trompais. C'est un type insaisissable, n'est-ce pas ? Et malin.

Au-delà de l'arc-en-ciel

Emma a dit qu'elle viendrait me chercher dès que la famille de Sumaiya serait installée dans un des baraquements. Cela ne prendrait pas plus d'un quart d'heure. La famille avait passé deux heures à se faire enregistrer et devait attendre pour qu'on lui attribue des lits. Quand j'ai raccroché, le petit chef de gang a voulu savoir ce que je voulais voir dans le camp. Je lui ai expliqué que je devais rester là à attendre que mon amie vienne me chercher. Un autre garçon m'a demandé si je voulais aller aux toilettes, et lorsque j'ai dit non, il a dit tant mieux parce que les toilettes n'étaient vraiment pas propres. Il avait entendu parler d'une Française tellement perturbée par la saleté qu'elle avait couru jusqu'à sa voiture et roulé un quart d'heure jusqu'à une station-service pour utiliser leurs W.-C. Il voulait que je connaisse les différentes options afin d'anticiper.

Un jeune couple de bénévoles en gilet rouge néon a remonté la côte, les deux ont sorti leurs téléphones tout près de nous. Un troisième bénévole qui passait leur a demandé ce qu'ils faisaient au camp pendant leur temps libre. Le jeune homme a brandi son téléphone en guise d'explication. La petite Irakienne a tiré sur ma main et m'a montré un panneau en carton imbibé, collé avec du chatterton noir sur le mur en béton, avec les deux mots FREE WIFI peints au pochoir. Je lui ai demandé si elle avait compris les bénévoles, si elle parlait anglais, et elle a fait oui de la tête. Chaque fois qu'elle me regardait, elle plissait les yeux, son nez et son menton se relevaient, ce qui lui donnait un air de pensionnaire studieuse. Avait-elle appris la langue à l'école ? Elle a secoué la tête, a haussé ses sourcils pâles, presque indéchiffrables, puis a dit ses premiers mots : Bob l'éponge.

De molles gouttes d'eau sont tombées sur nous, mais encore trop fluettes pour pénétrer. Seule la flaque fétide au pied de la colline, à côté des toilettes publiques, semblait affectée par la bruine. La petite Irakienne continuait de s'accrocher à ma main. J'ai regardé mon téléphone pour la première fois, quatre heures de l'après-midi. Ce devait être l'heure de la rotation des équipes. Le secteur autour de nous grouillait de bénévoles aux gilets de couleur qui allaient et venaient. Quelques instants de chaos avant que le soleil ne perce.

Des familles nouvellement arrivées gravissaient péniblement la côte, portant leurs affaires, traînant des valises à roulettes, leurs voix noyées sous le raffut des conversations entre bénévoles, le claquement des semelles dures sur le béton plus dur encore, le brouhaha du mouvement. Une famille syrienne montait vers nous, la mère, le père, trois enfants, le plus âgé des garçons devait avoir une douzaine d'années, son visage l'incarnation d'une détermination glaciale. Un important groupe de bénévoles en gilet jaune néon marchait à leurs côtés, tapageur, débordant d'assurance. Une fille du groupe, une blonde d'une vingtaine d'années, s'est mise à hurler. Tout le monde s'est arrêté. Elle a de nouveau hurlé, montrant le ciel. « Oh mon Dieu, oh mon Dieu ! » Elle a encore poussé un cri avant d'arriver à formuler une véritable phrase : « Regardez, un arc-en-ciel », a-t-elle hurlé. Elle a tenté de nouer le contact avec ma petite Irakienne, montrant le ciel tout là-bas, elle a parlé plus fort en anglais pour se faire comprendre, mais ma fillette ne voulait rien avoir à faire avec elle, elle m'a enveloppé la taille de ses bras, a serré fort. Quand la famille syrienne est arrivée à notre hauteur, j'ai pu entendre ce qu'ils disaient.

« Elle est excitée parce qu'elle a vu un arc-en-ciel », a dit le père.

La mère a secoué la tête. Le garçon de douze ans a dit d'une voix calme, sans se rendre compte que je parlais sa langue : « Elle devrait se le fourrer dans le cul, cet arc-en-ciel. »

Son père a pouffé. La mère lui a donné une tape derrière la tête, pas violemment, car ils portaient l'un et l'autre de lourdes charges.

Que demander lors d'une lecture en librairie ?

Tu sais, je t'avais déjà rencontré une fois, pas officiellement, à une lecture en librairie, dans le quartier de Boystown. Plus tard, tu dirais t'être souvenu de Francine mais pas de moi. Tu avais dédicacé nos livres. Nous n'avions pas beaucoup parlé.

C'était le début de l'automne à Chicago, en pleine tempête de neige, évidemment. Tu étais mal préparé pour le froid, tu as fait des blagues à propos d'organes sexuels gelés. Tu as été drôle et ta lecture s'est bien passée, tu étais en mode charmeur. Là, devant un parterre de lecteurs, derrière un pupitre bancal, tu as paru impliqué et vivant, vibrant. Tes cheveux avaient besoin d'un coup de peigne, ton menton d'un coup de rasoir, ta chemise Missoni d'un coup de fer à repasser. Des lunettes fantaisie, bien particulières, vacillaient à l'extrémité de ton nez. Élégance échevelée tu étais, une performance séduisante, en apparence parfaitement à l'aise. Le public t'adorait comme si tu étais un chiot tout mignon, tous avaient envie de caresser l'animal si exotique. Tu as parlé, parlé, un festival de divagations, le petit prince fier d'avoir sa cour et l'attention braquée sur lui.

Je dois dire que tu masquais bien ta rage. Personne ne pouvait voir la furie refoulée que tu déversais habituellement dans tes livres sur les lecteurs non avertis. À un moment, tu as failli te laisser déborder. Quelqu'un dans le public, un type pontifiant qui essayait de se faire mousser, t'a posé une question. Beyrouth était une ville tellement folle, a-t-il dit. Il ne savait comment la décrire. Non, bien sûr, il n'y était jamais allé, mais il avait besoin de ton aide pour mieux la comprendre. Si un Martien arrivait sur terre, a-t-il dit, serais-tu capable de lui expliquer la ville en une phrase ? Je n'en revenais pas. J'ai entendu Francine grogner. Mais toi, je t'ai vu incliner la tête un instant, les yeux écarquillés, comme juste après l'usage d'un défibrillateur, puis un sourire confus, après quoi la grande diva est revenue sur le podium. Si un Martien, ou une Martienne, atterrissait ici, as-tu dit en gloussant, pourquoi voudriez-vous lui expliquer quoi que ce soit, *a fortiori* Beyrouth, en une phrase ? D'autres questions ?

Un homo corpulent de ton âge t'a demandé si tu écrirais de nouveau sur les années sida, car cela faisait longtemps depuis ton premier livre. Tu y songeais, as-tu répondu. Mais il t'a surpris en enchaînant avec une autre question. Selon toi, quelle avait été ta plus grosse perte de ces années ? Tu as réfléchi un moment. Je pense que le type s'attendait à une petite phrase empreinte de sagesse, une idée réconfortante que vous pourriez tous deux partager, mais ce n'est pas la direction que tu as prise. Tu as commencé avec un nom, puis un autre, encore un autre, une lente récitation. Quand tu es arrivé au cinquième, le gars s'est mis à prononcer les noms de ses amis disparus prématurément. Tout le monde dans la salle, homos, hétéros, peu importe, s'est mis à répéter des noms. Tu avais transformé un événement pour promouvoir ton dernier livre en date en un mémorial impromptu en souvenir de tous ceux que nous avions collectivement perdus. Et puis tu t'es remis à faire des blagues tandis que le public essuyait ses larmes. Tu as imploré pardon pour la séance surprise de spiritisme, navré d'avoir ouvert des portes et permis le retour de vieux fantômes.

Tu semblais solide et confiant, un surfeur sur les vagues de la vie. Comprends-tu pourquoi il était déconcertant de te voir effrayé et meurtri dans le tourbillon des gens au milieu de Moria ?

Rendre jaloux Liberace, mode d'emploi

Le Liban est devenu le pays qui a accueilli le plus grand nombre de réfugiés syriens et le pays au monde ayant la proportion la plus importante de réfugiés. Dans un pays de quatre millions d'habitants, il y avait plus d'un million de réfugiés, et leur nombre réel était sans doute plus proche d'un million et demi. Tant de douleur, tant de dénuement. Tant de réfugiés. Et l'on avait parfois l'impression que tu voulais tous les interviewer, offrir une oreille à toutes ces histoires. Je me souviens de t'avoir entendu parler à la radio, tu disais que tu ne pouvais rien faire pour améliorer la situation, que tu te sentais inutile et impuissant, mais que tu estimais que ne rien faire serait un crime. Tu pouvais témoigner, as-tu dit, il y avait une chose que tu savais faire, c'était observer. Si tu pouvais écouter leurs histoires, alors peut-être leurs histoires auraient-elles un sens. Ne pouvait être compris que ce qui était raconté. Tu avais traversé le pays – certes c'est un pays pygmée – et tu avais discuté avec des Syriens de tous horizons. Tu t'étais rendu aux quatre coins de Beyrouth, au sud à Sidon, au nord à Tripoli, à l'ouest au-delà des montagnes, jusqu'à la plaine de la Bekaa.

Ce qui m'a étonnée après avoir lu les deux essais que tu avais écrits, c'étaient les détails qui me restaient à l'esprit, les idiosyncrasies de l'être humain. Je me rappelais certaines personnes dans tes écrits et pas d'autres. Je ne me rappelais pas grand-chose des gens ayant été torturés sur lesquels tu avais écrit, pas grand-chose des souffrances de la vie des réfugiés. La femme avec le garde-manger recouvert de paillettes, en revanche, était de celles qui restaient ultraprésentes dans ma mémoire. Elle avait beau vivre sous une tente plantée au milieu d'un champ d'oignons, elle refusait de vivre dans des conditions sordides. Cette femme splendide d'une vingtaine d'années avait un intérieur impeccablement propre qui était décoré dans un style discret à une exception, le chef-d'œuvre de la tente. Elle avait piqueté la totalité du garde-manger de paillettes, pour un résultat que Liberace aurait envié. Elle avait dû passer un nombre incalculable d'heures à coller des brillants sur les planches de bois qui deviendraient un garde-manger où entreposer les denrées non périssables. Élaboré et délicat, pas la moindre surface de bois n'avait été oubliée, tellement extravagant que moult drag-queens auraient tué pour ça.

Tu le voulais désespérément.

Tu as dit qu'elle semblait gênée en te parlant, reconnaissant que cela lui avait pris un temps fou, que ç'avait été plus long qu'elle ne l'avait imaginé, d'autant qu'il fallait qu'elle prenne soin de ses quatre rejetons, qu'elle cuisine, qu'elle fasse le ménage et s'occupe de son mari et de ses beaux-parents.

« C'est bon d'avoir quelque chose de beau qui nous attend à la maison, a-t-elle dit. Les enfants adorent.

— Moi aussi, as-tu dit, appréciant vraiment. C'est magnifique. »

Elle a rougi, puis rayonné. Un sourire timide et ses yeux se sont relevés pour croiser les tiens. « On avait des tonnes de paillettes », a-t-elle dit.

Dans l'essai, tu te demandais quel genre de personne avait pensé que ce serait une bonne idée de faire don de paillettes par milliers à des réfugiés syriens à qui il ne restait plus rien, dont les vies avaient été anéanties.

Des paillettes brillantes, coruscantes, inutiles ?

Une personne fabuleuse, bien sûr, un être humain adorable, tout à fait merveilleux.

Devenir un Occidental, mode d'emploi

Il y a une autre femme dont je me souviens distinctement parmi tes interviews de réfugiés, c'est Rania Kassem, que tu avais rencontrée quelques mois avant d'arriver à Lesbos. Un jeudi soir de décembre 2015, sous les lumières viennoises du Café Museum, Rania t'a happé dans son histoire. Tu as passé des heures avec elle. Elle faisait plus vieille que son âge ; elle n'avait que la cinquantaine, et pourtant la peau sur ses mains était fine au point que ses veines paraissaient violettes. Elle écartait sans cesse une mèche de cheveux gris de son visage. Tu l'as décrite comme une femme semblant peu soucieuse de son apparence – sa chemise pointait sous un pull foncé recouvert de poils de chat, le sucre en poudre du strudel aux pommes piquetait ses lèvres – et pourtant il émanait d'elle une élégance innée. Ses rides lui seyaient à ravir, as-tu écrit. Elle s'était certes dépeinte comme une étrangère dans un pays étranger, pourtant sa voix régulière révélait une confiance que tu n'avais pas trouvée chez les autres réfugiés syriens à qui tu avais parlé.

Elle avait perdu son mari par étapes, a-t-elle dit, enveloppée dans une odeur du café. Elle parlait vite, comme si son esprit fonçait afin de trouver quelque chose. Elle faisait de brèves pauses pour tremper un morceau de sucre dans son café et le mettre dans sa bouche. On avait fait disparaître son mari cinq ans avant l'entretien, mais cela semblait s'être passé la veille et, simultanément, à une époque différente. Elle t'a dit que les convictions politiques de son mari étaient bien connues. C'était un socialiste d'un genre tout à fait courant, avec de vagues tendances communistes, il n'avait jamais prétendu le contraire. Tout le monde le savait, et tous les gens ayant un certain statut étaient venus dîner chez eux – ministres de toutes tendances, journalistes, ses collègues et ses concurrents. Les filles du président, les frères, les gendres. Tous. Même l'ophtalmologue était venu dîner chez eux un soir, longtemps avant d'être couronné leur vaillant chef. Il avait ignoré le plan de table, avait réquisitionné la chaise de Rania. Elle était ophtalmologue, une vraie ophtalmo, aussi avait-il probablement ressenti le besoin de la remettre à sa place, qui ne devait pas être son siège habituel, semblait-il. Les invités rejoignaient le maître et la maîtresse de maison sur les sofas de la salle de séjour après dîner, passaient la soirée à fumer. Non, tous savaient qui étaient Rania et son mari. Il était tout pour elle. Ils n'avaient pas d'enfants et se consacraient l'un à l'autre.

Des manifestations avaient éclaté dans plusieurs pays du Moyen-Orient, et tout le monde au gouvernement était nerveux, redoutant une possible révolution en Syrie. Un jour, des mois avant que ne commencent les manifestations dans son pays, elle était partie au travail à l'hôpital et elle avait un mari. Elle était rentrée le soir chez elle dans un appartement sans mari. Elle n'avait pas paniqué, pas immédiatement. Elle avait appelé son journal, et même lorsqu'on lui avait dit qu'on ne l'avait pas vu de la journée, elle n'avait pas pris peur. Elle avait supposé qu'il travaillait sur quelque chose ailleurs. Elle s'était convaincue qu'il réapparaîtrait un peu plus tard, se plaignant de l'horrible journée qu'il avait passée, la supplierait sans doute de le nourrir car il n'avait rien mangé depuis le petit déjeuner. Elle avait demandé à la bonne de servir à dîner. Non, elle n'était pas inquiète. Quelle idiote.

Elle s'était endormie, sans avoir peur, et s'était réveillée dans leur lit géant, terrifiée. Elle avait commencé à passer des coups de fil, mais personne ne savait rien. Elle n'était peut-être pas attentive à ce qui se passait autour d'elle, mais elle n'était pas bête. Elle comprit qu'il avait été arrêté. Le simple fait que, parmi tous les gens qui venaient régulièrement dîner chez eux, personne ne la rappelle lui confirma qu'il souffrait quelque part dans une cellule. Personne ne voulut corroborer quoi que ce soit, et elle n'arrivait pas à savoir pourquoi. Elle eut une longue discussion avec le patron de son mari au journal, il n'était au courant de rien. Son mari n'avait pas récemment écrit d'article prêtant particulièrement à controverse. Il avait continué à écrire de sa plume agile, mais rien qu'il n'eût déjà dit auparavant ; ni avec davantage de virulence qui plus est. Elle n'avait pas pu découvrir ce qui s'était passé, pourquoi ils l'avaient fait disparaître.

Elle le chercha partout. Elle essaya de voir les ministres qu'ils connaissaient, mais cela n'aida pas. Elle frappa à la porte de toutes les prisons du pays. Personne ne voulut lui dire s'il y était. Elle se rendit dans tous les bureaux du Mukhabarat, parla à des agents des services secrets qui portaient des blousons de cuir bon marché imperméables à toute compassion. Son mari avait disparu et elle devenait invisible. Le pouvoir en place à qui elle avait laissé des messages refusait de la rappeler et ses amis désormais l'ignoraient. Quand ils la croisaient dans la rue, ils changeaient de trottoir. L'hôpital où elle travaillait la licencia à cause des congés qu'elle avait pris pour rechercher son mari.

La vieille pendule dans l'entrée cessa de sonner les heures. Elle avait coutume de carillonner à chaque heure, tous les jours. C'était son mari qui la remontait, et elle ne pouvait le faire, maintenant qu'il n'était plus là. La pendule restait bloquée à la même heure, ses amicaux *ding-dong* ne retentissaient plus. Elle ne pouvait pas ramasser le plaid écossais qu'il laissait dans la salle de séjour pour sa sieste après le déjeuner. Qui savait où étaient désormais les choses qui leur appartenaient ? Le chagrin, la culpabilité, jumeaux affectifs inséparables. Elle passa des mois enfermée dans la carapace d'un appartement dont l'odeur insupportable lui rappelait tant de souvenirs, ne répondant ni au téléphone ni à la porte, le plus souvent assise à la table de la cuisine à pleurer amèrement, le nez coulant. Elle ravala l'équivalent de cinq vies de morve et de larmes. C'était une carcasse ambulante, sauf qu'elle ne déambulait pas. Elle était embourbée dans un marécage de misère. Une fois, elle sortit tous les cuivres de l'appartement, les vases, les plateaux, passa une semaine à les récurer avec du citron et de la cendre, une semaine entière à frotter tant et plus, sans penser à rien d'autre, les quatre ou cinq pièces. Et puis un beau jour elle ne put plus continuer à ignorer le téléphone qui sonnait. Son frère à Alep était au bout du fil, insistant pour qu'elle quitte Damas sur-le-champ. Il fallait qu'elle le rejoigne, qu'elle soit en famille. En restant dans son appartement, elle mettait sa vie en danger.

Elle a rempli deux sacs. Elle était sûre que tu avais déjà fait cette expérience, à essayer de réfléchir à ce qu'il fallait emporter, ce qu'il fallait laisser derrière soi, sachant qu'en toute probabilité tu ne reviendrais jamais, que tu ne reverrais jamais ta maison. Les règles arbitraires que nous inventions. Elle décida qu'elle ne prendrait que deux valises qu'elle pourrait porter toute seule si nécessaire. Elle ne se chargea d'aucune affaire appartenant à son mari. Elle laissa tout cela, mais, allez savoir, elle prit la machine à expresso. Elle ne pouvait soudain plus vivre sans cette machine. Elle l'avait encore dans son appartement à Vienne. Si tu voulais venir, elle te préparerait le meilleur café de la ville.

Elle s'installa chez son frère à Alep mais n'y vécut pas longtemps. Son frère émigra avec sa famille à Dubaï. Ils voulaient qu'elle les accompagne mais elle ne pouvait pas.

Elle avait encore espoir que son mari soit vivant, en prison, quelque part. Elle ne pouvait pas partir, sauf qu'elle ne pouvait pas non plus rester dans un appartement avec des bombes à fragmentation qui tombaient tout autour. Elle retourna dans son village natal, au nord d'Alep, dans une maison délabrée au sol en ciment transpercé d'herbes folles et de fleurs sauvages. Les bombes la suivaient, en tout cas. Syriens, Russes, Américains, tous la bombardèrent à un moment ou un autre. Elle avait du mal à suivre.

Elle se retrouva à Bab al-Salameh, le camp de réfugiés le long de la frontière turque, le dernier endroit sur terre où elle aurait imaginé se retrouver. On lui donna une nouvelle identité : PDI, personne déplacée à l'intérieur de son propre pays. Elle était tombée bien bas, elle ne pouvait pas tomber plus bas. Elle devait s'en remettre pour sa survie à la bonté des gouvernements internationaux et aux organisations non gouvernementales. Elle ne pouvait rien faire. Elle vécut dans une petite tente avec cinq autres femmes et l'odeur omniprésente de diluant pour peinture. Les femmes s'occupaient d'elle. Elle ne savait pas du tout comment allumer le poêle à charbon. Cuisiner ? N'en parlons pas. Pendant des années elle avait eu une bonne pour lui faire la cuisine et, sans bonne, elle subsistait en se nourrissant de sandwichs et de conserves. Elle ne pouvait brancher nulle part sa machine à expresso. Aucune de ces braves dames ne crut tout d'abord qu'elle pût être à ce point empotée. Elle dormait sur un matelas en raphia, se réveillait avec des ecchymoses à l'épaule et une solitude qui lui collait à l'âme.

Un jour, une fille de treize ans dans la tente d'à côté cessa de pouvoir bouger. Rania entendit des cris aux premières lueurs de l'aube, bondit de son matelas, se précipita dehors, pour trouver toute une foule de femmes qui bloquaient l'entrée. Elle voulut entrer mais aucune ne fit un pas de côté pour la laisser passer. Et c'est à ce moment-là qu'elle eut le déclic. Attends un peu, se dit-elle. Putain, elle était encore toubib. Elle redevint elle-même. Elle ordonna à tout le monde de la laisser passer. À l'intérieur, deux hommes essayaient de déployer la fillette, chacun tirant sur un membre différent. Elle leur ordonna de sortir de la tente, tout le monde dehors. Cela faisait un certain temps, t'avait-elle dit, mais donner des ordres aux gens c'était comme faire du vélo.

La fillette était en position fœtale, catatonique, elle respirait, les yeux fermés. C'était au-delà de ses compétences. Elle la souleva. La gamine n'était pas si légère, mais Rania savait qu'elle la porterait jusqu'au camp de Médecins sans frontières. Elle n'en eut pas le loisir. Dès qu'elle sortit de la tente, un homme de l'Armée syrienne libre l'aida. Il n'y avait que deux médecins au camp à ce moment-là, et ils semblaient démunis, ne sachant que faire. Elle demanda s'ils avaient du lorazépam ou du diazépam ; ils n'en avaient pas. Ils n'avaient que de la kétamine car c'était le seul calmant autorisé par les Turcs. Elle n'avait pas entendu dire que la kétamine pouvait être utilisée pour la catatonie mais elle pensa que cela devait marcher. Ils la lui administrèrent en intraveineuse et au bout de deux heures ils purent faire bouger les membres de la fillette, au bout de quatre elle était éveillée.

Rania regagna sa tente en héroïne. Ses compagnes de camping lui demandèrent pourquoi elle n'avait dit à personne qu'elle était médecin. Elle expliqua qu'elle avait oublié, non pas qu'elle avait oublié de leur dire, mais oublié qu'elle était médecin. Elle venait de renaître. Les deux jours qui suivirent sa nouvelle naissance, elle n'eut pas un moment de répit. Des hommes, des femmes, des enfants, des personnes déplacées dans leur propre pays, des soldats de l'Armée syrienne libre, des habitants des villages alentour. Et peu importait qu'elle ne fût qu'ophtalmologue. Elle les ausculta tous. Ses compagnes de tente devaient éloigner les gens quand elle prenait ses repas. Elle n'eut plus à se faire à manger. Peu après, elle fut invitée à venir s'installer dans le camp de Médecins sans frontières. Elle était de retour parmi ses pairs.

Au cours des dix-huit mois qu'elle passa dans le camp, elle se transforma en un médecin d'un genre différent. C'était comme si elle se trouvait affectée à divers services, en formation intensive. Elle devait traiter tous ceux qui se présentaient et apprendre sur le tas. Un des médecins, un Viennois, Peter, environ soixante-cinq ans, la prit sous son aile. Elle avait bien plus d'expérience que lui – il était entré en fac de médecine à cinquante-huit ans, une deuxième ou une troisième carrière – mais il était urgentiste de formation, plus utile dans les camps qu'ophtalmo. Elle devint chirurgienne (blessures par balles et éclats d'obus), spécialiste des brûlures (elle n'était pas la seule maladroite à proximité d'un poêle à mazout), gynéco-obstétricienne. Elle fit naître un nombre incalculable de bébés.

Le camp de Médecins sans frontières était à l'écart, mais tous les camps étaient contrôlés et protégés par l'Armée syrienne libre. La blague était que l'Armée syrienne libre gérait les affaires pendant la journée, et que, dès le coucher du soleil, Daesh prenait la relève. Quoi qu'il en soit, les hommes de l'Armée syrienne libre combattaient aux côtés des extrémistes islamiques depuis que leurs financements avaient été coupés et qu'ils n'étaient plus approvisionnés, tandis qu'entre l'Arabie saoudite, le Qatar et d'autres États du Golfe, c'était à qui donnerait le plus d'argent à son groupe religieusement criminel chouchou. Elle avait beau ne pas cautionner Daesh, elle soignait néanmoins ses combattants. Elle aurait fait de même si quelqu'un du régime avait eu besoin d'assistance. Elle était médecin. Elle était capable de mettre de côté les problèmes qu'elle avait avec ces fanatiques. Eux en revanche n'étaient pas capables d'en faire autant. Ils avaient quelques problèmes avec les médecins occidentaux, sauf qu'elle était de la région. Pour eux, elle était musulmane, et peu importe qu'elle fût croyante ou pas. Elle ne cessait de leur dire qu'elle était athée, mais c'était encore plus problématique. Elle était apostate, et en outre le proclamait haut et fort, en plus d'être une femme. Elle faisait naître une rage incommensurable chez ces garçons.

Une fois, un garçon de dix-sept ans la traita de salope. Elle refusa de faire comme s'il n'avait rien dit. Ils venaient de passer quatre heures en chirurgie, à essayer de sauver la vie de son meilleur ami, un autre combattant. Elle exigea de connaître le nom du garçon. Il fut décontenancé mais le lui dit. Elle le réprimanda pour son manque de manières, lui dit qu'elle était sans doute plus âgée que sa mère qui, elle en était sûre, ne l'avait pas élevé pour qu'il insulte les aînés. Le visage du garçon passa par diverses teintes de rouge. Une fois qu'elle en eut terminé avec lui, il bégayait des excuses en tout genre.

Mais ça ne se termina pas là. Peter ne cessa de la prévenir qu'il fallait qu'elle fasse attention, mais elle ne pouvait pas se taire. Elle avait le sentiment de n'avoir rien à perdre. Les hommes de Daesh n'arrêtaient pas de lui dire qu'ils n'aimaient pas ses vêtements, sa coupe de cheveux ou son manque de servilité, et elle répondait par diverses variantes de « mêle-toi donc de ce qui te regarde ». Elle ne se couvrirait pas les cheveux. Elle ne baisserait pas les yeux. Assurément elle ne se soumettrait pas. Jusqu'à ce qu'un autre Syrien se joigne à eux, un chirurgien orthopédiste de trente-deux ans. Le pauvre homme ne tint pas trois mois. Il réprimanda un combattant de Daesh. Fut kidnappé le soir même. On retrouva son corps torturé trois jours plus tard. Peter insista pour qu'elle s'en aille sur-le-champ. Il l'emmena à Istanbul, se porta garant pour qu'elle obtienne un visa autrichien, et voilà, elle était à Vienne.

Elle parlait couramment allemand maintenant, avait-elle dit. À son âge, qui l'eût cru ? C'était sa cinquième langue. Elle se débrouillait suffisamment pour marchander au marché, mais les Viennois n'aimaient pas marchander autant qu'elle. Un mois plus tôt, elle avait acheté une pendule ancienne sur le Naschmarkt pour dix euros seulement, une affaire. Il n'y avait que le coffre, pas de balancier, de poids, de rouages ou de ressorts, mais elle lui rappelait son appartement à Damas ; il la lui fallait. Ses deux chats désormais se nichaient dans la pendule éviscérée.

Bien sûr qu'elle travaillait. Elle avait un emploi temporaire à l'hôpital, mais pas encore en tant que médecin. Elle devait attendre de passer les examens d'anesthésiologie et de traitement de la douleur l'année suivante. Elle avait assisté à beaucoup de situations frustrantes durant son séjour dans les camps, mais rien n'était pire que de voir des enfants dans la souffrance sans pouvoir agir parce qu'ils n'avaient pas les bons calmants ou tranquillisants. Elle serait mieux préparée quand elle y retournerait. Non, elle n'avait pas peur de rencontrer les mêmes problèmes. Elle y retournerait en tant qu'Autrichienne. Te rendais-tu compte à quel point elle devenait germanique ? Ne se tenait-elle pas le nez suffisamment en l'air ? Elle serait une personne différente. Personne ne la reconnaîtrait. Elle passerait pour une Autrichienne.

La ballade de GoFundMe Jeff

En plein cœur de Moria, la longue file avançait au compte-gouttes. Les petits groupes qui discutaient en attendant ont commencé à s'aligner pour ne plus former qu'une seule queue, avançant en traînant les pieds comme les bêtes dociles d'une espèce récemment domestiquée. Une ONG distribuait de gros cartons cadeaux comportant des céréales pour petit déjeuner et des poupées Barbie.

J'ai reconnu le rire de Rachid avant de le voir, lui ou son gilet du Croissant-Rouge palestinien. Son visage s'est éclairé d'un sourire d'enfant le jour de Noël quand il m'a vue entourée de gamins, il m'a saluée comme un cadeau longtemps désiré. Je lui ai expliqué que j'étais accompagnée par des guides de safari, lui ai parlé du bateau arrivé le matin, de Sumaiya et sa famille. Il a proposé que je quitte Skala Sikaminéas et que je m'installe là où était son groupe, au Mytilana Village Hotel, qui était plus près du camp. Je pourrais encore gagner la plage pour l'accueil des bateaux si je le souhaitais – ils seraient de toute façon plus près –, mais je serais plus utile au camp. Plus efficace, a-t-il dit, moins sexy, moins d'occasions pour les selfies.

Comme si elle attendait ce signal pour apparaître, selfie-girl de la plage, paniquée, a fait sa grande entrée sur notre scène. Elle expliquait à un nouveau groupe de bénévoles que quelqu'un lui avait volé son téléphone, qu'elle l'avait tracé jusqu'au camp grâce à l'application Find My iPhone avant que la batterie soit à plat. Il était ici quelque part et elle allait le retrouver, même si elle devait pour cela fouiller dans les affaires de tout le monde. Non, elle n'avait pas encore effacé toutes ses données personnelles parce qu'elle n'avait pas sauvegardé les photos et ne voulait pas les perdre. Elle semblait au bord de la crise de nerfs.

Rachid a expliqué à mes mômes ce qui se passait. Le petit garçon pakistanais s'est approché de selfie-girl, lui a tiré le bras et a dit dans un anglais branlant : « Téléphone dans toilettes » en montrant les W.-C. publics au pied de la colline.

Elle a hésité, a dégluti en comprenant ce qu'il voulait dire.

« Mon téléphone dans les toilettes ? » a-t-elle répété en insistant avant de dévaler la pente au pas de course.

Le garçon pakistanais a regardé ses amis et brandi les bras en signe de victoire. Ses amis ont ri. Le petit chef s'est écrié : « Tu parles anglais ? Arabe ? » Le garçon pakistanais a esquissé un rictus, secoué la tête, puis s'est échappé dans la direction opposée aux W.-C. Les mômes l'ont suivi, ont franchi en trottinant un grillage et sont entrés dans un des baraquements. Ils n'ont pas dit au revoir, mais la petite Irakienne s'est retournée et a brandi les deux doigts de la victoire avant de disparaître.

Rachid m'a grondée pour m'être moquée de selfie-girl. Ces jeunes étaient merveilleux, ils essayaient de faire le bien en ce bas monde. Si j'avais besoin de rabaisser quelqu'un, que je réserve plutôt mon dédain pour GoFundMe Jeff, voilà quelqu'un qui méritait le mépris de tous.

GoFundMe Jeff était étudiant dans une université américaine du Midwest, Rachid ne se souvenait plus de laquelle. À un moment donné, au début de la crise migratoire, en septembre ou octobre 2015, Jeff avait créé une page GoFundMe en disant qu'il ne pouvait pas continuer à voir des réfugiés se noyer sans réagir. Il allait prendre un semestre de congé, se rendre à Lesbos et offrir son assistance d'une manière ou d'une autre. Pour un billet aller-retour, de quoi se nourrir et se loger, il demandait cinq mille euros, somme qui fut atteinte et dépassée en moins de trois jours. Manifestement tout le monde voulait aider GoFundMe Jeff à aider les réfugiés.

GoFundMe Jeff n'est jamais arrivé à Lesbos. De toute évidence, il passait de bonnes vacances en Europe aux frais de la princesse. Rachid ne savait pas quel péché le choquait le plus, la cupidité ou la vanité, probablement les deux. GoFundMe Jeff était persuadé d'avoir des talents de télévangéliste en matière de levée de fonds. Il est retourné sur sa page afin de réclamer davantage d'argent. Pour cela, il avait besoin de photos de Lesbos et de réfugiés souffrants. Fastoche. Il a trouvé ce dont il avait besoin sur Facebook, a posté les photos sur son site et demandé plus d'argent. Par ici la monnaie. Une des photos qu'il a postées était un selfie d'une jeune bénévole charmante. Elle était séduisante, resplendissante avec un bébé syrien dans les bras, et le garçon n'a pas pu s'empêcher de laisser entendre qu'elle était sa nouvelle petite copine.

Rachid ignorait comment les parents de la jeune fille étaient tombés sur la photo. Quelqu'un les avait peut-être alertés. Ils étaient furieux, car leur fille était à Lesbos avec son fiancé. Comment pouvait-elle faire une chose pareille ? Elle ne faisait pas une chose pareille, bien entendu. Elle et son fiancé ont commencé à rechercher GoFundMe Jeff. Ils ont demandé à tous ceux qu'ils connaissaient et à ceux qu'ils ne connaissaient pas. Personne sur l'île n'avait vu ou entendu parler de GoFundMe Jeff.

Que pouvaient-ils faire ? Pas grand-chose. Quelqu'un a contacté la société mère de GoFundMe. Le site de Jeff fut bloqué avant qu'il n'atteigne son second objectif, si bien qu'il ne retoucha pas d'argent. Trois Américains différents au moins menacèrent d'entamer des poursuites, mais cela n'aboutit pas. La page Facebook de Jeff disparut. L'histoire s'éteignit.

Rachid a dit qu'une des photos de Lesbos qu'il avait postées était un magnifique coucher de soleil, vu de derrière une oliveraie, avec la mer en toile de fond, prise par un célèbre photographe grec. GoFundMe Jeff avait prétendu qu'elle était de lui.

Médecins travestis

Je me suis précipitée aux baraquements quand Emma m'a envoyé un texto pour me dire que la famille s'était installée. Les baraquements étaient pour le moins rudimentaires, une grande salle où tout le monde dormait, un château de cartes qui se serait écroulé sans les nuages de toiles d'araignées pour faire tenir le tout. Des parois symboliques, un drap ici, un manteau suspendu là, étaient disposées autour de certains espaces à coucher. Les murs proprement dits, blancs avec une nuance de jaune sulfureux, donnaient l'impression que tout le monde était aussi malade que Sumaiya. Elle et sa famille devaient partager deux étroits lits de camp assombris par des taches. Nous espérions qu'ils ne dormiraient pas au camp plus d'une semaine, qu'ils partiraient bientôt pour Athènes et au-delà. Où au-delà ? Emma ne pouvait le dire avec certitude, pas encore, mais elle travaillait avec son ONG pour voir s'il y avait moyen de les accueillir en Suède.

Sumaiya a demandé si j'avais bien dormi. Ses deux benjamines étaient allongées avec elle sur le lit de camp, une de chaque côté, si proches qu'on n'aurait pu glisser un fil de soie entre elles. Je voyais qu'elle se sentait mieux qu'à son arrivée sur la plage, et pourtant elle n'allait pas bien. Au moins respirait-elle normalement. Sur la petite table à côté du lit, un petit flacon d'Oxycontin était visible derrière une bouteille plus volumineuse d'eau locale. Pas étonnant qu'elle se sente un peu mieux. Je lui ai demandé à quel moment elle en avait pris, si elle connaissait le bon dosage. Elle a paru désarçonnée jusqu'à ce que Sammy explique que c'était Emma qui leur avait donné le flacon. Emma a tapoté les poches de sa parka. On apprend à ne pas accueillir un bateau sans une bonne pharmacie, a-t-elle dit. Antibiotiques, antiémétiques, antidiarrhéiques, antidouleurs, elle en avait plein les poches. Tant à apprendre, j'avais l'impression d'être revenue sur les bancs de l'école.

Des ampoules nues couvertes de mouchetures d'insectes étaient suspendues au plafond, procurant encore moins de lumière que les hautes fenêtres. Les baraquements aspiraient l'air et à chaque expiration la salle s'assombrissait. À quelques lits de camp sur la gauche, une de ces ampoules projetait un pâle halo sur la tonsure d'un lecteur. J'ai essayé d'identifier le livre qu'il était en train de lire, mais dans la pénombre je n'ai pas réussi. Une petite fille dormait sur ses genoux. Ce baraquement était réservé aux familles, apparemment.

Emma avait fait tout son possible pour l'instant. Son ONG enverrait un médecin le lendemain matin, ainsi que des gens pour faire passer un entretien à la famille et idéalement les envoyer ailleurs. Je ne devais pas m'inquiéter. Que je revienne donc le lendemain ; c'est ce qu'elle ferait elle aussi. Nous devions convaincre Sumaiya d'aller à l'hôpital, mais pour l'heure nous ferions mieux de rentrer à Skala Sikaminéas et laisser la famille se reposer.

« Vous nous quittez ? » s'est étonnée Asma. Elle était assise à côté d'Emma sur l'autre lit de camp, mais sa question m'était adressée.

Sumaiya a expliqué à sa fille que nous devions partir parce qu'il n'y avait pas de place pour nous ici. Asma a dit qu'elle ne voulait pas que je m'en aille parce qu'elle avait des questions à me poser sur le métier de médecin, elle avait absolument besoin de réponses. Je lui ai promis que je reviendrais le lendemain pour répondre à toutes ses questions, mais apparemment elle en avait une qui ne pouvait pas attendre.

« Est-ce que tu es un homme ? » a-t-elle demandé.

Sa mère a dégluti bruyamment. Son père a commencé à la gronder. Combien de fois lui avait-il dit qu'elle devait réfléchir avant de parler. Il fallait qu'elle considère que ses paroles étaient importantes et pouvaient être blessantes.

« Je ne suis pas offensée », ai-je dit.

Emma a insisté pour que je traduise la question qu'Asma m'avait posée.

« Ma foi, a dit Emma, que vas-tu lui dire ? On va rigoler. » J'ai vu ses yeux pétiller, un sourire espiègle sur son visage. « Je n'arrête pas de te dire de mettre du rouge à lèvres, mais tu ne m'écoutes pas. Non, tu n'en mets jamais. Et ce pantalon est immonde. Tout ce que je pourrais faire pour toi si tu m'écoutais. »

Je me suis rendu compte que faire l'interprète ne me plaisait pas.

« Je ne suis pas un homme », ai-je dit à Asma. J'étais encore debout et j'ai senti qu'il fallait que je m'assoie pour lui parler, que je me mette à sa hauteur, mais il n'y avait pas de place sur le lit de camp, et je n'allais pas m'asseoir par terre, pas avec mes articulations vieillissantes. « J'étais un garçon à la naissance mais ce n'était pas ce que j'étais. »

Étonnamment, personne dans la famille n'a paru tressaillir ou s'offusquer. Seul le visage de Sumaiya a trahi une certaine émotion, et c'était plus de l'inquiétude qu'autre chose.

« Oh non, très chère, a-t-elle dit. Ce n'est pas ce qu'elle demandait. Pardonnez-la, pardonnez-nous. Laissez-moi vous expliquer.

— Non, laisse-moi le faire, a dit Asma. Je peux raconter l'histoire.

— Pas toi, a dit son père. Ta mère va raconter.

— Que se passe-t-il ? a demandé Emma. Dites-moi, dites-moi. »

De leur petit village en Syrie, le centre médical le plus proche était à au moins une demi-heure. Les médecins n'étaient pas si nombreux avant que commencent les accrochages et les guerres, et ensuite la plupart étaient partis ou avaient été tués. Le temps que l'autoproclamé État islamique s'empare de la région, il ne restait plus qu'un seul médecin, et c'était parce que sa mère était en train de mourir ; il fallait qu'il s'occupe d'elle. Il s'appelait docteur Fawaz al-Sultan. Les miliciens l'autorisaient à soigner sa mère car ils étaient de la même famille, mais il n'était pas question qu'il approche une femme souffrante. Or il n'y avait pas de docteure-femme dans la région, pas d'autre docteur du tout, point. Ces fanatiques se fichaient qu'une femme soit malade. Le docteur Fawaz, lui, ne s'en fichait pas. C'était un bon musulman et quelqu'un du cru. Sachant que le châtiment pour ses actes était à coup sûr la décapitation, il mettait un voile intégral et demandait à son frère de le conduire dans les villages alentour pour qu'il puisse s'occuper des malades. Quand Sumaiya avait ressenti les premiers symptômes, il avait été le premier à se présenter. Sur une période de quatre mois, Sitt Fawzieh lui avait rendu onze fois visite. Toute la famille, la communauté entière, adorait ce pauvre docteur, qui devait travailler deux fois plus dur car si dans un village il y avait des malades de sexes différents, il venait d'abord s'occuper des hommes en tant que docteur Fawaz, puis son frère le ramenait et il réapparaissait en tant que Sitt Fawzieh. Ils devaient s'arrêter deux fois à chaque check point. C'était un homme de petit gabarit et jamais un seul milicien n'eut l'idée de remettre en question son identité quand il était habillé en femme. Apparemment, Sitt Fawzieh ne se laissait pas embêter. Une fois à l'intérieur d'une maison, il enlevait son voile intégral et ne le remettait qu'en partant. Personne dans la communauté ne l'avait jamais trahi, bien sûr. Il était des leurs. Et elle aussi était des leurs.

Toi travesti

Tu avais vingt et un ans quand tu as essayé une robe pour la première fois. Nous avons à peu près le même âge, donc j'imagine que ce devait être autour de 1981. Tu étais en vacances à Rio de Janeiro, un jeune homme gay ayant récemment fait son coming-out qui prenait du bon temps. La ville avait cette capacité de faire faillir maints désirs, et tu succombas à un certain nombre. Tu apprécias des rendez-vous galants avec des hommes de toutes couleurs, de toutes confessions, homos, hétéros, bi. Les lignes de démarcation étaient brouillées à Rio. Mais l'unique personne avec qui tu as sympathisé à Rio était un garçon noir très femme, comme de bien entendu. Toi et Celso aviez beau avoir peu en commun, tu fus surpris de constater à quel point vous vous entendiez bien, avec quelle facilité tu avais été séduit par l'exotisme de son monde, par sa dimension proprement fabuleuse. Avec presque rien, Celso créait du divin. Il t'appelait sa sœur. *Somos irmãs,* disait-il. Il te présentait à des amis, t'accompagnait dans les bars locaux. Vous avez regardé ensemble la remise des Academy Awards à la télé, ricanant joyeusement quand Bette Midler a envoyé des messages codés à ses admirateurs homos. Il t'avait demandé si tu t'étais déjà travesti. Non, lui avais-tu répondu. Tu n'y avais jamais pensé. Tu dois, tu dois.

Il t'avait conduit dans les toilettes femmes au fond d'un bar, un soir. Ses amis t'attendaient, tous à diverses étapes de transformation. Ils fouillèrent dans des sacs à provisions jusqu'à trouver la robe idéale, vert foncé, conventionnelle, boutons sur le devant, avec un cardigan assorti. Ils n'auraient pas à te raser le torse ou les bras. Des bas nylon épais, et personne ne verrait les poils de tes jambes. Pas de perruque pour toi car elles étaient coûteuses et aucun d'entre eux ne pouvait se permettre de te prêter la sienne. Mais regarde, une toque avec un chardonneret ringard sur le flanc et un voile pour te couvrir les yeux. Ils t'avaient mis tellement de maquillage que tu avais l'impression d'être un cadavre que l'on préparait pour un cercueil ouvert. Mais non, tu n'étais pas un cadavre ; avec le rouge à lèvres, l'eye-liner et un bon fond de teint ils avaient restructuré ton visage, en avaient construit un autre par-dessus le tien. La figure qui te regardait dans la glace t'était à la fois étrangère et familière, nouvelle mais ancienne, un masque qui recouvrait mais révélait. Les filles te conduisirent dans le bar, t'assirent sur un tabouret et te tendirent un dry Martini. Tu avais bu une gorgée, adressé un regard aux hommes du bar et tu avais pété les plombs.

Trente secondes fut la durée de ta transformation. Personne ne remarqua que tu retournais précipitamment dans les toilettes femmes et enlevais tout, repliais la robe impeccablement, te débarbouillais avec une méticulosité que tu ignorais posséder. Va-t'en, maudite tache, va-t'en, te dis-je. Tu avais remis tes vêtements, des vêtements d'homme, t'étais enfui des toilettes, enfui du bar pour te réfugier à l'abri dans ta chambre d'hôtel.

Tu ne pouvais pas être à l'abri dans un bar homo, n'est-ce pas ? Comment pouvais-tu être à l'abri s'il y avait du monde ?

Mais une graine avait été déposée dans un sol fertile. Combien de temps cela t'a-t-il pris avant que tu te travestisses de nouveau, six mois, un an ? Halloween à San Francisco, non seulement tu t'es déguisé, mais en plus tu t'es rasé le torse car le décolleté de la robe que tu avais dénichée te descendait pratiquement au nombril. La perruque te faisait ressembler à Elsa Lanchester. J'ai adoré la photographie que tu m'as montrée. Tu avais l'air jeune et innocent, plein d'espoir. Tu étincelais. Tu saluas nombre de drag-queens d'un soir, d'un baiser soufflé ou d'un hochement de tête, ignorant les voyeurs. Et puis tu aperçus le policier solidement charpenté. Il y avait deux flics devant toi, un homme et une femme, ils étaient là en observation, faisant mine d'être là en tant que gardiens de la paix. Tu t'es focalisé sur lui, le bel homme, dont le visage se contorsionnait entre sourire et rictus. Tu t'es approché de lui, tes faux seins ont presque effleuré ses côtes flottantes, tu as relevé la tête et l'as pris à partie en lui disant : « De quoi ai-je l'air, je suis horrible, une vraie catastrophe, non ? » Il était abasourdi, a reculé un peu, la confusion sculptait son visage. Mais toi – toi tu n'as pas hésité. Des deux mains, dix doigts écartés pointés sur ton visage, puis vers ta robe de soirée magnifique bien que bon marché. « Dites-moi, as-tu enchaîné. C'est merdique, hein ? Je ne ressemble à rien. » La policière a éclaté de rire. Le policier a piqué un fard. « Non, a-t-il dit. Pas du tout, vous êtes fabuleuse. » Tu as posé sur lui un œil appréciateur. « Eh bien, merci », as-tu dit en lui tournant le dos et tu t'es éloigné.

Et la diva était née. Avec du rouge à lèvres et des talons aiguilles, tu pouvais faire face à ce monde si dur. Quand Francine a vu une vieille photo de toi en talons suffisamment hauts pour donner le vertige à n'importe quel mortel, elle t'a demandé comment tu pouvais supporter ça. Tu as dit que pour elle les talons c'était l'oppression, mais que pour toi c'était la libération.

Combien d'incarnations de divas as-tu eues ? Lady Orangina, Mezzanine Fleur, Agnes Day, Mimi Chaim-Furst, Gay Ally, Checka Myrack, Lotta Botox et d'autres, plus quelques autres. J'ai failli oublier Jane Joyce, l'autrice de *Cul lisse.*

Un jour, tu t'es rendu compte que tu pouvais te transformer en diva sans mettre ni robe ni talons hauts. Tu n'avais pas vraiment besoin de rouge à lèvres. Ce n'étaient que des petites roues.

Les femmes :
Mme Peel et Jennifer

Contrairement à toi, je n'avais pas besoin de rouge à lèvres quand j'étais plus jeune, pas de la même manière. Je n'étais clairement pas un garçon, pas dans la façon dont je me voyais. Je ne suis pas certaine de la façon dont je me voyais exactement. Je savais ce qu'il y avait dans l'image, mais l'image elle-même était floue. Ce dont j'étais certaine à l'époque, c'était que celui que le monde voyait n'était pas moi. Rétrospectivement, je pourrais dire aujourd'hui que je ne me voyais pas comme un garçon ; mais plutôt comme un garçon manqué. Comme j'ai dit, spécial.

J'avais peu de modèles, et très peu étaient positifs. À un jeune âge, je trouvais les comiques libanais qui, pour plaisanter, se déguisaient en femmes insultants et, pire, pas drôles. Leurs homologues américains me déplaisaient également. Je n'ai jamais compris ce qu'il y avait d'amusant chez Milton Berle travesti. Bugs Bunny travesti, en revanche, ça ça me plaisait.

Même quand j'ai commencé à m'éveiller, quand j'ai été capable de lire et, plus encore, quand j'ai pu faire des recherches, je n'ai pas trouvé grand-chose susceptible d'éclairer ce que je ressentais. La plupart des écrits concernaient des hommes qui se sentaient féminins et étaient attirés par des hommes. Moi j'étais sentimentalement et sexuellement attirée par des femmes. Je n'arrivais pas à déchiffrer ma propre carte routière.

Je suis récemment tombée sur un de tes essais où tu décris la manière dont la littérature a validé tes sentiments de jeune homme, la manière dont la lecture de Gide et Genet ont fait que soudain tu te sentais moins seul. La poésie d'Abou Nawas t'a guéri. Tu as écrit que, quand tu étais adolescent au Liban, un prof a mentionné en passant que de nombreux sonnets d'amour de Shakespeare avaient été écrits pour un autre homme, et à cet instant, ta vie, ton âme se sont déployées comme une gloire du matin à la vue de l'aube. Oui, tu voulais être comparé à une journée d'été, as-tu écrit, voulais être plus ravissant. Les sonnets étanchaient une soif que tu ignorais avoir. Tant que les hommes pouvaient respirer ou que les yeux pouvaient voir, tant que cela vivait, et oui, cela te donnait la vie. Je me suis sentie envieuse en lisant ça. Moi je n'avais pas d'exemple, pas de héros pour me guider.

Les sentiments étaient en code et j'étais une cryptographe lamentable, je ne trouvais pas la bonne clé. À huit ou neuf ans, je regardais religieusement le feuilleton anglais *Chapeau melon et bottes de cuir*, et je vénérais Mme Peel – une femme forte, très belle, avec un mari qu'on ne voyait jamais, voilà quelqu'un dont je voulais tomber amoureux, et quelqu'un que je voulais être. À quoi bon une cape quand on pouvait avoir ses combinaisons-pantalons – des combinaisons-pantalons serpentines qui propulsaient ses seins et les mettaient en valeur comme s'ils étaient servis sur un plateau ? Bonjour, puis-je vous offrir mes seins avec un Martini ?

Mazen et moi étions allongés côte à côte sur le tapis, les mentons juchés au creux de nos mains, sidérés par sa beauté et sa Jaguar. Mazen insistait, il voulait l'épouser, et moi je me disais que quand je serais plus grande je voulais être Mme Peel, mais pas épouser Mazen.

Mes parents ne savaient que faire de moi, les pauvres bougres. Je ne ressemblais à rien qu'ils aient déjà vu. Je n'étais pas vraiment efféminée ; je n'étais pas vraiment homo ; je n'étais pas vraiment garçon. Je ne voulais pas porter de robe mais plutôt un beau tailleur-pantalon, coupé sur mesure – voilà, ça c'était moi. Quand j'ai commencé à m'intéresser à *Chapeau melon et bottes de cuir*, mes parents ont été ravis, enchantés que je tombe sous le charme d'Emma Peel. Ils ont cru que le Tout-Puissant, par la grâce et son intervention opportune, avait enfin répondu à leurs prières pour que je sois normale. Je voyais Emma Peel comme mon double dans la lutte contre le crime avec des mains de karaté gantées, terriblement spirituelle, bien sûr. La grâce de Dieu ne dura même pas aussi longtemps que l'ouvre-boîte électrique.

C'est à l'université, à Harvard figure-toi, au début des années quatre-vingt, que j'ai été en mesure d'exprimer mon identité. Entourée de nombreuses femmes accomplies, pour l'essentiel mes professeures, je me suis rendu compte que même si je pouvais être attirée par une jolie fille de temps en temps, je n'en étais pas une – je n'étais même pas une fille, j'étais une femme. Regarder mes professeures, particulièrement Jennifer, a été le véritable moment tirésiassien, avec un avant et un après.

En licence, je suivais le cours d'introduction à l'anthropologie de Jennifer et j'étais fortement impressionnée. Qu'elle maîtrisât son sujet, il fallait s'y attendre – ce n'était qu'un cours de présentation, après tout –, mais j'étais jeune, et sa capacité à sortir de merveilleuses anecdotes de divers chapeaux sonnait comme une mélodie magique à mes oreilles inexpérimentées. En bonne anthropologue, elle était capable de raconter une histoire à partir du fil le plus ténu qui soit, or son fil était rarement ténu : elle était primatologue. Elle regardait ses étudiants répartis sur différents niveaux du grand amphi, esquissait du bras un grand mouvement circulaire et racontait des histoires de gorilles, de chimpanzés, de bonobos et, par-dessus tout, les histoires des merveilleux orangs-outans. Elle parlait lentement, s'interrompait souvent, pendant ses interruptions j'avais envie de relever mon pupitre, de me mettre debout et, du bout de la salle, de la presser pour qu'elle nous dise ce qui s'était passé. Ah, ces récits épiques. Elle n'avait rien à envier à Homère. Comment une communauté de chimpanzés avait sauvé la vie de Jane Goodall, la première fois que Dian Fossey s'était attachée à un gorille des montagnes. Les orangs-outans de Jennifer descendaient du mont Olympe pour nous éduquer, nous, simples mortels, pour batifoler avec nous.

J'aurais voulu me transformer en cygne pour être avec elle, mais bien entendu il ne s'est rien passé à l'époque. Elle avait beau être jeune, elle était professeure titulaire d'une chaire et moi étudiante de deuxième année. Les Parques devaient nous allouer un supplément de temps. Non pas que je n'aie pas essayé. Je ne la lâchais pas aux horaires où elle recevait les étudiants. Elle aimait discuter et j'adorais l'écouter, mais une fois le trimestre terminé, je n'ai pu poursuivre le subterfuge. Je la soupçonnais vaguement d'être lesbienne. C'est probablement la raison pour laquelle j'étais attirée par elle. Je me rendrais compte ultérieurement que même au temps où mon corps était masculin, j'étais attirée par des femmes dont les passions étaient par nature plus saphiques.

Je ne l'ai pratiquement pas vue pendant deux ans, jusqu'à l'été où j'ai été diplômée, juste avant le début de la fac de médecine. À cette époque, toute relation avec ma famille avait été irrévocablement rompue. Bonjour, emprunts étudiants. Je l'ai remarquée dans un café sur la 3e rue, son port était royal, magnifique, ses yeux sombres collés aux pages d'un épais livre. Elle souriait en lisant, faisant naître trois fossettes, une sur chaque joue et une au menton. On avait beau être au début de l'été, elle était couverte de cachemire. Je me suis arrêtée à sa table pour lui dire bonjour. Elle m'a saluée, mais rien dans son regard plutôt hésitant n'indiquait qu'elle avait la moindre idée de qui j'étais. Je le lui ai rappelé, je m'appelais Ayman, et je lui ai dit combien j'avais apprécié son cours. Elle s'est illuminée lorsque j'ai déversé mon attention sur elle, m'a priée de m'asseoir à sa table. Nous avons discuté pendant deux heures devant des cafés au lait et des pâtisseries. Elle m'a demandé quels étaient mes projets, je lui ai demandé son numéro.

Je n'imaginais pas du tout que nous finirions par faire l'amour, pas tout de suite ; je voulais juste être en sa compagnie. Et pourtant nous avons fait l'amour. La première fois, dans sa chambre aux teintes pastel, sous et sur de voluptueux draps de coton, elle m'a regardée après avoir joui, plutôt étonnée, comme pour demander qui j'étais, quel genre d'être. Je n'avais prétendu à nulle prouesse masculine, pas à l'époque, et à présent certainement pas. Elle me plaisait. Je voulais la rendre heureuse. Je voulais savoir à quel endroit sa peau était le plus sensible, comment réagissaient ses tétons, si l'intérieur de ses cuisses préférait un toucher ferme ou léger, toutes sortes de questions auxquelles son corps se fit un plaisir d'offrir des réponses. Mes oreilles aux aguets se dressèrent au moindre changement de respiration, mes yeux épiaient la moindre palpitation musculaire. Je découvrais qu'un des meilleurs ingrédients pour que l'acte sexuel se passe à merveille était la curiosité. Je voulais la découvrir. Tant d'années plus tard, je sens encore l'empreinte de son corps sur le mien. Ma Jennifer.

Elle m'a confié, cette première fois, qu'aucun homme jusqu'alors ne lui avait fait ressentir cela. Avait-elle fait l'amour à des femmes ? Quelques flirts, a-t-elle répondu. Nue, aucunement gênée, la chevelure étalée sur l'oreiller, le rouge de ses joues avait disparu. Elle m'a dit qu'elle trouvait plus épanouissant de coucher avec une femme, mais elle ne se voyait pas bisexuelle, a-t-elle insisté. Elle avait raison sur ce point. Elle ne l'était pas.

Nous avons rarement quitté la chambre à coucher cette première semaine. Le sexe fut glorieux, et ne cessa de s'améliorer. J'avais l'impression d'être Wonder Woman, toute-puissante, à la fois membre de l'humanité et active en son sein. Un vendredi soir, alors que nous étions au lit, je lui ai dit qu'il fallait que je rentre chez moi, que j'avais besoin de ma brosse à dents, d'un change de vêtements, etc. Elle a répondu que j'utilisais déjà sa brosse à dents supplémentaire, quant aux vêtements, à quoi bon si nous ne quittions pas le lit. J'ai ri, me suis levée pour aller dans la salle de bains. Je m'étirais le dos langoureusement quand je l'ai entendue ramper sur le lit. Je l'ai sentie se pencher en avant pour attraper mon postérieur – plus précisément le creux au bas de mon dos, juste au-dessus de la fente de mon cul. Je lui ai dit que je revenais tout de suite et lui ai donné une tape taquine sur ce que je croyais être sa main dans mon dos. La claque a été bien plus forte que prévu, et au moment du contact je me suis rendu compte que ce n'était pas sa main. Au bruit, on ne pouvait s'y tromper. Elle avait voulu m'embrasser le bas du dos et je l'avais giflée en pleine figure. Je me suis hâtivement retournée. Elle était étalée sur le lit, recouvrant de sa paume une joue devenue d'un rouge écarlate. Ses yeux étaient écarquillés, ils brillaient d'une pure terreur, une larme a commencé à se former dans le gauche. Je n'avais pas eu l'intention de la gifler. J'avais cru qu'il s'agissait de sa main. J'avais fait cela de manière taquine. Je pensais qu'elle essayait de me toucher le dos, pas de l'embrasser. J'étais absolument navrée. Toutefois mes excuses ont donné lieu à une réaction inattendue. Elle braillait, vagissait, ne cessait de haleter, un flot inarrêtable de larmes. Elle me regardait avec une telle horreur que je ne savais quoi faire. Je lui ai promis que je n'avais jamais frappé quiconque. De ma vie. Elle a pleuré de plus belle. Je me suis agenouillée sur le lit, me suis approchée d'elle, et elle ne s'est pas recroquevillée. J'ai tendu les bras vers elle, elle s'est rapprochée. Je l'ai tenue ainsi et elle a pleuré dans mes bras. Je n'ai cessé de lui répéter « Je suis désolée, je suis désolée, je suis désolée », jusqu'à ce que, entre deux sanglots, elle dise que ce n'était pas moi. Pas toi, a-t-elle dit, pas toi. Nous sommes restées emmêlées pendant un moment jusqu'à ce qu'elle arrive à s'apaiser, à respirer normalement.

J'ai essayé de savoir si la gifle avait déclenché le souvenir de quelque expérience passée. Elle m'a regardée comme si j'étais un extraterrestre débitant des âneries. Elle redevenait elle-même.

Elle a hésité, a paru réfléchir aux options qui s'offraient à elle. Je lui ai dit qu'elle pouvait me faire confiance. Je ne la trahirais pas. Il lui a fallu environ une minute. D'une voix enfantine, elle a reconnu qu'elle était peut-être masochiste. Elle n'avait jamais rien fait de tel ; elle ne concevait pas de faire quelque chose d'aussi pervers. Aussi loin qu'elle se souvenait, elle avait eu ces étranges sensations. Elle avait cru contrôler la situation, considérant ses désirs comme hermétiquement stockés dans un coffret verrouillé à double tour. Mais quand je l'avais giflée, toutes les vannes avaient cédé. Ça lui avait plu. C'est cela qu'elle voulait.

La première chose qui m'est venue à l'esprit, et c'est sorti directement de ma bouche, c'est que je pouvais m'en accommoder. J'ai débité tous les clichés habituels. La sexualité pouvait prendre toutes formes et toutes tailles. Bla bla bla. Elle n'était pas la première à avoir de tels désirs et ne serait pas la dernière. Ce que l'inconscient trouvait érotiquement chargé était impossible à expliquer. Freud avait essayé, mais c'était n'importe quoi, non ? J'ai continué de la sorte, lui servant de réconfortantes inepties. Je lui ai dit que nous étions des adultes consentantes. Nous pouvions explorer si nous le voulions, et personne – personne n'était censé le savoir.

J'ai pu lire différentes émotions sur son visage, espoir, soulagement, voire de la titillation. Étais-je excitée à cette perspective ? a-t-elle demandé. Avais-je déjà envisagé des rapports sexuels sadomasos ? J'ai répondu que non, mais que l'idée de l'exciter m'excitait. J'adorais lui donner du plaisir. Et en tout cas, s'il fallait choisir entre gifler ou être giflée, je choisirais la première option. Si c'était ce qu'elle voulait, si cela pouvait la rendre heureuse, alors je serais ravie d'expérimenter ce nouveau rôle.

Ça n'a pas été la fin de notre conversation ce soir-là. Elle était encore dans mes bras, m'expliquant combien elle se sentait soulagée, étrangement vulnérable et heureuse. J'ai pris ma décision sur-le-champ. Elle m'avait livré son secret, alors je pouvais lui livrer le mien. Le lit semblait approprié, un espace protégé. Je lui ai dit que j'étais une femme, que je l'avais toujours été, aussi loin que je me souvienne, qu'il y avait quelque chose dans mon corps, dans mon existence, qui ne cadrait pas. Jennifer était la première personne à qui j'en parlais, et, jusqu'à ce que nous rompions trois ans plus tard, elle serait la seule. Le lui dire a été une révélation. Le fait de le dire à haute voix m'a ouvert à la fois les yeux, le cœur et, oui, également l'âme. Je me suis sentie énergisée, comme si j'avais procédé à une métamorphose ovidienne. J'avais l'impression de pouvoir déplacer une montagne, ou en tout cas vingt-cinq kilos de terre. Francine, grande pratiquante du yoga, compare le coming-out, y compris à soi-même, à l'éveil de la kundalini. S'il existe une telle chose, le fait de parler à Jennifer a giflé ma kundalini, l'a secouée, lui a dit de se mettre en branle. Ce soir-là, j'ai commencé à être en phase avec mon dharma.

J'ai emménagé avec Jennifer moins d'une semaine plus tard, affirmant en plaisantant que l'emménagement sans tarder était une autre preuve, si nécessaire, que j'étais lesbienne, après tout.

Elle et moi avons été heureuses cette première année, avons vécu dans la douceur d'un foyer. J'étais en fac de médecine. Elle publia trois articles différents et commençait non seulement à être invitée à des colloques importants, mais aussi à développer des idées novatrices. Notre vie au foyer était stable, notre vie érotique aventureuse. Eût-elle proposé que nous nous mariions la première année et non la deuxième, je l'aurais fait, mais au moment où elle l'a proposé, je commençais à avoir des doutes – non pas concernant notre relation, mais me concernant.

Un soir d'été à Cambridge qui faisait oublier tous les hivers du Massachusetts, Jennifer et moi mangions une glace sous le porche devant la maison, en piochant dans trois récipients en carton différents, mes pieds sur ses genoux. La moustiquaire nous protégeait des insectes, mais nous espérions entrevoir une luciole au-delà. L'humidité était élevée au point que les choses semblaient en pleine déliquescence autour de nous, elle et moi si détendues que nous aurions pu nous joindre à elles. Je me plaignais de quelque chose, ma famille ou mes finances, peut-être de la régularisation de mes papiers vis-à-vis de l'immigration, des frais d'avocat à venir. Elle l'a dit en passant, comme si c'était la chose la plus naturelle au monde : Eh bien, on pourrait se marier. En ne répondant pas, j'ai immédiatement su que j'étais dans le pétrin. Elle a nerveusement raconté une blague sur la peur de la monogamie chez les orangs-outans, qui ne rimait à rien pour moi. Je lui ai expliqué que je ne redoutais pas la monogamie, que depuis que nous étions ensemble, je ne m'imaginais avec personne d'autre qu'elle – le classique « ça vient de moi, pas de toi ». J'avais beau être heureuse avec elle, lui ai-je dit, j'étais malheureuse avec moi-même. J'étais une femme, je savais qu'elle me considérait comme telle, mais ce n'était pas suffisant. Je voulais que le monde me voie telle que j'étais. Sa réponse fut prompte. Nous étions là l'une pour l'autre, ce que le monde voyait ou ne voyait pas n'avait aucune importance. Qui se souciait du monde ? Eh bien, moi je m'en souciais.

Je n'ai pas réussi à l'atteindre. Je n'avais ni le savoir-faire ni l'expérience pour comprendre comment me présenter dans ce monde compliqué. J'ai essayé ce soir-là, et les nombreux soirs qui ont suivi. Même de petites choses m'ennuyaient. Je ne supportais pas mon prénom, par exemple. Ayman était le mauvais prénom. C'était masculin. Jennifer trouva cela idiot d'en changer vu qu'en Amérique personne ne l'associait à un genre particulier. Comme si l'Amérique était la seule chose qui comptait. De toute façon, tout le monde le prononce de travers, a-t-elle dit. Beaucoup de gens m'appelaient *Eye-man*, ce qui est la manière dont nombre d'Américains prononcent le prénom féminin Iman. Je ne voulais pas qu'on m'appelle Iman, cela sonnait trop religieux, néanmoins je n'arrivais pas à trouver un prénom à ma convenance, du moins jusqu'à ce que nous nous rendions à Sumatra, glorieuse Sumatra, mais ce ne serait qu'en 1986. Jusqu'à ce moment-là, nous avons continué sur notre lancée.

Jennifer a commencé les préparatifs pour un retour en Indonésie où se déroulait l'essentiel de son travail avec les orangs-outans. J'avais désespérément envie de l'accompagner ; il faudrait pour cela que je manque deux semaines de cours, mais je savais que je pouvais m'en arranger. J'étais extrêmement excitée par ce voyage. J'avais envie d'orangs-outans, j'avais envie de singes, j'avais envie de jungle, j'avais envie de bananes, de mangoustans et de nasi goreng. Comme nous avions toutes deux été occupées par le travail et la fac, ce voyage à l'étranger serait notre premier périple ensemble.

Nous avons atterri tard le soir à l'aéroport de Medan. Je pensais que nous prendrions un taxi qui nous emmènerait à notre hôtel pour le reste de la nuit, mais dehors, sous la canopée, dans l'extrême humidité, Kemala, une collègue de Jennifer, nous attendait. Son anglais était meilleur que celui de la plupart des gens dont c'est la langue maternelle. Elle avait étudié à Oxford, obtenu son doctorat à Leyde et, plus intéressant, son arabe classique était meilleur que le mien. C'était une musulmane pieuse, elle avait, plus jeune, étudié le Coran et avait toute sa vie suivi des cours de littérature arabe à l'université. Jennifer et moi, l'une et l'autre, l'adorions. Elle serait notre compagne durant le voyage. Nous sommes descendues dans un hôtel chic pour une nuit, mais je n'ai quasiment pas dormi. Tôt le lendemain matin nous avons fourré nos valises dans la voiture de Kemala et avons mis le cap sur la jungle. Nous serions hébergées dans sa maison, à Bukit Lawang, un village sur les rives de la Bohorok, en lisière de la forêt tropicale. Il y en avait pour trois heures de route, nous a-t-elle dit, même si ce n'était pas à plus de soixante-dix kilomètres. Il y avait un tronçon de route que les gens du cru avaient baptisé Rock and Roll Street, car les nids-de-poule géants impliquaient que ça allait bien secouer.

Kemala, Jennifer et moi sommes entrées dans la jungle et, de ce jour, ma vie ne serait plus la même. J'allais bientôt me départir des derniers vestiges d'une vie passée. Nous n'avions pas de guide. J'étais avec deux femmes qui connaissaient le terrain, mais cela signifiait que j'étais exclue de la plupart de leurs conversations. Cela ne me dérangeait pas. J'étais maintenue à flot et enchantée par mon environnement édénique, mes bottes s'enfonçaient dans des couches de feuilles crépitantes, mes yeux étaient éblouis par les papillons bigarrés et la flore incompréhensible. Dans l'ensemble, mes compagnes m'ignoraient, sauf quand je me suis penchée pour examiner ce que je croyais être un minuscule asticot se tenant debout sur une feuille tombée par terre, se dandinant dans un sens et dans l'autre, comme pour m'appeler. Eh bien certes, il m'appelait, et Jennifer a dû me tirer en arrière, m'avertissant qu'il ne fallait pas s'approcher des sangsues prêtes à se repaître de votre sang.

Nous avons observé les orangs-outans de loin, des mâles, des femelles, des familles. Nous avons même pu voir une parade nuptiale et sa consommation, un acte sexuel acrobatique là-haut, dans les arbres, ce qui a immensément réjoui mes compagnes. Aucune des deux n'avait jamais assisté à un accouplement en pleine nature. Jennifer a filmé, Kemala a pris des photos et moi j'ai poussé des ho et des ha.

À un moment donné, Kemala a dit que nous devions éviter un certain sentier traversant le territoire d'une femelle à demi sauvage qui attaquait les mâles humains. En raison de ma présence, nous ne pouvions pas prendre le risque de la croiser. Apparemment ses ravisseurs l'avaient atrocement maltraitée. Elle était en convalescence dans la réserve naturelle et s'entendait bien avec toutes les femmes, mais elle continuait d'attaquer les hommes des équipes. Depuis qu'on l'avait relâchée en pleine nature, elle avait attaqué un touriste, un Australien, qu'elle avait mordu au mollet, et en avait terrifié bon nombre d'autres. Il fallait l'éviter. Elle s'appelait Mina.

Bien sûr, en revenant à pied à la réserve naturelle, nous avons rencontré la dame en colère. On ne prononce pas le nom du démon, sinon il apparaît. Mina s'était aventurée au-delà de son territoire habituel. Nous ne nous sommes pas rendu compte qu'elle était dans les parages jusqu'à la voir débouler sur nous à une vitesse inhumaine. J'aimerais pouvoir dire que je fus héroïque ou que j'eus une once de courage. J'ai été tétanisée. Kemala, grâce lui soit rendue, a réagi vite, mais pas assez vite. Elle a placé son bras gauche en travers de ma poitrine, tentant de me ramener derrière elle. J'ai à peine bougé ; ma frousse a fait pousser sous mes pieds des racines qui se sont enfoncées dans le sol de la jungle. Mina s'est précipitée sur moi, puis s'est figée. Effroyablement proche. En tendant la main, j'aurais pu lui caresser la tête. Dressée de toute sa hauteur, elle a regardé une seconde ou deux avant de s'accroupir, manifestement perplexe, déconcertée. Nous nous sommes regardées fixement. J'ai entendu Kemala me chuchoter de ne pas bouger, comme si j'avais pu. Mina était peut-être en colère, mais ses yeux étaient d'une grande douceur – en eux j'ai plongé. Je savais que je projetais et idéalisais, mais j'ai vu le monde dans ces yeux vert doré. J'ai vu de la sagesse et de la souffrance, beaucoup de souffrance. Grattez un kyste de colère et le pus de la douleur s'écoulera. Cette expression, à la fois humaine et inhumaine ; les poils autour du visage, les mèches hirsutes de teintes différentes, pointant toutes vers ses yeux, une coupe à la mode. Il émanait d'elle de la maturité, et cependant pas de gris dans sa barbe. Elle me rappelait un de mes profs, dont le prognathisme n'était pas aussi prononcé, bien sûr, mais tout de même. Kemala s'est mise à parler en langage bébé à Mina, mais l'animal l'ignorait et ne voyait que moi. J'ai compris que j'étais en sécurité. J'ai su au plus profond de moi que Mina me voyait telle que j'étais. Elle me voyait. J'ai entendu Kemala dire que ce qui se passait était incroyable, magique.

Je voulais m'asseoir. Je n'étais plus terrifiée ni pétrifiée. Avant que je puisse faire quoi que ce soit, Mina a tendu la main jusqu'à effleurer la mienne, ses doigts ont tapoté le dos de ma main, comme les touches d'un piano, improvisant une lente mélodie sensuelle. Et puis elle a décampé, s'éloignant du sentier sur lequel nous étions. Dans la forêt elle s'en est allée.

« Je n'ai jamais vu Mina se comporter comme ça avec un homme, a dit Kemala.

— Je ne suis pas un homme », ai-je dit.

Les feuilles mortes prenaient vie sous mes pieds. Je sentais la vie remonter de mes racines. Ma colonne vertébrale s'est redressée. Mon âme a explosé en une floraison sylvestre, guérissant de vieilles blessures. Jennifer était restée silencieuse pendant toute la rencontre. Elle savait. Un feu faisait rage en moi tandis que le sien s'atténuait en une braise agonisante. Je n'ai pas eu à prononcer un mot de plus. Nous savions toutes deux que c'était fini entre nous. Elle ne voulait pas admettre qu'elle était lesbienne et je ne pouvais désormais plus me cacher. Dans cette éternité, sous un ciel vert-de-gris, tandis que nous nous regardions, un renversement, Ayman s'enfonçait dans le sol et Mina jaillissait à la vie.

Sur la route de Skala Sikaminéas

Le trajet du retour jusqu'à Skala Sikaminéas a paru interminable, une longue première journée à Lesbos. Je n'ai pas eu à faire part de mes craintes à Emma parce qu'elle avait déjà posé son diagnostic sur notre patiente. C'était une bonne diagnosticienne. Sumaiya était en train de mourir, et cela irait vite. Quelques jours, une semaine, deux ou six, nous ne pouvions être précis sans imagerie complète et prélèvements sanguins. Son cancer en était probablement à un stade avancé, installé depuis plus d'un an, inopérable. Tout traitement, à condition qu'elle puisse prétendre à un traitement, ne lui octroierait guère qu'un mois supplémentaire. Il fallait que nous la convainquions d'aller faire des examens à l'hôpital demain, ai-je dit.

Sumaiya et son mari avaient essayé de ne pas en parler aux filles, mais Asma avait deviné que sa mère ne tiendrait pas longtemps. Nous nous sommes demandé quelles douleurs Sumaiya avait endurées pour arriver en Europe. J'ai dit à Emma que j'avais un flacon d'Oxycontin et que, s'il nous en fallait davantage, je pouvais demander à Francine d'en envoyer en urgence. Emma m'a garanti qu'elle avait accès à toutes sortes d'antidouleurs, des cachets aux patchs de fentanyl.

Nous roulions en silence depuis un moment quand j'ai reçu un appel vidéo de Mazen, qui venait d'atterrir à Athènes. La première chose qu'il a dite est que j'étais trop foncée, il ne voyait de moi qu'une ombre ondulante. Qu'est-ce que les Grecs m'avaient fait, hein ? Il m'avait terriblement manqué. Il allait passer la nuit dans un hôtel à proximité de l'aéroport et prendrait demain matin le premier avion pour Mytilène. J'avais intérêt à venir le chercher, a-t-il dit, parce qu'il ne savait pas du tout où nous étions installés.

Je n'avais pas envie de passer du temps dans le café/bar à drague avec Emma et son Rodrigo. J'avais envie d'être seule, alors je suis montée dans ma chambre avec un sandwich. Dans la pénombre du couloir, sur une chaise en alu bon marché, la femme de ménage était assise, les yeux clos, sa tête voilée en appui sur le mur, juste sous un crucifix en bois qui avait égaré son Christ. Elle s'est levée dès qu'elle m'a entendue approcher. En arabe je lui ai dit qu'il ne fallait pas qu'elle se lève pour moi, qu'elle se repose si elle en avait besoin. Elle s'est rassise, a dit qu'elle avait besoin de reprendre son souffle avant de gravir la côte jusqu'à son appartement. Nous avons échangé des amabilités, puis elle m'a demandé combien de temps j'allais rester à l'hôtel. Je me suis rendu compte que je n'avais pas de réponse. Je n'avais pas encore décidé, lui ai-je dit. J'envisageais de descendre dans un hôtel plus proche du camp. Elle a suggéré que je quitte la ville. Monter et descendre cette côte me causerait toutes sortes de désagréments ; si je pouvais éviter ça, alors autant le faire.

Elle m'a expliqué qu'elle était arrivée sur l'île six mois plus tôt, en provenance d'un petit village à proximité de la frontière irakienne. Elle avait voyagé seule, son mari était mort dans une geôle du gouvernement. Tous ceux qui étaient avec elle sur le bateau avaient poursuivi leur périple, jusqu'à Athènes, Cologne, Malmö. Elle y avait songé mais avait décidé qu'elle était trop vieille, trop installée dans ses habitudes pour continuer à constamment en changer. Elle restait ici. Elle avait un boulot relativement correct, ne se couchait jamais le ventre vide. Elle ne pensait pas trouver de meilleur boulot en Allemagne et ne croyait pas ce que disaient certains Syriens, à savoir qu'on vous offrait une télé couleur géante dès que vous aviez franchi la frontière. Elle m'a souhaité une bonne nuit ; il fallait qu'elle retourne chez elle.

Je suis entrée dans ma chambre. Tout était paisible, et si spartiate.

Tirésias trans et les grandes déesses

Je me suis éveillée avant l'aube paisible pour le deuxième jour consécutif. Pas de pluie, pas de tempête, Zeus avait dû décider de battre en retraite prématurément. Une bande de lumière claire se glissait sous la porte. Je suis restée allongée seule au lit sur mon unique oreiller. J'avais eu une nuit emplie de rêves éphémères, de déesses lascives, de Tirésias et de serpents, et de Jennifer. Pourquoi avais-je fait tant de rêves ? Beaucoup de choses étaient sorties des tréfonds obscurs de ma mémoire depuis que j'avais atterri à Lesbos, comme si l'air de l'île recelait une forte concentration d'Aricept. Tout le monde semblait participer de la lave qui percolait, ma mère, mon père, mes frères et ma sœur, tout le monde.

Quand je t'ai dit un an ou deux plus tard que j'avais rêvé de Tirésias lors de mon séjour à Lesbos, tu n'as pas été étonné. Comment pouvais-je ne pas rêver d'un prophète grec transgenre en étant sur une île grecque ? Tirésias, un prophète d'Apollon, avait aperçu en marchant deux serpents en train de copuler et les avait frappés avec un bâton, les avait blessés et *boum*, Héra l'avait transformé en femme pour lui avoir déplu. La grande déesse le fit à son image à titre de châtiment et se retrouva avec une pieuse princesse. Sept ans plus tard, désormais femme mariée ayant donné naissance à des enfants, Tirésias revint sur la scène du crime. Elle revit les mêmes serpents qui copulaient, apprécia le miracle, et Héra la retransforma en homme.

Rêve d'une grande déesse, la nuit, alors bien sûr la grande déesse, ma femme, a appelé le matin. Elle possédait un improbable sens du timing. Une des choses que j'appréciais dans la vie était de me réveiller chaque matin devant son visage, et ce matin-là j'étais contente que la technologie me permette de la voir pendant que nous discutions. Je lui ai dit que j'avais l'intention de changer d'hôtel, de manière à être plus près du camp. Elle m'a encouragée à le faire. J'étais venue à Lesbos pour aider, pas pour fréquenter Emma et son cénacle de sauveteurs. Elle a dit que si elle avait été avec moi sur la plage, ça l'aurait déprimée de ne pas pouvoir ramener la famille syrienne chez nous à Chicago. Elle s'imposait certes des limites strictes lorsqu'il était question du travail, cependant elle s'autorisait davantage de marge de manœuvre dans sa vie privée.

Des années auparavant, au milieu d'une des nuits les plus froides de Chicago, nous marchions dans la rue pour retrouver des amis dans un restaurant quand une femme et sa fille frissonnantes nous avaient arrêtées. La mère avait demandé une petite pièce, expliquant à Francine que son mari les avait expulsées de son appartement, il fallait qu'elles trouvent suffisamment d'argent pour se payer une chambre quelque part. Elles ne semblaient pas indigentes, mais elles étaient assurément vêtues trop légèrement compte tenu de la météo. Francine a surpris la femme en lui donnant tout l'argent qu'elle avait dans son porte-monnaie, une quarantaine de dollars. Mais ça ne s'est pas arrêté là. Nous avons retrouvé nos amis au restaurant, elle a ouvert la carte du menu, puis s'est relevée, s'est excusée et est sortie du restaurant. Il était inutile qu'elle dise quoi que ce soit. Je savais qu'elle retournait voir la femme. J'ai expliqué la situation à nos amis. Ce que j'ignorais, c'est qu'elle ne reviendrait pas et qu'à la maison je trouverais la femme et sa fille prenant une douche chaude dans la salle de bains d'amis et dans la nôtre. La femme, Martha, est restée quatre jours chez nous avant de retourner auprès de sa famille dans l'Indiana. Esther, sa fille, a fini par rester six mois, jusqu'à terminer sa classe de seconde. Francine estimait que c'était une mauvaise idée de changer de lycée en cours d'année scolaire pour se retrouver dans l'Indiana. L'une et l'autre viennent dormir chez nous chaque fois qu'elles sont en visite à Chicago.

Vous avez failli me rentrer dedans, Mister Zinzin

J'ai dit au revoir à Skala Sikaminéas et réservé deux chambres au Mytilana Village Hotel, plus proche de Moria. J'ai envoyé un texto à Emma pour lui annoncer que je partais. Deux heures se sont écoulées avant qu'elle réponde. Elle ne sortirait pas de sa chambre de sitôt. Ses mots exacts ont été : « Ma matinée s'annonce raide, raide, raide et je ne vais pas gâcher ça. » Elle me retrouverait à Moria à onze heures trente avec certains membres de son équipe. Je suis partie en voiture, avec pour unique compagnon un gobelet de mauvais café tiède.

Il y avait peu de voitures sur la route dans l'obscurité du petit matin ; de temps à autre, des phares gagnaient en intensité puis s'évanouissaient. Des chèvres et des troupeaux de moutons broutaient l'herbe vert foncé à flanc de coteau, le long de la route, sans bergers à cette heure matutinale. Exactement comme chez moi dans ma prime enfance. La géographie évoquait l'Europe mais la topographie renvoyait au Liban. J'ai songé à Sumaiya. Comment pouvais-je la convaincre de nous autoriser à l'examiner, à lui faire des prélèvements sanguins et quelques radios ? L'hépatocarcinome était relativement avancé. Pas de dipsomanie. Il était improbable que le cancer ait été déclenché par une cirrhose alcoolique car elle ne buvait pas. Certainement une hépatite B ou C, et dans ce cas, il nous faudrait tester ses trois filles.

Je me suis inquiétée de cela pendant l'heure entière qu'a duré le trajet. Chemin faisant un superbe et vénérable chêne m'a momentanément distraite ; il était tellement remarquable que j'ai coupé le moteur et pris quelques minutes pour admirer le vieil arbre. Le froid était désagréable si tôt le matin, alors je me suis délectée de l'aura glorieuse de l'arbre en restant derrière le pare-brise.

Bugs Bunny n'a pas tardé à m'annoncer qu'il allait falloir que je tourne à gauche. Des collines sur ma droite, la mer sur ma gauche, en contrebas, et la grande enseigne annonçant l'hôtel, Mytilana Village Hotel, qui me faisait le coup de modifier ses voyelles. Avant de m'engager dans l'allée, j'ai remarqué une petite chapelle sur le bord de la route. De nouveau, tellement semblable à notre Liban. Tu as écrit à ce sujet dans un de tes romans, la commémoration cinglée des saints qui surgissait aux endroits les plus obscurs, celle-ci sur la grand-route avec juste l'hôtel pour lui tenir compagnie. Quelqu'un avait dû avoir un accident à cet endroit, certainement en s'engageant dans l'allée comme je m'apprêtais à le faire. J'étais bien moins calée que toi en matière de saints, je me suis demandé si la chapelle était en l'honneur de saint Georges. Il était toujours sur un cheval, ce qui n'était pas si éloigné du déplacement en voiture, n'est-ce pas ? Et en tournant j'ai aperçu ta Volkswagen de location qui sortait. Tu n'as remarqué ma voiture qu'au dernier moment ; tu as donné un coup de volant et évité de justesse la chapelle. Tu as failli déterrer le pauvre Georges, manquant de le faire choir de son canasson. Nous avions beau être tous deux en voiture, j'ai tout de même pu voir tes yeux, une telle angoisse s'en dégageait. Tu t'enfuyais. Je me suis dit qu'à tous les coups tu allais sauter dans le premier avion et quitter l'île. Mais ce n'est pas ce que tu as fait, si ?

Ne pas s'occuper de votre enfant après un accident, mode d'emploi

L'île semblait jeter des sortilèges de réminiscence. Je tournais en rond avec mes souvenirs, comme si j'essayais de me défaire de quelque malédiction. M'est revenue à l'esprit la chapelle d'Araya sur la route de Beyrouth à Damas. Ma mère conduisait. Nous allions sans doute dans une ville perchée là-haut dans les montagnes. Nous étions dans la Peugeot avant qu'elle n'appartienne à Firas, avant ses nombreuses et capricieuses morts et résurrections. Il était assis à l'avant, à côté de ma mère. Moi, le plus jeune, j'étais sur la banquette arrière, au milieu, entre Mazen, à ma gauche, et Aida, à ma droite. Je devais avoir onze ans. Ma mère était contrariée par quelque chose. Mon père était parti pour un de ces voyages de chasse à Deir ez-Zor, hébergé chez les parents de ma mère. Elle n'arrêtait pas de me dire de me taire, alors que je ne disais rien, je rigolais, c'était tout. Mazen versait de pestilentes blagues puériles dans mon oreille gauche. Tais-toi, Ayman, s'écriait ma mère. Qu'est-ce que Batman demande à Robin avant qu'ils ne sautent dans la Batmobile ? Une question et une réponse que j'ai été le seul à entendre, et j'ai éclaté de rire. Je te jure, a dit ma mère, si tu ne fermes pas ton clapet, je vais te gifler fort. Est-ce que le médecin demande au cookie s'il se sent en miettes ? Ma mère a demandé à ma sœur de me taper. Aida m'a donné une claque derrière la tête. Mazen m'en a chuchoté encore une bien gratinée. Ma mère a passé le bras entre les deux sièges avant et tapé sur ce qu'elle a pu, mon genou en l'occurrence. Sauf qu'ensuite il y avait un virage raide, elle n'a pas pu ramener sa main assez vite pour tourner le volant. Juste à côté de la chapelle en bord de route, la voiture s'est déportée pour se retrouver dans la file d'en face des voitures qui descendaient. Firas a été le premier à hurler. Une voiture nous a percutés de plein fouet. Heureusement les deux véhicules roulaient à faible allure. Pas de blessés. Nous avons tous été momentanément sonnés, mais quelques secondes seulement, parce que ma mère s'est retournée sur son siège, n'a pas demandé si nous allions bien. Elle s'est tout simplement mise à me hurler dessus. C'était ma faute, tout était ma faute. Avec moi il y avait toujours des ennuis, c'était comme ça depuis que j'étais né. Elle n'avait jamais voulu m'avoir. J'étais un accident, un accident horrible en plus. Même quand le conducteur d'en face s'est approché pour savoir si nous allions bien, elle ne s'est pas adoucie. J'allais finir par la tuer. L'autre conducteur s'est penché pour voir dans quel état nous étions, mais ma mère l'a ignoré. Je me croyais plus malin que tout le monde, hein, disait-elle, le regard mauvais, eh bien je me trompais. J'étais un monstre. Mazen s'est glissé plus près de moi, s'éloignant de la vitre.

Si tu ne trouves pas de balai, essaye une Jaguar

Dans un de tes romans, tu évoquais un accident se passant précisément dans ce virage de montagne. As-tu idée de ce que cela fait de croiser sa propre vie en lisant ? Comprends-tu combien j'ai exulté en lisant un livre qui se passait dans ma ville, sur des routes sur lesquelles j'avais roulé, parmi mon peuple, à quel point ma réaction fut viscérale ? Mon monde était partagé avec le monde entier. Comprends-tu pourquoi je t'aime tant, espèce d'idiot ? Comment peux-tu te détester à ce point alors que je t'aime tant ?

Certes, la mère du narrateur dans ton roman conduisait une Jaguar et non pas une Peugeot. Mme Peel, peut-être ? La mère n'était pas responsable de l'accident. Tu lui faisais quitter la route pour qu'elle évite un camion qui avait perdu le contrôle. Tu la faisais s'envoler dans les airs sous les yeux ravis des saints de la chapelle. Je me voyais comme elle, m'envolant dans une magnifique Jaguar. C'était tout moi, ça.

Il y a quelques années, j'ai décidé de réaliser mon fantasme, de transformer mon rêve en réalité. Je savais que j'étais en pleine crise de la quarantaine, il n'empêche, j'ai voulu m'acheter une Jaguar. Je n'étais peut-être plus capable d'enfiler une combinaison-pantalon moulante, mais je serais tout à fait à mon aise dans ma voiture de luxe. Francine a dit qu'elle me soutiendrait à condition que nous prenions un peu de temps pour y réfléchir. Inutile de prendre cette décision sur un coup de tête.

Tu sais comment elle fait les choses. Tout en douceur, elle a caressé les doutes de mon désir et les a nourris jusqu'à ce qu'ils s'épanouissent. Avais-je vraiment envie d'une voiture comme ça en ville ? Je pourrais certes passer de zéro à quatre-vingt-dix kilomètres/heure en quatre secondes, ce qui serait chouette sur Lake Shore Drive, sauf en cas d'embouteillage, autrement dit, il serait sans doute plaisant de conduire la Jag entre deux et trois heures du matin. Était-ce l'attention que vous attire une voiture de sport que je recherchais ? Était-ce la bonne image ? Avais-je vraiment envie d'être jalousée par tous les garçons adolescents lorgnant sur la voiture de mes rêves à l'arrêt en pleine circulation ?

Je n'ai pas acheté de Jaguar. Elle et moi avons débattu pour savoir quelle voiture je devrais acheter, et j'ai gagné. Elle a essayé de me faire prendre un break Volvo V60, mais je n'ai pas cédé. Je me suis retrouvée avec une berline Volvo S60.

Ce garçon Icare

Tu as jadis écrit qu'Agar, la concubine d'Abraham et mère d'Ismaël, était la première émigrée, que le mot arabe pour dire émigration était sans doute dérivé de son nom. Tu me dirais plus tard que tu avais écrit ça car c'était métaphoriquement vrai et que son histoire avait sa place dans le livre comme la dernière pièce d'un puzzle. Tu écrivais un roman sur l'art arabe de conter des histoires. S'il avait traité de questions occidentales, tu aurais choisi Moïse, voire Jésus, même s'ils étaient arrivés sur la scène mythique bien plus tard. Il fallait que ce soit Agar et bébé Ismaël, une pauvre exilée dans le désert, sans ressources, contrainte de fouiller désespérément partout pour trouver à manger et à boire pour son tout petit prophète. D'une colline à l'autre elle courait, les deux mêmes collines désertes, encore et encore, au cas où elle aurait manqué quelque chose, un désespoir d'émigré.

Mais non, dirais-tu plus tard en me rendant visite à Chicago, si tu écrivais sur les migrants aujourd'hui, tu envisagerais Icare en premier, le fils unique de son père. Dédale, l'artiste, avait bâti l'infâme labyrinthe pour son roi, Minos. Dans son impossible dédale, le roi avait emprisonné le Minotaure, un monstre qui avait un corps d'homme, une tête et une queue de taureau, et se trouvait être son beau-fils, en un sens, le rejeton d'un rendez-vous salace entre sa femme Pasiphaé et un taureau costaud. Comme tous les souverains au fil des temps, Minos se souciait peu des artistes, toujours persécutés, si ce n'est pour savoir comment ils pourraient le servir. Il assigna Dédale à domicile dans une haute tour car il ne souhaitait pas que le secret du labyrinthe s'ébruite. Mais on ne réduit pas au silence un artiste, n'est-ce pas ? Avec des plumes et de la cire, Dédale confectionna deux paires de grandes ailes, une pour lui et une pour son fils adoré, Icare. Ne vole pas trop haut, dit le père à son fils, ni trop bas. Trop haut, le soleil féroce fera fondre la cire rose, trop bas, l'écume de la mer imbibera les plumes. Contente-toi de voler dans le silence ni trop haut ni trop bas. Vers le ciel bleu lapis ils s'envolèrent, échappant à l'oppression, en quête d'opportunités. Bientôt le garçon, oubliant l'avertissement de son père, apprécia de voler haut, de plus en plus haut, jusqu'à ce que le soleil indifférent fasse fondre la cire qui faisait tenir les plumes. Icare tomba du ciel dans la mer.

L'endroit où périt le fils adoré de son père s'appelle la mer Icarienne, et l'île qu'elle baigne est Icarie, pas très loin au sud de Lesbos.

Beaucoup se sont noyés dans cette petite étendue de Méditerranée entre la Grèce et la Turquie, beaucoup de vies non vécues.

Pourquoi Icare, t'ai-je demandé, parmi tous les mythes qui traitent de migrants, pourquoi lui ? Tu m'as regardée d'un drôle d'œil, a soutenu mon regard un certain temps. Tu t'ingéniais à me prouver que si ton apparence était normale, décidément toi tu ne l'étais pas. Un drôle d'oiseau névrosé, voilà ce que tu es. Tu as soulevé ton postérieur du siège, as sorti de la poche arrière droite de ton jean une feuille de papier blanc pliée. Tu as déplié une liste que tu avais recopiée dans Wikipédia, une liste de passagers clandestins morts dans des trains d'atterrissage. Ta liste n'incluait pas la mort de personnes ayant tenté de s'enfuir en se cachant dans des soutes d'avions de fret ou les compartiments pour pièces de rechange, uniquement ceux qui s'étaient dissimulés dans les logements de trains d'atterrissage. Ton index a parcouru les noms et les dates. Tu as sauté ceux qui avaient péri gelés pour cause de température trop basse en haute altitude. Ton doigt ne s'est pas arrêté sur ceux qui étaient morts écrasés par les roues ou par accident de décompression. Tu as lu à haute voix uniquement ceux tombés du ciel, sans ordre particulier.

En 1969, un homme est tombé du ciel lors d'un vol de La Havane à Madrid.

En 2001, Londres-New York, un homme non identifié a fait une chute de quinze cents pieds du jet à l'approche de JFK.

En 2004, Su Qing, treize ans pas plus, est tombé du ciel peu après le décollage de Kunming.

Un an plus tard, un garçon inconnu âgé de dix ans tombait du ciel en Chine occidentale.

Un garçon de dix-sept ans, Ilgar Ashumov, est tombé du ciel lors d'un vol Bakou-Moscou.

Qassim Siddique, Lahore-Dubaï.

En 2003, un Malien est mort en se rendant à Paris, tombé du ciel pas très loin de sa destination, à la sortie du train d'atterrissage.

En 2018, Marco Vinicio, dix-sept ans, et Luis Manuel, seize ans, sont tombés d'un Boeing 767 après le décollage à Guayaquil. Ils espéraient atteindre New York.

Et Carlito Vale, le jeune Mozambicain qui est tombé du ciel dans une banlieue chic de Londres en 2015.

Tant et plus.

« Qui irait tenir une telle liste ? t'ai-je demandé.

— Wikipédia, as-tu répondu.

— Non. Je veux dire par là, qui garderait sur lui une telle liste ?

— Moi, as-tu répondu. Bah, il faut bien que quelqu'un le fasse, tu ne crois pas ?

Braquage d'une bijouterie arménienne, mode d'emploi

L'hôtel était en pleine hibernation. Le bassin paraissait bien austère, sans eau. Les quelques chaises restées dehors paraissaient misérables sans leurs coussins : certaines étaient collées les unes aux autres, enlacées, s'étreignant, se câlinant jusqu'au printemps. Les pieds de parasols sans parasol, les trous profonds dans les socles en ciment disaient une infinie solitude. Il se dégageait de l'ensemble une vague odeur de cidre et de bois de chauffage. Perséphone hibernait encore dans les enfers.

J'ai attendu Rachid et son contingent palestinien dans la salle à manger vétuste de l'hôtel. Le buffet du petit déjeuner était peu copieux et pas particulièrement frais. Il n'y avait guère que le fromage frais qui m'attirait, c'est donc ce que j'ai pris, avec deux tranches de pain. La peinture aux murs était jaunie jusqu'au plafond ; un coin en hauteur s'ouvrait comme un décolleté. En face de mon siège, une empreinte dans le mur montait à hauteur de la table, on aurait dit qu'un dieu puissant y avait accidentellement donné un coup, ou que Bacchus l'avait frappé de son sabot. L'hôtel avait beau être délabré, il était tout de même plus luxueux que celui de Skala Sikaminéas : au tarif hors saison de quarante dollars la nuit, ma chambre avec vue sur la mer coûtait plus de deux fois plus cher que la précédente.

Deux jeunes garçons ont déboulé dans la salle. Ils ont poussé vigoureusement les portes battantes et sont tombés dès qu'ils sont entrés, dès que leurs chaussures de sport crissantes ont atterri sur la moquette. Ils étaient de nouveau sur pied, en train de courir, quand le reste de la famille a fait son apparition. La salle à manger a paru s'éveiller d'un profond sommeil. Les garçons, détrempés par les trombes d'eau du matin, sont passés à vive allure devant ma table, se dirigeant vers le buffet. La famille s'est installée deux tables plus loin. La mère a demandé aux garçons de faire moins de bruit, sans résultat. Et ça bavardait à n'en plus finir, moi, à moi, à moi, à moi, et que ça bavarde, et que ça bavarde. L'accent était incontestablement de Damas ou en tout cas de pas trop loin. Le père m'a salué d'un hochement de tête. Il avait le genre de visage suggérant qu'il s'était fait tabasser une fois ou deux ; tout dans ce visage semblait enfoncé, à l'exception des oreilles protubérantes. La fille adolescente avait les yeux rivés sur l'écran de son téléphone portable, sa main tripotait un collier en or avec en pendentif un œil porte-bonheur turc en turquoise, censé contrer les intentions vénéneuses de tout observateur mal intentionné.

Des comme ça, je n'en ai jamais eu, contrairement à ma sœur Aida. Ma mère lui en avait offert un quand elle était toute petite et elle n'avait jamais voulu s'en séparer, comme si c'était un trésor de dragon. Elle l'avait même porté en collier pour son mariage, où il avait rebondi dans la vallée entre les deux monticules toute la soirée. Ma mère en avait aussi donné un à Firas, au même âge, mais il l'avait perdu. Quand Mazen et moi étions nés, elle en avait assez des yeux porte-bonheur. Je ne croyais pas y attacher grande importance, mais je me suis étonnée moi-même en allant dans une bijouterie à Chicago dès que j'ai été financièrement solvable. Je n'avais nulle intention d'en acheter une, mais je suis néanmoins sortie de la boutique avec une turquoise, une amulette qui se balançait à un délicat bracelet. Bien sûr, je l'ai égarée moins d'un mois plus tard, probablement après l'avoir enlevée pour le lavage chirurgical. Je n'ai plus jamais porté de bijoux, pas même une alliance.

Les deux jeunes garçons avaient dans leur assiette un gigantesque tas d'œufs brouillés recouvert de fruits, de fromage et de pommes de terre. Le père, un petit homme avec un gros ventre, a appelé le serveur, lui a demandé en arabe du yaourt, et le serveur n'a pas compris. Il a demandé à sa fille si elle connaissait le mot en anglais, et elle a fait non de la tête, sans décoller les yeux de son écran. Le manager a rejoint le serveur. Aucun des deux ne comprenait ce que voulait la famille. Le père a fait de grands gestes, utilisant une cuillère imaginaire pour prendre du yaourt imaginaire au creux de son autre main. Les garçons ont ricané. Le père a demandé à sa fille quel était le mot pour dire fromage. Ça, elle savait. La meilleure formule que son père a pu trouver en anglais a été *cheese water*. Les garçons ont ri plus fort. J'ai dit au manager en anglais ce que voulait la famille.

Tous les cinq m'ont regardée ; même la gamine a levé les yeux brièvement. Le père a dit merci en anglais, et j'ai répondu en arabe. J'ai fini par devoir livrer la version courte de « Je suis américaine d'origine libanaise et syrienne. » La gamine est retournée à son téléphone portable, les garçons à leurs pitreries. Le père a voulu savoir de quelle région du Liban j'étais, un code pour savoir quelle était ma religion. Il voulait savoir, avait besoin de savoir, un besoin levantin né bien avant lui et moi. Dès qu'il a entendu que j'étais de Beyrouth, il s'est mis à me dire combien il aimait ma ville, qu'ils y avaient vécu ces quatre dernières années. Les enfants y étaient scolarisés. La famille avait quitté la Syrie et s'était installée à Beyrouth au début de l'année 2012. Le type était volubile, il me parlait depuis l'autre bout de la salle. Seule sa femme lui accordait son attention. Mon esprit s'est mis à vagabonder alors, pourtant je voulais lui demander ce qu'ils faisaient à Lesbos, puisqu'ils habitaient Beyrouth, mais je me suis dit que je n'allais pas devoir attendre longtemps et j'avais raison. Il s'est lancé dans son histoire.

Quand les troubles en Syrie avaient commencé, en 2011, ils ne se doutaient pas du tout que ce serait l'escalade jusqu'à ce qu'une guerre éclate. Il parlait comme un acteur récitant un monologue qu'il maîtrisait sur le bout des doigts. Des manifestants paisibles exigeant – non, demandant – que leurs droits soient respectés, et plutôt gentiment. Mais ensuite le monde avait été submergé et il s'était enfui avec sa famille à Beyrouth. Il avait pu trouver un emploi, bien sûr. Il était maître joaillier, il y avait toujours de la demande. Il avait réussi, et pourtant sa boutique à la périphérie de Damas n'était pas dans le meilleur quartier, car comme toute personne sophistiquée (ce que j'étais incontestablement) le savait, l'or était important, même pour les gens pauvres, voire plus encore pour les gens pauvres – pour un pauvre, l'or était aussi important que l'air qu'il respirait. Je n'avais toujours pas dit un mot depuis que j'avais mentionné Beyrouth. La fille avait le collier avec l'œil porte-bonheur, mais personne d'autre dans la famille ne portait de bijoux, ce qui se comprenait. Si un des passeurs turcs en avait vu, le prix de la traversée aurait quadruplé, et la famille aurait été dévalisée. Mais à Beyrouth, a-t-il dit, il ne pouvait pas ouvrir sa propre boutique. Qui se serait porté garant ? Il avait été obligé de travailler pour un bijoutier arménien, qui n'était pas un type correct, ne connaissait vraiment pas grand-chose, sans même parler de joaillerie, et n'avait pas la moindre idée de la façon dont il fallait s'y prendre pour gagner de l'argent. Il n'empêche, le père y avait travaillé pendant trois ans et demi. Ce n'était pas non plus comme si tout le monde se pressait pour embaucher des Syriens, alors il avait travaillé avec zèle au service d'un homme ingrat. Bien entendu, il ne souhaitait pas laisser entendre que tous les Libanais étaient indifférents et grossiers, uniquement les Arméniens. Il y avait un mois environ, il avait commencé à recevoir des appels d'un type malveillant à la voix sournoise qui menaçait de le tuer s'il ne l'aidait pas à braquer la boutique. Il avait eu peur, au début, avait été vraiment terrifié, mais avait décidé d'ignorer les appels, qui pourtant devenaient plus nombreux, au moins un par heure, puis deux, trois. Il avait cessé de répondre au téléphone. Mais ensuite le criminel avait envoyé deux policiers à la boutique pour le menacer. La police, vous vous rendez compte ? Ils l'avaient tabassé, l'avaient giflé avec mépris, l'avaient par trois fois frappé au ventre. Il avait terriblement souffert mais n'était pas allé à l'hôpital car les policiers l'avaient mis en garde, il avait interdiction d'en parler à qui que ce soit. Il avait appelé la boutique le lendemain pour dire qu'il ne viendrait pas, et le jour d'après non plus. Il s'était dit que s'il se cachait dans l'appartement familial, les criminels le laisseraient tranquille. Mais un autre policier s'était approché de sa femme pendant qu'elle faisait des courses au marché. Il lui avait dit qu'ils savaient où habitait la famille, où les enfants allaient à l'école et qu'ils les assassineraient tous si son mari refusait de coopérer. Le policier a prévenu qu'il ferait des choses indescriptibles à leur fille avant de la tuer, a dit le père, en montrant du doigt la fille, toujours sur son portable. Que pouvait faire un honnête homme ? Il ne pouvait pas signaler à la police que la police menaçait sa famille. Ils avaient acheté des billets d'avion pour Istanbul, des billets d'autocar jusqu'à la côte et des billets de bateau pour Lesbos, sauf qu'ils s'étaient fait escroquer à chaque étape du voyage. Le bateau avait été le pire parce qu'on leur avait dit qu'ils voyageraient en classe affaires dans un ferry et qu'on leur servirait un repas complet à bord. Sa femme a hoché la tête pour signifier son accord avec le dernier commentaire.

Rachid et deux infirmières palestiniennes, les deux femmes venues le chercher à l'aéroport, m'ont sauvée en entrant dans la salle à manger. Les deux groupes ont échangé des civilités avant que le trio infirmier vienne me rejoindre. Le père n'a pas manqué de me dire combien il avait apprécié de discuter avec moi. Je n'ai pas souhaité parler de cette famille avec Rachid alors que l'objet du commérage était assis à proximité. Ce n'était pas nécessaire. Dès que Rachid s'est assis avec sa pitoyable assiette de petit déjeuner cerclée d'une bande bleue, tournant le dos à la famille syrienne, il a haussé un sourcil, le gauche, et demandé d'une voix douce : « Quelle version de la triste histoire avez-vous eu la chance d'entendre ? »

Chaque pays a les réfugiés qu'il mérite

Si je ne suis pas aussi friande de cancans que toi – quelle était la formule que tu as écrite, le potin est le carburant qui alimente le feu de l'âme ? –, j'aime néanmoins les bonnes histoires. Tu avais discuté avec la même famille syrienne la veille au soir et, comme moi, tu avais dû traduire ce qu'ils souhaitaient manger car ils ne voulaient rien de ce qu'il y avait au menu. À quelques tables de distance, l'homme t'avait régalé de l'histoire de la famille, pleine de violence et de bravoure, d'ardeur et d'aventure, narrée avec une joie non dissimulée. La partie maître joaillier était la même que celle à laquelle j'avais eu droit, mais dans l'histoire telle qu'il te l'a racontée, c'était l'Arménien en personne qui menaçait l'homme, car le perfide propriétaire voulait dévaliser sa propre boutique pour toucher l'argent de l'assurance. Pas de policiers dans ton histoire, juste trois voyous arméniens qui lui cassaient la figure, menaçant sa femme et sa fille. Tu m'as dit que tu avais tout d'abord pensé qu'il appartenait peut-être à la police secrète du régime syrien, envoyé pour espionner les réfugiés, mais ensuite tu t'es rendu compte que ce ne pouvait pas être le cas. Le Mukhabarat, comme toutes les organisations terroristes d'État, était maléfique et idiot, mais pas assez bête pour qu'un de ses agents améliore l'histoire qui lui servait de couverture au fur et à mesure qu'il la racontait. Si lui et sa famille avaient été des espèces d'agents secrets, ils se seraient installés au camp, se seraient mêlés aux autres réfugiés, n'auraient pas attiré l'attention en restant dans un hôtel, quand bien même les tarifs étaient abordables. Non, tu t'es rendu compte qu'il mentait sans avoir à comparer ses histoires. Et tu as décidé qu'il était en cavale, qu'il ne fuyait pas les balles perdues, ni les bombardements ou les avions de chasse. C'est lui qui avait braqué la bijouterie arménienne. Rachid en était arrivé à la même conclusion.

J'aurais voulu pouvoir lui poser la question. Avait-il lui-même pillé la boutique ? À combien s'élevait le butin ? L'avait-il caché dans leurs valises ? Était-il terrifié quand ils avaient passé la douane à Istanbul ? Ne dormait-il que d'un œil en attendant le canot pneumatique à destination de Lesbos ? J'aurais dû demander. Cela m'ennuyait de ne pas avoir de réponse à disposition. Dans l'un de tes essais, tu écrivais qu'un romancier doit être capable de « s'asseoir avec le fait de ne pas savoir », une situation où je n'étais pas à mon aise.

Tu avais discuté avec la femme, que tu avais trouvée plus supportable que son mari, mais pas de beaucoup. Tu tâchais de savoir si certains réfugiés voulaient se rendre aux États-Unis. Pas un seul n'en avait envie, sur toute l'île. Tous voulaient aller en Allemagne, en Suède, au Danemark, et cela c'était avant que le président imbécile soit élu. Tu lui as demandé à quel endroit elle espérait s'installer. Elle a dit que cela lui était plus ou moins égal. Ce pourrait être Berlin, Paris, Francfort ou Copenhague, mais surtout pas Athènes. Elle avait déjà dit aux gens des Nations unies qu'elle ne voulait pas aller là-bas. Elle leur avait dit qu'elle n'avait pas quitté Damas et Beyrouth pour finir dans un endroit comme Athènes.

Qu'était devenue cette famille ? Où étaient-ils ? Contrairement à toi, j'ai essayé de le savoir. Deux mois après mon retour à Chicago, je t'ai demandé si tu savais, puis j'ai interrogé mes contacts, Emma, les autres médecins. Rien. Bien entendu, je ne connaissais pas leur nom car je n'avais pas demandé. Je les décrivais comme « vous savez, le bijoutier et sa femme, deux jeunes garçons et une adolescente, ils étaient dans notre hôtel ». Mais Rachid, lui, connaissait leur nom. Il avait appris, via un ami, où ils habitaient un an plus tard. La famille s'était finalement retrouvée en Floride, et, je vous le donne en mille, à Tallahassee, ce qui, je ne sais pourquoi, semblait leur correspondre. De tous les réfugiés avec qui toi et moi avions parlé, cette famille était la seule qui avait émigré aux États-Unis, comme si la réputation des réfugiés syriens avait besoin qu'on l'abîme davantage en Amérique.

Au moins la famille s'était-elle installée quelque part. Ils avaient de la chance, comme la famille de Sumaiya. Ils étaient arrivés à Lesbos alors que l'Europe était en plein dilemme, ne sachant que faire d'eux, ou, pour être plus précis, pendant que les nations européennes essayaient de voir comment empêcher les réfugiés d'entrer sans pour autant passer pour des monstres. L'attaque terroriste de novembre 2015 à Paris avait accru l'influence des factions anti-immigrants en Europe, mais ces forces devraient encore mûrir pour atteindre leur forme pleinement fasciste. Durant une brève période, les Syriens, en particulier les familles avec enfants, ont eu le droit d'entrer au compte-gouttes dans les pays d'Europe de l'Ouest. Lorsque nous étions sur l'île, il était difficile de faire aboutir les dossiers, mais cela deviendrait peu après quasiment impossible. Au cours du mois qui a suivi notre départ, l'Union européenne a commencé à étouffer les réfugiés sous une bureaucratie de plus en plus tatillonne, l'arme la plus efficace de l'empire. Nous avons été sur place quelques semaines avant que l'Europe ne ferme quasiment ses frontières. Je crois comprendre qu'actuellement les familles attendent des mois avant d'obtenir un tampon rouge, puis attendent encore plusieurs mois pour un tampon bleu, doivent encore attendre pour un jaune ou un vert, si elles ont de la chance et ne sont pas renvoyées pour cause de daltonisme. Toi et moi avons eu de la chance. Nous avons été à Moria avant que l'endroit ne se transforme en un camp de prisonniers inhumain, avant les émeutes et les incendies criminels, avant que les réfugiés ne soient renvoyés de force en Turquie, renvoyés dans ce que les autorités jugeaient être leurs pénates. Avec la ténacité têtue de phalènes, les réfugiés ne cessaient d'arriver, et, derrière la vitre froide de Moria, ils aspiraient à une chaleur inatteignable.

Lesbos était une espèce de pagaille humaine lorsque nous y étions. Peu après, cette pagaille est devenue inhumaine.

Un terroriste, quel que soit le nom qu'on lui donne, est toujours un terroriste

À propos de la réputation des Syriens aux États-Unis, je devrais te parler de la famille d'une amie. Jadis appelée Lina Abdullah, infirmière à l'hôpital de Chicago où je travaillais, elle avait pris le nom de son mari lorsqu'elle l'avait épousé en 2006. Elle jugeait misogyne la coutume consistant à prendre le nom de son mari, et assurément elle n'avait pas prévu de le faire. Et pourtant elle se retrouvait à présent avec un nouveau nom. Lorsqu'elle avait pris la résolution de conserver son nom de famille, elle n'avait pas songé qu'un jour il déclencherait une telle furie islamophobe de la part d'inconnus. Après les attaques sur le World Trade Center, il avait fallu qu'elle demande à être mise sur liste rouge parce qu'elle avait commencé à recevoir des messages de haine à toute heure. Les noms dont on la traitait, les virulentes attaques sur sa personne par des anonymes la terrifièrent. Cela ne fit qu'empirer au moment de l'invasion de l'Irak. Elle suivit une thérapie pendant des années, et pourtant la situation ne s'arrangea que lorsqu'elle changea de nom. Elle put enfin dormir toute une nuit.

L'ironie, c'est que Lina est juive.

Son père s'appelait Morty Abdullah, né Mortadda Mohammad Abdullah, d'Alep, arrivé aux États-Unis avec sa famille à l'âge de sept ans. Musulman de naissance, il avait grandi dans un contexte loin d'être farouchement religieux, cependant il avait appris tous les rites et rituels de l'islam.

Il était populaire au lycée de Schaumburg, avait fréquenté je ne sais plus quelle université et fini soutien de famille en tant que propriétaire de trois stations-service dans la banlieue nord-ouest de Chicago. Il n'avait pas légalement changé de nom, mais pour des raisons pratiques, il était Morty, jamais Mortadda ni Mohammad. Ce qui allait lui causer des ennuis après sa mort.

Morty avait épousé Elena Finkelstein, née Elena Midamasek, de Damas, arrivée aux États-Unis avec sa famille à l'âge de trois ans. Son nom avait été modifié à Ellis Island. Quand sa famille était arrivée, un inspecteur avait décidé que le nom Midamasek – de l'hébreu, qui voulait dire « de Damas » – n'était pas prononçable en anglais, aussi avait-il rebaptisé la famille Finkelstein. Quand j'ai entendu parler pour la première fois de ce changement de nom, j'ai été sceptique, me disant qu'ils auraient plutôt choisi un nom aux consonances plus anglaises, mais ensuite tu m'as dit que tu avais un ami qui avait exactement le même nom et la même histoire. À Ellis Island, le nom de famille du père de l'ami avait été changé de Schwarzberg en Finkelstein. On pourrait en conclure qu'il y avait un inspecteur qui aimait vraiment le nom juif Finkelstein. *Toi tu es un Finkelstein, toi tu es un Finkelstein, et oui, toi là-bas, n'aimerais-tu pas être un Finkelstein aussi ?*

Morty et Elena Abdullah avaient eu trois enfants qui, bien qu'élevés dans un cadre plutôt non religieux, s'identifiaient comme juifs. Ils avaient grandi à Skokie, dans l'Illinois, après tout. Ils avaient eu une enfance suburbaine typique. Lina avait une fois affirmé que la seule différence qu'elle avait remarquée entre les amis de ses parents et eux était que Morty et Elena parlaient arabe quand ils voulaient que leurs enfants ne comprennent pas ce qu'ils disaient et que la cuisine de sa mère était bien meilleure. Ce n'était que vers l'âge de quatorze ans qu'elle s'était rendu compte que ses parents étaient issus d'un contexte religieux différent, vu que ni Morty ni Elena n'étaient très croyants.

Vers 1999, Morty a constaté qu'Elena avait des problèmes. Ce furent tout d'abord de petites choses. Elena, qui était une cuisinière exquise, se mit à servir des plats qui étaient, au mieux, médiocres. Il fut terrifié un soir quand elle sortit de la cuisine avec un ragoût de choux-fleurs sans les choux-fleurs. Il alerta ses enfants, qui habitaient dans la région. La famille emmena Elena consulter les médecins compétents, et, même si le diagnostic ne serait confirmé que plus tard, le neurologue pensait qu'Elena avait un début précoce de la maladie d'Alzheimer.

Morty prit soin d'Elena pendant un ou deux ans, mais elle déclina vite. Il fut bientôt incapable de s'occuper d'elle au quotidien. Après qu'elle eut fait une effrayante chute dans sa baignoire (rien de cassé), ses enfants convainquirent leur père qu'il fallait qu'elle soit accueillie dans un établissement spécialisé où l'on s'occuperait d'elle vingt-quatre heures sur vingt-quatre. Il hésita, essaya de persuader ses enfants qu'il pouvait s'occuper de sa femme si l'un d'eux venait s'installer à demeure pour aider, mais aucun ne voulut ou n'était en mesure de le faire. Malheureusement, le jour où ils décidèrent d'installer Elena dans un centre d'accueil, c'était le 17 septembre 2001.

Des années plus tard, quand une télé locale fit un reportage sur les événements autour de la mort de Morty, le correspondant déclara que la femme de Mortadda Mohammad Abdullah l'avait quitté après les attaques du World Trade Center. Je n'ai pas besoin de te dire que le reportage fut repris par Fox News, quoique brièvement, avant d'être abandonné, et bien sûr il n'y eut pas d'excuses pour le reportage erroné.

En 2010, Morty eut un AVC ischémique invalidant, si bien qu'il dut être admis dans un centre médicalisé à Skokie. Il y resta jusqu'à son quatre-vingt-deuxième anniversaire, l'année suivante. Sur la fin, il ne pouvait plus se déplacer qu'en fauteuil roulant motorisé. Et c'est pour cela que sa mort prit une tournure traumatisante pour beaucoup.

La crise cardiaque fatale de Morty eut lieu dans le couloir qui conduisait à la salle à manger, juste après l'appel du dîner. Il se trouve qu'une adolescente, Melissa ou Marissa, rendait visite à sa grand-mère avec ses parents, et qu'elle a filmé une vidéo qui est devenue virale. Interviewée à la télévision, elle a dit qu'elle s'ennuyait, elle ne voulait pas aller voir sa mamie, mais ses parents l'avaient obligée parce qu'au centre d'accueil, le mardi c'était entrecôte. Les résidents, avec une lenteur pénible et des rythmiques variables, convergeaient lentement vers la salle à manger.

Morty, lui aussi, arrivait, il avait hâte de manger son entrecôte, mais il mourut promptement, probablement sans souffrir, et son fauteuil se mit en marche. Dans le couloir, vrombissant, il s'engagea.

La vidéo montrait le carnage filmé de derrière le fauteuil, on aurait dit qu'un spectre le conduisait car, de derrière, on ne voyait pas la tête affalée de Morty. Le moment le plus mémorable est quand une frêle dame âgée en blouse à fleurs brandit son déambulateur, les balles de tennis aux pieds de l'appareil s'élevant comme deux soleils jaunes pour affronter le fauteuil qui fonçait vers elle, en une tentative pour arrêter l'inévitable. Au total, le cher défunt faucha six autres résidents, et tous survécurent. Les blessures furent graves, de nombreuses fractures, y compris de la hanche, mais pas de mort.

Une fois qu'il fut annoncé que Morty s'appelait en réalité Mortadda Mohammad Abdullah, deux agences de presse présentèrent l'incident comme une attaque terroriste – un attentat suicide. La plupart étaient certains de l'intention malveillante du défunt. Toutes les lèvres américaines n'étaient qu'insultes pour Mortadda Mohammad Abdullah. Comme pour tout, le brouhaha dura à peine un cycle d'infos avant que tout le monde passe à quelque tapage plus ridicule.

Lina m'a dit qu'elle avait reçu un appel d'une employée du FBI le lendemain de la diffusion de la vidéo de Melissa/ Marissa. L'agent lui a présenté ses excuses, lui a dit qu'elle ne faisait qu'obéir aux ordres, ils avaient obligation d'enquêter en raison des appels qu'ils recevaient. Et donc les histoires comme quoi le FBI enquêtait sur l'attentat au fauteuil roulant étaient à la fois véridiques et pas tout à fait.

Et à propos, Lina Abdullah s'appelle aujourd'hui Lina Finkelstein. Oui, elle a épousé un Finkelstein. Pas du tout de la même famille. La famille de son mari s'appelait déjà Finkelstein, le nom n'avait pas été changé lors du passage à Ellis Island.

Saluer son frère, mode d'emploi

J'ai un peu plus apprécié l'aéroport de Mytilène lors de ma deuxième visite. Il était si petit que j'ai vu l'avion atterrir quelques minutes avant d'arriver à l'aéroport, et je savais que c'était celui de Mazen, en provenance d'Athènes. Je craignais d'être en retard, mais je n'ai pas eu la moindre difficulté à garer mon Opel de location à littéralement vingt secondes à pied du terminal.

La pluie n'allait pas tarder à tomber, encore. Les fragments de ciel d'un bleu insensé semblaient se réduire comme une armée encerclée déjà vaincue, pâlissant, de plus en plus vulnérable, le soleil de moins en moins convaincant. Sur le bitume à l'extérieur du bâtiment trapu de l'aéroport, un homme dans une espèce d'uniforme répandait des graines, les pigeons formant une couronne autour de lui. Dans un sac en plastique sa main plongeait, en ressortant avec davantage de graines à lancer. La ronde des pigeons alternait expansion et contraction, comme un cœur en action.

Mazen me tournait le dos, contemplant l'éternel mystère du tapis roulant où tournent les valises. J'ai agité les mains, refait mon danseur-des-vents gonflable, mais il était en train de récupérer ses bagages et ne m'a pas remarquée. Le gardien assis, qui avait l'air de s'ennuyer, n'a pas voulu me laisser passer, me demandant de rester derrière la ligne jaune à côté de lui. Mazen, traînant sa valise à roulettes, est passé devant moi, regardant à droite et à gauche.

Je me suis approchée de lui par-derrière et l'ai serré dans mes bras, glissant mes mains sous ses coudes et autour de son torse. Mon frère toujours confiant n'a même pas tressailli. Pourquoi aurait-il été étonné ? Tout le monde dans les aéroports avait droit à des accolades inattendues, non ? Quand nous étions petits, j'aimais lui sauter dessus, surtout lorsqu'il me tournait le dos. Je finissais cramponné à son cou, mes jambes autour de sa taille. Nous étions tous deux trop vieux pour réitérer cela aujourd'hui. Nous étions toutefois de la même taille, faisions le même poids. Nos deux corps s'emboîtaient à la perfection.

« Bonjour madame », a-t-il dit de la plus douce des voix. Il a tenu mes bras mais ne s'est pas immédiatement retourné. « Puis-je vous présenter notre nouveau fonds d'investissement, dont une personne telle que vous, je pense, appréciera le ratio risque-rendement ! »

Nous avons tous deux gloussé. La plaisanterie enfantine faisait référence à une discussion que nous avions eue plus tôt, quand il m'avait demandé ce qu'il allait faire à Lesbos, de quelle manière il pourrait aider les réfugiés. Il avait dit que la seule chose où il était vaguement bon c'était la vente d'actions. Il était agent de change à Merrill Lynch, à Beyrouth. Il ne se voyait pas accueillir les bateaux avec les derniers portefeuilles d'investissement. *Pardon, chère madame, souhaiteriez-vous que je vous explique comment fonctionne un compte d'épargne familial ?*

Un souvenir m'est revenu. Il avait huit ans, j'en avais sept, dans notre chambre, au sol. Nous étions assis l'un à côté de l'autre, nos hanches se touchaient, comme si nous avions été deux arbres, nos branches se frôlaient, nos racines, nos jambes entrelacées. Cette image, ce souvenir ne m'avait pas traversé l'esprit depuis des décennies. Mazen retenait une mouche dans son poing fermé, mais pas trop fort. Il refaisait le geste que notre père exécutait quand il jouait au backgammon, chaque fois que c'était son tour. Mazen secouait la main énergiquement comme si elle contenait une paire de dés, me faisait souffler dessus pour que je lui porte chance, et, d'un grand geste altier, jetait l'insecte étourdi au sol. Nous observions la mouche groggy tâcher de se ressaisir. À terre, l'insecte sonné se traînait en petits cercles, incapable pendant un certain temps de s'élever dans les airs. Nous faisions cela chaque fois que nous attrapions une mouche.

Mazen, mon Mazen.

Lui et moi étions unis par un lien de sang, littéralement. J'avais huit ans, il en avait neuf. Il avait entendu dire que si deux individus mettaient en contact leurs mains ensanglantées, ils devenaient frères de sang. Nous allions faire cela. Sans tenir compte du fait que nous étions déjà frères. Nous pensions que le rituel ferait de nous deux êtres infiniment proches l'un de l'autre. Nous nous tiendrions côte à côte, même attaqués par des monstres brandissant des épées ou des dragons crachant des flammes. Avec une épine de fleur, nous avons piqué nos index et nous sommes serré la main, scellant notre contrat.

Quand le cordon ombilical familial a été coupé, j'en ai tellement voulu à ma mère et mon père, qui se rangeait toujours à l'avis de sa femme, que je me suis sentie capable de vivre avec cette brisure. Il est même possible que je me sois convaincue que de ne plus rien avoir à faire avec eux serait un soulagement opportun. Mais Mazen coupant les ponts avec moi ? Ça, ça je ne pouvais le tolérer. J'ai tout d'abord dirigé ma colère disproportionnée sur lui. J'ai décidé de ne plus jamais lui adresser la parole, même s'il venait implorer mon pardon. Il pourrait traverser un désert à genoux pour se faire pardonner, je ne céderais pas. J'ai encapsulé mon cœur dans du fer et poursuivi mon chemin, une rupture propre et nette.

Sauf que les ruptures ne sont jamais propres et nettes, cela n'existe pas.

En 1987, quelques années après la rupture, j'ai reçu une enveloppe de Beyrouth, de la part de Mazen, elle contenait juste une photographie noir et blanc. Debout devant le bataillon des boîtes aux lettres dans la pénombre du hall de mon immeuble, j'ai ouvert l'enveloppe et essayé de comprendre pourquoi Mazen m'envoyait une photo de lui et sa femme. Pas de message, pas un mot, juste un portrait de mariage : le couple à la sortie de l'église, Mazen jeune, rond et dodu, sur les traces de son père, en costume sombre et cravate, le visage illuminé d'un sourire resplendissant, des grains de riz collés à ses cheveux méticuleusement enduits de gel. Clairement sous le charme, il regardait la jeune mariée, tandis qu'elle, la chevelure méchée, parsemée de gardénias, regardait l'appareil photo d'un air séducteur, ses yeux concupiscents proclamant : *Je vais lui donner la nuit de noces, et après ça, on ne peut jurer de rien.*

Si nous nous étions parlé, j'aurais prévenu le pauvre Mazen. Ils ont divorcé au bout de dix années infernales. Elle l'a quitté pour quelque millionnaire louche avec qui elle couchait dans son dos.

À l'époque, je n'ai pas compris ce qu'il essayait de faire. S'il voulait reprendre contact, pourquoi m'envoyer une photo ? Pourquoi pas une lettre, un coup de fil ? Pensait-il que cette ineptie me ferait oublier sa duplicité ? Nous avions un pacte. C'était mon meilleur ami, mon seul ami. Nous avions signé cette alliance, avions partagé le même lit jusqu'à mes dix ans, l'un contre l'autre sous les mêmes draps de coton. Quand je faisais des cauchemars, je me glissais contre lui et le serrais farouchement. Il me susurrait des paroles rassurantes à l'oreille. Le cauchemar n'existait pas pour de vrai, me disait-il. Et puis il m'avait abandonnée. Croyait-il que mon cœur fortifié serait facilement transpercé ?

J'ai hésité, ne sachant que faire. J'avais envie de le blesser. Qu'il aille se faire voir. J'ai décidé que je le traiterais de la même manière. J'ai envoyé ma réponse, une photographie de Francine et moi et ma poitrine bourgeonnante. Elle et moi étions jeunes alors et amoureuses, et la photo reflétait cela. Nous étions blotties l'une contre l'autre à Cambridge Common, dans un halo glorieux de soleil et un furieux nuage de pucerons.

Mazen est revenu dans ma vie sur la pointe des pieds, s'est glissé dans l'eau avec une pagaie silencieuse. Nous nous sommes envoyé des photographies pendant des années, mais sans échanger le moindre mot ; notre relation se réduisait à une correspondance visuelle. C'est seulement plus tard, quand il m'a rendu visite pour la première fois, que j'ai appris qu'il avait prêté serment à ma mère : il lui avait juré qu'il se couperait la langue s'il m'adressait un seul mot ; qu'il se trancherait le doigt s'il écrivait une seule lettre au monstre de la famille. À l'époque, toutefois, je voulais qu'il dise quelque chose, n'importe quoi. Je voulais qu'il m'envoie plus qu'une photographie, mais je refusais de lui demander. Au lieu de cela, il m'avait envoyé une photo de lui sur une plage de Beyrouth, et je lui en avais envoyé une de moi marchant sur le sentier au bord du lac Michigan. J'ai reçu un cliché de son fils et lui ai renvoyé une photo de mes chats. Je refusais de craquer. J'étais la plus forte.

Quand j'ai eu mon premier poste, le bulletin de l'hôpital a publié une photo granuleuse du chef du service chirurgie et moi en blouse blanche impeccable, chacun avec l'inévitable stéthoscope autour du cou. Comment Mazen avait-il trouvé ce bulletin, je l'ignorais. J'ai reçu une photo de lui serrant dans ses bras sa fille assise sur ses genoux, tenant le bulletin dans sa main gauche, mon nouveau nom à l'emplacement de son cœur.

Il a craqué le premier. En 1997, j'ai reçu un portrait format 10 × 15 cm de son fils qui saignait légèrement du nez, pris à la hâte, mal éclairé, probablement par une ampoule de salle de bains. Sur le visage du garçon de dix ans, un filet de sang coulait du nez à la lèvre supérieure, contournait la bouche en un arc en accolade et descendait le long du menton. Le garçon ne souffrait pas, il regardait l'appareil photo d'un air interrogateur, se demandant sans doute pourquoi son père s'était empressé de le sortir.

J'ai retenu ma respiration quelques instants en voyant l'image. Au dos de la photo, Mazen avait écrit : « Je te vois sans cesse. »

Le fer c'est du fer, jusqu'à devenir rouille.

Quand j'avais dix ans, un garçon qui martyrisait les autres m'avait poussée contre un mur. J'avais saigné du nez. Mazen, onze ans à l'époque, m'avait emmenée aux toilettes et m'avait aidée à me débarbouiller. Nous avions manqué deux heures de classe, cachés, blottis l'un contre l'autre aux W.-C. La figure du garçon de la photographie était une réplique exacte de ce que j'avais vu dans la glace ce jour-là. Le fils de Mazen me ressemblait plus qu'à son père.

Dans ma réponse il n'y avait pas de photo. Comme lui, j'ai commencé par une seule phrase, l'incipit de toute conversation ultérieure. Au milieu d'une feuille blanche j'ai écrit : « Tu m'as constamment manqué. »

Éviter d'attraper un cancer du foie si possible

Assis en tailleur sur le sol entre les deux lits de camp de la famille, Sammy a été le premier à me remarquer. Il m'a gratifiée d'un faible sourire à fossettes. Il a fait mine de se relever, comme l'imposaient les bonnes manières, mais Mazen et moi lui avons simultanément signifié que c'était inutile : main droite, paume tournée vers le sol, en un lent mouvement descendant. Rachid, qui nous avait accompagnés à l'intérieur, a fait un geste similaire. Sumaiya était allongée sur le lit de camp, à la gauche de son mari, et trois femmes étaient assises sur celui à sa droite. Toutes trois nous ont salués par des poignées de main militaires. Un sac à provisions gris empli des affaires de la famille était niché à côté de Sammy, comme un animal domestique affectueux. Sumaiya avait une mine épouvantable, le teint jaune, plus blême, et quand elle a regardé dans ma direction, j'ai remarqué quelque chose de flottant dans son regard. Des grains de poussière vagabondaient sans but en l'air, comme sous l'emprise d'un narcotique doux. Les présentations ont été faites, mon frère Mazen, deux des femmes étaient journalistes et la troisième leur interprète, Rachid voulait juste rencontrer la famille avant de commencer son service. Les deux journalistes étaient d'un blond saisissant, en tenue de safari et queue-de-cheval assorties qui donnaient l'impression d'avoir été adroitement concoctées des années auparavant et de ne plus avoir été modifiées depuis lors.

Elles voulaient écrire des articles – des articles personnels, poignants, se sont-elles empressées d'expliquer – détaillant les souffrances des réfugiés syriens avant et après la grande traversée. Je n'arrivais pas à savoir si elles travaillaient pour un magazine ou en free-lance. L'une était anglaise, l'autre belge. Leur traductrice hollandaise parlait couramment l'arabe classique, titulaire d'un doctorat, en pull de laine et pantalon kaki. Je l'ai complimentée pour ses compétences linguistiques, et elle m'a dit que son argot arabe progressait de jour en jour depuis qu'elle était arrivée sur l'île.

« Elles n'arrêtent pas de parler », a dit Sumaiya, un peu trop fort.

Elle s'adressait à moi, mais on aurait dit qu'elle annonçait cela à tout le groupe. Sammy a tendu la main et exercé une petite pression sur son épaule. Il paraissait effrayé, voire horrifié. Les épaules de la traductrice se sont raidies. J'ai vu qu'elle s'apprêtait à dire quelque chose, mais elle s'est abstenue. Les deux blondes n'ont rien remarqué, des sourires artificiels collés au visage.

Rachid a ricané : « Ils font tous ça, et il faut les supporter », a-t-il dit à Sumaiya en arabe. Il n'a pas précisé qui étaient ces *ils*. « Et sur ces belles paroles, je vous prie de bien vouloir m'excuser, il faut que j'aille travailler. » Il a promis de revenir plus tard pour prendre de ses nouvelles et m'a demandé de le raccompagner à l'extérieur. J'ai remarqué que Mazen s'était assis sur le bord du lit de camp de Sumaiya, près de Sammy et des trois femmes. Les charnières rouillées ont grincé quand nous avons ouvert la porte. Une fois dehors, Rachid s'est tout de suite arrêté. Dans le soleil soudainement apparu, ses yeux ont cligné d'inquiétude, sa tête a bougé par petites secousses, il s'assurait que personne ne nous écoutait.

« Elle devrait être à l'hôpital, a-t-il murmuré. Si elle n'est pas admise à celui de Mytilène, il y a deux tentes médicales. Elle ne devrait pas être dans les baraquements. J'imagine que je n'ai pas besoin de vous le dire. Elle ne va pas bien du tout. »

Je lui ai dit que nous allions la faire examiner aujourd'hui, dès qu'Emma serait là. Je lui ai fait part de la requête de Sumaiya, elle refusait toute assistance tant qu'elle n'aurait pas atteint sa destination finale.

« Sa destination finale est probablement cette île, a-t-il dit. Elle a un cancer du foie à un stade avancé, inopérable, de toute façon elle ne pourrait pas se faire opérer de sitôt. Vous le saviez, n'est-ce pas ? »

J'ai hoché la tête.

« J'ai déjà vu cela quelques fois. Dites à son mari de ne pas lui appuyer sur l'épaule comme je l'ai vu faire. Ça provoque des ecchymoses. Ou si ce n'est pas encore le cas, ça ne va pas tarder. Il est possible que ses selles soient déjà acholiques. Elle va s'affaiblir, s'anémier aussi. À surveiller. Je doute qu'elle soit en mesure de voyager.

— Je sais », ai-je dit.

Sur notre droite, un homme d'une cinquantaine d'années au physique d'aubergine faisait la leçon à un groupe de bénévoles qui le regardaient avec le silencieux scepticisme des bovins. Il les réprimandait, les tançait, réprimandait, tançait d'une voix rauque, l'homme voulait que les gilets jaunes traitent les réfugiés d'une façon différente de celle dont lui les traitait.

« L'ONG suédoise a de bons médecins, a dit Rachid, mais je peux vous aider si besoin. L'hôpital de Mytilène n'est pas bien équipé. Pas d'IRM, pas grand-chose. Je doute qu'elle puisse bénéficier des soins nécessaires sur Lesbos, et je ne suis pas sûr qu'on puisse la transférer rapidement à Athènes. »

Je le trouvais attachant. Il ressemblait à un de ces moines ivres dans les peintures de la Renaissance, ou un des compagnons de Bacchus – angélique et amusé, en dépit de l'environnement misérable. De fait, il ressemblait beaucoup à mon frère, il me faisait penser à lui, ce qui expliquait sans doute pourquoi il m'avait immédiatement plu. Mazen se plaignait que sa vie entière aille à vau-l'eau sans se départir d'un sourire en coin, ou assistait aux atrocités de la guerre civile au Liban avec des yeux qui refusaient de renoncer à la joie.

« Je suis en train de me dire que j'apprécie infiniment votre présence ici, ai-je dit. Merci. »

Il rayonnait comme un boy-scout à qui l'on vient de décerner un nouveau badge honorifique. « Je repasserai bientôt prendre de ses nouvelles, a-t-il dit. Contactez-moi via WhatsApp si vous avez besoin de quoi que ce soit. Oh, et essayez de trouver du Benadryl ou de l'hydroxyzine. Elle risque de développer de l'hyperbilirubinémie et ça va la démanger. Ça ne la soulagera pas énormément mais ce sera toujours mieux que rien.

Renifle-cul en Occident

Emma et sa bande ne seraient pas à Moria avant une trentaine de minutes. Il y avait moins de monde dans les baraquements que la veille au soir. Toutes les familles de réfugiés étaient dehors, occupées à obtenir leurs papiers. L'homme à la tonsure était toujours sur son lit de camp, à un mètre ou deux, toujours en train de lire, et je n'arrivais toujours pas à voir quel livre c'était. J'apprendrais plus tard que ses filles avaient sympathisé avec celles de Sumaiya et étaient quelque part dans le camp avec sa femme, le laissant seul avec son précieux livre.

Je me suis assise sur le lit de camp de Sumaiya et j'ai écouté les questions des journalistes.

Non, il n'était pas un islamiste, a dit Sammy. Il n'était pas certain de comprendre le sens du mot. Oui, bien sûr, il était musulman. Je me suis rendu compte que la traductrice n'était pas aussi experte que je l'avais initialement pensé. Son anglais était impeccable, son arabe classique tout à fait maîtrisé, mais il lui manquait toutes les nuances de la langue orale, sans parler de la compréhension du dialecte syrien. La conversation hachée déroutait Sammy. Non, il ne *pratiquait* pas sa religion. Il était musulman. Il n'avait pas besoin de *pratiquer* l'islam ; il était né musulman. Bien sûr qu'il priait le nombre de fois requis. Il était contrit, demandant ce que cela avait à voir avec une *pratique*.

Je ne suis pas intervenue, j'aurais dû, mais j'étais trop intriguée. Je regardais la manière dont les deux femmes étaient assises, bien droites, comme des matrones, leur manière d'approuver ce qui était dit en échangeant un bref coup d'œil. J'étais une primatologue observant une étrange espèce dans son environnement naturel. Les différentes façons de demander « Êtes-vous un islamiste ? » étaient l'équivalent humain de la pratique canine consistant à se renifler le derrière.

C'est alors que Mazen est intervenu. Il a dit à Sammy de ne pas se soucier des questions, que les journalistes essayaient de mieux le connaître, mais qu'elles n'étaient pas très futées. Ce n'était pas sa faute à lui. La traductrice hollandaise n'a pas traduit cela.

Sammy a dit que sa famille n'avait pas eu de problème quand Daesh avait commencé à contrôler la région, surtout au début. Les hommes de Daesh – des garçons révérencieux, inexpérimentés pour la plupart, avec leurs pistolets et leur peau de pêche – lui avaient laissé une grande latitude au début parce qu'il était connu dans la région pour être anti-régime. Il pouvait conduire son camion déglingué au travail sans avoir à ralentir ni pour les check points ni pour les nids-de-poule. Il ne comprenait pas à l'époque l'atrocité de Daesh. Son village était trop petit, il ne comptait pas, donc chacun vaquait à ses occupations sans vergogne. Pour lui, tout était préférable à la versatilité du régime. Pourquoi ? Il avait été arrêté une fois, longtemps auparavant, bien avant de rencontrer Sumaiya, quand il était adolescent.

« C'est mon héros », m'a dit Sumaiya, en criant presque. Elle m'a donné un coup de coude dans la cuisse. « Il me demande de lui dire qu'il est mon héros dans nos moments romantiques. » Sammy a tourné la tête vers nous, les yeux comme des soucoupes, mort de honte, mais elle a poursuivi. « Entre deux baisers, il me répète : "Je suis ton héros, pas vrai ?" Il est assez mignon, vous savez. »

Mazen a éclaté de rire. « Qui n'apprécierait pas un héros romantique ? » a-t-il dit à Sumaiya.

Je lui ai souri, mais j'étais perturbée. Était-ce l'encéphalopathie hépatique ? Son comportement n'était pas normal, mais je n'arrivais pas à savoir si c'était parce qu'elle avait l'esprit embrouillé ou si c'était simplement un changement général d'attitude. J'avais besoin d'aide. Elle avait besoin d'aide.

Les journalistes voulaient savoir pourquoi Sammy avait été arrêté. Elles ont écouté son histoire sans bouger, assises sur les lits de camp, leurs dos bien droits, bien raides, comme du béton bien mélangé ; on aurait pu enlever les poutrelles d'acier, elles seraient néanmoins restées toutes droites.

Il était jeune, a dit Sammy. Trop bavard. Ne savait pas tenir sa langue. Il avait critiqué le régime auprès d'un ami, avait dit quelque chose d'inoffensif, comme quoi, en Syrie, on ne pouvait trouver un travail que si on connaissait quelqu'un d'important. Rien de significatif ni de subversif. Puis il avait dit que si on connaissait la famille au gouvernement, on pouvait voler de l'argent, et personne ne dirait rien. Eh bien, cet ami l'avait dit à un ami, qui l'avait dit à quelqu'un qui l'avait dénoncé. Il avait fini par se faire arrêter et torturer. Il avait fait six mois de prison.

Torturé ?

Sammy a relevé son tee-shirt, montré de pâles cicatrices, trois longs traits d'une couleur différente dans le dos et un sur la poitrine qui démarrait un peu sous le sein droit et traversait complètement jusqu'à la rate. Les services de sécurité l'avaient fouetté et lacéré sans lui faire passer d'interrogatoire. Ils n'avaient pas besoin de renseignements, n'avaient rien à lui soutirer, et pourtant il leur aurait dit de plein gré tout ce qu'ils voulaient savoir. Ils l'avaient pendu par les poignets à un tuyau au plafond pendant des jours, sans raison. Ils l'avaient charcuté en le faisant tourner comme un chawarma.

« C'est drôle, a dit Sumaiya. J'ai l'impression d'avoir déjà entendu ça. Il répète toujours les mêmes blagues, mais elles me font encore rire. Vous savez qu'un gardien de prison lui a appris à jouer au barjis parce qu'il avait besoin de quelqu'un avec qui jouer. Le résultat n'a pas été grandiose, vu que contre mon mari je gagne à chaque fois. »

La traductrice semblait ne pas savoir si elle devait traduire les commentaires incessants de Sumaiya. Elle a adressé un coup d'œil à ses patronnes, les journalistes, et elles ont ignoré Sumaiya. Elle a fait de même.

Daesh avait fait comme le régime, a dit Sammy, comme les autres groupes islamiques, Ahrar al-Sham ou Jabhat al-Nusra. Les amis dénonçaient leurs propres amis, on se dénonçait au sein d'une même famille. Daesh avait aussi installé un système qui dispensait des services sociaux, avait chassé tous les gangs criminels du secteur. Les premiers mois, Sammy n'avait pas fait attention à ce qui se passait, content que lui et sa famille soient en sécurité et que les services de sécurité du régime ne traînent plus dans leur village.

« C'est parce que c'est un homme », m'a dit Sumaiya. La Hollandaise a relevé la tête pour la regarder mais n'a pas traduit. « J'ai su que la situation allait dégénérer avant qu'ils arrivent, et toutes les femmes du village aussi l'ont su. Nos vies allaient devenir insupportables. Pas d'école pour ma fille, je n'aurais pas le droit de sortir de la maison sans être accompagnée de mon mari. Je n'ai pas eu besoin d'attendre que les tueries commencent pour savoir que c'étaient des êtres humains repoussants. »

Je lui ai demandé à l'oreille si elle souffrait. Bien sûr, a-t-elle dit, mais pas plus que d'habitude, et les cachets d'Emma lui faisaient du bien. Je lui ai posé la question car je me demandais si sa volubilité était provoquée par les médicaments ingurgités. J'ai apporté quelques cachets en plus, lui ai-je dit.

« Pourquoi ne parlent-elles qu'à lui ? a-t-elle demandé. Pourquoi ne demandent-elles pas ce qui est arrivé à ma famille ? Mon histoire n'est pas assez intéressante pour elles ? »

Sammy avait commencé à deviner qu'ils étaient en danger en entendant parler pour la première fois des meurtres. Quiconque n'était pas d'accord avec Daesh risquait de se faire tuer. Chrétiens, musulmans, cela n'avait pas d'importance. S'ils ne vous aimaient pas, vous étiez soit un infidèle, soit un apostat. Ils en exécutèrent beaucoup et envoyèrent des têtes tranchées aux familles. Sumaiya et lui avaient compris qu'ils devaient quitter la région, aller n'importe où ailleurs – Turquie, Liban –, mais ils étaient inquiets pour leurs familles. Ses parents à lui étaient morts depuis bien longtemps, mais il avait quatre frères et deux sœurs. La mère de Sumaiya était encore en vie. Elle habitait à une heure environ, ce qui signifiait qu'ils la voyaient de moins en moins. Pourtant, ils ne pouvaient pas la priver de ses petits-enfants. Ils étaient restés – avaient souffert et étaient restés jusqu'à ne plus avoir le choix.

« J'avais envie de partir, m'a dit Sumaiya, suffisamment fort pour interrompre son mari. Et il m'écoutait. On serait partis bien plus tôt, mais c'est là que je suis tombée malade. Ce n'était pas horrible au début, mais j'avais des douleurs d'estomac et des nausées. J'avais l'impression qu'il fallait que j'attende de me sentir un peu mieux avant d'entreprendre un long voyage. Je voulais emmener mes filles loin, mais je ne savais pas que je n'irais pas mieux. Au moment où j'ai su, je souffrais trop, il était trop tard. »

La traductrice n'avait toujours rien dit. Sammy a commencé à se tortiller sur place. Il a changé de position assise et a tendu la main à sa femme. Elle avait ouvertement annoncé ce qu'elle lui avait fait jurer de ne jamais révéler. Il m'a adressé un regard implorant.

« Nous allons à l'hôpital dès qu'Emma arrive », ai-je dit.

J'ai remarqué un morceau de tissu rose qui dépassait de sous la hanche gauche de Sumaiya. J'ai approché la main pour voir ce que c'était et sur le coup elle a tressailli. Elle s'est montrée curieuse quand j'ai tiré une chaussette d'enfant de sous elle. Elle me l'a prise, l'a serrée dans sa main. J'ai posé la mienne sur la sienne. Cela n'a pas paru la déranger. J'ai essayé de lisser le drap froissé à hauteur de son épaule. J'étais sur le point de dire quelque chose mais elle a été plus rapide que moi.

« J'aime vos cheveux, a-t-elle dit, et j'aime le fait que vous les laissiez naturels, comme Dieu l'a voulu. Le gris vous vieillit, mais c'est comme ça que c'est censé être. Et j'aime le fait que vous ne les recouvriez pas.

— Vous non plus n'êtes pas obligée de les recouvrir, ai-je dit.

— Oh non, a-t-elle dit. Vos cheveux sont beaux quand vous ne les couvrez pas. Pas les miens, pas les miens, c'est sûr. »

Trans à Raqqa, mode d'emploi

Dans un de tes premiers essais, tu écrivais qu'un des réfugiés syriens les plus remarquables que tu avais interviewés à Beyrouth était Hiyam, une femme trans arrivée de Raqqa avec sa mère. Au moment où tu avais fait sa connaissance, elle était au Liban depuis déjà deux ans. Elle travaillait comme réceptionniste et rédigeait des dossiers de demande de subventions pour une des organisations militant en faveur des droits queer dans la capitale. Tu disais que tu ne t'étais tout d'abord pas rendu compte de la rigidité de tes *a priori*, durs comme le marbre, et qu'en lui parlant, au fur et à mesure que passaient les minutes, des fissures et des crevasses avaient lézardé la pierre.

Une personne transgenre à Raqqa ?

Eh bien oui.

Comment a-t-elle pu obtenir des hormones ?

Des pilules contraceptives, a-t-elle dit. On fait comme on peut.

Une femme trans portant le hijab ?

Elle en avait porté un dès qu'elle avait pu. En portait-elle encore un à Beyrouth ? Ma foi, oui, de toute évidence, comme vous pouvez voir.

Un million et demi de réfugiés syriens dans le pays, et elle, qui avait à peine terminé sa classe de quatrième, avait trouvé un poste stable consistant à rédiger des dossiers de demande de subventions ?

Eh bien, c'était quelqu'un qui sortait de l'ordinaire, ça c'est sûr.

Quand elle était arrivée à Beyrouth, elle était travailleuse du sexe. Il fallait bien, pour survivre, d'autant qu'elle devait s'occuper de sa mère, qui ne pouvait pas travailler. Oui, elle portait un hijab en public et l'enlevait quand elle était dans la chambre avec un client. Tu posais des questions qui étaient bien trop personnelles, mais cela ne la dérangeait pas, disait-elle. C'était une femme libre, une commode ouverte, rien de caché.

Une femme trans libanaise avait expliqué à Hiyam qu'elle pouvait obtenir une assistance de la part d'organisations pour les droits des homosexuels, cela allait du logement à l'enseignement en passant par des bourses d'études. En tant que réfugiée queer, elle pouvait prétendre à ces aides, et assurément, réfugiée queer, elle l'était. Elle reçut de l'aide et, à titre de remerciement, commença à faire du bénévolat au sein de l'organisation. Elle était à la réception et accueillait les réfugiés homosexuels. Si une personne était désespérée au point de faire croire qu'elle était homosexuelle, alors elle avait besoin d'aide. Hiyam reconnaissait qu'elle avait tendance à croire sur parole tout réfugié prétendant être gay. Elle n'était pas non plus du genre à demander au premier garçon à quand remontait la dernière pipe qu'il avait taillée. Elle n'était pas aussi curieuse ni aussi inquisitrice que toi. Le gouvernement hollandais et diverses organisations gays en Europe offraient des subventions. Les ONG étaient pour la plupart basées en Hollande, quelques-unes en Scandinavie, une ou deux en Allemagne, mais bien sûr pas une seule aux États-Unis. Elle s'est mise à apporter son aide pour la rédaction des dossiers de demande de subventions, en faisant tout d'abord des recherches, en présentant les cas, mais au fur et à mesure que son niveau linguistique s'améliorait, elle avait commencé à écrire un peu. Elle avait été engagée à plein temps. Elle s'enorgueillissait de sortir nombre de garçons et de filles des rues sordides.

Comment avait été sa vie avant tout cela ? Comment avait-elle réussi à être trans à Raqqa ? Très bien, merci. La plupart des gens la laissaient tranquille, sa mère était pleine de tendresse, Hiyam avait un boulot et, oui, un petit ami qui l'aimait. Ils étaient ensemble depuis deux ans. Ses ennuis avaient commencé quand les premières milices soi-disant islamiques avaient fait main basse sur la ville. Ne hochez pas la tête comme si vous saviez, t'avait-elle réprimandé. Vous ne savez rien. Elle ne posait pas de problème aux miliciens. Ils ne l'avaient pas ennuyée. Ils ne considéraient apparemment pas les femmes trans comme apostates. C'est son petit copain qui leur posait problème. Était-ce parce qu'ils le considéraient comme homo ou adultère ? Elle ne savait pas trop. Tout ce qu'elle savait, c'est qu'ils lui avaient coupé la tête. Elle était partie avec sa mère dès qu'elle avait appris la nouvelle. Elle ne pouvait plus supporter de vivre dans cet enfer.

Oui, elle sortait avec un homme à Beyrouth. Cela ne faisait qu'un mois. Mais non, ce n'était pas son petit ami. Elle était encore en deuil.

Le mariage ne sied guère à une fillette de dix ans

Les journalistes voulaient savoir ce que Sammy entendait quand il disait qu'ils n'avaient eu d'autre choix que de partir. Que s'était-il passé ? Qu'est-ce qui avait changé ?

Il y avait un type qui exhibait sa religion de manière ostensible. Il avait gravi les échelons de l'armée nouvellement levée en raison de sa capacité à citer de longs passages extraits du Livre saint et, plus important, parce qu'il excellait dans l'art de dénigrer ceux incapables de mémoriser le Coran aussi bien que lui. Une rumeur courait selon laquelle il avait assassiné ses deux parents et tranché la gorge de ses deux frères au prétexte qu'ils n'étaient pas assez fervents. Tout combattant de Daesh se faisait appeler Abu-ci, Abu-ça, mais lui se faisait appeler Abu el-Nabi.

« Père du Prophète, a expliqué la traductrice.

— Que Dieu lui pardonne, a dit Sammy.

— Que Dieu l'aveugle, a dit Sumaiya, et brûle sa religion. Que Dieu ne lui pardonne jamais ! »

Abu el-Nabi était diplômé de la tristement célèbre prison de Tadmor à Palmyre. Il fut dit qu'avant d'être arrêté, la religion était pour lui quelque chose de secondaire, qu'il n'avait jamais vraiment réfléchi au rôle de l'islam dans sa vie. Mais les électrochocs qu'il avait subis, les tabassages à coups de tuyau PVC, ses tortionnaires lui murmurant à l'oreille qu'ils allaient le transformer en œuvre d'art, mettre en valeur les nombreuses différentes couleurs de sa peau, tout cela l'avait transformé en croyant. Les villageois, sur qui lui et sa cohorte régnaient, se moquaient de lui dans son dos, suggérant qu'il avait jadis été un homme de grande taille, mais que l'appareil de sécurité lui avait brisé tant d'os qu'à sa sortie de prison il était ridiculement petit.

Dans une Syrie dirigée par le parti Baas, il n'aurait été personne, un homoncule piteux, mais dans l'État islamique c'était un géant. Il avait deux femmes et en voulait une troisième.

Et puis un beau jour, il n'y avait pas si longtemps, cinq hommes de Daesh, propres sur eux, tirés à quatre épingles, avaient frappé à la porte de Sammy et Sumaiya. Le chien émacié des voisins avait tout compris et n'avait cessé d'aboyer, essayant de prévenir Sammy qu'il ne devait pas ouvrir sa porte. Abu el-Nabi avait une dégaine comique, tout en bleu marine, un petit bonhomme noyé dans son salwar kameez. Les hommes avaient été invités à entrer, on leur avait offert du thé et des paroles de bienvenue. La visite impromptue avait déjà commencé depuis une demi-heure lorsqu'un des hommes annonça le motif de leur présence. Ils étaient venus demander la fille de Sammy en mariage. Ils n'avaient entendu que de belles choses au sujet d'Asma, âgée de dix ans, et ils étaient là pour témoigner des formidables qualités d'Abu el-Nabi comme futur mari. Il était brave et courageux au combat, ses hommes avaient le plus grand respect pour lui, tout comme ses épouses, et plus important, il suivait le droit chemin. En outre, il était infiniment pieux.

« Il était un infini fils de pute, est intervenue Sumaiya, un homme parfaitement détestable. Que Dieu le prive de sa santé. Et tout petit, en plus. Asma était déjà plus grande que lui. Tout le monde l'était. »

Les hommes avaient dit que, pour des raisons de bienséance ainsi qu'eu égard à la tradition, ils auraient préféré avoir leurs femmes avec eux en cette glorieuse occasion, mais on était en pleine guerre et la situation était difficile. Sammy avait annoncé que bien sûr il donnerait sa permission, comment pouvait-il refuser ? En effet, sa fille était jeune et avait toute sa vie devant elle, mais elle ne trouverait point époux de plus grande valeur qu'Abu el-Nabi. La famille serait honorée d'accueillir un homme tel que lui en son sein. Quelle famille ne le serait pas ? Une véritable bénédiction était descendue sur la maison. Sammy expliqua que Sumaiya était assez souffrante et qu'ils allaient avoir besoin d'un tout petit peu de temps afin de préparer Asma pour sa future vie. Que les hommes reviennent d'ici deux jours, voire une semaine. Oui, le contrat de mariage serait signé la semaine suivante avec en guise de festivités un festin somptueux.

« Il pensait qu'une semaine nous laisserait suffisamment de temps pour tout régler et partir, a dit Sumaiya, mais moi j'en avais assez de ces fils de putains. »

Dès que les hommes sont partis ils ont fait leurs valises, tâchant de prendre le plus de choses possible. Ils ont réveillé leurs enfants et tout le monde s'est entassé dans le pick-up vieux de trente ans. Ils se sont rendus chez le frère de Sumaiya, y sont restés deux nuits avant de continuer jusqu'à la frontière turque.

« On a roulé comme si on était poursuivis par un djinn cette première nuit, a dit Sumaiya, tellement vite que j'ai vomi deux fois avant qu'on arrive chez mon frère, j'ai dû passer ma tête à la fenêtre et recracher dans la nuit noire. » Elle s'est tue et a brièvement et laborieusement repris son souffle. Son mari lui a adressé un regard plein d'inquiétude et de pure dévotion. « Et puis rien n'était éclairé, a-t-elle dit. Il a fallu qu'on fasse tout le trajet phares éteints parce qu'on avait peur des snipers. On avait l'habitude des avions volant à basse altitude, de l'artillerie, des lance-roquettes. Tout paraissait lugubre et violet, et pourtant je pouvais voir les oliveraies le long de la route, les champs de concombres et les buissons de sumac. En reverrais-je un jour ? »

Sammy s'est tortillé les mains, la droite dans un sens, la gauche dans l'autre, comme s'il essorait un torchon gorgé d'eau.

Qui c'est « nous » et qui c'est « eux » ?

« Dites-lui que c'est un héros, a dit à l'interprète la journaliste belge aux yeux bleus sincères.

— Moi ? » a répliqué Sammy. Les lents mouvements de ses mains et de ses bras paraissaient saccadés en raison de l'immobilité des femmes qui l'interviewaient. Mon frère le regardait intensément, et les subtils arcs esquissés par ses mains semblaient reproduire ceux de Sammy.

« Oui, oui, a déclaré l'Anglaise avec une intensité digne d'une maîtresse d'école. Vous êtes un héros, a-t-elle dit en hochant la tête comme pour donner plus d'importance à ses propres paroles.

— C'est mon héros », a dit Sumaiya. Seuls son mari, Mazen et moi lui prêtions attention. Ses interventions n'étaient rien de plus que de la musique d'ascenseur pour les trois femmes. « C'est mon héros, pas le leur.

— Et toi mon héroïne, lui a dit Sammy. C'est à toi que j'appartiens et à personne d'autre.

— Voyez ? a dit Sumaiya. Je vous ai dit que c'était le plus gentil des hommes. » Puis, s'adressant à mon frère : « Il faut que vous soyez gentil avec la doctoresse ici présente. Elle mérite le meilleur.

— Oui, tu ferais bien, ai-je dit à Mazen. Vraiment tu ferais bien. »

J'avais envie d'appeler Francine et de lui dire qu'elle était mon héroïne, que je lui appartenais et à personne d'autre.

Emma est entrée dans notre univers. Elle n'a pas tout de suite regardé dans notre direction, n'ayant d'yeux que pour le binôme qui l'accompagnait, aucun des deux n'étant Rodrigo. Elle n'avait pas lésiné sur les accessoires ce matin, donnant franchement dans le superfétatoire. Le tintement de ses bracelets était plus aigu que son rire. Elle parlait suédois et je n'ai pas réussi à savoir ce qu'elle disait aux deux qui l'accompagnaient. Tous trois portaient des gilets orange néon mais le sien jurait avec tout ce qu'elle avait sur elle. Contrairement à la tenue des deux autres, l'homme et la femme, son pantalon, son pull et son gilet n'étaient pas neutres – rien chez elle n'était jamais neutre.

Les journalistes n'arrêtaient pas de répéter que Sammy était un héros. Il a fait non de la tête. Il n'en était pas un, a-t-il insisté. Il avait fait ce que n'importe quel homme aurait fait pour sa famille, ce que ferait n'importe quel mari et n'importe quel père. Il n'avait strictement rien accompli d'extraordinaire. Les journalistes ont demandé à l'interprète d'expliquer qu'il devait accepter que ce qu'il avait fait était exceptionnel, et qu'il méritait d'être loué pour cela.

J'étais contente qu'Emma soit arrivée. Sumaiya n'arrêtait pas de demander pourquoi les femmes chantaient les louanges de son mari en le faisant passer pour un héros, pourquoi elles ne le laissaient pas tranquille.

« Eh bien, ce que vous avez fait est remarquable, a dit la Belge. Vous êtes un homme d'exception. »

Mazen n'en a plus pu de rester assis sans rien dire. « Pourquoi pensez-vous qu'il soit si atypique ? a-t-il demandé en anglais, sur un ton sans doute plus bourru que prévu.

— Il a sauvé sa famille, a dit la journaliste anglaise.

— Vous trouvez cela inhabituel ? a-t-il demandé. La plupart des gens dans ce camp sont ici parce qu'ils voulaient sauver leur famille. Ce sont tous des héros.

— Non, a-t-elle dit. Pas tous. Cet homme voulait sauver sa fille. Il a enduré de terribles épreuves parce qu'il aime sa fille.

— Bien sûr, a dit Mazen. Quel père n'aime pas sa fille ?

— Eh bien, ils n'aiment pas vraiment leurs filles. Pas tous.

— Quoi ? ai-je demandé aussi calmement que j'ai pu.

— Quoi ? » s'est écrié Mazen. Jamais je ne l'avais entendu hausser le ton de la sorte.

Sumaiya me donnait des coups de coude, elle voulait savoir ce qui se disait. J'étais soulagée que la traductrice n'ait pas traduit.

« Que voulez-vous dire ? » a demandé Mazen, perdant la dernière once de politesse. La rage ajoutait une teinte de rose à ses joues et son front. « Qui sont ceux dont vous parlez ? Qui sont ceux qui n'aiment pas leurs filles ? Pourquoi ne nous le dites-vous pas ? »

Les trois femmes restaient assises, immobiles, visages livides, terrorisées. J'étais sur le point de me lever et de m'approcher d'elles, de les regarder droit dans les yeux au moment où, comme venue de nulle part, la main d'Emma m'a verrouillé l'épaule gauche.

Mais Mazen, Mazen, lui, n'avait pas de main pour le retenir. « Allez vous faire foutre, a-t-il hurlé. Allez vous faire foutre, vous et votre stupide ignorance. » Il lui venait un accent américain quand il jurait, néanmoins sa rage était purement libanaise. « Pourquoi ne me dites-vous pas en face que je n'aime pas ma fille ? Dites-le. Je vous mets au défi, espèces d'abruties, je vous mets au défi. Dites-le, et il y a intérêt à ce que ce soit dit haut et fort. Dites-le !

— Je pense qu'il serait préférable que vous partiez, a dit Emma aux femmes en s'avançant entre les deux lits, faisant un geste qui incluait ses compagnons, mon frère et moi. Nous devons nous occuper du dossier de cette famille. »

Les femmes n'ont pas demandé leur reste, traînant des pieds tout en s'assurant qu'elles n'avaient rien oublié.

Mon frère, à la dérive sur ses propres mers, a continué de hurler : « Allez vous faire foutre avec votre stupidité blasphématoire. »

Emma, le sourire jusqu'aux oreilles, a dit : « Bonjour, Mazen. Bienvenue à Lesbos. »

Gérer sa rage, mode d'emploi : une instruction. Peut-être un exemple. Oh, peu importe

Mazen a présenté ses excuses à Sumaiya pour avoir laissé libre cours à une telle rage. Il nous a assuré à tous – à Sammy, à Emma, aux médecins suédois – qu'il allait plutôt bien, ou qu'il irait mieux dès qu'il serait sorti respirer un peu d'air frais et éliminer l'énergie négative. Il a délicatement pris la main de Sumaiya qui était déconcertée et l'a embrassée. « Je vais être complètement gentil à partir de maintenant, lui a-t-il dit, c'est promis.

— Mais que se passe-t-il ? m'a demandé Sumaiya. Que s'est-il passé ? »

Ce que je voulais faire, c'était marcher dans les baraquements d'un bout à l'autre en remontant le couloir entre les lits serrés, d'un pas preste, pour atténuer ma propre colère, mais je ne pouvais faire cela sans inquiéter ou effrayer Sumaiya. J'avais appris à mettre de côté mes sentiments un certain temps pendant que je continuais à faire ce qui devait être fait – ou du moins à ne pas exhiber ces sentiments en présence d'autres personnes. J'ai décidé de brièvement raconter à Sumaiya l'échange qui avait eu lieu et lui ai présenté des excuses pour les cris. Elle ne comprenait pas ma colère ni celle de mon frère. Comment pouvait-on ne pas aimer sa propre fille, a-t-elle dit avec dédain. Les femmes étaient idiotes.

Il y eut un temps où la rage était mon amie intime, à la fin de mon adolescence et au début de ma vingtaine. J'étais timide et confuse étant jeune, au point d'être taciturne, craignant toujours de dire ce qu'il ne fallait pas ou de me comporter de manière inappropriée. J'ai passé ma jeunesse terrifiée à l'idée d'être vue, tout en voulant désespérément l'être. Je gardais des secrets dans des secrets dans des secrets, m'enveloppais serrée dans la dissimulation. Arrivée aux États-Unis, je n'ai plus rien pu garder. Comme la boîte de conserve que ma mère avait entreposée trop longtemps dans le placard, j'ai explosé, et ce qui a été vomi de moi c'était du venin. Ma mère a coupé les ponts avec moi avant que je change de sexe biologique. Elle m'a déclarée morte en raison de ma colère. J'étais incapable de lui parler sans hurler au téléphone sur les lignes téléphoniques internationales. Tant de furie, tant d'indignation.

Heureusement, je ne suis pas restée longtemps courroucée. Le temps passé loin de ma jeunesse et de ses détonateurs a émoussé le tranchant de ma colère, en a atténué la rudesse. Je pouvais piquer une crise de temps à autre, mais la colère ne me submergeait plus aussi facilement et j'ai appris à me ressaisir après le déferlement.

Mazen, en revanche, ne se mettait jamais en colère.

Francine a écrit un article sur la rage de l'étranger. Je n'ai pas besoin de t'expliquer, si ?

Choisir la meilleure chanson pour une noyade en masse

Décrivant la conversation que vous aviez eue, Nikolaos, le travesti de Skala Sikaminéas, avait dit que tu n'arrêtais pas de serrer les poings, d'enfoncer tes ongles dans tes paumes, comme pour essayer de te contenir. Les récits de l'incendie de Smyrne, voilà ce qui te contrariait. J'ai été intriguée par le fait qu'il ait dit que tu connaissais mieux que lui l'histoire de la région, que tu avais effectué des recherches approfondies sur le sujet, et pourtant tu n'avais pas pu te contenir, en particulier quand il t'avait raconté ce à quoi sa grand-mère, jeune fille à l'époque, avait assisté tandis qu'elle était échouée parmi la foule terrifiée sur le port de Smyrne.

Sa grand-mère avait sept ans quand l'Empire ottoman avait explosé, à la fin de la Première Guerre mondiale. Sa famille grecque habitait Smyrne, appelée aujourd'hui Izmir. Elle était heureuse dans la ville cosmopolite. Chrétiens, musulmans et juifs y vivaient et y travaillaient, des Arméniens, des Grecs, des Turcs, des Arabes, des Kurdes. Mais il y avait ensuite eu l'invasion de l'armée grecque, sur ordre des alliés occidentaux, tout particulièrement du Premier ministre britannique David Lloyd George. Reprenez vos terres, avait-on dit aux Grecs, des terres que les Turcs considéraient comme faisant partie de la Turquie, que les Grecs considéraient comme faisant partie de la Grande Grèce. Oups !

Elle avait dix ou onze ans en 1922, quand la guerre gréco-turque s'acheva. Les nationalistes turcs repoussèrent les forces grecques jusqu'à la ville où elle habitait. Et sa vie idyllique fut brisée. Toute sa famille fut massacrée, à l'exception d'une sœur, de deux ans son aînée. Tu avais compati à la tragédie de la petite fille, mais ce qui avait capturé ton imagination c'était le Grand Incendie de Smyrne.

Trois jours après que les Turcs avaient repris le contrôle de Smyrne, un incendie dévastateur avait détruit au moins la moitié de la ville – les quartiers chrétiens et arméniens, mais pas les quartiers musulmans et juifs. Selon la personne qui avait écrit l'histoire ou rapporté les faits, ils étaient entre dix mille et cent mille Grecs à avoir péri.

Mais ce n'était pas cela qui t'avait contrarié, si ?

La plupart des survivants arméniens et grecs avaient en définitive souffert plus que d'une mort par le feu. Nombre de femmes furent violées. La plupart des réfugiés furent envoyés à l'intérieur du pays, où ils moururent d'une mort plus âpre encore. Des milliers de morts, certains historiens affirment qu'il y en eut cent mille.

Tout à fait contrariant, mais ce n'est pas ce qui a fait percoler ton sang dans tes veines.

Quand l'incendie se déclara, la grand-mère de Nikolaos et sa sœur se précipitèrent au port, comme des milliers de réfugiés grecs, entassés sur les quais. De nombreux finirent par se jeter à l'eau pour échapper aux flammes alors même qu'ils ne savaient pas nager. Les bateaux alliés arrimés à quai refusèrent de les laisser monter à bord. Les Alliés étaient censés être neutres. Ils ne pouvaient pas s'impliquer.

Non, même cela ne t'a pas mis dans une colère digne de celle d'Achille.

Pour alléger le malaise des marins obligés d'entendre les appels à l'aide des réfugiés qui se noyaient, les bateaux britanniques diffusèrent par haut-parleurs de la musique à fort volume. Les réfugiés gémissaient tout en écoutant les chansons populaires du moment.

Nikolaos m'a dit que tu n'avais cessé de demander dans ton mauvais français si sa grand-mère se rappelait certaines des chansons qu'elle avait entendues. Non, elle ne se rappelait pas. Il n'était pas certain qu'elle s'en fût souvenue, mais il était sûr qu'elle ne lui avait rien dit avant de mourir. Nikolaos a dit que tu espérais que ce n'était pas Al Jolson chantant *Swanee*. Tu voulais savoir, voulais désespérément savoir, comme si le fait de savoir quelle chanson des milliers de réfugiés avaient été obligés d'écouter en se noyant pouvait contribuer à apaiser ta souffrance.

Choisir la meilleure façon de réagir face à un malotru

Francine écrivit l'article sur la rage de l'étranger en 2009, après un incident ayant provoqué chez elle un comportement non professionnel – non professionnel selon elle, mais certainement pas à l'aune de mes critères. Un collègue travaillant à l'hôpital Chicago Lakeshore l'avait appelée pour une consultation concernant une jeune femme guatémaltèque diagnostiquée mutique. Cela faisait neuf mois que la patiente n'avait plus parlé et affichait des symptômes de dépression et d'angoisse. Elle avait des crises de hoquet qui duraient des heures. Francine avait lu le dossier de la patiente et noté que la jeune femme s'était fait accompagner à l'hôpital par sa sœur, et non par son mari, un homme blanc bien plus âgé qu'elle. La patiente, bien que demeurant mutique, avait réagi avec Francine, allant même une fois jusqu'à sourire.

Le collègue demanda à Francine de se joindre à lui pour expliquer la situation au mari. L'homme ne plut pas à Francine, d'autant que la lecture du dossier ne l'avait guère prédisposée à l'apprécier, mais il avait ensuite aggravé son cas en l'ignorant pour ne parler qu'à son collègue, lequel se trouvait être lui aussi un homme blanc. Elle parlait, et le mari ne lui adressait même pas un regard. Il l'avait interrompue un certain nombre de fois, jusqu'à ce qu'elle en ait assez.

Elle m'a dit qu'elle avait eu envie de le gifler et qu'elle avait failli le faire. Ce n'était pas seulement qu'elle se demandait s'il avait exercé des sévices sur sa femme. Ce n'était pas seulement qu'elle était arrivée à la conclusion que le mariage était déséquilibré, des fiançailles colonisatrices. Il avait épousé sa femme lors de « vacances » au Guatemala. C'était le fait que cet homme ait osé considérer Francine comme indigne de son attention, la traiter comme une subalterne, une étrangère. Elle bouillait de colère, ce qui est aussi rare qu'une apparition de licorne, comme tu le sais. Si l'homme lui avait seulement adressé un regard, elle était certaine qu'elle l'aurait mis KO de ses yeux venimeux. Elle était sur le point de le gifler, réellement, avait armé son bras, mais sa main s'était arrêtée à la joue, elle n'avait pas frappé. Elle avait tenu le visage de l'homme entre son pouce et sa paume, et lui avait dit sur un ton sévère qu'il était un malotru.

Bien, cela aurait été une cause de licenciement si elle avait été employée à Lakeshore. Dans des circonstances normales, elle aurait pu être radiée de l'ordre des médecins. Mais l'homme était terrifié. Il n'a pas déposé de plainte. Une des infirmières a fait remarquer en plaisantant qu'il en était resté muet – muet de stupéfaction. Son collègue était ébahi, incapable de saisir pourquoi elle avait perdu son sang-froid. Il lui avait dit que bien sûr l'homme était déplaisant, mais il avait vu Francine braver bien pire sans sourciller. Son impassibilité était légendaire.

Les trois infirmiers, deux femmes noires et un Portoricain homosexuel, ne furent nullement sidérés par son comportement. Ils se tenaient derrière le grossier personnage et tous trois dressaient le pouce à l'intention de Francine.

Elle s'en voulait furieusement d'avoir réagi de la sorte. Elle commença à rédiger l'article sitôt rentrée à la maison.

Je lui ai raconté une de mes mauvaises blagues préférées de chirurgien : personne n'osait m'insulter car les gens savaient que je tranchais dans le vif.

Choisir la meilleure couleur de rouge à lèvres pour l'hôpital

Avant de monter dans l'ambulance, Sumaiya avait deux préoccupations principales. La première était de savoir qui s'occuperait de ses filles en son absence. Mazen s'est proposé, mais je voulais qu'il m'accompagne. L'homme à la tonsure et sa femme ont fini par se porter volontaires pour être baby-sitters. La seconde préoccupation de Sumaiya était de savoir comment elle pouvait se rendre à l'hôpital alors qu'elle n'était absolument pas présentable. Comment en effet ? Elle nous a expliqué, à Emma et moi, qu'elle n'avait pas pris de maquillage au moment de s'enfuir pour sauver sa vie, un oubli. Elle n'en mettait jamais beaucoup, mais elle préférait ne pas être vue par des inconnus sans un bon fond de teint. J'étais presque sûre qu'elle avait une encéphalopathie due à un taux d'ammoniac élevé, et que son état allait empirer, avec délire progressif. Emma a sorti un tube de rouge à lèvres de la corne d'Amalthée qu'était sa poche, mais Sumaiya l'a trouvé trop effronté. La femme de l'homme à la tonsure a pu l'aider car elle avait pensé à prendre du maquillage au moment de se sauver. Malheureusement pas bien emballé, a-t-elle dit ; ses affaires avaient pris l'eau pendant la traversée en mer. La poudre était humide et faisait des grumeaux, le rouge à lèvres avait viré au vert-de-gris. Sumaiya était heureuse, moi soulagée.

L'ambulance n'avait certes pas mis en marche son gyrophare, mais j'ai eu néanmoins beaucoup de mal à la suivre.

La pression liée au fait d'être au milieu d'un petit convoi, avec Emma et le contingent suédois dans une voiture derrière et l'ambulance devant, m'a stressée. Cela n'aurait pas été si grave si je n'avais pas commis l'erreur de mettre en marche le GPS sur mon téléphone. L'ambulance n'avait pas la même approche que mon portable concernant l'itinéraire à suivre pour se rendre à l'hôpital de Mytilène. À l'entendre, Bugs Bunny ne semblait pas très content.

L'ambulance déposerait Sumaiya à l'entrée des urgences. Sammy et un médecin suédois seraient avec elle, tandis qu'Emma et moi, dans des voitures différentes, devrions chercher le parking de l'hôpital. Elle avait signalé que la fois où elle était allée à l'hôpital, elle avait dû faire au moins trois fois le tour avant de le trouver.

Sans que j'aie à dire quoi que ce soit, Mazen a activé son téléphone afin que son GPS nous guide. Il a pris le mien qui se trouvait dans le porte-gobelet et a fait taire Bugs Bunny.

« Tu conduis à merveille, a-t-il dit. Après toutes ces années, tu es encore capable de manier le levier de vitesse comme une championne. Celui qui t'a appris à conduire devait être un as. Il mériterait le prix Nobel de physique. »

À un feu rouge, une femme grecque d'une cinquantaine d'années a traversé la rue. Le dos voûté, elle a été prise dans une bourrasque qui s'est violemment engouffrée dans son vieux cardigan rapiécé. On aurait dit une Syrienne, elle aurait pu être de notre famille. Elle a regardé l'ambulance, se demandant peut-être pourquoi elle n'enclenchait pas sa sirène pour passer au feu rouge.

« Qu'est-ce qui est arrivé, tout à l'heure ? » ai-je demandé à Mazen.

Je n'étais pas sûre que ce soit le bon moment pour parler de la crise qu'il avait piquée car je n'étais peut-être pas la bonne auditrice, d'autant qu'il y avait le stress de ne pas se faire semer par l'ambulance. Toutefois nous étions seuls dans une voiture, à un feu rouge. En un sens, le feu rouge semblait indiquer que c'était le bon moment.

« Je me suis mis en colère », a-t-il dit.

Nous avons échangé un regard soupçonneux, ce qui était notre façon à nous de dire à l'autre : *C'est la pire blague que j'aie jamais entendue* ou bien *Tu plaisantes, là ?*

« Je dirais que j'ai été étonné que *toi* tu ne sois pas en colère, a-t-il dit.

— Oh, mais je l'étais. Sauf que je ne me suis pas mise à brailler. Je ne t'avais encore jamais vu contrarié à ce point. Je ne sais même pas si je t'avais déjà vu une fois en colère, bon sang.

— Eh bien, j'ai arrêté de fumer, a-t-il dit. Je suis en manque de nicotine.

— Tu as arrêté de fumer il y a huit ans.

— Je souffre encore. Tu ne sais pas ce que c'est. »

J'ai levé la main au-dessus du volant, comme si je m'apprêtais à le gifler.

« D'accord, a-t-il dit, je n'aurais pas dû me mettre dans cet état, mais ça a été plus fort que moi. Je déteste ces Occidentaux qui nous foutent dans la merde pendant des années et des années puis se pointent la gueule enfarinée et se demandent tout haut pourquoi on ne peut pas être raisonnables et se comporter comme eux, avec leur nez en l'air comme s'ils sentaient une odeur de merde. Je déteste leur adulation de leurs propres vertus imaginaires. Elle a vraiment dit qu'ils n'aimaient pas leurs filles avec un accent anglais de la haute société. Que Satan lui noue sa langue fourchue pour l'éternité. J'ai peut-être été furieux parce que ma fille me manque énormément. Depuis qu'elle s'est installée à Dubaï, je ne la vois quasiment plus. C'est peut-être parce que j'ai envie de tuer ma fille qui refuse de me donner un boisseau de petits-enfants, bon sang. J'ai été gentil. Je mérite des petits-enfants. Peut-être que j'ai été en rage et pas toi parce que je n'ai pas l'habitude de ces enfoirés.

Peut-être parce que j'avais envie d'une cigarette. Peut-être que je me suis emporté parce que c'était la réaction saine à avoir. Quel était l'adjectif que tu utilisais pour décrire ta rage pendant toutes ces années ?

— Une rage justifiée », ai-je répondu.

Une mouche sortie de nulle part s'est mise à bourdonner et a atterri à l'intérieur du pare-brise, un corps iridescent bulbeux, ses ailes un écheveau doré ; prisonnière dans la voiture, elle s'est frotté les pattes, de consternation ou de joie. La vélocité avec laquelle Mazen l'a attrapée m'a impressionnée après toutes ces années. Il a secoué le poing et me l'a présenté pour que j'y aille de mon souffle porte-bonheur. Avec son habituel panache, il a projeté l'insecte groggy sur le tableau de bord.

« Ouais, a-t-il dit en regardant droit devant lui. Peut-être qu'elle était justifiée. »

Voler un bain, mode d'emploi

« Tu te trompes, comme d'habitude, a dit Mazen. Tu m'as souvent vu en colère. Je suis vexé que tu ne t'en souviennes pas.

— Je ne me souviens pas, ai-je dit. Pourtant effectivement j'ai dû te voir en colère, mais rien ne me vient à l'esprit.

— Et le bain ?

— Quel bain ?

— Quand j'ai essayé de m'arranger pour que tu voles le bain, a dit Mazen en soufflant de manière exagérée, et que tu as misérablement échoué. »

Mon rire a soudainement éclaté, accompagné d'un reniflement fricatif. Mes doigts se sont resserrés sur le volant. J'avais presque oublié.

J'avais dix ans, puisque Mazen et moi partagions encore le même lit. En retournant dans notre chambre, j'avais remarqué que la porte de la salle de bains était ouverte. La baignoire était remplie d'une eau bleue, limpide, qui faisait envie – une invitation, un lac alimenté par une source chaude dans une pièce blanche comme neige. La lumière de fin d'après-midi obligeait la vapeur à danser avec la surface de l'eau. J'ai dû soupirer en entrant dans notre chambre, parce que Mazen, allongé sur le lit, m'a demandé ce qui se passait. Je lui ai dit que je n'avais jamais eu autant envie de tremper dans un bain que maintenant. Il a sauté hors du lit pour voir par lui-même. Nous entendions notre sœur discuter avec notre mère dans la cuisine. Il m'a prise par la main, m'a conduite vers elles, mais nous nous sommes arrêtés juste devant la porte. Sur le ton le plus nonchalant dont il était capable, il a demandé à Aida si c'était bien elle qui faisait couler le bain. Elle a dit oui et il m'a soufflé de m'y précipiter, et pendant ce temps il est allé dans la cuisine la distraire. Je me suis mise en slip dans la chambre, comme d'habitude quand je prenais un bain, puis suis entrée dans la salle de bains avec mes illustrés, car c'est ça qu'on faisait, on se baignait avec un illustré. J'ai fait pipi avant d'entrer dans la baignoire – j'avais pris trop de temps. Je n'avais mis qu'un pied dans l'eau quand Aida est arrivée en trombe dans la salle de bains, elle m'a empoignée sous les aisselles et m'a sortie de la baignoire. Elle avait seize ans à l'époque, bien plus costaude que moi. Elle a traîné mon corps nu comme une chiffe molle jusqu'à la porte et m'a flanquée dehors. Humiliée, les fesses sur le carrelage froid, les jambes déployées devant moi, j'ai vu le trait de kanji que mon pied mouillé avait laissé au sol. Mon slip blanc a atterri sur ma tête. Mazen était plié en deux de rire. Aida n'a pas manqué de nous dire que nous, ses couillons de frères, n'étions pas aussi malins que nous le croyions, pas malins du tout, même, et elle avait claqué la porte de la salle de bains et l'avait fermée à clé.

« Non, ai-je dit. C'est toi qui te trompes, comme d'habitude. Tu n'étais pas en colère. Tu te bidonnais en te moquant de moi.

— Je t'ai hurlé dessus », a-t-il dit. Du rose lui est monté aux joues et ses yeux malicieux m'ont rappelé le garçon qu'il avait été. « Je n'en revenais pas que tu n'aies pas verrouillé la porte. Quelle idée de ne pas fermer à clé la porte de la salle de bains ?

— Tu ne hurlais pas, ai-je dit. Tu étais par terre à te bidonner.

— Je te hurlais dessus, je te dis, a-t-il insisté. J'étais en colère que tu n'aies pas fermé la porte à clé, que tu aies fait foirer mon plan génial.

— Tu riais.

— Je hurlais. »

Tous les hôpitaux se ressemblent, les boulots c'est kif-kif

J'étais restée avec Sumaiya pendant qu'elle attendait pour passer une radio, mais j'avais l'impression d'être la cinquième roue du carrosse, alors je suis sortie de la chambre. Emma est restée avec elle. Les médecins savaient où me trouver s'ils me cherchaient. Dans le couloir, qui faisait également office de salle d'attente, mon frère et Sammy étaient en pleine discussion chuchotée, qui s'est interrompue dès qu'ils m'ont aperçue. J'ai répondu aux questions qu'ils ne m'ont pas posées. Rien pour l'instant, pas de nouvelles. Je me suis assise sur une chaise en plastique vert pomme, de l'autre côté du couloir, face à Sammy, et j'ai demandé de quoi ils parlaient tous les deux.

« Votre frère me parlait de ses merveilleux enfants, a dit Sammy.

— Je crânais un peu, a dit Mazen. Toutes mes excuses. Je n'aurais pas dû.

— Pas du tout, a protesté Sammy. Vous pouvez être fier d'eux. Je le serais moi aussi. Ce que je souhaite le plus, c'est qu'en grandissant mes filles réussissent aussi bien que vos enfants.

— Puisse Dieu vous entendre », avons-nous dit ensemble, Mazen et moi, quand bien même nous étions l'un et l'autre de fieffés incroyants.

L'hôpital avait beau être dans un état avancé de vétusté, être différent de ce que je connaissais, atypique, il n'en dégageait pas moins quelque chose d'assez familier. Des murs blancs, des murs blancs. Des pattes d'oie rayonnaient autour des yeux des fenêtres. Une faucille de lumière pâle tombait sur mes bottes.

Sammy s'efforçait constamment de se redresser sur sa chaise, comme si, tel un militaire, il fallait qu'il soit au garde-à-vous, mais quelques instants plus tard il était de nouveau avachi, la tête s'approchant des genoux. Il était probablement épuisé, assurément tendu. Chaque fois que quelqu'un ouvrait la porte sur notre gauche, un petit courant d'air froid l'obligeait à enfoncer les mains dans les poches de son manteau.

« Elle ne s'en sortira pas, hein ? » a-t-il dit, et une expression de profonde désolation est passée sur son visage.

J'ai hésité. Il semblait avoir résisté aux sirènes de l'optimisme sans grande aide de ma part. La formule syrienne qu'il avait utilisée était un peu étrange. Traduite littéralement, ça donnait : « Elle ne va pas finir », l'objet n'étant pas précisé. Nous utilisons la même formule – qui signifie aussi « On ne la sauvera pas » – plus souvent qu'« Elle va mourir. »

« Non, ai-je dit. Elle ne s'en sortira pas. Nous essayons de porter un diagnostic plus précis pour voir comment diminuer la douleur, la soulager. »

À notre arrivée à l'hôpital, l'infirmière chargée des admissions, qui avait un épais manteau en laine sur sa blouse et un œil soupçonneux, nous avait demandé quel était le problème. Elle semblait être de ces infirmières avec lesquelles je m'entendais le mieux : intelligente, pas jeune, compatissante, d'humeur égale, et pas née de la dernière pluie. Quand le médecin suédois avait expliqué l'état de Sumaiya, l'infirmière n'avait hésité qu'une seconde. Son visage avait exprimé quelque chose comme « pourquoi l'amenez-vous ici ? », avant qu'elle nous dise sur un ton combinant compassion et résignation impuissante qu'elle ne pouvait pas faire grand-chose. Pas d'IRM, pour un hémogramme il faudrait attendre que les analyses reviennent du labo, et en plus elles ne seraient pas complètes. Quoi qu'il en soit, avait-elle dit, il fallait que nous fassions notre possible. Une personne non rompue à la langue infirmière l'aurait à tort jugée insensible.

Je ne lui en voulais pas de se demander pourquoi nous avions amené Sumaiya à son hôpital. Nous savions tous que le pays traversait une crise financière. Les hôpitaux étaient au-delà de leurs capacités.

Sammy est resté un moment dans ses pensées, silencieux. Ses mains bronzées émergeaient de manchettes serrées. J'aurais voulu être avec Francine. Elle savait bien mieux que moi comment faire face à ce genre de situation. Sa simple présence était réconfortante. Sans être franchement effrayée, je me sentais nerveuse quand je devais annoncer aux patients et aux êtres qui leur étaient chers qu'il n'y avait pas d'espoir. Je l'avais fait de nombreuses fois, bien sûr, cela faisait partie du boulot, mais je n'arrivais pas à m'habituer et ne m'étais pas améliorée en la matière, tandis que Francine arrivait à entrer dans un rapport d'intimité avec le chagrin et les personnes en deuil, à tenir les âmes blessées dans ses mains.

« Elle le sait, a dit Sammy. Elle ne pensait pas tenir aussi longtemps. Elle m'a fait promettre de poursuivre si elle mourait en chemin. Elle voulait que je laisse son corps sans l'enterrer, que je continue, comme si j'avais pu faire ça.

— Elle vous a fait promettre ? ai-je demandé.

— Oui, a dit Sammy. Elle était persuadée qu'elle n'arriverait pas à la frontière turque, alors Izmir, n'en parlons pas. Elle ne voulait pas nous ralentir et nous faire perdre du temps. Elle m'a fait promettre, alors j'ai menti. Je lui ai dit qu'on la laisserait là où elle tomberait. Dans l'intérêt des filles, j'ai dit que je la laisserais sur place. Mais je savais, et elle savait, que je ne la laisserais jamais. Je ne pourrais pas me considérer comme un homme si je ne l'enterrais pas. La simple pensée. Elle voulait croire qu'elle ne serait pas un fardeau, alors j'ai promis. Mais elle a repris des forces pendant le voyage, je vous jure. Une fois dans le bateau, quand tout le monde était de plus en plus malade, elle a repris des forces. »

Je n'ai pas eu à poser de questions, ai à peine eu besoin de prononcer un mot. Je ne pensais pas qu'il se souciait de savoir qui l'écoutait, ni s'il se souvenait que je l'écoutais. Il parlait sans arrêt, sur un ton affligé, la tête toujours inclinée, comme s'il s'adressait à ses genoux. Il n'avait pas encore pu parler à ses filles. Asma avait compris toute seule que sa mère allait très mal, mais les deux plus jeunes savaient seulement que leur mère était malade. Elles attendaient qu'elle aille mieux. Tout finissait par aller mieux, toujours. N'était-ce pas ce que Sumaiya et lui leur avaient dit ?

Comment allait-il s'occuper de ses trois filles ? Pas de famille alentour dans un pays étranger où il ne connaissait rien. Pourquoi lui, pourquoi sa famille ? Il avait essayé d'être un homme irréprochable. Sumaiya, Sumaiya était la meilleure femme au monde, vraiment quelqu'un de bien. Tous les gens l'aimaient. Pourquoi Dieu le mettait-il si durement à l'épreuve ? Y avait-il une leçon derrière toutes les catastrophes qui s'abattaient sur eux ?

Son malheur était celui d'un homme qui se sentait sur le point de perdre plus que ce qu'il avait jamais possédé. Il a poursuivi, a continué de parler, inquiet et déplorant son sort, jusqu'à ce que Mazen change de sujet, lui demande ce qu'il faisait comme métier. Il était ouvrier agricole, travaillait un modeste champ appartenant à un de ses oncles. Pas d'études, a-t-il dit. Ni lui ni sa femme n'étaient allés au-delà du collège. Il avait dû commencer à travailler tôt car son père et ses frères ne gagnaient pas assez pour nourrir tout le monde.

« Mais ma vie aurait pu être différente, a-t-il dit. À dix-sept ans, j'ai travaillé pour un homme cultivé, un professeur d'université. Il avait visité notre village parce qu'il étudiait la géographie de la région. Il avait besoin de quelqu'un pour lui faire visiter les environs, alors il m'avait engagé. Au début j'étais son coursier. Fais ça, va me chercher ci, occupe-toi de ça. Je faisais tout. J'adorais. Au bout de quelques semaines, j'ai remarqué qu'il essayait de dessiner des cartes, mais ses doigts étaient trop vieux et gonflés. Moi j'avais des facilités pour dessiner, j'en avais toujours eu, alors je lui ai proposé de le faire. Je suis devenu cartographe et tout le temps il m'apprenait. J'étais tellement bon que le professeur avait promis qu'il me ferait entrer dans une école de cartographie. J'aurais une belle carrière. Mais ensuite j'ai été arrêté, et tout s'est écroulé. Bon, j'ai été libéré et tout, mais le professeur n'a plus voulu avoir quoi que ce soit à faire avec moi. Ce n'était pas qu'il appréciait le régime, a-t-il dit, mais il ne pouvait pas prendre le risque de contrarier le pouvoir. Personne ne pouvait se le permettre. Après ça, pendant deux ans, je n'ai absolument pas pu retrouver le moindre boulot. Le seul qui a bien voulu m'embaucher, c'était mon oncle, parce que c'était la famille. Et maintenant une autre catastrophe. J'ai entendu dire que les médecins syriens ne trouvent du travail que comme chauffeurs de taxi en Allemagne. Qu'est-ce qu'un ouvrier agricole comme moi va bien pouvoir faire ? » Et il s'est remis à se lamenter sur son atroce malchance.

Dès que la porte de la salle de radiologie s'est ouverte, Sammy s'est retrouvé debout, un sourire crispé aux lèvres. Le médecin suédois, les mains avalées par les manches de sa blouse de labo trop grande pour lui, a expliqué que nous ne pouvions rien voir de plus que ce que nous savions déjà. Nous ne pouvions pas la faire admettre à l'hôpital mais il fallait l'installer, elle et sa famille, dans un autre camp pour réfugiés, à Kara Tepe, où elle recevrait de meilleurs soins médicaux. Elle pourrait rester dans une tente spéciale où les réfugiés malades étaient tenus à l'écart de l'agitation du camp.

Il a utilisé le terme « établissement de soins palliatifs », mais je n'ai pas traduit. C'était trop tôt.

Quand tu ne sais pas quoi dire, mange un cookie

Nous devions nous séparer. Sumaiya ferait le trajet en ambulance jusqu'au camp de Kara Tepe pendant que Sammy irait à Moria récupérer les filles et leurs affaires. Je voulais faire le trajet avec Sumaiya car personne d'autre dans le groupe ne parlait sa langue, mais elle a refusé, Emma et moi devions aider son mari et les enfants. On allait juste la changer de lit, pour reprendre ses termes. Les médecins suédois l'emmèneraient. Elle n'avait pas besoin de comprendre ce qu'ils disaient. Dès qu'elle arriverait à son lit, elle dormirait. Dans le fauteuil roulant, elle paraissait exténuée, à peine en mesure de parler. Ses yeux se refermaient tout seuls.

Mais Mazen a finalement dit qu'il allait monter dans l'ambulance. Il pourrait traduire, si nécessaire. « Je ferai en sorte d'être très gentil avec vous », a-t-il dit à Sumaiya, ce qui a ravi la jeune femme.

À Moria, pendant que Sammy allait chercher ses filles, Emma et moi avons attendu à l'extérieur du baraquement. Au milieu de la décrépitude lugubre du camp, elle paraissait étincelante et ultracompétente. Les doigts écartés, elle ramenait ses mèches de cheveux vagabondes. Elle voulait savoir si j'avais une idée sur la façon d'annoncer à Sammy qu'il devait faire tester ses filles. Sumaiya s'était fait tester, elle avait l'hépatite B. Nous lui laisserions le soin d'expliquer à ses filles que leur mère ne quitterait pas l'île. L'organisation d'Emma pouvait traiter rapidement le dossier pour la Suède. Il y aurait eu moyen d'envoyer la famille en Suède en un jour ou deux si Sumaiya n'avait pas été malade.

« On change de camp, a annoncé Asma en sortant du baraquement, suivie d'une bouffée de l'air humide et vicié du bâtiment, des odeurs de corps et de sueur froide. On va dans un camp qui est mieux.

— Oh oui, ça c'est sûr, a dit Emma après que j'ai eu traduit. Il est mieux pour les familles et on pourra mieux s'occuper de ta mère là-bas. »

Asma a relevé la tête et nous a regardées. Ses doigts gantés tripotaient un des boutons extra-larges de son manteau comme s'ils jouaient de quelque instrument ancien dont elle seule pouvait entendre la musique. Son visage, encapsulé par son foulard, était magnifique et interrogateur. Elle a hésité brièvement avant de demander : « Est-ce que ma mère va mourir ? »

Emma a voulu savoir ce qu'elle avait dit. J'ai traduit, et Emma m'a adressé un regard. « Dis-lui qu'on ne sait pas quand quelque chose comme –

— Oui, elle va mourir », ai-je dit. Je me suis accroupie pour qu'Asma et moi ayons les yeux à la même hauteur. Je n'étais pas beaucoup plus grande. « Ta mère est malade et elle décline. Je ne sais pas combien de temps elle va continuer à vivre, mais elle ne va pas pouvoir tenir très longtemps. »

Asma, doctoresse en herbe, a paru se ratatiner. Ses lèvres se sont mises à trembler, ses yeux se sont remplis de larmes, mais elle n'a pas pleuré, du moins jusqu'à ce qu'Emma se penche et la serre fort dans ses bras. Je les ai regardées toutes les deux pleurer chacune sur l'épaule de l'autre. C'est Asma qui a reculé la première. À travers ses larmes, elle a dit qu'elle ne voulait pas que ses sœurs sachent, ne voulait pas qu'elles la voient dans cet état.

« Cookies », ai-je dit.

Main dans la main, Asma et moi avons descendu la pente sur une vingtaine de pas jusqu'au stand de thé et de cookies. C'était l'après-midi ; il y avait une longue file d'attente. Nous nous apprêtions à nous mettre tout au bout quand j'ai aperçu Rachid et son blouson du Croissant-Rouge palestinien au début de la queue, presque sur le point de commander. Il a fait un sourire penaud, s'est frotté l'estomac. « J'ai besoin de mon thé et de mon cookie de l'après-midi, s'est-il écrié pour qu'on l'entende malgré la distance. Je ne devrais pas manger de sucreries, mais ce n'est pas ma faute. J'en veux au colonialisme britannique ! »

J'ai montré Asma du doigt et articulé en silence « cookie ». Il a hoché la tête. Nous nous sommes un peu éloignées de la queue, nous sommes arrêtées sur une corniche de terre froide, observant les tentes de réfugiés en contrebas. Les policiers antiémeute grecs traînaient encore au pied de la colline. Un Américain qui devait avoir la cinquantaine, un gros gaillard au physique de rugbyman, parlait à un groupe de réfugiés sur la piste en ciment, assez loin d'Asma et moi, mais j'entendais clairement son accent pâteux et nasal. Il indiquait où les réfugiés devaient dormir cette nuit. Une autre famille attendait pour s'adresser à lui, une mère dégingandée, chaussée de mules d'homme usées jusqu'à la corde, ses quatre enfants agglutinés autour d'elle comme de la barbe à papa sur un bâton.

Francine, Francine, aide-moi à parler à cette fillette.

J'ai attiré Asma à moi, ma main sur son épaule, et elle a doucement appuyé dessus. Son gant était troué à l'extrémité du majeur, avec une couronne irrégulière de fils à coudre tout autour. La pointe de son ongle passait à travers la couronne. La froide lumière de l'après-midi était lustrée, comme de l'air derrière une vitre. Nous avons observé la scène en contrebas, les minitentes, la partie de foot impromptue sans poteaux de but, le triple rouleau de fil de fer barbelé, les fourgonnettes de police, l'horizon dans le lointain où la mer et le ciel se rejoignaient en un fil bleu ténu qui n'était jamais droit, on les aurait dits cousus ensemble par une couturière malhabile. Bref, l'œil souhaitant éviter l'inconfort de l'intimité avait de quoi faire.

Plus bas, sur notre gauche, il y avait une file statique, bien plus longue que celle pour le thé et les cookies, où des familles, des femmes pour l'essentiel, faisaient la queue afin d'obtenir une autre boîte cadeau distribuée par une ONG. Les femmes étaient dans une expectative paisible propre aux personnes habituées à attendre. Ce colis serait comme par magie imprégné de leurs rêves de répit, de leurs espérances de soulagement, d'un soudain changement de destin. C'était un colis qui ramènerait tout à la normale, un miracle de lumière et de pureté qui soulagerait la douleur de leur famille. Certes, celui de la veille ne contenait qu'un paquet de céréales et une poupée, mais celui d'aujourd'hui allait certainement briser le cycle. Et la queue a commencé à avancer d'un ou deux centimètres, petit à petit.

« Je rêve de notre maison chaque nuit depuis qu'on est partis, a dit Asma. C'est une petite maison avec une petite salle de séjour et deux petites chambres, mais dans mes rêves elle est gigantesque et chaude et belle et le jardin est encore plus grand avec un chêne géant en plein milieu. Je sais qu'on est partis de chez nous, mais on dirait que mes rêves ne le savent pas.

— Comment te sens-tu ? Est-ce que ça va ? lui ai-je demandé.

— Oui, a-t-elle répondu. Ça va. Elle m'avait prévenue que ça allait arriver. Elle m'a expliqué. Elle a dit qu'il allait falloir que je sois forte, et je le suis.

— Oui, oui, tu es forte, ai-je dit. Tout le monde peut voir ça. »

Bien, me suis-je dit. Au moins ça c'est réglé.

Devant une des tentes, à côté d'un petit feu de camp qui exhalait un filet de fumée, deux femmes étaient assises face à face sur une petite bâche, comme dans des postures de yoga. La plus jeune des deux, coiffée d'un foulard vert, était agenouillée, les deux pieds sous le postérieur, elle peignait l'autre, qui avait l'air en position de demi-lotus, un coup de peigne méthodique visant à lisser le moindre nœud de la chevelure mouillée. De l'autre côté des femmes, apparemment totalement déplacé, se trouvait un petit pot de géraniums flétris enroulé dans du papier crépon rose. Francine avait une robe noire à motifs tulipes qui étaient exactement de ce rose.

Non, ce n'était pas réglé.

« Tu es forte, ai-je dit à Asma, mais c'est difficile de perdre quelqu'un qu'on aime. » J'ai pris soin de la regarder, de la voir. « Mon père est mort il y a un certain temps. Je ne l'avais pas vu depuis longtemps, mais je l'aimais. J'ai été triste pendant des mois et des mois. Un bout de mon cœur m'a été enlevé. Il fallait que je sois forte parce que des gens avaient besoin de moi. Il fallait que j'aille travailler le matin. Je devais parler à toutes sortes de gens. J'étais forte et j'opérais un patient. Mais ensuite il fallait que je trouve le temps pour pleurer toute seule. Je ne pouvais pas m'en empêcher. Je pleurais et pleurais jusqu'à être forte de nouveau.

— Vous avez pleuré combien de temps ?

— Oh, longtemps, ai-je dit. Deux mois, peut-être plus.

— Et ensuite, qu'est-ce qui s'est passé ? Vous avez arrêté ?

— Je ne sais pas ce qui s'est passé, ai-je dit. Je crois que j'ai commencé à pleurer moins, et puis encore un peu moins. J'étais encore triste, mais ça ne me faisait plus aussi mal. » Je me suis agenouillée devant elle une fois encore, mon visage devant le sien. « Je vais te dire un secret. Tu ne dois le dire à personne. En te parlant de mon père, là, maintenant, j'ai envie de pleurer. Je suis encore triste, mais la tristesse n'est plus aussi forte. Je pense encore à lui. Aujourd'hui encore, je parlais de lui à mon frère. »

Rachid est arrivé avec un cookie au chocolat pour chacune de nous, et Asma a croqué dans le sien sans attendre.

On devrait écouter une soprano pendant une crise des réfugiés

Tout ce temps, alors que Mazen et moi étions avec Sumaiya à l'hôpital, alors que j'aidais la famille à s'installer à Kara Tepe, tu étais enfermé dans ta chambre et refusais de partir. Tu étais descendu dans l'hôtel le plus chic de Mytilène, au tarif abordable hors saison, et avais attendu de partir pour San Francisco. Tu étais tétanisé, tu n'avais même pas pu tout simplement prendre un autre vol plus tôt. Même en comptant les pénalités pour un changement de billet, cela t'aurait coûté bien moins cher que ces trois nuits à Mytilène. Tu étais un zombie.

Tu n'es pas sorti de ta chambre pendant vingt-quatre heures. Heureusement l'hôtel proposait un room service. Tu t'es enfoui sous les draps presque luxueux, à écouter une soprano après l'autre chanter les grandes légendes du malheur.

Kindertotenlieder ? Oh oui.

Der Rosenkavalier ? Bien sûr.

Das Lied von der Erde ? Carrément.

Tu étais venu en avion à Lesbos pour aider des réfugiés et tu finissais par te cacher dans une chambre d'hôtel. Il n'y a que toi pour faire des choses pareilles.

Le lendemain matin, tu as réussi à t'échapper un bref instant de ta chambre. Tu as pris ton petit déjeuner dans le restaurant de l'hôtel, puis tu es vite remonté dans ta chambre.

Female Trouble

Le lendemain matin, alors que la pluie s'était momentanément arrêtée, j'étais de retour à Moria, attendant Rachid sur la même corniche que la veille, contemplant la même scène. Le spectacle ce matin-là comprenait un cheval débridé se promenant dans un verger en haut de la colline, derrière le mur et les fils de fer barbelés du camp. Luminescent au loin, le cheval ne semblait pas en train de manger, ni de faire quoi que ce soit de particulier, il prenait tout simplement l'air en se promenant dans son jardin.

J'avais promis à Rachid trois heures de mon temps avant d'aller voir Sumaiya et sa famille à Kara Tepe. Je serais à sa disposition, ce qui signifiait que Mazen lui aussi serait à sa disposition. Une des missions prioritaires de son groupe de Jérusalem, au cours de ces deux derniers mois à Lesbos, avait été d'aider dans des cas de maltraitances physiques et sexuelles. En tant que Palestiniens, parlant la langue des réfugiés, Rachid et ses amis étaient plus aptes que les Occidentaux à conduire des entretiens avec les réfugiés. Un groupe de langue persane menait des entretiens similaires avec des réfugiés afghans et iraniens. Rachid parlait apparemment un peu persan, mais pas de manière satisfaisante pour des gens dont c'était la langue maternelle.

« Ça ne t'embête pas trop ? ai-je demandé à Mazen. Ça risque de ne pas être très amusant pour toi. »

Quand il pleuvait à Moria, l'odeur de la mer était omniprésente – d'électricité, d'ozone. Après la pluie revenait l'odeur d'un trop-plein d'humains. Mazen a pris une grande inspiration et s'est tenu un moment bien droit.

« Et tu crois que ça va être amusant pour toi ? a-t-il dit. Tu es ici pour aider, et je suis ici pour aider. Je ferai ce qu'on me demandera de faire. Et tu te sentiras tellement coupable que tu devras m'acheter un gros cadeau pour mon anniversaire. »

J'ai entendu derrière moi un épais floc-floc, les bruits de pas de Rachid dans la boue, mais il m'a néanmoins fait sursauter en apparaissant à côté de nous, débordant de gaieté matinale. Chaque fois que je le voyais, j'avais envie de lui pincer les joues comme à un petit garçon. Il avait notre âge, plus près de soixante ans que de cinquante.

« Avez-vous pensé à prendre votre stéthoscope ? » a-t-il demandé. Le blouson palestinien orange et blanc semblait avoir rétréci sur lui depuis la veille. « J'en ai un en rab si vous l'avez oublié. » J'ai sorti le mien de la poche latérale de mon pantalon de treillis et le lui ai montré. « Non, non, a-t-il dit. À quoi bon l'avoir dans votre poche ? Vous n'aurez pas à vous en servir beaucoup. Il faut que vous l'ayez autour du cou, dans la position officielle du stéthoscope, pour bien indiquer que vous êtes médecin. Les gens font confiance aux médecins. Ils sont capables de révéler leurs secrets les plus intimes. Ils ne mentiront pas à un médecin.

— Oh, vous seriez étonné, ai-je dit.

— Non, sérieusement, a-t-il dit. Je suis infirmier, et quand j'ai le stéthoscope autour du cou, on dirait que les femmes me font davantage confiance. Ça vous rend plus divin. Vous allez nous être d'une grande aide. »

Pendant un moment, Rachid et Mazen ont paru se jauger, puis ils ont tous deux souri, en signe d'approbation mutuelle, ai-je espéré. Je trouvais intrigant le fait de les considérer comme semblables, pas seulement dans leur personnalité, mais aussi d'apparence. Tous deux enrobés, des visages ronds qui semblaient dépourvus de pommettes, et pourtant tous deux vifs et agiles dans leurs mouvements. Les traits du visage hautement sémite, les yeux bruns, le nez en cimeterre. Leurs cheveux différaient. Ceux de Rachid restaient relativement foncés, coupés court. Ceux de Mazen épais, bouclés, ébouriffés, des mèches flottant au-dessus de la tête dans toutes les directions. Toute sa vie il avait eu la dégaine du gars ayant besoin de passer chez le coiffeur, y compris quand il en sortait. Il avait maintenant les cheveux complètement gris, bien plus que moi.

Nous avons passé la matinée à faire des entretiens ou, pour être plus précis, à écouter. Nous avons exclusivement parlé à des femmes. Parfois, leurs maris tentaient de les interrompre, ne voulant pas que leurs épouses ou leurs enfants nous parlent en leur absence, alors Rachid faisait un geste dans ma direction et disait que la doctoresse voulait parler de problèmes féminins intimes. Pour paraître moins menaçant aux yeux des hommes, il devenait un zeste plus féminin. Comme tu le faisais chaque fois que tu revenais aux États-Unis de l'étranger, il savait instinctivement la dose de *camp* qu'il devait adopter, comme pour dire : « Regardez-moi, je ne suis pas du tout une menace pour votre femme. »

C'était un univers gris, une salle grise, un container aménagé appelé Isobox, qui n'était pas petit mais provoquait néanmoins une impression d'exiguïté et d'étouffement. Par une fenêtre minuscule entrait un peu de lumière du jour. Je ne comprenais pas comment nous pouvions découvrir si une femme avait subi des mauvais traitements sans preuve physique évidente. Rachid ne posait pas directement la question, et je n'étais pas persuadée que les femmes syriennes auraient reconnu les faits si elles en avaient subi. Et pourtant elles parlaient, ça, pour parler, elles parlaient. Certaines d'entre elles nous ont régalés d'histoires de bombardements en série et d'attaques de snipers, de gangs en maraude et d'arrestations arbitraires. Elles racontaient comment elles avaient quitté la Syrie, les itinéraires qu'elles avaient empruntés, les voyages durant des jours, des semaines. Elles avaient marché, circulé en voiture, dans des cars dont le prix des tickets triplait ou quadruplait si le chauffeur devinait à quel point elles étaient désespérées. Il y avait des explosions ici, des bombardements là, et pourtant les cars se déplaçaient plus lentement que de la confiture de figues. Le bétail bloquait la circulation, les chèvres insouciantes se baladaient au petit bonheur, les chauffeurs hurlaient après les bergers, l'odeur de poussière et de lait, l'odeur de cordite, les moutons gisant morts et gonflés sur les champs blessés transformés en champs de bataille. Les femmes étaient intarissables, passant de la déprime à l'optimisme, puis de nouveau à la déprime.

Il n'empêche, pour l'essentiel, elles parlaient de leurs maux. Le médecin était dans la salle. Une femme sur deux avait des symptômes de rhume ou de type grippal, de même que les enfants. Maux de tête, diarrhées, catarrhes, pieds des tranchées, et nombreuses étaient celles ayant des problèmes de menstruations causés par le stress. Des maladies mineures prenaient des proportions énormes à cause de la pénurie des services. Nous étions là depuis une demi-heure qu'une file importante, quoique désordonnée, s'était formée, de femmes, avec leurs enfants, pressées de nous parler. Mazen a fini par faire ce qu'il faisait le mieux. Il s'est occupé des gens dans la queue, leur parlait, racontait des histoires, il s'est transformé en hôte accueillant et charmeur pendant qu'elles attendaient. J'inscrivais les diagnostics sur des bouts de papier, afin que d'autres médecins puissent les lire. Nous avons distribué des AINS à tout-va. Une femme avait aux pieds des champignons qui formaient de minuscules sculptures. Une autre avait une éruption cutanée dans le cou qu'elle avait essayé de soigner en la recouvrant d'un cataplasme maison à base de sauge, de marjolaine et de trois autres herbes dont je n'avais jamais entendu parler. Heureusement, j'avais un tube de dermocorticoïde.

Une femme, la trentaine, s'est assise devant moi avec ses sept enfants, tous moins de dix ans. Contraception, ai-je pensé. Il fallait que je parle contraception aux femmes. Les enfants avaient du khôl autour des yeux. J'avais entendu parler de la pratique ancienne consistant à étaler du khôl autour des yeux des nouveau-nés pour repousser le mauvais œil, tenir à distance Satan et ses djinns, mais quand j'ai demandé à la mère, elle m'a répondu que le khôl évitait les conjonctivites. J'ai passé dix minutes à la détromper de cette croyance idiote, lui parlant virus et bactéries, d'une voix assez forte pour que dans la salle tout le monde entende. La plupart des femmes avec qui nous nous sommes entretenus n'étaient pas aussi superstitieuses, du moins pas s'agissant de remèdes médicaux.

Une fermière m'a dit qu'elle et son mari avaient le lopin le plus fertile de tout l'univers. Elle pouvait faire pousser n'importe quoi à sa ferme. Agrumes ? Bien sûr. Olives, pêches, cerises, pommes. Toutes sortes de légumes, concombres, tomates, et des oignons tellement savoureux qu'ils vous faisaient pleurer avant que vous les coupiez, et même après. L'odeur des abricotiers en fleur lui manquait. Elle m'a garanti que dans son jardin, même les yeux bandés, elle pouvait dire exactement à quel endroit elle se trouvait, rien qu'au contact de la terre sous ses semelles. Elle avait toutes sortes d'arbres sur son terrain, et elle en connaissait tous les noms, jusqu'au dernier. Elle savait identifier toutes les fleurs sauvages qu'elle rencontrait, toutes les herbes sur lesquelles elle marchait. Mais à quoi lui servait toute cette connaissance, maintenant ? Il allait falloir qu'elle apprenne les noms dans une langue qui n'était pas la sienne, sur une terre qui n'était pas la sienne.

C'est alors que je me suis rendu compte que certes ces réfugiés étaient pauvres, mais ce n'étaient pas les plus indigents de la population syrienne. La mafia turque faisait payer mille dollars par passager, un peu moins pour les enfants, et il y avait moyen de négocier une réduction si on était prêt à s'embarquer à des heures indues ou en pleine tempête. Ces tarifs étaient exorbitants. D'où venait l'argent ? Où allait l'argent ?

Assise sur le lit de camp devant nous, une jeune veuve qui avait quitté la Syrie toute seule – la famille de son mari l'ayant abandonnée en partant chercher refuge en Jordanie – ne cessait de lisser sa jupe, et je me suis demandé si elle avait été obligée de troquer ses effets personnels. J'ai surpris Rachid et la jeune femme en posant une question quelque peu plus directe : « Avez-vous rencontré des problèmes en essayant de réserver une place sur le bateau au départ d'Izmir ? »

Elle a fait non de la tête deux fois. Un peu timide, gênée, ses paroles entrecoupées de silences graves. Elle refusait de me regarder dans les yeux. Elle semblait étudier ses mains posées sur ses genoux. Je me suis demandé s'il fallait que j'insiste, mais là encore j'ai senti que c'était au-delà de mes compétences, pas seulement en tant que médecin, mais en tant qu'être humain.

« Ça a dû être éprouvant, ai-je dit. Dur. »

Elle a soudain cessé de gigoter, a relevé la tête et m'a regardée droit dans les yeux.

« Merci de poser la question, a-t-elle dit. Je n'ai pas eu de problème pour monter à bord. J'ai eu un problème plus tôt, juste après avoir passé la frontière, mais je l'ai réglé. J'avais déjà eu affaire à ce problème. Ça n'a pas été difficile. » Elle a souri et ses yeux se sont éclairés. « Mais ça c'était hier. Aujourd'hui est un nouveau jour. Je dois oublier d'où je viens. »

Soit vous êtes avec nous, soit vous êtes avec les terroristes

Toute nation a besoin d'un ennemi, avais-tu écrit, tout groupe d'un ennemi juré. Ce qui était une sacrée affirmation, cependant tu aurais dû en rester là. Mais tu avais ajouté que plus une nation était forte, plus l'ennemi devait être défini. J'avais estimé que ce n'était pas vrai. Je sais que c'était un des personnages de ton roman qui disait cela, et non pas toi ; néanmoins, j'ai plaisir à te faire remarquer que tu avais tort et ton personnage aussi.

Qui se serait attendu à ce que le nouvel ennemi soit *le terrorisme* ? Qui aurait pu imaginer qu'on déclarerait la guerre à un nom abstrait ?

Ce discours, ce putain de discours.

Soit vous êtes avec nous, soit vous êtes avec les terroristes.

Toi et moi avons réagi de manière similaire à l'attaque du World Trade Center, en commençant par le choc qu'il a été, et en enchaînant jusqu'au chagrin. Tu étais inquiet, mais l'as été plus encore quand le président a prononcé ce discours quelques jours plus tard. Tu as su, et moi aussi, que notre monde allait s'enfoncer dans des horreurs jusqu'alors inimaginables.

Ils détestent nos libertés.

Tu as su, j'ai su, tout le monde au Moyen-Orient a su. Bon sang, tout immigré a su. Notre pays redéfinissait l'ennemi, et l'ennemi c'était nous.

Mais d'abord, allons les bombarder là-bas. Choc et effroi, baby. Nous tous qui croyons au progrès, au pluralisme, à la tolérance et à la liberté, allons aveuglément détruire leurs pays, briser leurs systèmes politiques, leurs économies, leurs infrastructures et créer des millions de réfugiés pour les générations à venir. Bush a appelé cela combat pour la civilisation.

Même le chagrin s'estompe avec le temps et la grâce.

Mais pas avant que nous ayons abîmé le monde pour l'éternité.

Tu as dû t'adapter ; tu étais bon à cela. D'abord tu étais un ennemi parce que tu étais un pédé, mais soudain le fait d'être un émigré du Moyen-Orient était une menace plus grave. Le vent avait tourné. Un bateau à voiles doit s'adapter aux caprices du vent, et non le contraire. Tu t'étais adapté. Chaque fois que tu retournais aux États-Unis de Beyrouth, les fonctionnaires de la Sécurité intérieure nouvellement créée te regardaient d'un drôle d'air, jusqu'à ce que tu comprennes à quel point la voile devait être bordée, comment manœuvrer l'esquif. Tu as appris à surjouer le *camp* au contrôle des passeports, un roulement de fesses ici, un sourire aguicheur là, un tombé d'épaule, comme pour dire : « Regardez-moi, je ne suis pas du tout une menace. » Cela avait marché à merveille.

Et la véritable révélation est arrivée sur un vol de retour Londres-États-Unis, après que tu avais visité le Pakistan. Tu craignais qu'on ne t'inflige un interrogatoire, que les autorités et les agents de la Sécurité intérieure ne conspirent pour te retarder d'une heure ou plus à l'aéroport. Tu serais épuisé après un si long voyage. La femme assise à côté de toi se mettait du vernis à ongles d'un rose ravissant. Tu lui as dit que tu adorais la couleur ; elle t'a dit qu'elle voulait bien partager. Évidemment tu as accepté. Évidemment.

Et quand tu es arrivé au guichet de la douane avec tes ongles dont le rose pimpant contrastait de manière éclatante avec le bleu foncé de ton passeport américain, l'agent a simplement ouvert le petit livret, y a brièvement jeté un œil, puis te l'a rendu en disant : « Bienvenue chez vous. »

Regarde-toi. Assembler n'importe quel engin explosif aurait abîmé tes mains manucurées.

Personne à l'arrivée aux États-Unis ne t'avait jamais accueilli en te souhaitant la bienvenue chez toi. Chaque jour désormais, l'enfer peut bien ombrager ton âme, il n'empêche, un vernis à ongles vif est aussi ton compagnon, et peut-être un soupçon de fard à paupières.

Et du Wellbutrin.

Après Lesbos, assurément du Wellbutrin pour toi.

Un zeste de féminité

Rachid m'a raconté l'histoire de deux homos irakiens arrivés à Lesbos deux mois plus tôt. Le traitement des dossiers des hommes irakiens prenait beaucoup plus de temps, et encore, ça c'était s'ils avaient de la chance. Ils étaient homos, expliquaient-ils à quiconque voulait les écouter. Ils avaient dû fuir l'Irak, sinon on les aurait assassinés, peut-être décapités, lapidés à mort, on ne savait jamais. Ils formaient un couple. Ils étaient ensemble depuis huit ans. Ils étaient une famille et n'avaient nulle part où aller.

Eh bien, manifestement, personne ne les croyait, a dit Rachid. Le couple a tout d'abord pensé que c'était parce que leur anglais, quoique passable, n'était pas à la hauteur. Ils avaient demandé un interprète, mais l'interprète fronçait les sourcils chaque fois qu'ils disaient être en couple. Ils avaient beau montrer leurs alliances, leur dossier retournait au bas de la pile. Ils ne comprenaient pas.

Ils voyaient qu'on traitait les dossiers des familles syriennes, lesquelles partaient pour Athènes, puis étaient envoyées dans leurs nouveaux pays d'adoption en Europe. Ils voyaient de nouveaux couples arriver sur l'île et recevoir des emplacements de qualité dans les camps, alors qu'eux, pour dormir, n'avaient qu'une petite tente dans l'oliveraie à l'extérieur de Moria, dans le froid, l'humidité, la boue, c'était affreux. Ils ne comprenaient pas pourquoi une telle injustice. Ils avaient cru qu'il y aurait moins de discriminations en Europe, qu'ils pourraient vivre plus ouvertement en Occident.

Et puis Rachid est arrivé.

Il avait terminé sa journée, descendait la piste de Moria.

« Bon, d'accord, je me pavanais, a-t-il dit. Disons que les garçons m'ont vu, et tout de suite l'un des deux m'a dit bonjour. Je me suis retourné et me suis retrouvé face à mon fantasme sexuel ultime. *Mamma mia !* Je voulais être pris en sandwich par ces deux beaux *bears* d'Irak. Ils avaient presque trente ans de moins que moi, mais dans mon fantasme, ils étaient charmés par mon corps vieillissant. Nous avons discuté, ils m'ont raconté leur histoire, et j'en suis resté atterré. Ils m'ont expliqué qu'ils ne savaient pas ce qu'ils faisaient de travers. Les garçons avaient un autre entretien le lendemain et ils s'inquiétaient. Je leur ai dit que moi, grand superhéros gay devant l'Éternel, j'allais résoudre leur problème.

« Je les ai ramenés à mon hôtel. Non, tais-toi, ce n'est pas ce que tu penses. Je les ai installés dans une chambre à eux. Nous faisions partie du même peuple. Il a fallu que je leur explique qu'ils avaient des ennuis parce qu'ils étaient bien trop masculins. Bien sûr, j'ai eu droit aux protestations habituelles, mais on est comme ça, bla bla bla. Je leur ai dit que le système était incapable d'appréhender le cas d'une relation amoureuse entre deux hommes masculins. Il allait falloir féminiser un peu tout ça, juste un peu, ou en tout cas un des deux allait devoir faire un effort. Ils ont paniqué. En seraient-ils capables ? Allaient-ils pouvoir faire semblant d'être un peu plus féminins ? Je leur ai dit de ne pas s'inquiéter. Il n'était pas non plus question qu'ils se travestissent. Il ne fallait pas non plus qu'ils deviennent féminins, juste un zeste moins masculins. Le grand superhéros gay devant l'Éternel pouvait les aider, pas de problème. Ils n'arrivaient pas à décider lequel des deux deviendrait le moins masculin. J'ai décidé pour eux. Les deux, leur ai-je dit. Je leur ai demandé de prendre une douche, de se raser la barbe et, oui, le torse et le dos, au cas où. Ils ont passé une heure dans la salle de bains, et je peux imaginer ce qui s'est passé sous la douche. Quand ils ont eu fini, je les ai emmenés dîner au restaurant et leur ai montré comment ils devaient se comporter, comment ne pas trop en faire. C'étaient de petites choses, des ajustements ténus, au lieu de poser la cheville sur le genou, c'était l'arrière du genou sur l'autre genou. Très simple. Sourire plus souvent. Vous voulez que la personne qui vous parle vous apprécie. Non, pas parce que vous voulez qu'elle fasse avancer votre dossier. Vous voulez qu'on vous apprécie parce que vous êtes un homo. Vous vous habituez à sourire parce qu'ils ont le pouvoir sur vous, pas juste pour traiter un dossier. Où que vous alliez ils auront le pouvoir sur vous. La conciliation est votre amie. Pensez à toujours sourire nerveusement. Et pour le coup de grâce, je leur ai dévoilé l'arme secrète. Je leur ai montré que lorsqu'ils indiquaient les alliances, il fallait que ce soit d'une certaine façon. Je leur ai fait regarder la vidéo de Beyoncé. Heureusement, je n'avais besoin que des trente-cinq premières secondes, parce que tu sais comme l'Internet est lent à l'hôtel. Mon héroïne montre sa main et chante *Put a Ring on It*. Je leur ai demandé de retenir la façon dont elle bougeait les mains. Je leur ai dit que s'ils arrivaient à se la jouer Beyoncé, tout le monde saurait qu'ils étaient gays. Sourire nerveusement et Beyoncé.

« Ils sont désormais à Berlin. »

Paroles lourdes

Une femme, la tête coiffée d'un simple foulard, a demandé à me parler en tête à tête, sans personne d'autre pour écouter. Elle semblait avoir à peu près mon âge, à plus ou moins cinq ans près. Elle s'est répandue en excuses auprès de Rachid et Mazen, annonçant qu'elle voulait aborder des questions intimes avec la doctoresse, un problème médical. Rachid, plus expérimenté avec les femmes expressément pieuses, lui a demandé si elle souhaitait que les hommes sortent de la pièce. Non, a-t-elle répondu. Elle avait juste besoin de parler. Elle a attendu que mes compagnons soient à l'autre bout de la salle pour le faire.

« J'ai un problème », a-t-elle commencé. Elle a regardé à droite puis à gauche pour s'assurer que personne n'écoutait. Ce faisant, elle a dégagé des vagues de fragrances épicées, une combinaison de basilic, de gingembre et d'huile d'olive. Je ne savais pas d'où exactement émanait la senteur, sans doute de sous le foulard, me suis-je dit, probablement un soin capillaire artisanal.

J'ai esquissé un hochement de tête d'encouragement, faisant en sorte que mon visage ne trahisse aucune expression.

« Depuis qu'on est partis de chez nous, a-t-elle dit, je n'ai plus réussi à parler. »

Je n'ai rien dit, me suis contentée de hausser un sourcil gauche interrogateur. Elle a compris. La ride verticale sur son front s'est creusée.

« Oh, maintenant je parle, mais j'ai l'impression que mes paroles sont lourdes et lentes, bien trop lentes. Et il y a des fois où je n'arrive même pas à former les mots.

— Pardonnez-moi, mais je ne comprends pas ce que vous voulez dire par paroles lentes. Il me semble que vous parlez tout à fait normalement.

— Non, mes paroles ne sont pas normales, a-t-elle dit. Pas comme avant. Ma langue s'est dilatée. Elle est assez gonflée, bien trop grosse pour ma bouche. » Avançant la tête vers moi, elle a ouvert grand la bouche, écartant ses lèvres craquelées à l'aide de ses deux index. « Regardez, a-t-elle dit, la voix distordue par un zézaiement. Regardez. »

Elle voulait que je lui examine la bouche comme on examine celle d'un cheval. Contrairement à ses dents et ses lèvres sèches étirées, la langue semblait saine, et rose. Sa luette, suspendue comme un polype charnu en haut de sa gorge, me paraissait normale à l'œil nu. Je lui ai demandé de tirer la langue, ce qu'elle a fait. Rien.

« C'est douloureux ? » ai-je demandé.

Elle a fait non de la tête. Ce n'était pas douloureux. J'étais à présent certaine que l'agréable senteur épicée provenait des cheveux.

Je lui ai demandé de garder la bouche ouverte une minute, mais elle n'avait pas besoin de se servir de ses doigts. Je me suis demandé ce que j'allais pouvoir utiliser comme abaisse-langue sans avoir à l'abandonner pour aller en chercher un. Je n'avais pas de cuillère sur moi, un stylo Bic allait devoir faire l'affaire, et j'avais des lingettes désinfectantes à l'alcool dans la poche. Il n'y avait rien d'anormal, ni sur sa langue ni dans sa gorge. Pas de décoloration, pas de difficulté en termes de mobilité, pas de gonflement, pas de douleur, pas de polypes, pas de symptôme apparent de maladie que je puisse identifier, pas de diphtérie, pas de tumeur visible. Tout ce que je voyais était un éventuel abcès gingival, mais je n'étais pas dentiste. Je n'arrivais pas à comprendre ce qui se passait.

« Je ne vois rien d'anormal, ai-je dit. Et vous n'avez pas mal, n'est-ce pas ? »

Elle semblait déçue. Je me suis demandé si c'était un problème neurologique ou psychosomatique. Pourquoi avait-elle voulu que les hommes s'éloignent ? Je lui ai demandé si elle pouvait être plus précise dans ses descriptions. Pouvait-elle préciser cette sensation de langue gonflée ? Qu'est-ce que c'était que ces paroles lourdes ? Elle a haussé les épaules.

« Je pense que vous devriez voir un dentiste.

— Je n'ai pas non plus mal aux dents », a-t-elle dit.

Elle m'a remerciée poliment, s'est levée et s'est éloignée. Elle s'est assise sur son lit de camp, à l'autre bout de la salle, a sorti un grand sac en plastique débordant de vêtements et s'est mise à farfouiller dedans.

J'aurais voulu l'envoyer voir quelqu'un. Je voulais lui expliquer comment fonctionnait le cerveau, ce qu'étaient les systèmes nerveux et endocriniens, mais rien n'est sorti. J'aurais voulu lui dire des mots gentils, n'importe quoi.

Mes paroles étaient trop lourdes.

Une autre femme de la file d'attente s'est avancée et s'est assise face à moi.

La théorie du deuil de la vieille femme

Tandis que Mazen et moi descendions la petite colline de Moria pour retourner à la voiture, j'ai aperçu la vieille femme de la plage qui remontait laborieusement dans la direction opposée. La circulation était dense, les pieds traînaient en montant et en descendant sur la piste en ciment, sauf que personne ne comprenait le sens des files et tous passaient de l'une à l'autre. La vieille femme portait encore son sac-poubelle en plastique qui semblait un peu moins plein et un peu moins lourd que la dernière fois. Elle devait se sentir fatiguée parce qu'elle a posé son postérieur sur une pierre en saillie, au bord de la piste, ignorant superbement tous les gens autour d'elle. Je l'ai montrée du doigt à Mazen, lui disant que la dernière fois que je l'avais vue, elle avait volé l'iPhone d'une jeune bénévole.

« Tant mieux pour elle », a-t-il dit en me tirant par la main, zigzaguant à travers la cohue pour venir se présenter à elle.

Elle nous a regardés approcher d'un œil soupçonneux, a serré son sac plus fort contre sa poitrine, disparaissant presque derrière. Elle était fine et osseuse, comme dessinée par un caricaturiste qui aurait voulu la croquer en un minimum de traits. Son corps fragile semblait sur le point de partir en courant à tout instant.

« Vous voulez quoi ? a-t-elle demandé sèchement. J'ai rien pour les gens comme vous. » Son ton avait la bonne dose d'hostilité, conférant à chaque mot une valeur et un poids particuliers.

« On veut juste savoir si vous allez bien, a dit Mazen, recourant à sa voix de vendeur la plus aimable. On se demandait si vous aviez besoin de quoi que ce soit.

— J'étais là quand vous êtes arrivée sur la plage, ai-je ajouté pour qu'elle se sente plus à l'aise. Je suis médecin. » Je me suis demandé si je devais sortir mon stéthoscope et me le mettre ostensiblement autour du cou.

« J'ai pas besoin d'un médecin, a-t-elle répliqué avec emphase, relevant la tête pour nous regarder, nous mettant au défi de la contredire. J'en avais pas besoin avant, j'en ai pas besoin maintenant.

— Je suis content que vous soyez en bonne santé, a dit Mazen sur un ton serein. Avez-vous tout ce qu'il vous faut ici ? Il ne vous manque rien ?

— Ici ? a-t-elle dit. Ici où ? Dans ce camp sordide ? Comment est-ce que je pourrais avoir tout ce qu'il me faut ici ? Personne peut avoir ce qu'il lui faut ici. »

J'ai pris une grande inspiration et poussé un long soupir, tandis que Mazen a paru se requinquer. La femme me faisait trop penser à ma mère, un petit lutin maléfique, mauvais et ingrat.

« Je comprends, croyez-moi », a-t-il dit. La pointe gauche de son col est soudain apparue de sous son pull, comme prête à jaillir de joie. « Après avoir tant perdu, être dans un pays étranger, dans un endroit comme ici, ce doit être horrible. »

Les yeux de la femme ont de nouveau brillé d'une lueur de scepticisme. « Comment ça, tant perdu ?

— Devoir quitter sa maison, a-t-il dit sans se démonter. La guerre, la destruction, ces choses-là. »

Elle a levé les yeux au ciel et son visage s'est relâché. « Vous autres les jeunes vous savez rien, a-t-elle dit, et puis vous, vous êtes plus si jeune. Quel espoir pour le monde s'il est gouverné par des gens qui savent si peu ? » Elle était tout en noir – robe noire, foulard noir –, à l'exception d'une paire de baskets Adidas d'un bleu éclatant que quelqu'un lui avait sans doute donnée récemment. « Vous pouvez pas comprendre.

— Peut-être que si, a dit Mazen, m'ignorant alors que je tirais sur sa manche – tirais tellement fort que l'autre pointe de son col a surgi. Nous sommes de Deir ez-Zor, enfin notre mère est de là-bas. J'y suis allé quelques fois, la dernière fois peu avant le début des conflits. »

La main de la femme a lâché le sac et exécuté un geste sec dans le vide, dénigrant tout ce qu'il y avait autour. « C'est pire, a-t-elle dit. Vous devriez comprendre, et vous comprenez pas.

— Dites-moi, a dit Mazen.

— Quand on a mon âge, on a déjà tout perdu et reperdu plusieurs fois, a-t-elle dit.

— Je comprends, a-t-il dit, mais je parlais de votre maison, de tout ce que vous avez dû laisser derrière vous.

— Tu es comme mon fils, a-t-elle dit. Pas très futé dans ta tête, hein ? Mon fils est là-haut en train de pleurnicher comme une gamine à cause de tout ce qu'il a perdu, toutes les poupées avec lesquelles il peut plus jouer. Comment est-ce qu'il va pouvoir trouver de nouvelles poupées dans un nouveau pays ? Ouin ouin ouin, il va se coucher chaque soir en chialant comme un veau. Il éteint la lumière, se calme, tapote l'oreiller trempé et essaye de dormir. Il se réveille et se remet à pleurer. Vous êtes tous des enfants. »

Mon attention a été un instant attirée par les cris d'une mouette qui se posait sur le toit d'une Isobox. Lentement la vieille femme s'est relevée du rocher, s'est étiré le dos comme si elle n'avait pas le moindre souci au monde. Elle était plus petite que nous d'au moins une main.

« Vous savez, c'est la seconde femme de mon fils. Sa première est morte il y a vingt ans. Oh, il a eu du chagrin, l'a pleurée, s'est lamenté, a dit qu'il serait plus jamais heureux, et, dans les trois mois, a épousé une fille bien plus jeune. Je l'ai trouvée pour lui, moi, histoire qu'il se taise. Est-ce qu'il est allé se recueillir sur la tombe de sa première femme ? Bien sûr que non. Il se rappelle plus son visage. Elle a disparu avec les morts. Maintenant il pleurniche parce qu'il a de nouveau tout perdu. Même les tout-petits sont plus futés que lui.

— Aidez-moi à comprendre, a dit Mazen, toujours souriant.

— T'aider à comprendre que tu es idiot ? » a-t-elle demandé, impassible.

On ne devrait pas généraliser à toute une population en s'appuyant sur l'exemple d'une seule personne. Cependant, elle se comportait tellement comme ma mère que j'ai été tentée de conclure que toutes les femmes de Deir ez-Zor étaient méchantes et franchement insupportables. Sauf que Mazen ne se contentait pas de la supporter, il appréciait sa compagnie. C'est à ce moment-là que j'ai décidé que quelque chose clochait dans cette discussion. Si la vieille femme avait au début estimé qu'on s'imposait à elle, ce n'était à présent plus le cas. Elle aussi appréciait l'échange. Elle aurait pu nous planter là, mais elle restait debout, attendant que Mazen lui réponde.

« Oui, a-t-il dit, le visage toujours malicieux. S'il vous plaît, dites-moi ce qui fait que je suis idiot.

— Eh bien, toi au moins tu es assez futé pour demander de l'aide », a-t-elle dit. Elle a carrément tendu la main, lui a pincé la joue et il a rayonné. Elle était satisfaite de lui et immodérément satisfaite d'elle-même. « J'ai pas perdu grand-chose, cette fois-ci. Aussi loin que je me souvienne, j'ai toujours tout perdu. Et toi aussi. Mon fils pleure sa maison, mais il l'a perdue il y a bien longtemps. C'est pas celle dans laquelle il est né. Tout avait changé, et il avait pas fait attention.

— L'appartement dans lequel on a grandi, à Beyrouth, existe toujours, a dit Mazen. Ma mère y habite encore.

— Elle y habite toute seule, c'est ça ? Ses enfants sont partis. Tu crois que c'est encore sa maison, votre maison ? C'est encore pire. C'est une coquille vide. Pas de vie, pas d'âme.

— Certes, mais je me sentirais quand même triste si on la perdait, a-t-il dit.

— Idiot, a-t-elle répliqué. Je te dis que tu l'as déjà perdue.

— Vous savez, a-t-il dit, ma mère a quitté Deir ez-Zor pour se marier quand elle était jeune fille. Elle n'y est retournée qu'une seule fois, pour l'enterrement de son père. Mon père a insisté pour qu'elle y retourne en souvenir de son père. Une fois partie, elle aurait préféré ne jamais y remettre les pieds. Elle avait souhaité une rupture propre et nette. Elle avait voulu oublier son passé, enterrer celle qu'elle avait été.

— Une femme futée, ta mère.

— Celle-là, a-t-il dit en me montrant du doigt, n'est jamais retournée au Liban. Pas une seule fois elle n'est venue me rendre visite. Renoncer aux racines c'est une spécialité de la famille.

— Tout ce qu'il y avait quand j'étais petite a disparu, a dit la vieille femme avec un brin de mélancolie. L'école où j'allais est maintenant une usine Pepsi-Cola. La maison où je me suis mariée est maintenant un supermarché. Ma maison, celle où j'ai eu mes quatre enfants, eh bien, mon fils a décidé de construire deux étages en plus et de louer à des étrangers. Tous les endroits que j'aimais vraiment ont disparu et plein de gens aussi. Le régime en détruisant ma maison peut pas me faire mal. J'ai tout perdu il y a bien longtemps, je les enterrerai tous. »

Mazen était d'accord, elle les enterrerait tous, mais n'était pas d'accord avec le reste de ce qu'elle avait dit. Elle lui a dit sans mâcher ses mots qu'il était un crétin patenté.

Ils ont poursuivi leur échange sur ce mode, elle l'insultant, lui riant de ses insultes, jusqu'à ce qu'elle finisse par proposer qu'il lui porte son sac lourd en haut de la côte jusqu'aux baraquements.

Je parie que tu aurais été d'accord avec sa théorie du deuil. Dans ton essai sombre sur le deuil, tu écrivais : « Qu'est-ce que la vie si ce n'est s'habituer au deuil ? »

Deuil du deuil qu'il y avait

Miriam avait été une des premières réfugiées à arriver à Beyrouth, en provenance de Homs, une des premières que tu as interviewées. Tu lui as dit qu'elle aurait dû être philosophe. Elle ne voyait pas du tout de quoi tu parlais. Elle adorait être coiffeuse – enfin si ç'avait été possible, si quelqu'un à Beyrouth lui avait proposé du boulot. Tout ce pour quoi elle avait travaillé avait été effacé du jour au lendemain par la guerre : l'appartement qu'elle avait décoré, les plantes qu'elle avait aimées et arrosées, les clients dont elle s'était occupée.

Il doit y avoir un nom quelque part pour ce qui n'est pas là, t'a dit Miriam lors de son deuxième entretien. Quelques années s'étaient écoulées depuis que tu lui avais parlé pour la dernière fois. Elle avait du chagrin à cause de tout ce qu'elle avait perdu en arrivant la première fois, sa famille, son appartement, son boulot. Mais un jour, elle s'était réveillée et le chagrin s'était dissipé. Et hop !

Elle avait trop perdu, elle avait un trou au cœur, et le chagrin s'était précipité dedans pour le remplir comme une marée haute.

Avec le temps, le chagrin s'était retiré.

Elle n'avait désormais plus rien d'autre que le trou.

Ma théorie du deuil

Francine et moi avons fait la connaissance de Lubna quand elle a épousé notre ami Syl et qu'elle s'est installée aux États-Unis pour être avec lui, il y a douze ans. Elle était syrienne, de Damas, elle avait cinquante ans à l'époque, et la transition à Chicago avait pour elle été un choc des cultures, pourtant elle avait toujours été cosmopolite. Elle avait rencontré Syl à un congrès à Lausanne et, au cours des dix-huit premiers mois, ils s'étaient suivis dans des congrès, en Europe, en Amérique du Sud et du Nord. La vie en Amérique l'avait néanmoins surprise. C'étaient les petites choses, m'avait-elle dit. Elle ne comprenait pas pourquoi les gens se couchaient si tôt. C'était sa doléance numéro un. Je lui avais expliqué que je me couchais tôt parce que je serais épuisée le lendemain si je n'avais pas assez dormi, à quoi elle avait répondu qu'elle aussi, mais qu'elle faisait une sieste chaque après-midi. Elle ne comprenait pas pourquoi les siestes n'étaient pas plus populaires à Chicago. Elle avait entraîné Syl à en faire une chaque jour. Ils étaient tous les deux professeurs d'université et refusaient de programmer des cours l'après-midi.

Oui, c'était une femme qui ne pouvait que te plaire.

Les petites choses qui lui manquaient. Elle avait beau être chrétienne, l'adhan à l'aube lui manquait, ce qu'elle considérait comme la plus belle symphonie, quand les mosquées les unes après les autres appelaient les adeptes à la prière.

L'odeur de la verveine lui manquait. Pourquoi y avait-il si peu de balcons aux États-Unis ? Elle voulait boire son café du matin sous une véranda. Avec des voisins. Cela faisait des années qu'elle habitait dans le même bâtiment en centre-ville et les voisins se saluaient à peine dans l'ascenseur. Ils étaient trop occupés à fixer les numéros des étages qui s'allumaient les uns après les autres. Elle avait apprécié d'être à Chicago depuis déjà des années quand sa ville avait été impitoyablement bombardée, mais pourquoi ne pouvait-elle pas trouver de barbe à papa qui n'ait pas un goût chimique ?

Un jour, nous avions prévu de préparer le déjeuner ensemble et étions allées à Whole Foods faire nos courses. Elle m'a dit que la première fois qu'elle avait tenté de faire un kebbé, elle avait acheté la mauvaise sorte de menthe, car en Syrie il n'en existait qu'une seule sorte.

« J'avais voulu épater mon mari et ses amis, et au lieu de faire un kebbé, je m'étais retrouvée avec des Chiclets. »

Je me rappelle cette excursion à Whole Foods parce qu'elle avait repéré des plants de jasmin à l'entrée, une vingtaine en tout. Elle s'était empressée d'en prendre deux et avait commencé à appeler ses amies syriennes à Chicago, et ses amies avaient appelé leurs amies. Le temps que nous sortions du magasin, une demi-heure plus tard, il ne restait plus qu'un jasmin fatigué. Un contingent syrien avait fait une razzia dans le magasin. Elle avait insisté pour que j'achète le dernier plant, même s'il piquait du nez. L'odeur du jasmin ne me manquait-elle pas ?

Bien sûr que si. Je l'ai acheté. Bien sûr, je l'ai tué en deux mois. Du jasmin à Chicago ?

Quelle est cette odeur ?

Quelles ont été les dernières paroles de ton père ? Sur son lit d'hôpital, avant de décéder, il t'avait dit qu'il humait l'odeur de la cardamome. Dans cette chambre stérile qui sentait le désinfectant, son esprit avait fait apparaître des souvenirs de la graine magique.

Moi aussi je rêve de cardamome. Je ne pense pas à en utiliser pour la cuisine. Il n'en faut pour aucune recette. Je ne bois plus de thé turc. Mais au lit, après une longue nuit de rêves, je m'éveille parfois les narines humant la délicate senteur de l'épice.

Ce n'est pas seulement le territoire qui nous relie, pas seulement la terre rouge, le figuier, le citronnier, l'olivier. C'est plus que la ville de Beyrouth, les montagnes alentour ou la Méditerranée. Toi et moi sommes liés par l'arôme de la cardamome.

Et les clous de girofle.

Et le safran.

La faculté de l'esprit

Emma a pu s'arranger pour que le dossier de la famille de Sumaiya soit traité en priorité. Ils pourraient prendre le ferry pour Athènes dès qu'ils seraient prêts, puis voyageraient jusqu'à Malmö, non loin de là où elle habitait. Le problème était que l'état de santé de Sumaiya s'était rapidement dégradé depuis qu'elle avait été installée dans la tente médicale. Ses filles étaient là, ce matin, quand elle avait eu des saignements de nez, ce qui les avait terrifiées.

La tente médicale de Kara Tepe n'en était pas une. Une toile était tendue, mais elle recouvrait la structure, deux salles dépourvues de fenêtres, construites en bois robuste. Dans le froid piquant de la fin de matinée, on aurait dit une modeste chapelle sur quelque route de campagne. Sumaiya était allongée sur un lit de camp ; son mari était assis sur celui d'à côté. Entre son bras droit et sa hanche, elle tenait son sac à main imitation croco, couleur moutarde, maintenant assorti à son teint. Elle utilisait déjà une canule nasale et était en ventilation assistée. À certains égards, son mari avait plus mauvaise mine qu'elle. Quand je l'avais vu la première fois, au moment où ils étaient arrivés sur la plage, je l'avais trouvé plus jeune, frêle et chétif, comme s'il portait en lui un éternel garçon, ou un étudiant sérieux, studieux. Devant nous, sur le lit de camp, le garçon semblait perdu. Sammy avait l'air morose, sa lourde tête dans ses mains, il marmonnait dans sa barbe. Il n'a pas remarqué que nous étions tous les quatre entrés dans la tente.

Et quel quatuor : Rachid, Emma, Mazen et moi. Les deux infirmiers se sont empressés de replacer le tube respiratoire de Sumaiya, qui était de travers. Rachid est arrivé le premier. Sammy s'est levé quand il nous a vus, a incliné la tête, à la fois en guise de salut et comme signe de respect. Emma, utilisant Rachid comme interprète, a commencé à expliquer à Sammy « la prochaine étape de leur voyage », comme elle l'appelait. Ils ont parlé en doux chuchotements.

Et Sumaiya a ouvert les yeux. Sa première réaction en me voyant a été un grand sourire. Elle ne cessait de m'étonner. Ses yeux pétillaient comme si tout cela était une espèce de plaisanterie cosmique qui la dépassait et que néanmoins elle appréciait. Elle a étendu le bras pour attraper ma main.

As-tu déjà réfléchi à l'expression « ça va pas la tête » ? Comme si quelqu'un d'embrouillé, de désorienté ou de furieux avait la tête qui n'allait plus. La tête n'allait-elle que lorsqu'on était rationnel et qu'on avait toutes ses facultés ? Eh bien, chez Sumaiya, assurément, la tête n'allait pas. Ce n'était pas que l'encéphalopathie ; les médicaments contre la douleur la faisaient planer plus haut que le mont Olympe. Elle m'a regardée avec des yeux étrangement inattentifs et s'est mise à parler, mais je n'entendais pas ce qu'elle disait. En la regardant dans les yeux, j'ai remarqué le discret pli oblique en haut des paupières. Des yeux magnifiques. Je me suis mentalement giflée. J'allais être plus attentive à ses besoins. Je me suis agenouillée devant elle. Elle m'a regardée comme si j'étais loin à l'horizon. Elle déblatérait de manière incompréhensible. J'ai entendu le nom de sa fille, Asma, mais n'ai pu le relier à quoi que ce soit de rationnel. Avant que je puisse répondre, elle a dit soudain : « On ne rentre pas à la maison.

— Non, ai-je dit doucement. Personne ne rentre à la maison.

— Oui, a-t-elle dit, et puis elle est restée une minute silencieuse, contemplant le plafond céleste de la toile. Vous allez prendre soin de mes filles. Asma, vraiment. Il va s'en sortir avec les deux petites, mais elle est obstinée. Elle aura besoin de conseils. »

Elle a fermé les yeux et s'est assoupie. Elle n'avait pas besoin que je lui donne mon accord ou confirme quoi que ce soit.

J'ai allumé la lampe de chevet, qui était une réplique de la tour Eiffel mais ressemblait plus à un derrick solitaire au milieu du désert qu'était le napperon. Qu'est-ce que cette anomalie faisait là, dans la tente médicale d'un camp de réfugiés ?

Écrire à une fillette, mode d'emploi

Tu as pu rendre visite à Asma et sa famille à Malmö, pas moi. Tu étais invité par l'université l'été dernier, et tu es passé la voir. J'ai adoré l'idée qu'elle ait réussi à te trouver un créneau dans son emploi du temps chargé. Certes elle n'avait plus école, mais elle avait toutes sortes d'activités pendant ses vacances, certaines organisées, d'autres pas. Elle a proposé que tu les emmènes, elle et sa troupe de scouts, manger une glace – dix-sept cornets double boule.

Je skype avec elle une fois par mois, et elle m'envoie régulièrement des textos, mais mes conseils, si on peut les appeler ainsi, se font avant tout par voie épistolaire. C'est ce qu'elle souhaitait.

« Envoie-moi une lettre, a-t-elle dit. Une fois par semaine. Pas plus, parce que ça ferait trop. Une lettre qui me dit ce que tu as fait pendant la semaine, comme ça je saurai à quoi m'attendre quand je serai médecin. »

Une fois par semaine, j'écris. Je lui raconte les interventions chirurgicales que j'ai faites, et comment je m'y suis prise, quelles incisions et à quel endroit. Je vais même jusqu'à lui dire combien de fois j'ai réalisé tel acte et si je me suis sentie à l'aise pendant l'opération. Je lui parle de mes patients, aussi bien les faciles que les difficiles. J'explique brièvement chaque situation, comment j'ai parlé à la famille, ce que j'ai dit au patient, ce qu'ont dit les infirmières. Asma est une véritable éponge concernant tout ce qui a trait au monde médical. Elle m'a réprimandée au début parce qu'elle trouvait que j'écrivais comme si je m'adressais à une enfant, parce que je lui expliquais les diagnostics en termes simples. Elle n'appréciait pas cela. Il fallait que je la traite comme n'importe quel médecin. Elle voulait une anamnèse complète. Elle pouvait tout à fait chercher de son côté les termes compliqués. Elle n'était pas idiote. Elle savait tout de même se servir de Google. Je me suis conformée à ses souhaits.

Sa mère avait raison. Asma est obstinée. Et je l'adore.

Entretien de la maison de rêve

Ton père a construit la maison de ses rêves dans son village natal, dans les montagnes du Liban, non loin de la maison où il avait grandi, celle que son père avait construite. Avant d'entreprendre le chantier, ton père, quoique pas très religieux, a entrepris ce que tout Druze doit faire quand il construit ou achète quelque chose de nouveau. Il a rendu visite à un des aînés druzes, un homme qui approchait les quatre-vingt-dix ans, vivant dans un tout petit village, d'accès difficile, caché dans une vallée verdoyante cernée de hautes montagnes. Ton père a demandé à l'aîné de bénir son nouveau foyer, ce qu'a fait l'homme en écrivant une courte prière sur un bout de papier, qu'il a plié et glissé dans une petite enveloppe qui, en définitive, n'était qu'un bout de papier cartonné, un origami libanais. Ton père a disposé cette bénédiction, pas plus grande qu'un doigt d'enfant, entre les deux premières pierres de la maison. La maison de ses rêves fut achevée en 1974.

Et quelle maison c'était ! Dominant la ville de Beyrouth, elle était racée et moderne, distincte et unique en son genre, intégrée aux collines alentour mais ne ressemblant à aucune autre construction de la région. Au beau milieu de la maison se trouvait le joyau, une pièce aux parois de verre à ciel ouvert, dans laquelle poussait un olivier. Mais ensuite, ton père recouvrit la pièce d'un grillage et se mit à l'emplir d'oiseaux, toutes sortes d'oiseaux. Des canaris tout d'abord, pour le chant. Des chardonnerets pour répondre à ces chants. Puis des oiseaux de la région, alouettes, pinsons, fauvettes et guêpiers d'Europe. Avec les tisserins, ton père a dû introduire dans la pièce des herbes sèches et des plantes mortes pour que ces volatiles jaunes puissent construire leurs nids élaborés. Il fit venir des rossignols, mais ils ne chantaient pas. Aux Pays-Bas, il acheta des oiseaux de paradis importés, dotés de queues ridiculement longues. La volière devint sa passion.

Tout le monde l'adorait. Même toi, toi le cynique. Mais étais-tu cynique en ce temps-là ?

Tu as souvent écrit que l'année 1974, tu avais alors quatorze ans, un an avant le début de la guerre civile au Liban, avait été l'année la plus heureuse de ta vie. Tu t'es rendu compte que, durant de brèves périodes, tu pouvais passer pour normal, après quoi tu avais un bon endroit pour te cacher : ta chambre avec l'interminable bibliothèque de la nouvelle maison. Tu allais pouvoir t'en sortir. Certes pas une existence heureuse, mais tout de même – la survie. L'existence en tant que telle était un exploit. Mais la violence est descendue, seulement elle n'était pas dirigée contre toi personnellement comme tu t'y attendais. La guerre civile libanaise a éclaté et, pour ta sécurité, on t'a emmitouflé et on t'a fait quitter le pays, toi, le jeune migrant.

La maison toutefois est restée. Au cours des premières phases de la guerre, rien ne l'a touchée. La magie du minuscule bout de papier, coincé et aplati entre les deux premières pierres, a opéré. Chaque fois que tu revenais au pays durant ces premières années de guerre, et tu es revenu assez régulièrement, tu remarquais que la maison se tenait fièrement, pas une égratignure. Toutes les maisons du village affichaient un étalage pointilliste d'impacts de balles, mais pas celle de ton père. Un missile était tombé dans le verger, une grenade avait explosé sur la route principale, mais les oiseaux dans la maison de ton père continuaient de chanter.

Un miracle s'il en fut. Les milices chrétiennes, les druzes ou les musulmanes, elles ne pouvaient pas endommager la maison de ton père. L'armée syrienne, les combattants palestiniens ? La maison existait au-delà de la cruauté féroce de la guerre et de son prosaïsme. Les balles de mitraillette, les roquettes, les missiles, tous les projectiles épargnaient la maison, passaient à côté, la contournaient. Le miracle a duré sept glorieuses années. Jusqu'à l'invasion israélienne.

Les Israéliens comprendraient-ils les prières sur papier ? Le talisman pouvait-il protéger du mauvais œil de l'armée d'invasion ? La sorcellerie druze était-elle traduisible en hébreu ?

Oui, tout à fait, semblait-il. Les phylactères étaient aussi communs parmi les Juifs qu'ils l'étaient parmi les Druzes.

Par deux fois ça a été moins une. Quand les chars sont arrivés sur la colline au-dessus de la maison de notre père, la voix mégaphonée d'un général a prévenu que le village avait interdiction d'accueillir des terroristes, étant terroriste tout individu n'acclamant pas l'amicale invasion israélienne avec suffisamment d'enthousiasme. Quinze mille Libanais ont été tués au cours des deux premières semaines de l'invasion israélienne, ce qui signifiait qu'ils étaient de toute évidence des terroristes peu enthousiastes. Si les villageois ne voulaient pas connaître le choc et l'effroi en assistant au bombardement de leurs maisons, ils devaient hisser un drapeau blanc sur leur toit pour indiquer que la maison n'abritait pas de terroristes hostiles. Ta mère a retiré des lits tous les draps et les a accrochés sur les fils à linge installés sur le toit. Elle redoutait que ce ne soit pas suffisant. Pendant deux jours, tandis que les chars rôdaient au-dessus de chez elle, ta mère a couru le long des fils à linge, secouant les draps pour s'assurer qu'ils étaient visibles d'en haut. Possédée par Lyssa, l'esprit de la folie et de la frénésie, ta mère se mettait entre les plis de chaque drap et agitait les bras en tous sens, puis passait au drap suivant, et au suivant, et ce pendant quarante-huit heures d'affilée.

La protection de la prière a fonctionné sur les Israéliens, avec un petit coup de pouce de ta mère se comportant comme un fantôme d'Halloween sous speed. La maison fut épargnée, pas le moindre ennui, pas la moindre égratignure.

Une semaine après que ta mère avait secoué les draps, un jeune soldat israélien a frappé à l'imposante porte en acajou. Tes parents ont vu un garçon timide, maigre, d'un naturel doux. On lui aurait donné quatorze ans tout au plus, t'a dit ta mère, ses lunettes étaient trop grosses pour son visage. Elle a eu envie de le traîner dans ta chambre, de lui ordonner de retirer cet uniforme ridicule, de prendre un bain, de choisir des vêtements normaux dans ta penderie et de les mettre, et ensuite elle le nourrirait. Le soldat, qui parlait couramment l'arabe levantin, s'est abondamment excusé pour le dérangement, à tel point que tes parents ont commencé à culpabiliser d'avoir été intimidants aux yeux du pauvre garçon. Il avait entendu les oiseaux, leur a-t-il dit, de tout au bout de la rue. Il avait suivi les sons jusqu'à la maison, comme Melquíades, le gitan de *Cent ans de solitude,* trouvait son chemin jusqu'à Macondo en se guidant sur les chants des oiseaux. Des chants magnifiques – il y avait certains trilles que le garçon reconnaissait, mais il y en avait d'autres qu'il n'identifiait pas. Il avait l'intention d'étudier l'ornithologie, vois-tu. Il était obsédé par les oiseaux, comme son père. Il n'avait pas su d'où venaient les chants d'oiseaux, jusqu'à aujourd'hui, où il avait enfin eu un congé. Il n'était pas censé se promener tout seul, a-t-il dit, mais il n'avait pas résisté au chant de sirène. Il avait humblement demandé la permission de voir les oiseaux, ne serait-ce qu'un moment. Bien entendu, tes parents l'avaient fait entrer. Ton père détestait peut-être les Israéliens, mais le jeune homme qui aimait les oiseaux ne pouvait pas être un mauvais bougre.

Le jeune homme a été abasourdi quand il a vu la verrière. Du soleil dans la maison, l'extérieur à l'intérieur, et des oiseaux, une profusion d'oiseaux. Il avait un tel regard ébloui que ton père lui a pardonné d'être entré sans autorisation, il a presque pardonné aussi à son pays d'être entré sans autorisation, mais pas tout à fait. Le café a été servi, tout le rituel de l'hospitalité – les amandes, les friandises, le chocolat – ; même en pleine guerre, il faut être prêt pour les invités. Quand ta mère a complimenté le soldat pour sa maîtrise de l'arabe, il a expliqué que sa mère était druze et son père juif. Il parlait arabe avec la famille de sa mère et hébreu avec celle de son père. Il avait des problèmes, avait-il dit, répondant aux questions de ta mère. Il était juif, mais pas techniquement, puisque sa mère ne l'était pas, et il n'était pas non plus druze puisque son père ne l'était pas. Il se sentait sans foyer, a-t-il dit, ce qui a bien sûr déclenché des paroles de bienvenue réitérées de la part de tes parents ; qu'il se sente chez eux comme chez lui, il serait toujours le bienvenu, le truc habituel. Il a demandé s'il pourrait leur rendre visite de nouveau quand l'armée israélienne se serait retirée. « Au retour », c'est ainsi qu'il l'a formulé. Assurément cette invasion ne durerait pas longtemps. Bien sûr, lui ont répondu tes parents, s'ils étaient encore dans les parages, s'il s'en souvenait, alors il serait tout à fait le bienvenu.

Tu n'as pas su s'il s'en était souvenu, mais heureusement ta famille n'était plus dans les parages.

Les Israéliens ont perdu la raison, bombardant Beyrouth sans relâche. La maison avait beau ne pas être en danger, ta famille a décidé de remplir au maximum les valises et de se mettre à l'abri à Damas. Tes parents sont partis dès que les Américains sont intervenus.

Les Israéliens ont obligé le parlement libanais à élire comme président le chef des phalangistes, qui fut assassiné peu après. L'armée israélienne a encerclé les camps de réfugiés de Sabra et Chatila, et les phalangistes massacrèrent des milliers de femmes et d'enfants tandis qu'Ariel Sharon fumait son narguilé et applaudissait depuis les lignes de touche. Oh, les manifestations de compassion aux Nations unies.

Israël avait décidé de n'occuper que le sud du Liban. La guerre civile éclatait à nouveau. Les marines américains sont intervenus. Malheureusement pour ta famille, les Américains ne comprennent pas les prières de papier. La sorcellerie druze n'avait pas de traduction en anglais. Les bénédictions n'étaient pas le fort de l'Amérique.

Un matin, pour des raisons que personne n'a pu saisir, le cuirassé *New Jersey*, qui croisait en Méditerranée au large des côtes libanaises, pas très loin, a tiré des obus de seize pouces sur divers villages de montagne, faisant d'innombrables victimes. Un de ces obus a transpercé le toit de la maison de rêve de ton père, incinérant tout. La structure, dans l'ensemble, est restée debout, sans toit mais debout. En revanche, rien à l'intérieur ne fut épargné. Les oiseaux, les oiseaux furent grillés vifs.

Après son incartade meurtrière dans la politique libanaise, le *New Jersey* fut retiré de la circulation, il était le dernier en son genre. L'obus qui a détruit ta maison a peut-être été le dernier obus de seize pouces jamais tiré. Tu dois te sentir gâté, non ?

Les Américains ? Un homme au volant d'une camionnette remplie d'explosifs a percuté les baraquements américains en périphérie de Beyrouth, tuant 241 jeunes marines. Reagan a retiré toutes ses forces armées, se lavant les mains de l'irrationnel Liban, traitant les Libanais de terroristes, des terroristes, des terroristes qui tuaient d'innocents soldats de la paix. Pourquoi ne pouvaient-ils pas se battre à la régulière, comme d'honnêtes gens, en recourant à des cuirassés, des avions de chasse, au choc et à l'effroi ?

Ta mère te téléphonait dans ton petit appartement de San Francisco. Ton père était terrassé, disait-elle. Il ne savait plus quoi faire. La maison était plus que sa fierté et sa joie, expliquait-elle. Sa maison c'était lui, il était la maison. Le cuirassé l'avait détruit. Il ne savait plus qui il était. Il essayait de rester stoïque, c'était un homme, un vrai, après tout. Il avait dit à sa femme qu'ils reconstruiraient une autre maison, achèteraient peut-être un appartement à Beyrouth, ou repartiraient de zéro en emménageant à Paris. Mais elle l'avait surpris plus d'une fois en train de pleurer dans son coin, quand il croyait que personne ne pouvait le voir. Elle aurait voulu que tu sois là pour le consoler, mais que pouvais-tu faire ?

Que pouvais-tu faire ? Tu étais en troisième cycle d'université. Il fallait que tu obtiennes un diplôme de plus pour devenir un membre productif d'une société mauvaise. Tu t'empiffrais de hamburgers et étanchais ta soif avec du Coca. Tu fonçais chaque soir dans des sex-clubs gays. Tu étais en train de t'assimiler, nom d'un chien. Tu n'avais pas envie de rester un étranger dans ton pays d'adoption. Comment pouvais-tu expliquer à ton père que tu ne reviendrais pas, que tu avais choisi de devenir un citoyen du pays qui avait détruit son rêve d'un seul obus de seize pouces ? De quel côté étais-tu ?

Tu essayais de devenir américain, de ne faire plus qu'un avec un peuple qui aurait préféré que ta famille soit morte.

Soit tu es avec nous, soit tu es avec les terroristes.

Réfugiés violeurs, passez votre chemin

En fin d'après-midi, nous étions tous les quatre au stand cookies de Moria, à regarder une nouvelle partie de football impromptue entre les petites tentes, la luminosité des sourires des gars contrastant avec la dentelle grise de l'air et sa lumière voilée. La baraque à cookies dominait le terrain où se déroulait la partie, qui se trouvait un étage au-dessus du niveau des tentes, lequel était un niveau au-dessus du degré le plus bas où les policiers antiémeute pique-niquaient encore, non loin des toilettes publiques qu'ils n'utilisaient pas.

Emma semblait plus agitée que d'habitude, on aurait dit qu'elle venait de s'éveiller d'un rêve affreux. Mazen et Rachid regardaient les jeunes hommes taper dans le ballon, le second d'un air plus mélancolique.

« Je ne peux pas m'empêcher de penser qu'attendre ici est une erreur », a dit Emma entre deux gorgées de thé noir. Le rouge à lèvres sur le gobelet en polystyrène était un ton plus clair que celui sur ses lèvres.

Mazen a hoché la tête plusieurs fois pour dire qu'il était d'accord, sa lourde tignasse chancelant telle une couronne argentée. Il était attentif aux scènes avec des gens autour de lui, ses yeux allant de l'un à l'autre avec un minimum de discrétion : les joueurs de foot, les réfugiés dans les petites tentes, les jeunes bénévoles aux tenues flashy, les policiers antiémeute dans leur rude accoutrement, les vendeurs de cookies et notre conversation.

Un vent humide et doux m'essuyait le visage comme une lingette. Un des joueurs a shooté trop fort et le ballon s'est envolé. Nous nous sommes tous penchés sur la droite, suivant du regard sa trajectoire, hochant la tête comme un seul homme quand le ballon a dévalé la pente.

« J'entends que ça gronde, a dit Emma. Et ce n'est pas bon. Il s'est passé quelque chose le soir du 31 décembre à Cologne. Il n'y a pas encore de rapports officiels, mais ce qui se dit en ligne c'est que des réfugiés ont sexuellement agressé des dizaines de femmes. Pas bon du tout, ça. »

Sans que je sache pourquoi, la lumière changeante peut-être, ou bien mon humeur qui s'assombrissait, je n'arrivais pas à détacher mon regard de la flaque fétide à côté des toilettes publiques, dont la surface couleur chocolat semblait virer à l'opalescent. Une fillette enfonçait un bâton dans quelque chose qui se trouvait dans la flaque, elle a répété ce geste je ne sais combien de fois.

« J'ai entendu la même chose, a dit Rachid. Et il est possible qu'il y ait plus que des dizaines de cas. Les premières rumeurs font état de migrants qui auraient harcelé des centaines de femmes dans les métros. Il se dit que c'était une attaque organisée.

— Comment ça, organisée ? a demandé Mazen.

— Ce n'est pas clair, a dit Rachid. Il semble que quelques hommes basanés, comme ils disent, aient attaqué des femmes pendant les fêtes du Nouvel An. On dit que plus de mille jeunes hommes ont débarqué en groupes nombreux aux festivités qui avaient lieu autour de la cathédrale de Cologne et se sont mis à attaquer des femmes allemandes.

— Ça me paraît bizarre », a dit Mazen.

Des petits bouts de polystyrène, des miettes de pain et des petits os étaient éparpillés à côté d'un pissenlit fanfaron. Aucune autre plante ne pouvait survivre, la terre assaillie par les cigarettes devenait vite stérile.

« Peu importe que ce soit vrai ou pas, a dit Emma. Un incident, déjà, c'est terrible, et pas uniquement pour la victime. Certains utiliseront le moindre délit commis par un migrant pour tenter de faire fermer les frontières. Ça va être le tollé général. Les nazis perdent la boule si un migrant ose regarder une Allemande. Vous vous rendez compte de ce qui va se passer quand l'annonce sera rendue publique, des agressions sexuelles en groupes par des migrants ? Mon Dieu !

— Je ne vois pas comment des migrants pourraient s'organiser, a dit Mazen.

— Peu importe qu'ils puissent ou pas, a dit Emma. C'est une catastrophe. »

Une hésitation dans la véritable foire d'empoigne qu'était cette partie de foot. Un jeune homme se tenait immobile, le ballon à ses pieds. Personne ne tentait de le lui prendre. Un instant. Tous les joueurs regardaient vers le bas de la pente derrière le minuscule terrain improvisé, et puis la partie a repris. Deux policiers grecs remontaient la piste en ciment. Contrairement à leurs collègues restés en bas, ils ne portaient pas de casques, pas de boucliers antiémeute, pas de polycarbonates d'aucune sorte, mais ils avaient à la ceinture leurs pistolets et leurs matraques, ainsi que des gilets pare-balles. Ils semblaient moins menaçants et se sentaient certainement moins menacés. Ils marchaient lentement, synchrones.

« J'aime les hommes en uniforme, a dit Rachid. Désolé. Je n'ai pas pu m'en empêcher. »

Trois volontaires, de jeunes hommes, gravissaient la côte à la suite des policiers. Sans doute des Américains, ils parlaient fort, comme des moineaux bruyants, chacun hurlant plus fort que son voisin, faisant peu de cas de qui que ce soit ou de quoi que ce soit, hormis leurs camarades et leurs téléphones portables. Ils flânaient en traînant les pieds, comme en promenade dans leur propre jardin sacré de Héra. L'un d'eux, en levant la tête, a remarqué que je le regardais et s'est fendu d'un sourire généreux, comme si je l'avais surpris au milieu d'un rituel dont j'ignorais tout.

« Je m'en vais, a dit Emma. Je me mets en congé ce soir. Je vais me faire couler un bain chaud et disparaître dedans. »

Soirée du Nouvel An, Cologne

Que s'est-il passé ce soir-là à Cologne ? L'information a mis du temps à émerger. Nous n'avons pas su grand-chose au cours de la semaine où nous étions à Lesbos. Lorsque la nouvelle a fini par éclater, j'ai franchement pris peur.

Le premier janvier, le communiqué de la police a qualifié les événements de la veille de paisibles. Une soirée somme toute ordinaire, a-t-il été dit. La foule nombreuse, comme de coutume, avait fait la fête devant la cathédrale historique et près de la gare ferroviaire – festivités, réjouissances, alcool et feux d'artifice. Mais ce que la police et les journaux ont déclaré par la suite fut bien différent. Le soir du 31, quinze cents hommes environ, décrits par les autorités comme d'apparence « nord-africaine ou arabe », la plupart complètement ivres, ont convergé vers la scène festive. À un moment donné, ils se sont séparés en gangs et ont encerclé des jeunes femmes, refusant de les laisser partir. Certains hommes ont tripoté les victimes pendant que d'autres volaient sacs à main, portefeuilles et téléphones portables. Les femmes ont hurlé, se sont débattues, ont essayé de s'enfuir, mais pour bon nombre il était presque impossible de s'échapper. Des témoins ont décrit l'atmosphère aux abords de la gare comme agressive, d'une violence inquiétante et intimidante. Des feux d'artifice ont été lancés dans la foule, augmentant la tension. Plusieurs femmes ont été violées.

Ces attaques avaient-elles été préparées à l'avance ? Qui étaient ces hommes ? Pourquoi les rapports avaient-ils mis si longtemps à filtrer ?

Parmi les premières arrestations, trente et un suspects ont été identifiés nominalement, parmi lesquels dix-huit demandeurs d'asile. Sur les trente et un, neuf étaient algériens, huit marocains, quatre étaient syriens, cinq iraniens, deux allemands, un irakien, un serbe et un américain. J'ai tâché d'obtenir le nom de l'Américain et la ville dont il venait, mais je n'ai pas pu avoir l'information.

Un rapport était plus réconfortant : un groupe de Syriens avaient encerclé une Américaine, la protégeant de ses assaillants en formant un cercle autour d'elle, et l'avaient ainsi raccompagnée auprès de ses amis.

Bien sûr, en réaction à ces agressions, un grand nombre de demandeurs d'asile et de réfugiés à la peau plus sombre ont été attaqués dans toute l'Europe. Il y a eu un pic de xénophobie. Les répercussions de *« The Night of the Long Fingers »*, comme on l'a appelée, ont été observées partout.

Réaction monosynaptique, le genou a reçu un coup à Cologne et les jambes se sont raidies à Varsovie, Budapest, à Paris, partout.

Les partis politiques hostiles aux réfugiés se sont renforcés.

Les réfugiés syriens se sont retrouvés dans les limbes.

La grotte de Shanidar

En dépit de pas mal d'éléments prouvant le contraire, j'aime à croire le monde gentil, l'humanité décente, quoique non dépourvue de quelques défauts, telle est mon interprétation erronée de l'hypothèse fallacieuse du monde juste. J'aime à penser que nous autres humains essayons de faire le bien.

Entre 1957 et 1961, dans une sépulture située dans la grotte dite de Shanidar, au nord de l'Irak, des archéologues ont découvert les restes fossilisés de huit adultes et deux nourrissons de Néandertal datant d'une période située entre moins soixante-cinq mille et moins trente-cinq mille ans. Des centaines d'outils en pierre ont été trouvés sur place, ainsi que les os de chèvres sauvages et de tortues. Les neuf dixièmes de ces vestiges ont été perdus, ainsi que quinze mille artefacts culturels, durant ce carnage que fut l'opération « choc et effroi », en 2003, quand les forces américaines envahirent le pays, détruisirent ses infrastructures et choisirent de protéger le bâtiment du ministère de l'Industrie pétrolière, mais pas le musée national d'Irak.

Le plus célèbre des dix Néandertaliens est celui qui fut exhumé en premier, appelé Shanidar 1, mais connu sous le sobriquet de Nandy par ceux qui l'ont découvert. Il était remarquablement âgé pour un Néandertalien, entre quarante et cinquante ans, en dépit de sévères malformations liées à des traumatismes. Il avait le bras droit atrophié, ni main ni avant-bras, et la jambe droite difforme. Il avait également été sourd, ses canaux auditifs étant obstrués par des tuméfactions osseuses. Sa vie au quotidien avait dû être atrocement douloureuse, et pourtant il semble que la communauté s'était occupée de lui.

Parmi les nombreuses découvertes sur le site, il y avait d'importantes quantités de pollen représentant une large variété de fleurs, allant des muscaris aux achillées. Un débat fait rage encore aujourd'hui parmi les archéologues pour savoir si ces fleurs faisaient partie des rites funéraires de Néandertal ou bien avaient été introduites ultérieurement par des mériones, une variété de gerbilles.

Je préfère penser que mes ancêtres, et les tiens, s'occupaient des plus faibles d'entre eux puis les enterraient avec des guirlandes de fleurs. Va, être aimé, nous t'envoyons dans l'au-delà avec des aubépines jaunes et des marguerites, des bleuets et des jacinthes.

Shanidar 3, à ma connaissance, n'a pas de surnom. Il est aux États-Unis, au Muséum national d'histoire naturelle de la Smithsonian Institution. Un immigré ! Lui aussi avait entre quarante et cinquante ans et a été retrouvé dans la même tombe que Nandy. Il avait une blessure à hauteur de la neuvième côte gauche, une blessure grave assez profonde pour lui avoir perforé les poumons. On peut supputer que Shanidar 3 est le plus ancien individu connu à avoir été assassiné.

Mes ancêtres et les tiens étaient aussi des tueurs.

Malawi, mon amour

Une des personnes que je préfère au monde est un cousin de Francine, ou, pour être plus précise, aussi précise que l'on peut l'être en restant dans le pré carré de la langue anglaise, son petit-cousin. Pete Jones a un nom passe-partout, une histoire unique et un sourire désarmant. Je le connais depuis longtemps, depuis l'époque où il était au collège. Francine était proche de sa cousine Esther, la mère de Pete Jones. Elles ont grandi ensemble. Pete était un garçon brillant, ambitieux : très bon élève, quarterback dans l'équipe de football américain de son lycée, sortait avec une pom-pom girl, bénéficiait de tous les avantages accordés aux jeunes hommes qui réussissent aux États-Unis. Plus important pour sa famille, il y avait le fait qu'il avait obtenu d'excellents résultats aux examens SAT et avait été accepté dans nombre d'universités auxquelles il avait postulé. Il avait choisi Northwestern parce qu'il était un gars du Midwest, mais il n'y a finalement jamais mis les pieds. Il a changé d'avis.

Il a choqué tout le monde en s'engageant dans l'armée.

Sa décision a été une surprise ; pourtant elle n'aurait pas dû en être une. Il avait de bons arguments pour justifier sa décision d'entrer dans l'armée afin d'aller combattre. C'était à l'été 2002, au summum du chauvinisme après les attentats du World Trade Center. Il avait le sentiment que les terroristes avaient blessé son pays et il voulait que son pays leur inflige une blessure exemplaire. Bush déclarerait bientôt son intention de ramener l'Irak au Moyen-Âge à force de bombardements et notre Pete considérait que sa mission personnelle était d'humilier al-Qaida, les Talibans, Saddam et tous ces gens là-bas.

Sa mère désapprouvait avec virulence sa décision. Esther et son fils se sont disputés pendant des semaines. Bientôt, certaines de leurs altercations sont devenues légendaires au sein de la famille. La formule « Mais qu'est-ce que Saddam t'a fait, à toi ? » est devenue une expression familiale fourre-tout pour des situations qui étaient complètement folles ou absurdes. Pour Thanksgiving, il y a deux ans, Esther s'est plainte de ce que ses petits-enfants couraient autour de la table à manger en criant « Mais qu'est-ce que Saddam t'a fait, à toi ? »

Pete a été envoyé en Afghanistan peu après, puis en Irak. Il n'a pratiquement pas parlé à sa mère pendant trois ans. Leurs rapports sont restés tendus jusqu'à ce qu'il rentre chez lui en 2006 brisé, avec une jambe en moins.

Il a dit à Francine que sa jeunesse lui avait été dérobée d'un coup d'un seul, en une cruelle explosion. Il n'avait pas vingt-deux ans, sur une route déserte avec son escadron. Le véhicule avait eu une avarie. En attendant que la réparation soit effectuée, son supérieur lui a refusé une requête mineure. Pete s'est retourné, maussade, il s'est éloigné en pestant et a donné un coup de pied dans un caillou. Ensuite, il ne se souvenait pas de grand-chose, si ce n'est qu'il s'était réveillé par une chaleur suffocante sur un lit d'hôpital de fortune, dans une salle lumineuse avec de hautes fenêtres et plus de jambe droite sous le genou.

Il est rentré au pays amputé, abattu et inconsolable. Il s'est emmuré derrière de hautes enceintes de désespoir. Sa mère n'arrivait plus à communiquer avec lui. Il refusait de parler à ses amis, ne sortait pas de sa chambre, qu'Esther avait conservée intacte pour son retour. Le psy de l'hôpital militaire n'a pas pu l'aider, Francine non plus. Je me souviens d'être entrée dans la maison un jour après son retour et d'avoir ressenti, sitôt le seuil franchi, un immense poids. La jambe fantôme de Pete était prise de crampes, que son cerveau considérait comme réelles, et la maison était saturée d'une tristesse fantôme que nous reconnaissions tous comme réelle.

S'il n'avait pas boudé, s'il avait écouté sa mère, s'il était allé à l'université Northwestern, si si si… Il serait demeuré un homme. Sans sa jambe, disait-il, il n'était qu'une moitié d'homme. Il n'était plus complet, avait perdu sa pureté.

Il était incapable de parler à quiconque, ni à sa famille, ni à ses vieux copains de lycée. Tous les gens qu'il connaissait semblaient vivre dans un monde insulaire, tâchant désespérément de repousser tout ce qui leur rappelait leur propre douleur, et il sentait qu'il n'était rien d'autre que cela, quelqu'un qui leur rappelait leur douleur. Il a compris que ses amis souhaitaient l'éviter tout autant que lui souhaitait les éviter.

Il a décidé que ce n'était pas un accident : la perte de sa jambe devait s'inscrire dans une logique. Il y avait là un enseignement qu'il n'assimilait pas, un karma ou dharma bouddhiste, quelque chose dans le genre. Non pas un accident, non pas un fait du hasard, non pas un coup de pas-de-chance. Le destin ne pouvait pas être capricieux. Tout cela n'avait pas eu lieu pour rien. Il avait commis une erreur et il devait la payer en vivant une vie misérable. Ce qu'il avait perdu avait nécessairement un sens.

Comme dit Francine, « la démence c'est la fixation sur le sens ».

Est-ce toi qui as écrit que l'homme est une machine à produire du sens ?

Il n'empêche, elle est douée, ma Francine. Alors qu'il était au plus bas, terriblement faible, qu'elle n'arrivait pas du tout à établir le contact avec lui et que sa mère ne savait plus que faire, Francine lui a laissé un recueil de poèmes de Frank Bidart, dont le premier était l'histoire d'un homme ayant perdu un bras. Le poème commençait brillamment par des instructions sur la manière de réaliser le bandage du moignon (fermement, fermement, afin que le moignon conserve sa forme conique) et se terminait par un vers révélateur sur la façon dont le sang, l'amputation et les décombres conféraient à la ville de Paris sa grâce. Ce n'était toutefois pas cela que Pete y avait lu.

Dans le poème, le narrateur avait une illumination : la solution à sa douleur était d'oublier qu'il avait un jour eu deux bras. Le bras qui n'était plus n'avait jamais existé. Pete avait commencé à être obsédé par l'image de celui qu'il avait été, un homme, un vrai, par l'image de ce qui était perdu. Jadis, il avait eu deux jambes ; il avait existé un homme appelé Pete qui marchait sans clopiner, qui courait comme une antilope, qui était un joueur viril de football américain. Les souvenirs l'écrasaient, et par conséquent il devait couper les ponts. Il allait tout reprendre à zéro, chercher à oublier. Affranchi de ses souvenirs, il se lancerait dans un monde nouveau. Et c'est ce qu'il a fait, ou du moins il a essayé.

Pete a pris un avion à destination de Lilongwe, au Malawi, avec un petit sac de paquetage et sa prothèse de jambe. Une fois encore, durant les trois années suivantes, il n'allait quasiment pas parler, ni à sa mère, ni à ses amis, ni à sa famille. Il allait tenter de se réinventer en loup solitaire. Il dirait plus tard à Francine qu'il ne pouvait pas avoir sa mère à proximité parce qu'elle lui rappelait celui qu'il avait été. Il avait l'impression que le regard qu'elle posait sur lui était une violation de plus. Le loup a boitillé dans la campagne du Malawi, est resté dans les villages les plus pauvres, a aidé à construire des maisons et creuser des puits, a fait l'école à des enfants dans divers petits établissements. Pendant un temps, Pete s'est senti chez lui dans ce pays.

C'est au cours de son séjour africain que lui et moi nous sommes rapprochés. Il avait besoin de conseils médicaux et c'était pour lui plus facile de discuter avec moi qu'avec Francine car je n'étais pas la cousine de sa mère. J'ai commencé à recevoir des appels téléphoniques chaque fois qu'un enfant du village tombait malade. J'aidais de mon mieux.

Il a tenu trois ans et demi au Malawi. Le pays avait apaisé son esprit et ses nerfs, m'a-t-il dit. Et pourtant, plus il restait, plus il se rendait compte qu'il y avait quelque chose de malhonnête dans ce qu'il faisait en Afrique. Il n'a tout d'abord pas réussi à identifier de quoi il s'agissait. Oui, il était seul, mais ce n'était pas exactement le problème. Il n'était pas parmi les siens. Le gouffre entre les Afro-Américains et les Africains était énorme. Avec le temps, il a commencé à se rendre compte que chaque fois qu'il visitait un nouveau village, il éprouvait de la culpabilité. Il a commencé à comprendre qu'il utilisait la douleur des autres pour alléger la sienne. Il ne pouvait pas continuer, m'a-t-il dit. Certes il aidait, mais il ne pouvait plus vivre avec le fait qu'il utilisait la souffrance des malheureux villageois pour satisfaire ses propres besoins affectifs. Il avait besoin qu'ils souffrent, m'a-t-il dit, pour se sentir nécessaire, pour renforcer son privilège.

Il ne pouvait pas continuer à faire semblant. Après tout, a-t-il dit sur le ton de la plaisanterie, il n'était pas blanc.

Un beau jour, pendant sa marche quotidienne, il a entendu la chanson de *Titanic* sur sa radio portative, et la satanée chanson est allée se jucher au creux de son oreille et y a élu domicile. Il n'a pas pu se défaire de la voix de Céline Dion qui tournait en boucle dans sa tête. Et quand il est revenu au village où il était hébergé, bon nombre de femmes chantonnaient la chanson. Il y a vu un signe. Son cœur ne pouvait pas continuer ainsi indéfiniment, *go on and on*. Il est rentré au pays.

L'histoire finit bien : une fois rentré, il a commencé à travailler avec un avocat du South Side, spécialiste du droit des locataires. Il y est encore aujourd'hui. Étonnamment, mais peut-être n'est-ce pas si étonnant, il est tombé amoureux d'une Irakienne du Michigan qu'il a épousée. Il adore ses filles jumelles. Et aujourd'hui encore, sa mère le pousse à reprendre les études.

Il voulait se couper de son passé, m'a-t-il dit une fois, de manière à étouffer ses rêves. Ses rêves produits en série avaient tous été conçus pour des hommes bipèdes. Chaque fois qu'il regardait dans le miroir, toutefois, l'image était inévitable, une seule jambe. Il croyait avoir beaucoup oublié durant son séjour au Malawi, mais il n'avait fait que mettre les choses de côté. Il avait enfermé son passé dans un coffret qui n'était pas formidablement robuste. Cela avait été efficace un certain temps, le temps que son âme s'apaise. À un moment donné, il s'était rendu compte que sans son passé il ne pouvait être entier, même si de toute façon il n'était pas entier. Il pouvait continuer à oublier ou ignorer son passé, ou alors il pouvait assumer celui qu'il était. Aucun des deux choix ne ferait de lui quelqu'un d'entier ; aucun ne ferait de lui quelqu'un de vrai. Aucun optimisme, aussi intense soit-il, ne lui rendrait ce qu'il avait perdu.

Que faire ? Continuer, *go on and on*, et pourtant il la détestait, cette stupide chanson. Continuer et espérer des rêves à sa mesure.

Le garçon au toucher de Midas se touchait

« Je n'y crois pas », a dit Mazen. Le soleil apparaissait derrière les nuages bas, projetant un peu de rose, et soudain son visage a été éclairé comme un comédien sur scène, ses cheveux ceints d'une auréole sacrée. « Comment des réfugiés auraient-ils pu s'organiser ? La plupart de ces gens n'ont même jamais possédé un ordinateur et soudain ils sont censés avoir créé un groupe Facebook pour fomenter une agression sexuelle collective. Je ne vois pas comment c'est possible.

— Moi je vois, a dit Rachid.

— Ah bon ? a répondu Mazen, plus étonné que contrarié qu'on le contredise.

— Bien sûr, a dit Rachid. Ce sont de jeunes hommes, après tout.

— Allons, allons, a dit Mazen. Tous les jeunes hommes ne sont pas des violeurs. Moi, c'est sûr, je n'en ai jamais été un. Je sais que mon fils non plus.

— Ton fils est homo, ai-je dit.

— Il est bi, a rectifié Mazen en me faisant un doigt d'honneur. Il est sorti une fois avec une fille, au lycée, et il a été un parfait gentleman. »

Le soleil a paru soudain plus lumineux, atténuant un peu le froid bleui. La moitié de mon ombre à présent plus sombre s'étalait au sol, l'autre moitié tombait de la petite falaise en direction des joueurs de foot.

« Si tous les jeunes hommes ne sont pas des violeurs, c'est que nous les distrayons. Le sport, le football, a dit Rachid en indiquant d'un hochement de tête la partie qui se déroulait en contrebas. Les films de superhéros, Internet, le porno et tant d'autres choses. Si nous ne distrayons pas et n'occupons pas ces garçons, ils maintiendront l'agitation dans notre monde pendant le demi-siècle à venir.

— C'est une généralisation abusive, a dit Mazen, et complètement injuste.

— Peut-être, a dit Rachid. Mais regardez-les. Regardez. »

Pendant deux ou trois minutes, nous trois, tout en sirotant notre café dans des gobelets en carton, avons regardé la délirante partie de football qui se déroulait un niveau en dessous. Des jeunes hommes qui s'amusaient, couraient, sautaient, ne se souciant pas d'avoir réquisitionné une surface entre des tentes canadiennes où vivaient des familles, obligeant les autres réfugiés à contourner l'espace de leur terrain de foot. Un vieil homme allongé délimitait une des lignes de touche. Il dormait sur le flanc, une main sous une joue, ses lèvres s'entrouvrant et se refermant chaque fois que le ballon le frôlait.

« Regardez », a répété Rachid, hochant de nouveau la tête, mais indiquant cette fois trois jeunes Syriens sur la piste en ciment. Ils remontaient en traînant les pieds d'une démarche assurée, roulant des mécaniques, comme s'ils se promenaient sur leur propriété. Un autre jeune homme aux yeux étroits, au manteau vert foncé, un Achille en formation, était appuyé contre un mur, semblant attendre quelque chose. Il faisait la tête, semblant désapprouver les trois garçons, la partie de football, le camp, le monde entier. Il détestait les erreurs et les bourdes de la Création. Lui aussi inspectait sa propriété et la trouvait pleine de défauts.

« Nous vivons dans un monde qui promet à ces jeunes hommes qu'ils le gouverneront, a dit Rachid. Que se passe-t-il quand ils se rendent compte que ce ne sont là que mensonges ? Tu es censé être le cador de la meute, et puis soudain tu dois compter sur les autres pour qu'ils te jettent des rogatons ?

— Personne ne m'a promis que je gouvernerais quoi que ce soit, a dit Mazen.

— C'est parce que tu es spécial, très cher, ai-je dit.

— Beaucoup de jeunes hommes partout ont le sentiment que le monde leur doit quelque chose, a dit Rachid, mais dans nos pays c'est le double d'embrouilles avec l'adoration irrationnelle des mères pour leurs fils. Ces garçons ont cru toute leur enfance que de grandes choses les attendaient. Les opportunités étaient censées pleuvoir sur eux. Savez-vous comment les mères iraniennes appellent leurs tout petits garçons ? Doudoul tala. *Tu es mon doudoul tala, toi, hein ? Viens voir maman, doudoul tala.* Nous n'avons pas d'équivalent en arabe, pourtant cela nous serait vraiment utile. Ça signifie « pipi d'or ». Comment un jeune homme peut-il ensuite ne pas exiger que le monde s'agenouille devant son pénis en or ?

Salut à toi, ô puissant Harold

Tu as grandi dans le désert du Koweït, dans les années 1960, à l'époque où c'était un désert dans tous les sens du terme : sable, chaleur et le plus grand cadeau technologique, l'air conditionné. Il n'y avait rien à faire. Ta famille et toi étiez des expats, des étrangers sur une terre aride.

Tu lisais.

Tu lisais tout ce qui se présentait, tout ce qui était à ta portée. Tu as commencé par des illustrés, bien sûr. Tu as commencé avant de pouvoir assembler des lettres pour former des mots, alors *a fortiori* avant de pouvoir assembler des mots pour former des phrases. Superman et Batman, Wonder Woman et la Justice League, Archie et Jughead, Astérix et Obélix, Casper et Richie Rich, Tintin, Petite Lulu et Little Lotta, Lucky Luke et Baby Huey. Tu es ensuite passé aux livres d'Enid Blyton : les aventures du Club des Cinq et du Clan des Sept.

Enfant, tu en savais plus sur la façon dont il fallait s'y prendre pour servir le thé dans l'après-midi que sur la façon dont il fallait s'y prendre pour discuter avec les enfants koweïtiens.

Une histoire : tu avais à peu près sept ans. C'était un jeudi matin, le week-end pour toi, mais ton père avait du travail. Tu étais en train de lire dans le séjour, peut-être un des romans du Clan des Sept. Ta mère t'a appelé de sa chambre. Elle a parlé d'une voix forte et lente, le ton qu'elle utilisait chaque fois qu'elle voulait être parfaitement comprise. « Appelle ton père immédiatement. Dis-lui de venir tout de suite avec le docteur. Je m'évanouis. C'est une urgence. » Tu as fait ce qu'elle t'avait demandé. Au téléphone, ton père fébrile a voulu savoir comment allait ta mère, et tu as répondu : « Elle est dans sa chambre, sûrement en train de s'évanouir. » Il est arrivé moins de dix minutes plus tard. Il est entré dans le séjour, t'a trouvé dans un fauteuil en train de lire. Incrédule, il t'a demandé où était ta mère. Tu as de nouveau répondu qu'elle était dans sa chambre. Tu as commencé à devenir soucieux. Tu étais en train de lire dans le fauteuil de ton père, car l'éclairage y était optimal. S'il ne retournait pas ensuite au travail, il le réclamerait et il faudrait que tu ailles t'asseoir ailleurs. Ton voisin égyptien, un médecin, est entré en trombe. Tu as montré du doigt la chambre. Une heure plus tard, ton père en est sorti et t'a fait la leçon. Tu aurais dû monter prendre des nouvelles de ta mère. Elle s'était évanouie, sa tête avait heurté la coiffeuse en tombant. Au réveil, elle saignait. C'est là qu'elle t'avait appelé. Puis elle s'était de nouveau évanouie. Ta mère t'avait juste demandé d'appeler ton père. Tu avais obéi. Elle n'avait pas dit qu'elle avait besoin de toi. Alors que ton livre, en revanche, avait besoin de toi ; tu avais donc repris ta lecture.

Enfant, tu en savais plus sur les façons de combattre l'injustice que sur les façons de comprendre que ta mère avait des ennuis.

Mais ta mère comprenait, car elle aussi était lectrice. Elle lisait dans un coin du séjour, toi dans l'autre, chacun dans un fauteuil, aux antipodes l'un de l'autre, les pieds sous les fesses, le livre brandi devant les yeux, perdu dans un autre monde, un monde plus riche que le désert imbibé de pétrole du Koweït.

Tu n'as pas tardé à prendre ses livres. À l'époque elle lisait essentiellement des best-sellers, les seuls que l'on trouvait facilement dans les librairies pour expats. Frederick Forsyth, John le Carré, James Michener, Jacqueline Susann et… Harold Robbins.

Tu les as tous lus, bien sûr (« *Scintille, Neely, Scintille !* ») et d'autres, tant d'autres. L'auteur qui a capturé ton cœur vers la fin de ta préadolescence a été ton cher Harold. Il n'y avait pas que le sexe, même si cela comptait certainement pour une part importante. Tu avais douze ans, après tout. Son œuvre était très critiquée, as-tu une fois écrit, et sa valeur pour les jeunes garçons sexuellement en manque était sous-estimée. Les drames affectifs de grande ampleur, les grandes trahisons, le triomphe du bien et les phrases exquises (« *Elle caressa son pénis avec deux doigts* ») étaient une lecture parfaite quand on avait douze ans.

Un fait charmant : posez n'importe quel livre d'Harold Robbins sur le dos et laissez-le s'ouvrir, vous trouverez immédiatement les passages cochons. Cette technique fonctionnait partout dans le monde. Tu avais même essayé avec un livre de Robbins à Chengdu, en Chine. Ça marchait à chaque fois.

Le livre qui t'a happé a été *The Carpetbaggers.* Tu ne pouvais pas le poser. L'été, dans les montagnes du Liban, tu avais douze ans, lové sur un canapé, et tes cousines – que des filles, toutes plus âgées que toi, toutes adolescentes, plus grandes que toi – avaient insisté pour que tu les accompagnes en promenade. L'air frais, tout ça. Elles t'avaient traîné dehors, et que ça papotait, et que ça gloussait en flânant le long de la route de montagne. Tu lambinais derrière, à quelques pas, attendant de pouvoir ouvrir ton livre de poche. Tu lisais en marchant. Un gros camion était garé sur le bord de la route. Perdu dans le monde de la vengeance à tous crins des *Carpetbaggers* tu as percuté de plein fouet le camion et t'es cogné la tête contre un des feux stop. Tes cousines n'ont pas pu s'arrêter de ricaner pendant une semaine.

Heureusement, ou malheureusement, les engouements s'estompent, et plutôt rapidement. Tu avais une autre cousine, de trois ans plus âgée, que tu admirais infiniment. Tu lui as parlé de ton amour.

« Il faut que je lise ton livre », a-t-elle dit, et elle l'a lu.

Tu as été déçu, mais surtout abasourdi qu'elle n'en soit pas folle, pas même un peu.

« Mais l'histoire ? Et l'aventure ? as-tu demandé.

— Tu parles d'une histoire, a-t-elle dit gentiment en te rendant ton livre écorné. Je préférerais voir ça dans un film. Pour les livres, j'ai des goûts un peu différents. »

Cela a pris quelques mois, moins d'un an, avant que disparaisse ton engouement pour Robbins et sa cohorte. En ce temps-là tu t'amourachais d'auteurs plus vite que Byron, mais ce livre, *The Carpetbaggers*, a été une balise. Après, tu as commencé à lire des livres qui étaient « un peu différents ». Tu as commencé à grandir. Tu as continué pendant un certain temps à lire tout ce qui se présentait, mais Robbins a commencé à paraître puéril pour tes oreilles adolescentes. Le fait que tu considérais maintenant ses livres comme puérils prouvait que tu étais enfin devenu un homme.

Tes rayonnages souriaient avec de nouveaux poids et de nouvelles couleurs. Il avait beau sans doute se sentir rejeté, ton livre de poche poids léger aux couleurs fanées a tout de même trouvé sa place entre tes nouveaux amours.

Quand la guerre civile libanaise a éclaté en 1975, tu avais quinze ans. Tu as été envoyé dans une pension en Angleterre et après cela aux États-Unis. Ta famille n'a pas quitté le Liban. Tu es revenu régulièrement au cours de ces années, tous les six mois environ. Tu dormais dans ta chambre, chez toi, dans les montagnes, parmi tes livres.

En 1982, avec l'intervention officielle des Israéliens, et des Américains peu après, tes parents savaient que l'on n'était plus à l'abri dans ta maison et ton village. Ta mère a fait les valises en prenant les objets de valeur, sentimentale ou pécuniaire, et elle a fermé la maison. Elle a emballé tes disques, il y en avait des centaines, et tes livres.

Elle a conservé tes livres. Sur tes étagères à San Francisco, tu as quelques livres cartonnés datant de cette période : *La Mer, la mer* et *Henry et Cato* d'Iris Murdoch, *Le Mage* et *Daniel Martin* de John Fowles, les œuvres complètes de William Shakespeare, et le livre que tu chérissais le plus, *Une maison pour monsieur Biswas,* de Naipaul. Elle n'avait conservé aucun livre de poche, et sûrement pas *The Carpetbaggers.*

Après que le cuirassé *New Jersey* a envoyé son obus seize pouces à travers le toit de ta maison, déclenchant au passage un incendie, pendant quatre ans ta famille n'a pas eu le cœur de retourner l'inspecter. Si diverses armées et milices s'y étaient installées à cette période, c'était lié au fait que justement personne ne venait l'inspecter. Les Israéliens, les Syriens, les Druzes, les chrétiens et les milices musulmanes, tous ont été pensionnaires de votre maison.

À l'été 1988, ton père t'a emmené voir les vestiges de ta maison, qui avait jadis été sa fierté et sa joie. Il y était déjà allé avant cette visite, mais pour toi c'était la première fois depuis le départ de ta famille, quatre ans plus tôt. Il a dit en plaisantant qu'elle était en meilleur état que la plupart des ruines romaines du pays. Des graffitis politiques et obscènes maculaient les murs à demi détruits. Il n'y avait pas de plafond et, étonnamment, pas de sol : le parquet, la pierre, le marbre, tout avait été pillé. Les toilettes, les robinets, la tuyauterie, les baignoires, les meubles, les bibliothèques, disparus. La maison dégageait une odeur de décrépitude, de cordite et d'urine. Ta chambre, qui avait jadis été rouge, était désormais gris sang.

Mais dans un des coins de la pièce gisait un vieil exemplaire des *Carpetbaggers.* Il n'avait plus de couverture, et certaines pages manquaient, cependant tu n'as pas vérifié lesquelles. En loques, il se délitait. C'était la seule chose de la chambre qui n'avait pas été volée. On ne pouvait savoir combien de combattants l'avaient lu.

Tu ne l'as pas pris. Tu ne l'as même pas ramassé. Tu l'as laissé où il était. Tu t'es peut-être dit qu'il était trop souillé. Tu ne l'as jamais revu.

Des années plus tard, tu as commencé à écrire. Tu ne disposais plus d'un temps infini pour lire tout ce qui te tombait sous la main. Tes goûts s'étaient rétrécis. Tes amis proches te considéraient comme un snob littéraire.

Tu as organisé un dîner il n'y a pas si longtemps. Un de tes amis est arrivé avec un cadeau qu'il trouvait *camp*, pour se moquer gentiment de toi. C'était une façon de te charrier, de tourner en dérision tes prétentions. Ne sachant rien de ton histoire avec ce livre, il avait déniché une ancienne édition cartonnée des *Carpetbaggers* à un vide-greniers pour la modique somme d'un dollar, un exemplaire d'occasion, propre, en parfait état. Il te l'avait acheté pour plaisanter. Il est resté bouche bée quand tu as fondu en larmes en recevant son cadeau. Tes invités se sont terriblement inquiétés de te voir pleurer, le livre à la main.

Quand tu écris dans ton bureau, cet exemplaire est sur une de tes étagères. Tu n'as qu'à dévier ton regard à gauche de l'écran de l'ordinateur pour l'apercevoir, chez lui entre Alain Robbe-Grillet et Marilynne Robinson.

Prévoyez votre lune de miel sur une île grecque

Nous étions censés retourner à l'hôtel, nous doucher, nous changer, puis aller dîner en ville. Rachid voulait nous emmener, Mazen et moi, dans un café qui donnait sur la mer, un petit bistrot qui servait une nourriture honnête. Mazen toutefois nous détournait de notre but initial. En attendant que Rachid termine avec son groupe, Mazen s'est baladé, faisant un brin de conversation à droite à gauche. Je l'ai regardé s'approcher d'un jeune couple qui semblait, comme lui, en promenade sur la route en pente de Moria. Ils ont bavardé, leurs voix se sont de plus en plus animées, comme s'ils étaient de vieux amis qui se retrouvaient après une longue séparation. Le garçon et la fille étaient probablement encore adolescents, vingt ans tout au plus, de toute évidence amoureux, la main du garçon ne quittant pas celle de la fille. Elle était de petite taille, menue, et parlait la tête baissée, ses cheveux couleur sable lui couvrant pratiquement tout le visage, telle une tulipe s'apprêtant à replier ses pétales à l'approche de la nuit – la nyctasie à forme humaine. Ils portaient des trench-coats bleus assortis qui n'allaient bien ni à l'un ni à l'autre.

Mazen m'a fait signe de les rejoindre. Il fallait absolument que je fasse la connaissance des jeunes mariés. Ils avaient convolé à peine quatre semaines plus tôt, a-t-il expliqué, tout content. C'était leur lune de miel. Au lieu de demander des cadeaux, le couple avait suggéré aux proches de se cotiser et le couple utiliserait cet argent pour s'évader. Ils ont raconté les mêmes histoires de bombardements, de massacres et d'humiliations, de balles traçantes rouges qui empourpraient la nuit, mais leurs récits de malheur semblaient moins horribles dans la mesure où ils avaient l'air heureux. Ils étaient ensemble, ils s'étaient échappés, et ils étaient pour l'instant en sécurité. Comment pouvaient-ils ne pas être heureux, ont-ils demandé, même en pleine tristesse. Ils semblaient être aux anges, comme deux adolescents chanceux venant tout juste de découvrir le sexe, ce qui était sans doute le cas.

Une lune de miel, a dit Mazen. C'était leur lune de miel. Quand il se répétait comme ça, cela signifiait souvent qu'il s'apprêtait à dire quelque chose d'important, et je ne voyais pas trop de quoi il pouvait s'agir. Ce n'était pas une lune de miel, ça, a-t-il dit, non, pas ici. Ils étaient hébergés dans les baraquements avec tous les lits de camp, toutes les autres familles.

« Oh, mais on est contents », a dit le garçon. Il avait des yeux bruns, avec des anneaux verts autour des iris, qui ne pouvaient se détacher de sa jeune épouse plus de deux ou trois secondes, et encore.

« Ce sont les meilleurs lits dans lesquels on ait dormi depuis qu'on est partis de chez nous, a dit la fille. Quand on a voyagé en bus, je me réveillais après une nuit de sommeil constamment interrompu avec des maux de nuque carabinés. Ici c'est pas mal et les gens dans les baraquements sont vraiment très gentils.

— Qu'est-ce que ça peut faire ? s'est exclamé Mazen. Vous ne pouvez pas passer votre lune de miel avec des gens qui dorment dans la même pièce que vous. C'est comme aller dans un restaurant végétarien quand on a faim. Ça ne marchera pas. On va trouver une chambre d'hôtel. »

Le garçon et la fille étaient sidérés. Non, certes ils appréciaient la proposition, et certes ils auraient bien aimé avoir une chambre à eux, mais ils n'avaient pas les moyens, et il n'était pas question que Mazen paye, pas question. La discussion a continué pendant au moins cinq minutes, chacun campant sur ses positions. Non il n'était pas question qu'il paye, pas question. Si, si, il allait payer.

« On n'a pas besoin de payer une chambre, ai-je fini par intervenir, me surprenant moi-même. Nous en avons déjà une. Mon frère va vous offrir sa chambre pour deux nuits et il dormira dans la mienne. Ça ne coûtera rien à personne. C'est bien la moindre des choses. S'il vous plaît, faites-nous l'honneur d'accepter notre hospitalité. »

Je n'ai pas eu besoin de regarder Mazen pour savoir qu'il était ému. Je le sentais. Je l'ai entendu déglutir.

« Vous êtes sûrs que vous serez à l'aise à deux dans une chambre ? a demandé la fille. On abuse de votre gentillesse, là.

— Ma sœur et moi, on dormait dans le même lit quand on était petits, a dit Mazen. C'était il y a une cinquantaine d'années, mais dormir dans le même lit que sa sœur, ça ne s'oublie pas. Jamais. » Il s'est tu un instant. L'ombre d'un sourire est apparue sur son visage. « Je saurai lui donner un bon coup de pied quand elle ronflera. »

Grâce au baptême, de meilleurs soins capillaires

Tu as rencontré Farid et Maysa Chahar en 2014. Le couple s'était marié récemment, il partageait une boutique avec deux autres familles dans un centre commercial abandonné des environs de Tripoli, au nord de Beyrouth. Maysa était enceinte de quatre mois de son premier garçon. Ils ont expliqué pendant l'entretien qu'ils allaient devoir changer de mode de vie. Il n'y avait qu'un seul W.-C. pour cinq magasins où habitaient plus de quinze familles. Ils étaient obligés de recourir à un bassin hygiénique, ce qui n'était pas plaisant quand il y avait deux autres familles dans la même pièce. Tu as essayé de les aider, mais ils ont obtenu tout seuls un meilleur hébergement. Ils ont trouvé le prêtre.

Ce prêtre dans les montagnes du Liban avait décidé que Jésus aurait aidé les réfugiés. Il avait pris l'initiative de s'occuper de certains des Syriens qui affluaient dans son pays. Au début, il avait commencé par aider ses coreligionnaires. Il avait permis aux réfugiés syriens catholiques d'entrer dans son église ; il avait insisté auprès de plusieurs foyers du village pour que soient accueillies des familles, offrant de la nourriture à tout le monde. Tout aussi important, si ce n'est plus, avec l'aide d'ONG occidentales, il avait initié un programme aidant ces familles chrétiennes à s'installer en Europe et en Australie. Pourquoi l'Australie ? Les Libanais migraient sur cette île depuis la fin des années 1880, et l'on disait que plus d'un million d'Australiens avaient des ancêtres libanais. Et aussi, dans ce cas, le gouvernement australien avait refusé d'accepter des réfugiés syriens non chrétiens. Le prêtre était tout à fait d'accord pour se plier à une telle condition.

Il était heureux, accomplissait l'œuvre de Dieu. Mais pourquoi s'arrêter aux catholiques syriens et aux maronites, s'était-il dit. Pourquoi ne pas tenter avec les sunnites, les chiites ? Mais pas de Druzes, tout de même, et certainement pas d'orthodoxes grecs, ni non plus d'orthodoxes syriens. Les melkites ça allait encore, mais pas d'anglicans apostats, pas de protestants d'aucune sorte. Et c'est là qu'intervenaient les Chahar.

Il avait demandé à une famille libanaise d'héberger le jeune couple musulman. Farid pouvait trouver des petits boulots ici et là, mais, comme il te l'avait expliqué, sa famille allait avoir des ennuis s'il ne trouvait pas un travail régulier, ce qui était difficile au Liban, avec tous les autres réfugiés. Il allait devoir emmener sa famille à l'étranger. Il t'a dit que le prêtre les aiderait s'ils se convertissaient, que la plupart des pays occidentaux mettraient leur dossier sur le dessus de la pile s'ils étaient chrétiens. Contrairement à l'Australie, la plupart des pays européens étaient plus discrets concernant leurs discriminations. Heureusement, il ne se prénommait ni Mohammed ni Ali. Le prêtre voulait qu'ils prennent une décision le plus rapidement possible, avant l'arrivée de leur enfant. Ils n'auraient qu'à suivre quelques leçons de catéchisme et se faire baptiser dans une baignoire ou quelque chose dans le genre. Pas aussi facile que la conversion à l'islam, mais pas vraiment problématique, car ils avaient le temps. Ah, et il fallait qu'ils renoncent à la religion de leur père et de leur mère, celle qui leur avait procuré du réconfort durant toutes ces années. Pour un avenir meilleur, ils étaient prêts à cela, a dit Farid. Puisse Dieu leur pardonner leur trahison. Ils furent immergés.

Tu les as revus il n'y a pas très longtemps, à Göteborg, où ils s'étaient installés. Le fils de Maysa courait maintenant partout et elle était de nouveau enceinte, de treize semaines. Elle appréciait son travail de cuisinière dans un petit café qui faisait aussi crèche.

Comment s'adaptait-elle ? as-tu demandé. Assez bien, semblait-il. Elle et son mari avaient des emplois qu'ils aimaient bien, ils apprenaient le suédois, lui s'était vite mis à parler très correctement ; elle, en revanche, avait plus de mal, et leur fils était leur fierté et leur joie. Avait-elle des difficultés particulières ?

« Mes cheveux, a-t-elle dit, mes cheveux. Je n'ai pas eu autant de problèmes que je pensais en avoir quand j'ai retiré mon foulard, mais personne ne m'avait dit à quel point ce temps froid est atroce. Vous savez ce que sont les cheveux cassants ? Eh bien moi je ne connaissais pas. Ce n'est pas pareil que les cheveux frisottés que j'ai quand il fait froid et humide. Maintenant, je passe le plus clair de mon temps à m'inquiéter pour ma chevelure. Vous savez toutes les sortes de produits capillaires qui existent ? Je n'y crois pas, je dépense de l'argent en sprays et gels. On se souciait de nos cheveux en Syrie, mais le climat ici fiche tout en l'air. Ne dites à personne que je suis allée à la mosquée du coin pour la première fois cette semaine. »

C’est quoi le problème avec les épices grecques ?

Nous avons dû faire entrer en douce le couple marié car ils n’avaient pas de papiers. Mazen leur a menti en leur disant que leur repas au restaurant de l’hôtel était inclus dans le prix de la chambre. Alors qu’ils n’hésitent pas à manger à volonté. Après avoir déposé ses bagages dans ma chambre, il a dû se précipiter au restaurant payer d’avance avec sa carte de crédit. Entre la chambre et le repas il y en aurait pour à peu près soixante euros la nuit, et il a fallu que je réfléchisse à un moyen de le rembourser. Ses finances n’étaient pas au top. Ces dernières années il avait tenu grâce à mes prêts.

Rachid nous a conduits en centre-ville, puisqu’il savait où nous allions dîner. Je me suis installée sur la banquette arrière pendant que les garçons à l’avant relançaient un débat qui durait depuis des générations : quelle était la meilleure cuisine, la libanaise ou la palestinienne ? La discussion sur le mode « c’est nous qui faisons le meilleur ragoût de gombos » a duré dix bonnes minutes. L’aspect amusant d’une telle discussion était que la différence entre les deux cuisines était pratiquement impossible à déceler, hormis par quelques fins connaisseurs. Chacun y est allé de sa tirade sur ce qu’il aimait et n’aimait pas en matière culinaire. Qui avait les meilleures oranges ? De toute évidence notre knafeh était plus savoureux. Ils n’étaient pas d’accord sur la patrie du houmous, Liban ou Palestine, s’accordant néanmoins pour dire que le premier idiot venu savait qu'en tout cas ce n'était pas Israël. Ah ah, ça c'était risible.

« Le restaurant où nous allons propose la meilleure cuisine grecque de toute l'île, a dit Rachid. Je sais que ce n'est pas glorieux, mais bon, le choix n'est pas non plus énorme.

— Cuisine grecque c'est un oxymore, a dit mon frère. Ils foirent tout.

— Exact, a dit Rachid. Disons que ce restaurant est celui qui limite le plus la casse.

— Pourquoi irait-on ajouter de la béchamel à de la moussaka ? Ça ne rime à rien.

— Tout à fait. C'est mutiler un plat au demeurant succulent. »

Maintenant tu sais pourquoi les garçons t'ont tant apprécié, et si vite. Quand nous t'avons vu dans ton coin, au fond du restaurant, nous n'avons pas tout de suite compris, mais voilà ce qui a fait palpiter leurs cœurs : quand le plat est arrivé, tu as dit que la cuisine grecque te donnait l'impression d'avoir été concoctée par un chef incompétent à qui on aurait donné tous les bons ingrédients pour préparer un plat libanais fantastique et qui se serait mis en tête de tout mélanger n'importe comment. Ils ont trouvé cela exquis.

Enfin pris, enfin pris

Toi, petit format, replié sur toi-même, terré dans le coin le plus éloigné du restaurant, entouré de tables vides – loin, loin de tout le monde. L'endroit se trouvait face à la promenade et à la mer, mais tes yeux ne quittaient pas le livre de poche tout abîmé que tu tenais dans tes mains, ta tête était inclinée, tes lunettes de lecture menaçaient de tomber du bout plat de ton nez. Des centaines de petits messages sur Post-It fleurissaient le livre, des deux côtés des pages. Tes avant-bras étaient appuyés sur le rebord de la table. Les serviettes en papier et les couverts aux teintes flétries étaient encore dans la corbeille à pain, pas de carte de menu, pas encore de nourriture. Les murs constellés de miroirs conféraient à l'intérieur du restaurant une impression générale de froid et d'espace, de clarté trop fluorescente. Une odeur chimique d'abricot nous a enveloppés.

Un serveur, aux chaussures noires lustrées, nous a indiqué une table, mais je me suis avancée pour te dire bonjour. Mazen et Rachid m'ont suivie. Le serveur s'est redressé comme une panthère, prêt à bondir, arborant une expression querelleuse. Il m'a dévisagée comme si j'avais défié les dieux de l'Olympe. Et ton visage s'est relevé, avec réticence. Tu nous as fixés comme si nous étions très loin à l'horizon, quelque chose que tu n'arrivais pas à discerner. Notre présence aux abords de ta table obstruait la lumière à laquelle tu lisais. Il a suffi que je dise bonjour dans notre langue pour qu'en bon garçon libanais tu te lèves énergiquement et nous salues respectueusement, ôtant tes lunettes de lecture, la main tendue, dans l'attente d'être serrée.

Tu lisais *Seul dans Berlin*, de Hans Fallada – un peu de mauvais augure, ne trouves-tu pas ? Combien de fois l'avais-tu lu, celui-là ?

Je me suis présentée – me voilà –, t'ai dit que nous nous étions déjà rencontrés, et tu t'es excusé de ne pas te souvenir. J'ai présenté Rachid et mon frère. Il y a eu un instant de silence gêné avant que tu prononces l'invitation de rigueur à nous joindre à toi. Tu as été ébahi que j'accepte, tellement choqué que Mazen m'a donné un petit coup de coude d'un côté et Rachid a fait de même de l'autre. Cela m'était égal que ton invitation soit insincère. Je n'allais pas de nouveau te laisser me filer entre les pattes, pas encore une fois.

Il faut que je te dise que tu as le visage impassible le moins crédible du monde, particulièrement quand tu te sens vulnérable. L'expression que tu as faite quand je t'ai remercié et que j'ai tiré une chaise était impayable. Tes yeux ont failli jaillir de tes orbites et rouler le long de ton sillon nasogénien prononcé.

Nous nous sommes assis. Toi et les garçons un peu mal à l'aise, ne sachant trop que dire. Heureusement, le serveur n'a pas tardé à apporter ta commande, de la feta cuite dans un poêlon d'argile, nageant dans de l'huile d'olive et des herbes. Il a fallu que tu partages, bien entendu. Nous avons attendu que tu goûtes en premier et donnes ton verdict. Ce n'est pas que c'était mauvais, as-tu dit. Simplement, ça n'allait pas. Et c'est ensuite que tu t'es lancé dans l'énoncé de ton verdict concernant le mauvais chef, alors l'atmosphère s'est relâchée, chacun s'est détendu, totalement d'accord avec toi. Ce n'était pas horrible, a dit Rachid après deux bouchées dans le poêlon. Pourquoi mettre de l'origan ? a dit Mazen en regoûtant le plat. Il n'empêche, les ingrédients étaient frais, et tu as tout fini. Tu t'es essuyé les lèvres avec un morceau de pain. Nous avons recommandé la même chose.

Tu semblais reprendre confiance à chaque bouchée, tu as interrogé Rachid sur ses travaux à Jérusalem, sur son bénévolat à Lesbos. Mazen a raconté des blagues empreintes d'autodérision sur son incapacité à vendre des actions. Au début, tu as habilement esquivé les questions te concernant. Mazen a interrompu ma troisième ou quatrième tentative infructueuse de te faire parler de ton œuvre – il ne t'avait pas lu – en te demandant ce que tu faisais à Lesbos. Tu n'avais pas pu rester à l'écart, as-tu dit. Les images des bateaux qui arrivaient s'étaient gravées dans tes rétines et avaient foré un trou dans ton cœur. Tu nous as dit que depuis des années tu travaillais par intermittence avec des réfugiés syriens, nous as parlé de tous les entretiens que tu avais faits. Il y avait un nombre ahurissant de réfugiés au Liban, as-tu dit, et ils étaient chaque jour de plus en plus nombreux à arriver, et pourtant le pays semblait continuer comme s'il ne se passait rien. La vie à Beyrouth continuait. Tu ne t'en étonnais pas, bien entendu. Tu avais déjà vécu des expériences similaires. Pendant la guerre civile au Liban les gens avaient continué comme si de rien n'était. À San Francisco, les humains les plus gentils et les plus compatissants étaient capables d'enjamber un SDF sans connaissance, allongé en travers du trottoir, sans même avoir conscience de ce qu'ils étaient en train de faire. Tu essayais de trouver un moyen d'écrire sur les réfugiés et d'abattre le mur entre le lecteur et le sujet. Tu as dit que tu voulais que les gens ne congédient pas la souffrance, qu'ils ne lisent pas des histoires de mort et de chagrin, culpabilisent une minute ou deux, puis retournent à leur verre de chardonnay trop doux. Mais tu avais échoué, bien sûr. Et puis il y a eu la première fissure dans ton vernis. Tu as dit, dans un souffle, que le seul mur que tu avais abattu c'était le tien. Tu as penché la tête en avant, projetant une ombre sur ton visage et ton bouc mal entretenu, ton menton est venu se poser sur le col vert foncé de ton pull-over. Une unique longue respiration et tu étais de nouveau parmi nous, l'œil alerte, un sourire doux-amer aux lèvres.

Rachid t'a demandé ce que tu entendais par « avoir abattu ton mur ».

« Rien, as-tu dit. J'ai été un peu submergé, c'est tout. Ne vous en faites pas pour moi. Ça a fait trop, pour moi, et heureusement on n'a pas vraiment besoin de moi pour l'instant, entre les orages et la météo. Ça va aller. Tout va s'arranger.

— Est-ce que vous savez ce qui a fait trop pour vous ? a demandé Rachid.

— Rien, en fait », as-tu dit. Tes yeux se sont posés sur nous trois l'un après l'autre, sans parvenir à dissiper notre inquiétude. « Ce n'était pas le bon moment pour moi, je n'aurais pas dû venir ici. C'est tout, en réalité.

— Où êtes-vous hébergé ? » a demandé Rachid.

Ton sourire a clignoté un moment, comme une ampoule avec un faux contact.

« Je ne me souviens plus comment il s'appelle, as-tu dit. À une dizaine de minutes au sud d'ici, un hôtel agréable près de la mer.

— Nous sommes sur une île, a dit Rachid. Tous les hôtels sont près de la mer.

— Tu étais dans notre hôtel, ai-je dit. Je t'ai vu partir.

— Je me suis débiné, as-tu dit. Il fallait que je trouve un hôtel qui soit loin de tout. Mais je vais mieux, là. Bon, quand j'ai prévu de venir ici, j'ai cru que je pourrais aider un peu dans ce monde qui s'effondrait. Jamais je n'aurais pensé que je me retrouverais à me cacher dans une chambre d'hôtel. Jamais. Mais ça va mieux, maintenant. »

Plus tard dans la soirée, après notre virée au port, tu rectifierais ce que tu avais affirmé. Lesbos n'avait pas seulement abattu ton mur, Lesbos t'avait abattu.

Une fille dans chaque port, mais tous les garçons dans un seul

Deux mouettes sournoises nous observaient quand nous avons quitté le restaurant. Rachid a suggéré une promenade digestive jusqu'au port de Mytilène, ce qu'il faisait le plus souvent possible ; il essayait d'aider les réfugiés qui attendaient de s'embarquer sur le dernier ferry à destination d'Athènes, leur prochaine étape. Tu as tenté de te défiler, de ne pas nous accompagner, une vague excuse à propos de l'heure du coucher et de la lecture, mais je n'ai pas cédé, et cette fois-ci Rachid et Mazen se sont joints à moi. Mon frère t'a dit que nous n'en avions pas encore fini de ta compagnie. Tu as adopté une autre tactique. Tu as dit qu'il fallait que tu retournes à ton hôtel solitaire parce qu'il y avait un groupe de quatre taties grecques qui jouaient aux cartes au restaurant, qui faisait également office de hall. Elles étaient arrivées sur le coup de trois heures de l'après-midi et la partie de carte battait encore son plein au moment où tu étais sorti pour aller au restaurant. Il fallait que tu y retournes pour voir si elles y étaient encore. C'était une urgence, as-tu plaisanté.

Quand j'étais petite à Beyrouth, les deux jeunes sœurs de mon père avaient coutume de jouer aux cartes avec trois amies, quatre après-midi par semaine, les lundis, mardis, jeudis et vendredis. Elles commençaient à quatre heures précises dans l'appartement de ma tante, qui se trouvait au-dessus du nôtre, et la dernière distribution de cartes avait lieu à huit heures du soir précises. Je t'ai raconté cela et tu m'as dit que ton père avait des horaires similaires, qu'il avait joué avec le même groupe d'amis en semaine tous les après-midi pendant plus de trente-cinq ans, et que le groupe ne s'était arrêté qu'au décès de ton père.

« Si ça se trouve, ils continuent à jouer, as-tu dit. Ils ont peut-être trouvé quelqu'un pour remplacer mon père et ils continuent, vous savez, comme quand on remplace une pile.

— Ça me manque, ça, ai-je dit, même si je n'étais pas tout à fait sûre de savoir ce qui me manquait, ce que je n'avais plus, au juste. Est-ce que nos tantes jouent encore ? ai-je demandé à Mazen.

— Bien sûr que non, a-t-il répondu. Tatie Ilham est morte il y a huit ans, et Tatie Laila a emménagé chez son deuxième fils, même si elle ne le reconnaît plus. »

La ville de Mytilène fut construite il y a quelque trois mille ans, mais le centre-ville et la marina s'étaient adaptés aux besoins du touriste du XXIe siècle. Sur le trajet de la marina au port, il y avait une plus grande variété de magasins, davantage de banques, d'épiceries, des cafés bien éclairés remplis de gens du coin, avec quelques réfugiés ici et là. Les deux catégories ne différaient pas tant que cela l'une de l'autre, mais le bien-être et l'habillement étaient des indicateurs indiscutables de la catégorie à laquelle chacun appartenait.

Le port proprement dit était plus animé que je ne l'aurais pensé, et moins éclairé. Il n'y avait pas de lampadaires, et pas beaucoup de lumières de quelque sorte que ce soit, laissant dans l'air un glacis de noirs et de bleus sur fond mauve. Un vent froid cannelait l'eau autour de l'unique bateau à quai, le ferry géant à destination d'Athènes. Il pouvait transporter des centaines de passagers, mais il n'y avait apparemment personne à son bord. Rachid a expliqué que le billet pour Athènes coûtait quatre-vingts euros par tête et que la plupart des réfugiés avaient donné leurs derniers sous à la mafia turque qui contrôlait la traversée entre Izmir et Lesbos, persuadés d'être arrivés en Europe, du moins ce qu'ils croyaient être l'Europe. La plupart des gens qui attendaient au port n'avaient pas de quoi se payer un billet.

Nous avons traversé une marée d'adolescents qui s'est doucement ouverte sur notre passage puis s'est refermée juste après. Je me suis souvenue que les foules te stressaient, mais tu as eu l'air plus étonné qu'effrayé. La plupart des garçons parlaient le persan. Je les ai tout d'abord pris pour des Iraniens, mais j'ai observé ensuite le pli palpébronasal et les paupières et me suis rendu compte qu'ils étaient afghans, probablement hazaras. Nous sommes tombés sur un groupe de gamins parlant arabe, trois filles et un garçon, blottis les uns contre les autres sur un banc. Ils ne semblaient pas du tout inquiets, discutant de tout et de rien. La fille la plus âgée ne devait pas avoir plus de douze ans, ses cheveux châtains jaillissaient de sous un bonnet en laine ; elle nous a regardés approcher d'un œil méfiant. J'ai dit bonjour, me suis présentée, ai demandé où étaient leurs parents. La plus âgée a dit qu'ils se promenaient et seraient bientôt de retour. Je me suis demandé quelle urgence pouvait pousser des parents à laisser leurs enfants dans un endroit inconnu, au milieu de centaines d'adolescents ou, pire, si ces enfants n'avaient pas été abandonnés. Mais Mazen, une fois de plus, a pris la relève. Il leur a parlé, a appris de quel village syrien ils venaient, après quoi il s'est mis à discuter avec eux de tout et de rien. Je lui ai demandé en anglais, espérant que les gamins ne comprendraient pas, si nous devions nous inquiéter que les parents ne soient pas là. Une fois de plus dans la même soirée il m'a regardée comme si je parlais une langue qu'aucun humain n'avait jamais parlée.

« Elle c'est ma petite sœur, a-t-il dit aux enfants. J'ai un an de plus qu'elle, mais je suis plus sage qu'elle de beaucoup, beaucoup plus d'années. Elle s'est installée en

Amérique mais a oublié d'emmener son cerveau avec elle. Je l'ai gardé dans un bocal, qui avait l'air rare mais avait été fabriqué en Chine. Chaque fois qu'on se retrouve, je lui rends son cerveau, mais il lui faut un peu de temps pour s'y habituer. Et au moment où elle redevient normale, elle repart en Amérique et oublie encore son cerveau. »

Les enfants ont ricané. Une des filles a dit à Mazen qu'il était un gros menteur, comme son papa à elle. Elle l'a accusé d'ajouter du sel et du poivre à tous les mots qui sortaient de sa bouche. Mazen a nié l'accusation avec une belle ardeur, insistant pour dire qu'il était tout à fait honorable. Hé, il n'avait jamais menti de sa vie, pas une seule fois. Partout où il allait on l'appelait Mazen-Dit-Toujours-Vrai. La fille la plus mignonne d'entre eux m'a demandé si j'avais perdu mon cerveau, et j'ai fait non de la tête.

« Bien sûr qu'elle va dire ça, a dit Mazen. Elle oublie. Tenez, que je vous montre le bocal dans lequel je garde son cerveau. »

Il a tapoté son blouson, a fait mine de chercher mon cerveau perdu. Où, mais où donc l'avait-il mis ? La fille s'est relevée, rigolant, le montrant du doigt. « Tu le trouves pas parce qu'il y a pas de cerveau ! »

Les parents ont fini par apparaître. Comme leur fille avait dit, ils étaient simplement partis faire une balade proustienne avant d'embarquer sur le gros bateau. Mazen leur a brièvement parlé avant qu'ils ne repartent au ferry avec leurs enfants, leurs affaires et leurs billets à la main.

« Tu t'es absentée trop longtemps, m'a-t-il dit.

— Je m'étonnais qu'ils aient laissé leurs enfants sans surveillance, ai-je dit. Après tout ce qu'ils ont enduré.

— Comment se fait-il que tu habites un endroit tellement protégé et que tu considères pourtant le monde comme si dangereux ?

— Je suis américaine. »

Tu étais avec Rachid, un peu à l'écart par rapport à nous, entouré d'une vingtaine de garçons qui semblaient s'adresser à toi en parlant tous en même temps. Je me suis demandé si tu avais l'impression d'être assailli par les gars, mais ça n'avait pas l'air. Tu ne cherchais pas à t'éloigner. Un garçon n'arrêtait pas de montrer du doigt ton téléphone, mais tu ne semblais pas comprendre ce qu'il disait. Le temps que Mazen et moi nous approchions, Rachid demandait au garçon de ralentir, car il parlait bien trop vite. Rachid a dit qu'il ne comprenait pas si bien le persan. Le garçon a souri.

« Il veut que vous regardiez sa vidéo musicale sur YouTube, a dit Rachid. Il est musicien. Non, c'est un chanteur-auteur-compositeur, a-t-il dit.

— Sur téléphone, a dit le garçon en anglais. Sur téléphone. »

Tu avais du mal à taper la bonne adresse, tes doigts trop vieux pour avoir l'agilité téléphonique. Tu as donné ton téléphone au garçon. Il l'a tenu dans ses petites mains comme si c'étaient les joyaux de la Couronne. « Ooh, a-t-il dit. Très joli téléphone. » Il s'est mis à tapoter l'écran comme un dément, ses pouces flous à force de bouger à toute vitesse, et tout à coup un clip a commencé. Nous étions tous les quatre les invités d'honneur, au premier rang devant l'écran minuscule, et les autres jouaient des coudes pour trouver un angle et apercevoir quelque chose en étant derrière nous. À l'écran, le garçon chantait un tout petit peu faux mais pas trop, dansait sur une rythmique disco devant une grande glace, tout à fait mignon avec sa coiffure et ses habits à paillettes. La mélodie semblait facile à entonner, mais je ne comprenais pas un mot, n'étais même pas sûre de la langue dans laquelle il chantait, cependant les garçons derrière moi étaient impressionnés. Ça papotait, ça papotait, une main, le doigt pointé au-dessus de mon épaule, un autre garçon se mettait à taper dans ses mains en rythme avec la chanson.

« C'est magnifique », as-tu dit, et le garçon a rayonné de joie. Pourquoi pensaient-ils que tu étais quelqu'un d'important, ou quelqu'un se souciant de qui ils étaient ? Rachid leur avait-il dit que tu étais écrivain ? Parce qu'une fois le clip terminé, l'un après l'autre, ils ont dit à Rachid ce qu'ils faisaient ou ce qu'ils voulaient faire, afin qu'il traduise pour toi. Il y avait un charpentier, un maçon, un cuisinier, un berger qui souhaitait se recycler, portant une veste élimée en laine d'agneau, trop grande de deux tailles. Tu ingurgitais tout ce qu'on te disait, tu hochais la tête, les écoutais – toi, le témoin. Celui-ci était le plus jeune des douze, toute sa famille était encore en Afghanistan ; celui-là avait un frère à Bruxelles, un cousin au Brésil, un oncle au Danemark. Tu hochais lentement la tête, ton regard concentré sur celui qui parlait, ta concentration était celle d'un croyant écoutant ses dieux. Celui-ci s'appelait Najib, celui-là Mumtaz, et bien sûr pas moins de cinq Mohammed. La dynamique des adolescents, tellement vivante, bruyants comme des étourneaux piaffant au soleil couchant. Tous t'ont dit qu'ils avaient dix-huit ans. Tu n'as pas arrêté de poser la question, et tous répondaient systématiquement dix-huit ans. Rachid a répété le mot si souvent que les garçons n'ont plus eu besoin qu'il traduise leur âge. J'ai dix-huit ans, dix-huit ans, pépiaient-ils. Pas un seul ne semblait avoir plus de quinze ans, seize tout au plus, avec des visages ayant rarement vu un rasoir, voire jamais.

« Ils n'ont pas de quoi s'acheter un billet de ferry pour Athènes, a dit Rachid. Ils n'ont pas un rond.

— Mais Athènes n'est même pas leur destination finale, ai-je dit.

— Ils sont coincés, a-t-il dit. Les membres d'une ONG suédoise gérée par un immigré iranien viennent ici certains soirs avec des billets de ferry en rab, mais on dirait qu'ils ne passeront pas ce soir. »

J'ai remarqué que tu redevenais soucieux. Tu as regardé à gauche, à droite, as contemplé tous les garçons. Tu t'es approché de Rachid, lui a chuchoté à l'oreille. Rachid a souri, a répété le mot « certainement » en arabe à plusieurs reprises. Tu t'es éloigné. Les garçons n'ont pas paru s'en formaliser, ils sont restés en groupe, à discuter, ergoter, faisant de grands gestes, on aurait dit une scène d'un film italien, ils baignaient dans leurs hormones, semblaient prendre du bon temps. Je t'ai couru après. Et Mazen me courait après.

« Où vas-tu ? t'ai-je demandé.

— Acheter des billets de ferry.

— Ils sont une centaine de gars là-bas, » ai-je dit, essayant de le rattraper. Moi, la voix de la raison.

Tu t'es arrêté, le regard rivé sur tes chaussures. Rachid a lancé un sourire dans ta direction, une bouée de sauvetage, mais tu n'as pas remarqué. Il a levé le bras pour te consoler mais n'est pas allé au bout de son geste, et son bras est retombé le long de son corps.

« Je n'ai pas les moyens de dépenser huit mille euros, as-tu dit, puis, après un temps de silence, tu t'es remis en marche dans la nuit noire. Mais j'ai une carte de crédit. »

J'ai cru que tu allais acheter cent billets. Tu m'as inquiétée. Tu semblais bien décidé. Nous t'avons suivi, sommes sortis du port et avons traversé la rue. Pour la vente de billets il fallait passer le coin, et il m'a semblé que c'était une bonne chose : les garçons susceptibles de regarder ne verraient pas où nous allions.

Le bureau de vente, une vieille agence de voyages à l'ancienne, était exagérément éclairé, les murs étaient placardés d'affiches touristiques kitsch. Le résident d'une île grecque rêverait-il de vacances à la plage ailleurs qu'ici ? Tu es entré en premier, nous a tenu la porte, as attendu que Rachid conduise notre troupeau jusqu'à l'unique préposé, derrière un bureau défraîchi, tout en largeur.

Rachid, en anglais, a dit : « Nous aimerions acheter des billets pour Athènes. »

L'employé, un jeune homme d'une trentaine d'années, beau gosse et énergique, s'est mis en mode ultrapétulant. Dans un lycée aux États-Unis il aurait été pom-pom boy. « Quatre ?

— Non, as-tu répondu, lui tendant ta carte de crédit américaine. Je veux dix billets. »

Le jeune homme n'a pas tiqué. Il en a sorti tout un stock, en a compté dix.

« Qu'est-ce qui va leur arriver à Athènes ? as-tu demandé à Rachid.

— Je ne sais pas exactement, a-t-il dit. Il faudra qu'ils soient de nouveau pris en charge administrativement avant la suite, si c'est possible. C'est une étape d'un long voyage.

— Une goutte d'eau, je sais, as-tu dit. Mais je peux aider dix garçons à ce stade de leur périple. »

Rachid a décidé qu'il avait de quoi acheter deux billets de plus. Mazen m'a adressé un coup d'œil. Sans que toi ou Rachid s'en aperçoivent, il me demandait si je pouvais le financer pour qu'il participe. Il a annoncé que lui aussi pouvait acheter deux billets.

« Je vais en acheter dix moi aussi, ai-je dit. Ça fera exactement deux douzaines. »

La marche du retour a été moins militaire, plus hésitante. Comment allions-nous distribuer les billets ? Nous avons décidé de nous en remettre à Rachid, le plus expérimenté. Les étourneaux que nous avions laissés étaient toujours en groupe, ils étaient encore à peu près vingt-cinq, peut-être un peu plus. Rachid est entré dans le cercle, s'est exprimé dans son persan lent. Les garçons sont devenus moins bruyants, mais plus excités, c'étaient toujours des prédateurs aux aguets, prêts à bondir. Rachid distribuait un billet, et le garçon qui l'avait pris quittait le groupe, ramassait ses affaires et se précipitait vers le ferry géant, disparaissant dans l'obscurité. Un, deux, jusqu'à ce que les vingt-quatre billets soient distribués. Il ne restait plus alors que deux garçons debout devant Rachid, manifestement, et très nettement, les plus jeunes. Ils n'avaient pas réussi à jouer suffisamment des coudes. Ils semblaient sur le point de fondre en larmes.

Rachid a tendu ses deux mains devant lui pour signifier qu'il ne restait plus de billets. Les mots pour dire « désolé » sont les mêmes en arabe et en farsi, alors nous l'avons tous compris.

« Non », me suis-je entendu dire, mais apparemment pas aussi fort que toi.

« Venez avec moi », as-tu dit en anglais aux garçons, et ils t'ont compris. L'un a ramassé son livre de poche en loques, parlant rapidement à l'autre. Il n'avait pas encore mué. Ils n'avaient pas plus de treize ans. Ils se tenaient devant toi, cramponnés à leurs sacs, souriant, attendant. Et de nouveau vers le bureau qui vendait les tickets nous marchâmes, mais tu m'as assuré que tu voulais payer, comme s'il s'agissait d'une sorte de pénitence.

Quand tu as remis aux deux gars les billets devant l'agence de voyages, ils t'ont donné l'accolade, les deux en même temps. Tu as paru dérouté, ne sachant comment leur rendre leur accolade. Puis ils se sont tournés vers mon frère et l'ont serré si fort dans leurs bras qu'il s'est mis à pleurer. J'ignorais à quand remontait la dernière fois que je l'avais vu pleurer. Quand ça a été mon tour, ils ont hésité. Devaient-ils m'étreindre ou pas ? Ils semblaient aux anges. Je me suis avancée vers eux, bras tendus.

Nous les avons regardés traverser la rue au pas de course et rentrer dans l'enceinte du port. Au-delà du portail se trouvaient au moins une douzaine de gars qui nous regardaient, et derrière eux d'autres, beaucoup, beaucoup d'autres, à l'infini.

Apprenez une langue, couchez avec un espion

As-tu déjà demandé à Rachid comment il en était venu à parler le persan ? Je savais qu'il parlait couramment l'arabe, l'hébreu et l'anglais. Parmi toutes les autres langues qu'il aurait pu apprendre, pourquoi avoir choisi le persan ? C'était toute une histoire.

Quand il était bien plus jeune, il avait eu une aventure avec un homme juif marié, plus âgé que lui. Leur relation amoureuse devait rester secrète – il ne fallait d'ailleurs même pas qu'on les voie ensemble – et pourtant elle avait duré plus de cinq ans, ils se retrouvaient dans le bureau d'un ami trois ou quatre fois par semaine. Ils ne cessaient de se dire que ce n'était que du sexe, et en un sens, étrangement, c'était le cas. Rachid m'a dit que son amant avait le fantasme d'être avili et sexuellement abusé par un Arabe dominateur, et Rachid avait obtempéré. Rachid avait pour mission d'insulter et d'avilir son amant en arabe, tout en étant en lui ; il devait le gifler au sens figuratif et le fesser au sens littéral. À ce point de leur vie, c'était pour l'un et l'autre la meilleure expérience sexuelle qu'ils aient jamais eue. Ils avaient pu maintenir cette intensité sexuelle pendant environ un an et demi, et un beau jour, au moment où l'excitation d'être humilié sexuellement par un Arabe commençait à s'émousser un peu, l'Israélien avait gémi en persan durant l'une de leur séance ; ça lui avait échappé, juste une phrase. Quand ils avaient eu fini leur affaire, l'amant de Rachid avait refusé de commenter, se contentant de dire qu'il était en train d'apprendre le persan. Il ne voulait pas dire pourquoi. Il n'avait pas eu besoin de le dire, puisque c'était deux ans après la révolution iranienne. Pour mettre du piment dans leur vie sexuelle qui commençait à se banaliser, Rachid avait commencé à apprendre lui aussi le persan. Bientôt il était capable de déshonorer son amant dans son persan débutant ; il ne le traitait plus de *sharmoutah* mais de *jendeh*, pour le plus grand délice de son amant.

Ce que je préférais dans l'histoire, c'était essayer de me figurer Rachid en position dominante, quelle que soit la relation.

Je ne sais pas non plus si tu es au courant, mais Rachid m'a envoyé un email récemment, me disant que de nombreux jeunes Afghans à Athènes se prostituaient. Pour ces garçons, vendre son corps est la seule manière de survivre. Moyennant cinq euros, un Européen peut baiser un jeune garçon. Cinq euros seulement. J'ignore depuis combien de temps cela dure, mais j'espère que les garçons à qui nous avons permis de faire la traversée jusqu'à Athènes en sont partis depuis longtemps.

Un tout-petit, quel que soit le nom qu'on lui donne, reste un tout-petit

Te rappelles-tu la photo du garçon mort échoué sur la plage de Turquie, celle qui était devenue virale et avait déclenché une réaction internationale, avec force tambourinages de poitrine et arrachages de cheveux ? Aylan Kurdi, tu te souviens ? Il y a eu des manifestations en Allemagne, au Canada, au Caire. Les gens brandissaient des pancartes pour faire le double deuil d'Aylan et de l'humanité.

Rachid a vu la photo dans le journal en prenant son café un matin à Jérusalem, et l'après-midi même il réservait son premier vol à destination de Lesbos avec trois autres infirmiers. Il ne savait pas exactement ce qui l'avait ému au point de prendre une décision si prompte et résolue. Il pensait que cela tenait au fait qu'il avait vu de nombreuses photos d'enfants palestiniens morts à Gaza ou en Cisjordanie mais n'avait pas pu faire grand-chose pour ces gamins, n'avait jamais pu aider.

À Gaza proprement dit, un artiste avait créé une gigantesque sculpture de sable figurant le tout-petit sur la plage. Le sculpteur avait laissé la couleur naturelle du sable pour les teintes de la peau du petit, mais avait utilisé du sable rouge pour son tee-shirt, du bleu pour son short, de l'orange pour les semelles de ses chaussures, et ainsi de suite. Les enfants de Gaza jouaient tout autour. Il y avait eu des reconstitutions de la mort sur des rivages, à Rabat, au Maroc, et dans le sud de la France où des dizaines de personnes portant les mêmes vêtements de couleur qu'Aylan s'étaient étendus sur le sable.

Emma, elle aussi, avait vu cette photo, le même matin que Rachid. Avec des tonnes de maquillage et des pulls moulants, elle s'était embarquée sur le premier vol à destination d'Athènes moins de trois semaines plus tard.

Il y a un mois, tu m'as dit que tu avais essayé de faire des recherches sur les événements du Nouvel An en 2016 à Cologne, la nuit qui avait servi d'excuse pour fermer la porte aux réfugiés du monde entier. Tu avais tâté le terrain via des amis de Human Rights Watch et Amnesty International. Et pourtant tu n'arrivais pas à savoir ce qui s'était passé exactement ce soir-là. Chacun avait une histoire différente ; peu d'éléments étaient véritablement documentés. Tu trouvais cela étrange.

Eh bien voici une chose tout aussi bizarre.

Le prénom du petit garçon n'était pas Aylan mais Alan. Une erreur de retranscription avait dû être commise très en amont et personne ne l'avait rectifiée avant qu'il ne soit trop tard. Son nom de famille était Shenu, mais quand la famille était arrivée en Turquie de Syrie, elle avait été rebaptisée Kurdi en raison de son origine ethnique.

Des années plus tard, rares sont les personnes qui savent cela.

Des années plus tard, il existe encore des histoires contradictoires concernant ce qui s'est passé sur ce bateau le matin du 2 septembre 2015, avant qu'il chavire et que le petit Alan écope d'un *y* tandis que son cadavre tout mignon flottait jusqu'à la plage.

Connais-tu le poète turc Cemal Süreya ? Le nom Süreyya s'écrit avec deux *y*, mais il en a perdu un à l'issue d'un pari avec un autre poète, c'est en tout cas ce que dit une histoire qui a encore cours. Cemal est mort au début des années quatre-vingt-dix. Peut-être que son *y* est resté à la traîne un certain temps, attendant patiemment l'occasion de revenir sur le devant de la scène, et soudain, des années plus tard, le corps d'un petit garçon apparaît sur le rivage turc, appelant à lui le *y* :

Me voilà.

Un autre Kurde, une autre noyade

Il s'appelait Baris Yagzi, tout juste vingt-deux ans, noyé le 23 avril 2017, au large de la côte turque, quand le bateau de réfugiés à bord duquel il était monté avait coulé en mer Égée, tuant au moins seize personnes, dont des enfants, ne laissant que deux survivantes – une femme enceinte originaire du Congo et une autre du Cameroun. L'histoire habituelle, le bateau aurait à peine été fiable s'il y avait eu quatre fois moins de passagers. C'était un homme parmi des centaines de milliers de réfugiés qui traversaient ces mers, un parmi les milliers morts au cours de l'une de ces traversées.

Il avait rêvé d'aller à Bruxelles étudier la musique, mais sa demande de visa avait été rejetée. Cela l'avait désespéré. Il avait versé des milliers de dollars à des passeurs pour avoir une place sur un de ces bateaux. Il était turc et non pas syrien. La photo dans le journal montrait un garçon d'une vénusté rare, un jeune Apollon avec son instrument, la tête en appui sur la mentonnière du violon, des yeux ténébreux et songeurs regardant quelque part, à la gauche de l'appareil photo, des sourcils de relief antique, un grain de beauté sur la joue gauche, une parfaite imperfection.

Baris s'était échoué sur la côte turque, cramponné à son étui de violon, étranglant à mort ce qui lui avait donné vie. Il n'avait pas voulu lâcher, alors même qu'il se noyait. Dans l'étui se trouvaient son instrument, ce vaisseau de bois, et des partitions avec ses propres compositions, désormais trempées et irrécupérables.

Tu m'as envoyé par texto un lien vers un article à propos de Baris, à sa parution. Tu n'avais tapé qu'un mot : Arion.

Au temps jadis sur notre île, cette Lesbos, naquit Arion, qui inventerait le dithyrambe et créerait le terme. Le garçon était le plus grand musicien de son temps, il avait remporté un concours en Sicile. Au retour à Lesbos, transportant sa lyre et l'argent du prix, le bateau fut attaqué par des pirates, qui le dépouillèrent de ses richesses et lui offrirent un choix quant à la façon dont il allait mourir : être poignardé puis inhumé en une digne sépulture une fois à terre, ou bien être jeté à la mer et périr par noyade. Que choisir, que choisir ? Arion demanda à chanter une dernière fois avant de mourir, un chant qui l'aiderait à se décider. Le garçon donna de la voix en louange à Apollon, le dieu de la poésie et, de tous, le plus grand joueur de lyre. Le chant du garçon fut si pur que des dauphins vinrent flotter à la surface de l'eau pour l'écouter, et Apollon, qui avait jadis écorché vif Marsyas, entendit le garçon.

Quand les pirates jetèrent le jeune Arion par-dessus bord, les dauphins le portèrent, lui et sa lyre, en sécurité jusqu'au rivage.

Mais pas Baris.

Où sont passés les dauphins ?

Et les dieux, où ?

Vivre éternellement, mode d'emploi, selon ma grand-mère

J'ai dû ne pas ronfler. Sans traces de coups de pied sur le corps ni ecchymoses, je me suis réveillée en entendant Mazen chanter une vieille chanson de Fairuz sous la douche. Son côté du lit était intact, on aurait dit que personne n'y avait dormi, ce qui n'était pas inhabituel pour lui. Quand nous étions enfants, à partir de l'instant où il fermait les yeux, il bougeait à peine, se réveillait plein de joie et de bonne humeur chaque matin, sans un seul pli supplémentaire à son pyjama. Manifestement cela n'avait guère changé chez lui. Moi, en revanche, j'avais dormi en tee-shirt et sous-vêtements pour la première fois depuis des décennies.

Je suis sortie du lit dès que j'ai entendu que l'eau cessait de couler. J'avais besoin d'aller aux toilettes.

J'avais promis de retrouver Emma à la tente médicale de Kara Tepe. Nous devions nous assurer que Sumaiya bénéficierait des soins dont elle avait besoin et préparer la famille à ce qui se passerait une fois qu'elle serait décédée.

Quand nous nous étions séparés la veille au soir pour regagner nos hôtels respectifs, je t'avais demandé de te joindre à nous pour le déjeuner. Tu avais décliné ; notre aventure au port t'avait suffi. J'avais insisté et tu avais tenté un certain nombre de mauvaises excuses. Tu ne pouvais pas, tu sentais déjà monter la migraine que tu aurais le lendemain, certaines excuses étaient drôles, aucune n'était crédible. Et puis Mazen a déclaré que si tu ne promettais pas de venir, il se menotterait à toi. Rachid avait insisté en disant que tu n'avais pas le choix. Je dois te dire qu'ils étaient l'un et l'autre inquiets. Après ton départ, Mazen a dit que nous ne devions pas te laisser passer trop de temps tout seul. Il ne te croyait pas suicidaire ; non, il te comparait à un veuf en deuil, et tu sais que les Libanais ne laisseront pas une personne en deuil seule tant qu'un certain temps pour s'en remettre ne se sera pas écoulé. Il fallait impérativement que tu te joignes à nous.

Mazen est sorti de la salle de bains avec une serviette ceinte autour de ses parties intimes et une autre autour de la tête. Il m'a un instant empêchée d'entrer, l'air un peu trop satisfait de lui-même.

« Je me suis souvenu qu'il fallait que je te montre quelque chose avant qu'on s'en aille », a-t-il dit en passant devant moi d'un pas flâneur. Il a retiré la serviette qu'il avait autour de la tête d'un geste ample de magicien, comme s'il avait un lapin blanc là-dessous. « Enfin, te faire écouter quelque chose. Tu vas adorer. » Il ne m'en dirait plus qu'une fois que j'aurais pris ma douche et me serais habillée, car je serais tellement étonnée que, selon lui, j'allais en perdre mes chaussettes.

Quand j'ai été prête, il m'a fait asseoir à côté de lui, son ordinateur portable posé devant nous sur l'unique table de la pièce, qui se voulait à la fois un plan de travail et un coin-repas.

« Il y a sept ans environ, j'ai pris la voiture et je me suis rendu dans le village de notre mère en Syrie, a-t-il dit, et il s'est trouvé que c'était le bon moment parce que pratiquement tout ce que j'ai visité alors a aujourd'hui disparu. J'ai vu Alep avant que la ville soit en grande partie rasée. Mais l'idée du voyage était de rendre visite à notre grand-mère avant qu'elle ne meure, et de voir d'où nous venions. Notre mère me rendait fou à cette époque et j'avais besoin d'une pause. Je me suis dit que j'allais rendre visite à celle qui l'avait rendue folle. Notre mère la détestait, tu sais ça. J'ai pu passer une journée avec notre grand-mère, et ça explique beaucoup de choses. J'ai pu voir de qui notre mère avait hérité sa folie. Et toi aussi, tu sais. »

Je lui ai donné un coup de poing à l'épaule, pas trop fort, mais pas trop mou non plus.

« Elle m'a un peu fait penser à toi, a-t-il dit, si ce n'est que toi tu n'es qu'à moitié aliénée. J'ai cru au début que c'était une espèce de démence, mais non, elle était dingue tout le temps. Elle adorait donner des leçons et réprimander, errait dans sa vieille maison la nuit en grondant les miroirs pendant des heures. Je suis arrivé, tout ouïe, et elle s'est mise à me donner des conseils. J'ai eu une idée. Je lui ai demandé si je pouvais l'enregistrer parce que j'avais besoin de me souvenir de ses conseils. Veux-tu entendre ta grand-mère parler ? »

Comme si j'avais le choix. Il a cliqué sur l'icône Play de son ordinateur et une voix éraillée et cassante s'est mise à parler, un vieux dialecte syrien, fort et clair, articulant chaque mot.

On n'arrive pas à quatre-vingts ans sans avoir raison, et moi j'ai quatre-vingt-dix-neuf ans, disait notre grand-mère dans les minuscules enceintes de l'ordinateur portable, de l'au-delà. *Donc ça fait longtemps que j'ai raison. Ne discute pas. Je te le dis : chaque humain, chacun d'entre nous, est né avec un nombre prédéterminé de battements de cœur. On ne peut rien changer au nombre de fois que ton cœur battra. Dieu, dans toute sa gloire, t'a déjà assigné un nombre de battements. Tu peux mourir de vieillesse ou d'un coup de sabot d'âne en pleine tête. Peu importe. Cancer, accident de voiture ? Le nombre de battements était déjà écrit sur un bout de papier entreposé dans le coffret de Dieu. Chacun d'entre nous trouvera sa façon à lui de mourir, une fois arrivé à la fin des battements.*

C'est écrit. Toute notre enfance on a entendu ça, que tout était déjà écrit par Dieu ou le Destin ou je ne sais quoi. La destinée était décidée, et la meilleure façon de vivre était de s'aligner sur ce qui était écrit.

Le secret c'est de s'assurer que les battements de cœur durent le plus longtemps possible. Si tu veux mon avis, faire de l'exercice est la chose la plus bête jamais inventée. Pourquoi gâcher volontairement des battements de cœur ? Tous ces gens qui courent, nagent, jouent au football, ils mourront tous.

Sa voix semblait pure, avait la force et la fluidité de la certitude. Il aurait été difficile de deviner qu'elle avait quatre-vingt-dix-neuf ans si elle ne l'avait pas dit.

Tout travail qu'il faut faire peut et doit être fait lentement. Pense à la tortue. Elle vit jusqu'à cent cinquante ans parce qu'elle est plus intelligente que les humains. Fais ton travail posément et sans te presser, que ce soit dans la maison ou pour gagner ta vie. Du calme. Ne jamais marcher vite. Sois méthodique. Que ton cœur batte lentement.

Et ne te mets jamais en colère. Ça ne vaut pas le coup. Même si j'ai épousé l'homme le plus idiot de l'histoire, je ne me suis jamais laissé emporter par la colère. Si mon mari était vraiment idiot ? Eh bien, je vais te raconter. C'est le seul qui a émigré au Brésil, le pays des richesses inestimables, pour gagner de l'argent, et qui en est revenu des années plus tard après avoir tout perdu.

Par principe je désapprouve le mouvement. Il accroît la fréquence cardiaque. Quand je me suis mariée, je me suis installée dans la maison de mon mari et je n'en suis jamais partie. Je n'ai pas passé une seule nuit dans un autre lit que le mien. Je n'ai pas voyagé. Je suis restée à la maison quand mon mari est parti au Brésil. Il était censé m'appeler une fois installé dans le Nouveau Monde, mais il ne l'a jamais fait. Il n'aurait pas su s'installer sans moi. Je ne suis même pas sûre qu'il ait su comment appeler. Je lui ai dit ça, mais il n'écoutait pas. Il avait des rêves, mon pauvre mari idiot, mais ils n'ont pas duré longtemps, et lui non plus. Ça fait plus de cinquante ans que je suis veuve. Il était tout le temps en colère, et il fumait beaucoup, ce qui accroît aussi le rythme cardiaque. Il était très beau quand il était jeune, alors ça aidait.

Ta mère n'était pas maligne non plus, mais est-ce que je l'ai laissée me contrarier ? Bien sûr que non. Et elle n'était jamais contente. Elle voulait voir le monde, devenir quelqu'un qui compte. Comme si c'est ça qui était important. Elle voulait voyager.

Voyager ? Non, bien sûr. Voyager ne m'intéressait pas. Je n'ai visité la ville que deux fois, les deux fois avec mon mari, et je vais te dire, je n'ai pas été heureuse. Trop de gens, trop de tout. Ce n'était pas bon pour mon rythme cardiaque.

Non, je n'ai pas parcouru le monde. Mon parcours je l'ai fait en restant tranquillement assise.

C'était peut-être une bonne chose qu'elle soit morte avant le début de cette dernière guerre.

Je t'ai dit, je n'aime pas le mouvement. Je suis née pour une vie sédentaire. Je faisais la cuisine, je nettoyais la maison, tout soigneusement. Je travaillais dans mon jardin potager. J'aimais mes petits-enfants. Mais surtout j'aimais broder. J'aimais mes aiguilles et mon fil plus que j'aimais quiconque.

Si tu demandes à n'importe qui dans vingt villages qui brode le mieux, tous te diront que c'est moi, et même encore aujourd'hui. Je savais faire toutes sortes de broderies, personne ne s'y entendait mieux que moi. Mes pièces étaient recherchées. Heureuse la jeune mariée qui recevait de moi un châle de mariage.

Au début, quand j'étais jeune mariée, j'achetais mon fil à un marchand qui venait au village à dos de mulet. Il gardait son fil exprès pour moi. « Du fil de soie du jaune le plus brillant, importé de Chine pour vous, me disait-il. Ce bleu vient d'Italie, ce rouge terre du Maroc, rien que pour vous. Regardez, ce fil de laine vert me vient d'Allemagne, tout là-bas, il disait. Il est assorti à vos yeux. Venez avec moi, il disait. Laissez-moi vous emmener loin. Voyagez avec moi, vous pourrez dormir où vous voulez, partir quand vous voudrez, vous pourrez choisir votre pain, vos habits, les gens que vous rencontrerez. » Il voulait que je m'en aille avec lui, que je goûte la vie au-delà de ma vie. Il disait que son mulet avait plus vu le monde que moi.

Le marchand était plus bête que mon mari, qui m'a rapporté de magnifiques pelotes de laine du Brésil, béni soit son cœur.

Je n'avais pas besoin d'aller avec lui pour voir le monde. J'étais confortablement assise sur ma chaise, mon canevas sur les genoux, l'aiguille tirant le fil, chaque point d'entrée un battement de cœur. Retarder et retarder chaque point de croix, retarder et retarder chaque battement de cœur, et soudain je suis au-dessus de la Chine jaune. Je m'envole au-dessus de l'Italie azur. Est-ce du rouge du Maroc que je vois devant moi ?

Non, je n'ai pas arpenté le monde. J'ai volé au-dessus et je me suis élevée.

Ne me contredis pas. Je t'ai dit que j'avais toujours raison. Ne discute pas. Bien sûr que je volais sur mon fil. Pourquoi croire qu'une femme peut voler sur un balai et pas sur du fil, pourquoi ?

J'ai quatre-vingt-dix-neuf ans et je suis encore capable de broder à la lueur d'une bougie.

Retrouver votre virginité grâce à la crème hydratante

Du vent mais pas encore de pluie. Même sans la pluie, l'inexorable tristesse des terres méditerranéennes ne pouvait être ignorée. Les oliviers à l'extérieur de Kara Tepe dormaient debout, murmurant au lieu de ronfler, épuisés dans la grisaille du froid. J'ai garé la voiture et remonté la fermeture Éclair de mon blouson avant de sortir. Mazen, à côté de moi, faisait des mouvements identiques, si ce n'est que ses yeux semblaient rivés à une discrète tache huileuse sur le ventre de sa parka. Comme nous entrions dans le camp, je lui ai dit que personne ne remarquerait. Il m'a informé que là n'était pas la question. Comme lui savait qu'il y avait une tache, elle devenait grosse comme l'Europe continentale. Dans son esprit, bien entendu, a-t-il ajouté.

Des réfugiés étaient là, dans le camp. Nous sommes entrés dans un monde immobile et froid, trop silencieux pour tant de gens debout et éveillés, personne ne bougeait hormis Mazen et moi. Deux femmes discutaient devant une des plus grandes tentes. Il n'y avait pas de télévision, disait la première, les deux étaient voilées et emmitouflées. D'après les bribes de conversation que nous avons entendues en passant, il semblait que la femme qui écoutait venait d'arriver. Il n'y avait pas d'intimité, disait la première, pas de cuisine pour préparer à manger, rien pour passer le temps, toute cette attente avec pas grand-chose pour s'occuper. Pas grand-chose à regarder non plus, qu'était-elle censée faire, admirer les couchers de soleil ou quelque chose dans ce genre ? Elle priait – c'est comme ça qu'elle se divertissait –, parlait à Dieu qui ne semblait pas beaucoup écouter ces temps-ci, et qui ne répondait jamais, muet comme à son habitude.

La terre sous mes pieds paraissait gelée, à croire qu'elle rêvait à la neige. J'ai frissonné, essayant de me débarrasser du froid, de me débarrasser de l'hiver. « Je devrais être encore au lit, a dit Emma, apparue à nos côtés comme par un tour de magie suédois. Regarde un peu tout ce que je fais pour toi.

— Comme tu l'as déjà signalé une centaine de fois, ai-je fait remarquer.

— C'est qu'on se gèle, a-t-elle dit. Mon lit est confortable et chaud. J'y ai laissé un jeune homme. Quand je suis partie, il dormait. Il va se réveiller et se demander où est passée la superbe créature avec qui il a passé la nuit.

— Tu n'as pas mis longtemps, ai-je dit.

— George est assez différent de Rodrigo, moins doué mais d'une innocence charmante. Jusqu'à hier soir, il était puceau.

— Vous méritez une médaille », a dit Mazen en gloussant.

Toute la famille était au chevet de Sumaiya qui était blafarde, le teint encore plus jaunâtre. Une couverture grise était posée sur sa poitrine ondulante, un tube à oxygène mou lui chatouillait les narines. Sammy semblait horrifié, sa femme impassible, le visage avachi. Son regard était braqué au plafond sur un point de la toile blanche comme neige, ignorant le flux et le reflux de ses filles autour d'elle. Asma chuchotait à l'oreille de sa mère, gloussant en un effort qui allait la déchirer de part en part si elle continuait ainsi. Une autre fille mangeait les restes du petit déjeuner de Sumaiya, posés sur une table en fibre de bois. Sammy et Sumaiya ont tous deux souri en nous voyant arriver, lui nerveusement, elle béatement, sous l'effet de la drogue. Elle a empoigné un sac à maquillage en toile, ballonné, recouvert de broderies palestiniennes.

J'ai demandé à Sammy ce qui était arrivé au sac à main imitation croco. Il m'a expliqué que plusieurs dames syriennes du camp avaient appris que Sumaiya aimait se maquiller mais qu'elle n'avait pas pris de maquillage avec elle au moment de s'enfuir. Elles étaient plusieurs à lui avoir offert une partie de ce qu'elles possédaient. Ce n'était pas grand-chose, avaient-elles dit à Sammy, mais il avait dû accepter ces offrandes. Les dames étaient certaines de pouvoir se réapprovisionner et compenser leur perte dérisoire, une fois installées en Europe. Sumaiya n'avait pas de maquillage sur le visage.

J'ai demandé comment elle allait. Sammy a commencé à prendre la parole mais s'est arrêté quand sa femme a tendu sa main vers la mienne. Elle a gaiement hoché la tête. Bien, a-t-elle dit. Elle allait bien. Emma était en train de parcourir son dossier médical. Je n'ai pas eu besoin de lui dire que Sumaiya n'allait pas bien du tout.

« Est-ce que vous avez mal ? lui ai-je demandé.

— Non », a-t-elle dit d'une voix douce, presque éthérée. Le foulard était celui qu'elle portait la veille.

Mazen a pris la parole. « Allons, les filles. Laissons la médecin seule, qu'elle puisse s'occuper de votre maman. Allons. On peut aller dehors et jouer à un jeu, ou, encore mieux, chercher un second petit déjeuner. » Son regard a croisé le mien. Le mien s'est brièvement tourné vers Sammy, et mon frère a compris. « Et vous aussi, Sammy, a dit Mazen. Aidez-moi à trouver de quoi manger et laissons la médecin travailler tranquillement. »

Sumaiya avait les yeux écarquillés, elle me fixait, ahurie, puis s'est tournée vers Emma, qui vérifiait sa perfusion. J'ai enlevé mon blouson et l'ai accroché au dos d'une chaise. Sumaiya, toujours en train d'admirer Emma, a tapoté d'un doigt sur ma main.

« Elle ressemble à une houri, a dit Sumaiya. Je dois être en train de mourir et de monter au ciel, parce que c'est ce que je vois. Ne le dites pas aux enfants. »

Je n'ai pu m'empêcher d'éclater de rire. Une Emma virginale était pour moi difficile à imaginer. La vraie a voulu savoir ce que Sumaiya venait de dire. Je le lui ai dit, et j'ai été obligée pour cela d'expliquer le mot « houri » et ses origines. Sa réaction m'a étonnée. Les larmes lui sont presque montées aux yeux, elle a rougi, même ses mains, qui se sont avancées pour attraper celles de Sumaiya, ont paru plus colorées. Elle m'a demandé de remercier Sumaiya.

« Sa peau est tellement douce, a dit Sumaiya. Comme du lait frais. Pas sèche comme la mienne, qui est plus comme du lait en poudre. »

Emma était assise sur le lit à côté de Sumaiya. Elle a fouillé dans ses poches, en a tiré un petit flacon en plastique bleu.

« Ne lui dis pas que c'est mon dernier, a dit Emma. Je te le dis parce que je veux que tu reconnaisses que je fais tout cela pour toi. J'exige un reçu signé de ta main stipulant "Je ne sais pas ce que je ferais sans ma meilleure amie Emma." »

Elle a défait le nœud plat du foulard au cou de Sumaiya et s'est versé de la crème hydratante dans la paume. L'odeur de la crème qu'Emma connaissait bien a dû l'apaiser, son visage s'est détendu sous mes yeux, comme par osmose. Et Sumaiya, Sumaiya a ronronné de plaisir, tel un chat satisfait visité par la béatitude. Les doigts d'Emma ont répété des mouvements mémorisés depuis des années et des années, le majeur et l'index massant le front, les pouces autour des plis de la bouche, le petit doigt sous les yeux, montant et descendant, et glissant latéralement. Quand elle a eu terminé, Emma a placé le flacon devant Sumaiya pour qu'elle le voie, a ouvert la fermeture Éclair du sac à maquillage que la malade étreignait, et l'y a placé. Pendant que la trousse était ouverte, j'ai remarqué une boîte inutilisée de teinture pour cheveux Garnier Nutrisse avant qu'Emma ne la referme.

Sumaiya s'est tournée, et d'une voix qui semblait assez sensée, elle a dit : « Tuez-moi. »

Donnez-moi l'autonomie et donnez-moi la mort

Il avait plu pendant que nous étions douillettement à l'abri à l'intérieur de la tente médicale, comme il se devait. De temps en temps, le chagrin pouvait être contagieux. Sumaiya avait pleuré. J'avais pleuré. Nous avions toutes les raisons de pleurer, le ciel et les nuages à son service se sont lâchés pendant un moment. Emma, Mazen et moi sommes retournés à ma voiture. Le monde autour de nous luisait d'un éclat d'eau de pluie.

« Tu ne songes pas à vraiment le faire ? » a demandé Emma.

Il me tardait de déjeuner. J'avais soudain une faim de loup. J'aurais pu manger un cheval, un chameau.

« Bien sûr que si, ai-je dit. Elle me l'a demandé. Je dois y réfléchir. Je suis étonnée que tu penses que je ne devrais pas. »

Je n'aurais pas dû en parler à Emma, mais je n'avais pas trouvé de mensonge crédible quand elle m'avait demandé de quoi il retournait. Elle avait été là, avait vu la réaction de Sumaiya et la mienne. J'avais promis à Sumaiya que je n'en parlerais à personne, ni à sa famille ni à qui que ce soit. J'avais déjà trahi ma promesse, avec Emma, avec Mazen, bien sûr, et je la trahirais une fois de plus avec Francine dès que nous parlerions.

« Comment ça ? a-t-elle dit. Je crois dans l'euthanasie décidée par le patient, mais seulement quand le patient est en mesure de prendre une décision. Ce n'est pas le cas de Sumaiya. Pas du tout. Elle ne raisonne pas normalement. Elle a probablement une encéphalopathie et en plus elle est gavée de morphine. Je comprends son souhait, mais vu son état présent, elle n'est pas en mesure de donner son consentement. Comment pouvons-nous être sûrs de ce qu'elle souhaite vraiment ? »

Les yeux de Mazen se sont éclairés ; son front s'est plissé. J'ai brandi mon index devant son visage pour qu'il ne m'interrompe pas.

« Arrête, Emma, ai-je dit. Presque toutes les discussions en matière d'euthanasie ont lieu avec des patients gavés de médicaments antidouleur. Tu sais ça. Telle est la nature de la bête. Si quelqu'un doit consentir, c'est moi. Elle m'a appelée à l'aide et, grands dieux, elle a été on ne peut plus claire sur les raisons pour lesquelles elle voulait ça. Elle y a vraiment réfléchi.

— Mais », a tenté de m'interrompre Emma. Je ne l'ai pas laissée faire. J'ai brandi mon index devant son visage à elle aussi.

Un instant plus tard, je marchais sur le sol boueux, tapais des pieds plus que je ne marchais. J'avançais et ils tâchaient de me rattraper. Mes chaussures émettaient une sorte de couinement humide à chaque pas.

« Ce n'est pas une enfant, Emma, ai-je dit. Elle n'a peut-être pas fait d'études, elle n'a peut-être pas vu beaucoup le monde, mais elle a été capable d'exposer ce qu'elle voulait mieux que toi ou moi ne l'aurions fait.

— Qu'est-ce qu'elle a dit ? a demandé Mazen. Qu'est-ce qu'elle a dit exactement ? »

De nouveau j'ai dressé mon index, mais cette fois pour indiquer que j'avais besoin d'une minute. Je ne voulais pas pleurer. Quand Sumaiya m'avait fait sa demande, elle s'était mise à pleurer, et je m'étais autorisée à faire de même. Mes yeux étaient baignés de larmes. Ses paroles m'avaient frappée de plein fouet au ventre, au diaphragme. Je n'avais pu m'empêcher de sangloter. Je ne voulais pas que cela se reproduise. J'avais besoin de continuer à avancer.

Elle avait dit qu'elle voulait que je l'aide à mettre fin à sa vie. Elle était en train de mourir ; c'était une question de temps. Elle voulait décider du moment. Sa famille ne poursuivrait son périple que lorsqu'elle ne serait plus de ce monde, donc il fallait que cela soit fait. Elle avait réussi à les emmener jusqu'ici. Il fallait désormais qu'ils continuent sans elle. Elle ne pouvait pas attendre que la mort arrive naturellement. Elle en avait assez de ne pas savoir, assez d'attendre. Depuis le début de la guerre en Syrie, elle n'avait aucun contrôle ni sur sa vie ni sur celle de sa famille. Dieu, le destin, les bombes, le gouvernement, Assad, la maladie, Daesh, les petits garçons avec des mitraillettes et trois poils au menton qu'elle aurait pu arracher en frottant un peu, tout et tout le monde avait davantage de contrôle sur ce qui lui était arrivé. Elle en avait assez. Assez. Elle voulait l'autonomie.

« L'affaire me semble entendue », a dit Mazen.

Emma a pris une longue inspiration, a expiré. « Pour moi aussi, a dit Emma. Mais s'il te plaît ne me demande pas de t'aider. Je ne crois pas que je pourrais. Je crois dans le droit de mettre fin à sa vie mais je ne veux pas être la personne qui le fera.

— Moi j'aiderai, a dit Mazen.

— Je vous remercie tous les deux, ai-je dit. Si je décide de le faire, je pourrai me débrouiller toute seule. » J'ai tenté une plaisanterie pour détendre l'atmosphère : « C'est pour ça qu'on me paye des fortunes. » Aucun des deux n'a trouvé cela drôle.

Emma a dit qu'elle ne serait pas avec nous pour le déjeuner. Elle allait tenter de convaincre George de revenir au lit.

« Tu as pris ta décision, n'est-ce pas ? a-t-elle dit.

— J'ai dit à Sumaiya qu'il allait falloir que j'y réfléchisse », ai-je dit.

Vivre dans le chaos, mode d'emploi, selon ta tante

Nous étions de nouveau tous les quatre au restaurant grec de la veille au soir, encore à nous plaindre de la nourriture. Plus près de la cuisine, cette fois-ci, nous pouvions voir la cuisinière couper des carottes en rondelles et l'entendre entonner une chanson. Rachid a fait quelques plaisanteries quant à nos promesses de ne pas t'emmener au port après déjeuner. J'ai été happée de force dans la conversation, je ne pouvais pas rester à ressasser mes pensées concernant Sumaiya. Quand le rouget grillé est arrivé, Mazen en a fait une petite assiette avec du citron et de l'huile d'olive, ajoutant une demi-gousse d'ail et une pincée de sel. Il en a pêché un peu avec un bout de pain, l'a porté à tes lèvres, et tu as picoré avec docilité et gratitude ce que t'offrait cette main tendue.

Mazen a ensuite posé la question qui lui trottait dans la tête. « Est-ce que vous savez pourquoi vous avez été submergé par ce voyage alors que vous travaillez avec des réfugiés depuis si longtemps ? Est-ce que les Syriens ici souffrent plus que ceux avec qui vous avez discuté auparavant ? »

Non, pas du tout, as-tu répondu, au contraire. Les réfugiés que tu avais rencontrés au Liban t'avaient servi des histoires bien plus atroces, leur indigence était bien pire. Dans les camps plus ou moins improvisés dans les montagnes, la situation des Syriens était bien plus intenable.

Tu avais été glacé d'horreur en écoutant les enfants qui mendiaient dans les rues de Beyrouth. Non, tu ne savais pas vraiment pourquoi ce voyage t'avait brisé. Peut-être une fois de retour sur le divan de ton psychiatre serais-tu en mesure de démêler certains brins de ce nœud coulant. Tu avais quelques idées, mais tu n'en étais pas certain.

« Quand je parlais aux gens, au Liban, as-tu dit, j'étais toujours l'écrivain. Je conduisais ces entretiens dans un contexte officiel. Je circulais avec une personne du Haut Commissariat des Nations unies pour les réfugiés, qui me présentait comme un écrivain de quelque importance. Il y avait une barrière entre la personne à qui je parlais et moi. J'entendais les histoires, et elles avaient beau être ignobles, je me sentais protégé. J'étais capable d'écouter sans émotion, de manière impersonnelle. C'étaient des histoires, après tout, simplement des histoires. Je manipule constamment des histoires. Je n'ai pas pu faire ça ici. La métaphore paraît inutile maintenant, raconter semble vain. »

Rachid a proposé que tu travailles avec son groupe, il te présenterait comme bon te semblerait, de façon que tu te sentes à l'aise, l'écrivain, le roi de Siam, Robert de Niro, n'importe quoi.

Tu t'étais senti perdu dès le jour de ton arrivée. Dans le petit avion au départ d'Athènes tu t'étais retrouvé assis à côté d'un type de l'Utah ; les Rocheuses étaient dans ses vêtements : le pantalon kaki, la chemise de bûcheron en tissu écossais, les grosses chaussures de randonnée. Un mormon volubile qui ne voulait pas comprendre ce que signifiait le livre ouvert sur tes genoux. Il avait fallu qu'il te raconte combien le fait de voir la souffrance à la télévision l'avait affecté, il s'était senti terriblement mal, avait commencé à faire des rêves pénibles de noyade, un signe de son Dieu assurément. Son médecin avait augmenté ses doses de Lorazepam parce que le Xanax n'était plus assez efficace. Il ne mangeait plus avec le même appétit qu'avant la crise des réfugiés. Il fallait qu'il fasse quelque chose pour que sa vie retrouve son équilibre.

Rachid a cru reconnaître le mormon. Il l'avait croisé brièvement deux jours plus tôt, un brave type, un peu ignorant. Rachid a dit qu'il se fichait de savoir ce qui avait motivé sa venue sur l'île, *idem* pour selfie-girl et les étudiants ; il avait de quoi les occuper.

Tu arrivais de Beyrouth, as-tu dit, et le mormon t'avait obligé à passer en mode américain plus tôt que prévu. Tu ne t'étais pas rendu compte que tu étais clivé à ce point – des entités distinctes non encore tout à fait mélangées dans le melting-pot, le Libanais et l'Américain, encore un immigré après toutes ces années –, jusqu'à ce que tu croises tout un groupe de gens du Moyen-Orient sur le trajet en voiture de l'aéroport à Skala Sikaminéas. Ils avaient un drôle d'air, un groupe de vingt-cinq environ, dispersés au petit bonheur. Il avait fallu que tu contournes ceux qui étaient assis sur le bitume. Comment pouvaient-ils ne pas se rendre compte qu'ils risquaient de se faire écraser ? Tu ne t'étais pas attendu à rencontrer des réfugiés si tôt, à peine plus d'une heure après avoir atterri, alors que tu venais juste de t'extirper des griffes du mormon. Tu avais fait demi-tour, tu étais retourné les voir, avais descendu ta vitre et demandé s'ils avaient besoin d'aide. S'il vous plaît, avait dit en anglais un homme d'une quarantaine d'années en s'approchant de ta voiture. Police, avait-il dit. Où est la police ? Pas syrien, il était iranien. Tu l'avais informé que tu parlais arabe si quelqu'un dans son groupe parlait aussi l'arabe. Il avait fait signe à une vieille femme assise sur un sac-poubelle en plastique plein d'affaires. Elle s'était relevée et tu avais été sidéré. Ta tante morte trente ans plus tôt marchait vers toi. La ressemblance était sidérante, la coupe de sa chevelure grise, la robe et ses couleurs, le balancier des bras quand elle marchait. Tu n'as pu t'empêcher de bégayer tes salutations. Elle a expliqué qu'ils avaient besoin de parler à la police ;

c'est ce que les passeurs turcs leur avaient dit. Ils pensaient qu'il y aurait quelqu'un à la plage, mais ils avaient peut-être débarqué sur la mauvaise plage. Où était la police ?

Tu étais redevenu un enfant, essayant d'expliquer à ta tante que tu ne savais pas quoi faire. Ce n'était pas ta faute. Tu étais à Lesbos depuis à peine plus d'une heure. Il fallait qu'ils se déclarent à un commissariat de police, mais tu ne savais pas du tout où il y en avait un. Tu es sorti de ta voiture et lui as dit que tu allais chercher sur ton téléphone.

Un garçon qui devait avoir treize ans, dont le caleçon dépassait de sous le jean, dont les cheveux dressés sur la tête accentuaient ses longs cils, s'est approché de toi. Lui aussi aurait pu être quelqu'un de ta famille. Avant que vous échangiez le moindre salut, il t'a dit qu'il comprenait que la voiture la plus chère au monde était une Mercedes-Benz, mais là où il habitait, il y en avait beaucoup de vieilles qui servaient de taxis. Tu lui as dit que c'était pareil à Beyrouth. Tu as essayé de le mettre à l'aise. N'était-ce pas mignon, t'es-tu dit, un garçon obsédé par les voitures ! Il a délicatement déballé d'un chiffon qu'il tenait à la main un logo de carrosserie Mercedes, qui avait été méticuleusement frotté et briqué jusqu'à être d'un éclat scintillant. Il t'a dit qu'il espérait vendre des accessoires pour financer sa scolarité, mais il tenait à ce que tu saches qu'il ne les avait pas volés. Il était allé dans une casse et avait payé l'équivalent de cinq dollars pour une douzaine de logos. Le propriétaire de la casse lui avait dit qu'il allait pouvoir se faire une fortune avec ces décorations, une fois qu'il aurait traversé et serait arrivé en Europe. Pouvais-tu l'aider à en vendre une, parce qu'il crevait de faim et avait besoin d'acheter à manger ?

Tu n'avais su que faire. Devais-tu chercher d'abord à localiser le commissariat de police le plus proche sur ton téléphone ou expliquer au pauvre garçon qu'il s'était fait arnaquer, que sa douzaine d'étoiles de capot ne lui permettrait même pas de se payer un sandwich ? Tu as eu le cœur serré que le garçon t'ait fait confiance en te révélant son secret.

Tu n'as eu le loisir d'entreprendre ni l'un ni l'autre. Deux jeunes bénévoles en Jeep grise qui venaient à passer ont ralenti pour te demander dans un anglais approximatif de ne pas rester en plein sur la route. Tu t'es alors rendu compte que tu étais à présent debout à côté du garçon et de ta presque tante, au milieu de la route, et que tu n'avais pas songé à garer ta voiture, tu l'avais laissée là où tu t'étais arrêté, bloquant le passage. Non mais quel Libanais ! Tu es remonté dans ta voiture pour la garer sur le bas-côté, et les bénévoles ont pris la relève. Ils ont appelé un car et, en attendant, ont réparti le groupe en petites unités familiales. Le temps que tu les rejoignes, un des bénévoles, dont le bras gauche était bronzé à force d'avoir reposé sur moult portières, voulait que tu réprimandes ta tante dans sa langue à elle, il voulait que tu lui dises avec fermeté qu'elle ne devait pas laisser ses enfants traîner sur la route, et encore moins s'y installer. On ne te parlait pas, on te sifflait. Il voulait que tu lui dises qu'elle gagnerait beaucoup de temps en s'organisant mieux. Elle n'était plus en plein chaos, voulait-il que tu lui expliques.

Tu te tenais devant ta tante et tu as été incapable de prononcer un traître mot. Tu n'étais pas un enfant démuni. Tu avais son âge.

Tu as eu l'air plutôt penaud en racontant l'histoire. On t'entendait à peine. Ta voix était tout juste audible, mais tu refusais de nous regarder. Tu gardais la tête basse, la nuque courbée à un drôle d'angle, comme un oiseau lissant ses plumes. Tu parlais au fromage improprement aromatisé aux herbes, dans le plat d'argile, sur la table devant toi.

Tu avais des problèmes avec les bénévoles, as-tu dit, à la fois les temporaires et ceux des ONG. Pas seulement ceux que tu avais croisés au tout début sur la route, non, tous autant qu'ils étaient. Tu détestais leurs selfies, les louanges qu'ils s'adressaient à eux-mêmes, le sentiment de vertu qu'ils éprouvaient tout en prenant les autres de haut, leur amour-propre aride, tout. Et ensuite tu culpabilisais de les détester. Tu as dit que d'une certaine manière tu savais qu'ils étaient ce que l'humanité avait de mieux à offrir. Des étudiants qui passaient leurs vacances à aider des gens au lieu d'aller séjourner ailleurs, ou, pire, faire des stages dans des multinationales néfastes ; il n'empêche, ils te contrariaient. Tu avais le sentiment qu'ils venaient sur l'île pour toutes les mauvaises raisons. Ils voulaient aider pour se sentir mieux, mieux à la fois dans le sens « Regardez-moi, je suis le genre de personne qui aide des réfugiés », mais mieux aussi dans le sens « Ma vie est peut-être naze, mais la tienne est encore plus naze. »

Tu ne valais pas mieux qu'eux, as-tu dit. Tu n'arrivais même pas à faire correctement du tourisme de catastrophe. Tu t'étais rendu sur une zone de crise mais t'étais finalement enfermé dans une chambre d'hôtel, te cachant des gens que tu avais voulu aider.

Tu nous as dit beaucoup de choses, et même si plus tard tu essaierais de me convaincre du contraire, tu n'as pas parlé des crises d'angoisse lors de ce déjeuner. Crois-tu que je t'aurais laissé comme ça sans te trouver de l'aide ou te donner des médicaments si j'avais su sur le coup ? Non, nous dire que tu avais été submergé et t'étais caché dans ta chambre d'hôtel à écouter de l'opéra, ce n'était pas la même chose que nous dire que tu avais fait des crises d'angoisse. Peurs paranoïaques, accélérations cardiaques, pertes de connaissance ? Crois-tu que je t'aurais laissé prendre le volant, si j'avais su ? Au moment où nous nous sommes rencontrés, tu allais mieux, mais vraiment, tu as été bien bête, tout de même.

Diomède au Congo

Un an après ton voyage à Lesbos, après de multiples séances vautré sur le canapé de ton analyste, l'image de ce qui t'est arrivé n'est pas devenue significativement plus claire. Tu as pu trouver davantage de raisons expliquant pourquoi tu t'étais senti si mal (tu ne savais pas de quel côté de la ligne de démarcation te situer, tes sentiments ambivalents à l'égard à la fois des bénévoles et des réfugiés), mais ces éléments ne pouvaient pas expliquer l'extrême terreur qui avait provoqué ton retrait. Ce qui s'est passé demeurerait un mystère.

De toute façon, tu écris tes meilleurs textes dans le mystère. Tu n'as peut-être pas compris grand-chose, mais tu as finalement écrit un de mes articles préférés, « Diomède au Congo », la chose la plus autoflagellatrice que tu aies jamais écrite. Tu transformais celui ayant jadis été le roi d'Argos et héros grec de la guerre de Troie en Diomède, Dio pour faire court, un mercenaire gréco-américain combattant au Congo. Pallas Athéna le cherchait toujours, cependant elle n'avait plus besoin de faire jaillir le feu de son bouclier et de son casque. L'AK-47 de Dio pouvait faire cela très bien. De manière similaire à ce qui se passe dans *L'Iliade*, la déesse offrait à son guerrier une vision spéciale, lui permettant de voir les dieux actifs dans la guerre. Il pouvait voir Dick Cheney se battant aux côtés des mercenaires, Steve Jobs s'assurant que ses soldats protégeaient les mines de cuivre avec un zèle religieux, Mouammar Kadhafi faisant entrer les troupes panafricaines dans la bataille. Billy Graham et l'ayatollah Khomeyni dansaient ensemble une milonga sensuelle, l'un glissant des bibles dans les poches, l'autre des corans. Ton mercenaire les voyait tous et ne pouvait pas le supporter. Les apparences étaient systématiquement trompeuses. Les humains étaient dirigés par les dieux capricieux. Pauvre Diomède, si sa vision avait été réduite aux dieux de la guerre et du mal, il n'aurait pas été autant traumatisé. En rencontrant les secours humanitaires allant de pair avec toute guerre, il voyait les activités des dieux de l'altruisme, parmi lesquels nombreux étaient identifiés par un seul nom. Certains individus étaient conduits en Afrique par Bono, d'autres par Oprah. Madonna exhortait à adopter des bébés de la guerre, en avant soldats chrétiens, et les citoyens de Demi essayaient de lutter contre la faim.

À toutes les époques, les humains ont été avertis qu'il ne fallait pas regarder les dieux directement. Personne ne pouvait regarder un dieu dans les yeux sans perdre la vue. Diomède devenait aveugle dès qu'il voyait les visages des dieux qui dirigeaient sa vie, ceux à qui il avait vendu son âme.

Dans *L'Iliade*, Athéna prévenait son protégé qu'il ne devait frayer avec aucune divinité à l'exception d'Aphrodite, à qui Pâris avait accordé la pomme. Il devrait la frapper si l'occasion se présentait, et assurément elle se présentait quand le roi d'Argos blessait Aphrodite. Dans ton histoire, Diomède aveugle prenait Angelina Jolie pour Sally Struthers, celle qui devait être sa victime, et la tuait. Le meurtre d'Angelina horrifiait tellement le peuple qu'il mettait le pauvre Diomède en pièces.

Pour qu'un garçon devienne un homme avec du cognac, mode d'emploi

Mon insomnie courtisait le cognac. J'ai siroté du Rémy Martin dans le verre à dents, ce qui, d'une certaine manière, a rendu le fait de boire à cette heure indue encore plus déplacé, encore plus illicite. Mon père avait coutume de dire que le cognac était le meilleur remède à l'insomnie, non pas qu'il vous aidait à dormir, mais plutôt du fait qu'il vous faisait apprécier davantage le fait d'être éveillé. J'ai été surprise de constater combien mon père me manquait. Nous n'avions jamais pu nous comprendre et il n'avait pas approuvé les choix que j'avais faits mais, contrairement à ma mère, c'était un être humain honnête qui me souhaitait ce qui serait le mieux pour moi, sans que personne sache trop ce que cela voulait dire.

J'avais onze ans quand mes parents ont décidé d'avoir cette épouvantable discussion avec moi. J'étais assise sur le tabouret de leur chambre, face à eux sur le bord du lit, la coiffeuse dans le dos. Ils avaient dû être en mesure de me voir par-devant et par-derrière, de me voir en entier, de voir ma vérité, pour ainsi dire. Moi je ne pouvais les voir que de face car, comme nous le disent toutes les religions, les démons n'ont pas de dos, ils n'ont que ce qu'ils veulent bien nous montrer, crainte factice ou éclat séduisant. À ce jour, je peux encore me représenter mentalement la chambre comme si tout cela datait d'hier, tout en merisier et pin blond, la coiffeuse, les tables de chevet, la tête de lit. Le lit de ma mère était toujours impeccablement fait, bien entendu. Chaque chose à sa place, la pièce martialement rangée et en ordre. Une tapette à mouches crucifiée sur un petit crochet au mur, de son côté à elle du lit, au-dessus d'une boîte de mouchoirs en papier et d'une pile de magazines à potins, à la fois étrangers et libanais, auxquels je n'avais pas droit de toucher. Il existait un cordon de police imaginaire dans l'axe du bout de leur lit que nous autres les enfants n'avions pas le droit de franchir. L'extrémité du lit était la limite. Nous ne pouvions pas aller au-delà. Quels crimes avaient été commis, nous ne pouvions mener l'enquête.

J'étais assise sur le tabouret face à ma mère et mon père. Elle, tendue et muette, le visage pincé, collée contre lui. Il fallait que je devienne un homme, a-t-il déclaré d'une voix grave. Est-ce que je voulais que tout le monde sache ce que j'étais ? C'est ça que je voulais ? J'avais envie de demander ce que j'étais mais je sentais quelque chose se briser dans ma tête. Je passerais mes nuits à regarder un océan d'obscurité palpable, à me demander si quiconque savait ce que j'étais, si quiconque pouvait me voir.

Mon père, sur un ton gentil quoique sans équivoque, s'était employé à tracer les frontières que je ne devais pas franchir. En privé, quand je serais plus âgée, je pourrais faire ce que je voudrais, mais discrètement, avait-il dit. En privé, mange selon tes goûts, mais en public, comporte-toi selon le goût du public. C'était sa faute, avait dit mon père. Il ne passait pas assez de temps avec moi. J'apprenais les mauvaises leçons. Les garçons comme moi avaient besoin d'être guidés pour grandir et devenir des hommes comme lui – des conseils, des repères et une cartographie claire. Tant que je n'aurais pas mûri et appris, je devais surveiller mon comportement et il me surveillerait.

Ma foi, cela n'a pas duré longtemps. En un clin d'œil – ou après qu'une éternité s'était écoulée – j'ai pris de l'âge et me suis retrouvée ailleurs, dans un pays où les levers de soleil étaient plus solides et les gens l'étaient moins, un monde fait de papier et d'ombres, loin de lui, d'elle, d'eux, expulsé du Jardin.

Oui, j'étais plus âgée maintenant, je faisais ce que je voulais, comme boire du cognac à deux heures du matin, par exemple. J'avais une inexplicable affection pour les minibars et leurs minibouteilles. Je n'osais pas allumer mon ordinateur portable et perturber l'obscurité. Mazen chérissait son sommeil. Il fallait que je fasse tout sans bruit. J'aurais adoré faire une promenade dans la nuit noire, aérer mes angoisses moisies, mais je ne pensais pas pouvoir m'habiller sans réveiller mon frère. Je ne pouvais rechigner devant l'offre qu'il avait faite au couple de jeunes mariés, mais j'aurais préféré qu'il soit dans sa chambre à lui. Mes pensées pouvaient se déployer, rôder et vagabonder bien plus facilement quand j'étais seule.

« Tu n'arrives pas à dormir ? l'ai-je entendu dire d'une voix endormie.

— Je dors, ai-je dit. Tu rêves. »

Une fois de plus il a ri de cette blague pas drôle que nous faisions depuis plus de cinquante ans. Son rire me ravissait. Le mien a suivi. Et ça a gloussé, et gloussé. Il était la vague et moi ses embruns.

« Bon, je suis réveillé maintenant, a-t-il dit.

— Rendors-toi. »

Il était bel et bien réveillé. Je ne connaissais personne capable de passer aussi vite que lui de l'innocence du sommeil à l'état de veille.

La fenêtre cliquetait doucement, annonçant une autre tempête. Le faux figuier rampant à côté frissonnait dans son pot, ses feuilles en plastique bruissaient. J'ai essayé de clore la fenêtre plus fermement mais n'ai pas pu la faire bouger.

« As-tu décidé du moment où tu allais le faire ? a-t-il demandé.

— C'est elle qui a décidé, ai-je dit. Demain matin ou ce matin. »

J'ai pris une autre gorgée de cognac, qui m'a réchauffée, atténuant la tension dans les muscles de ma nuque. Une deuxième gorgée a fait fondre l'enchevêtrement d'émotions prises dans ma gorge, ou dans mon cœur.

« As-tu tout ce qu'il te faut ? a-t-il demandé. Est-ce que tu as besoin de quelque chose ?

— Non, tout est déjà sur place.

— Vraiment ?

— Oui, ai-je dit. L'essentiel c'est la chaufferette. »

J'ai terminé mon cognac, suis retournée à mon empreinte de mon côté du lit et j'ai perdu connaissance peu après. J'ai dormi comme une morte.

Dire au revoir en syrien, mode d'emploi

Le soleil avait du mal à transpercer les nuages. Il paraissait affaibli, comme si l'effort l'avait épuisé, un disque pâle dans le ciel. J'ai été étonnée et contente de voir qu'Emma nous attendait, Mazen et moi, à l'entrée du camp de Kara Tepe. J'avais pensé qu'elle sécherait la procédure, pour ne réapparaître qu'après et s'occuper de l'aspect administratif et de l'organisation des obsèques, comme elle l'avait promis. Elle était resplendissante, plus que d'habitude, magnifiquement maquillée, en particulier grâce au trait au crayon bleu traçant le contour du fard à paupières. Plus éblouissante que le soleil ce matin. On l'aurait dite à jamais épargnée par le péché originel, citoyenne de son propre jardin, nullement concernée par la Chute.

« Je suis ici si tu as besoin de moi, a-t-elle annoncé. Oublie ce que je t'ai dit hier. Je peux aider. »

Je l'ai remerciée. Elle serait d'une grande aide. Je lui ai assuré que j'avais tout ce dont nous avions besoin et que j'avais confirmé les détails la veille, dans l'après-midi, avec Sumaiya, qui à ce moment-là n'était consciente et cohérente que par intermittence.

Kara Tepe se voulait un camp de réfugiés plus humain que Moria, mais la principale différence visible c'étaient les barrières : du fil de fer concertina à Moria, et à Kara Tepe, du barbelé trois brins, plus commun. Quelqu'un avait lancé une paire de chaussures de bébé nouées ensemble sur un des fils acérés, celui du milieu. Je n'arrivais plus à me souvenir si cela voulait dire qu'un bébé était né ou si c'était simplement un porte-bonheur. Mazen m'a rappelé que quand on était enfants, à Beyrouth, on voyait des chaussures de bébé nouées à l'arrière des taxis, ce devait donc être une façon de se prémunir contre le mauvais œil. Sous les chaussures, du linge était accroché au grillage avec des pinces à linge. Il y avait aussi des sacs en plastique fourrés dans des sacs en plastique, formant des nuages qui semblaient sur le point de rejoindre les membres de leurs familles, là-haut. Une rafale de vent a agité les chaussures de bébé comme un pendule. Ou comme une faux.

Un groupe bruyant de garçons préados est passé en courant, pour s'arrêter juste devant la barrière, ils étaient sept, tous vêtus de haillons couleur cendre. Deux d'entre eux ont essayé d'engager la conversation avec une fille plus jeune, mais elle n'a rien voulu entendre. Au milieu d'un tel groupe, elle avait quelque chose de majestueux, on aurait dit une enfant d'Aphrodite en personne. Elle s'est éloignée des garçons, les hauts de ses bottes en caoutchouc se frottant l'un à l'autre en un doux chuintement. En l'espace de quelques secondes, les garçons se sont mis à ramasser au sol des cailloux et du gravier qu'ils ont lancés en direction des chaussures de bébé. Le niveau sonore a augmenté quand bien même pas un seul projectile ne touchait sa cible. La petite, dans son monde à elle, sur sa propre petite île, examinait la terre mouillée devant elle. Elle avait sur elle des couches et des couches de vêtements ayant jadis appartenu à d'autres enfants. Son visage s'est éclairé, on aurait dit qu'elle venait d'avoir une idée de génie. Tout sourire, elle a enfoncé son pied dans la terre glaise gorgée d'eau, puis l'a retiré et a admiré en jubilant son œuvre d'art. Une botte en caoutchouc boueuse, l'autre pas. Un sac en plastique jaune s'est envolé au-dessus de la barrière et a atterri à ses pieds. Elle a levé sa botte crottée pour l'écraser, mais une bourrasque a fait décoller le sac avant qu'elle ait le temps de mettre son plan à exécution.

J'ai sorti mon smartphone pour voir l'heure qu'il était, pas encore neuf heures. Une goutte d'eau a atterri dessus, une tempête composée d'une seule goutte, qui s'est dissipée en laissant une traînée sur l'écran. L'air apporterait bientôt une sensation de fraîcheur, moins de putréfaction, mais pas d'odeur de pluie ici, pas de pétrichor, pas dans le camp.

Dans la tente médicale, Sammy était seul avec sa femme. Il était assis à côté du lit, penché en avant, lui tenant la main. Il lui chuchotait à l'oreille. Je n'avais pas besoin d'entendre ce qu'il était en train de dire pour comprendre que c'étaient des paroles tendres. Dès que Sumaiya nous a vus, elle a laissé échapper : « J'ai mal et j'ai froid. » Elle l'a dit fort et sur un ton empressé – autrement dit d'une manière très peu naturelle, or ce n'était pas comme cela que je lui avais demandé de faire.

Sammy s'est relevé d'un saut, front plissé, ses sourcils broussailleux se rejoignant comme s'ils compatissaient. Avait-elle besoin d'une autre couverture ? La chaufferette ne suffisait-elle pas ? Devait-il aller remplir la bouillotte ? Je n'en avais pas vu de ce genre depuis une éternité, depuis que j'avais quitté le Liban, tant d'années auparavant. Sammy a expliqué que quelques minutes après mon départ, hier après-midi, Sumaiya en avait demandé une. Certes, la chaufferette était peut-être plus moderne, mais elle avait l'impression qu'elle ne la réchauffait pas comme le ferait une bonne vieille bouillotte. Ils n'en avaient pas trouvé dans le camp, alors un des jeunes volontaires américains s'était rendu en voiture dans le centre de Mytilène et lui en avait acheté une.

« Un garçon si bien élevé », a dit faiblement Sumaiya. Elle n'utilisait pas le masque à oxygène, se servait uniquement de la canule. « Sympathique et gentil. » Elle avait meilleure mine ce matin, était plus vive, mais ses yeux félins étaient jaune beurre, les cernes en dessous couleur noyau de pêche et sa peau livide, on l'aurait dite sortie d'une cuve de talc. « Il a payé de sa poche la bouillotte et a refusé qu'on le rembourse.

— On a essayé de lui donner de l'argent, a dit Sammy, mais il n'en a pas voulu, comme s'il était syrien, l'un des nôtres.

— Il ne pourrait pas être des nôtres, a dit Sumaiya, pas avec des cheveux tressés comme ça. »

Sur la table à côté du lit de Sumaiya, quelqu'un avait posé un petit pot de violettes africaines, un bouquet de minuscules visages jaunes dans des corps mauves. D'où provenait un tel luxe vivant ?

Je lui ai demandé où elle avait mal, ce qui était le signal pour que Mazen propose que Sammy et lui sortent afin que je puisse examiner Sumaiya plus intimement. Je leur ai demandé de ne pas trop s'éloigner. Dès qu'ils sont sortis de la tente, Sumaiya m'a confié qu'elle était prête. J'ai demandé si elle était sûre que c'était ce qu'elle souhaitait. Emma a murmuré que nous devions en être certaines.

« Je veux le faire avec la bouillotte, a dit Sumaiya, pas la chaufferette. Ça marchera tout aussi bien, n'est-ce pas ?

— Avez-vous dit au revoir à vos filles ? » ai-je demandé.

Oui, deux fois, hier et ce matin. Elle ne souhaitait pas que les petites voient son cadavre.

« Êtes-vous sûre de ne pas vouloir le dire à Sammy ? Vous ne voulez pas qu'il soit ici ? »

Il se sentirait trop coupable. Il s'inquiéterait qu'elle n'aille pas au paradis pour avoir voulu mettre fin à sa vie. Et elle ne voulait pas qu'il la voie agoniser. Elle a demandé si tout était prêt pour que sa famille puisse poursuivre son voyage, tous les documents signés, tout organisé, l'enterrement, les funérailles. Avions-nous quelqu'un qui pourrait laver sa dépouille ? Je lui ai expliqué que si tout se passait comme prévu, sa famille quitterait l'île demain ou après-demain au plus tard, et serait à Malmö, la ville natale d'Emma, d'ici une semaine tout au plus.

« Dites-lui de veiller sur eux, a dit Sumaiya en prenant la main d'Emma. Dites-lui de veiller sur les miens et je veillerai sur les siens. »

Emma a craqué, s'est mise à brailler. J'ai commencé à m'inquiéter que quelqu'un de l'extérieur l'entende. Elle s'est penchée en avant et a pris Sumaiya dans ses bras, la serrant si fort que la malade a dû dire : « Stop, je n'ai pas envie de mourir étouffée. » Il m'a fallu une seconde pour saisir la plaisanterie et rire. J'étais contente. J'avais eu peur que Sumaiya ne soit pas tout à fait lucide.

Le bruit de l'orage et de la pluie croissait. J'espérais que Sammy et Mazen avaient trouvé un abri.

Emma a appuyé sur la bouilloire électrique pour faire chauffer l'eau. J'ai sorti quatre patchs de fentanyl, cent microgrammes chacun, mais n'en ai préparé que trois. Cela devait être suffisant pour une dépression respiratoire.

« Cela devrait atténuer la douleur, lui ai-je dit. Vous allez vite vous sentir à l'aise. Je vais vous les mettre dans le dos. »

Était-il possible que je les lui colle devant ? Elle voulait câliner la bouillotte en regardant vers le ciel, vers Dieu et ses cieux.

J'ai retiré les couvertures. Emma et moi avons soulevé les épaules de Sumaiya pour défaire sa blouse. Son foie était protubérant sous les côtes et atrocement ferme au toucher. On aurait dit qu'elle était enceinte. J'ai placé les trois patchs le long de son abdomen puis lui ai remis sa blouse. Emma lui a tendu la bouillotte en plastique à l'ancienne. Sumaiya l'a prise, l'a calée par-dessus les patchs de fentanyl en souriant. Emma et moi avons remonté les couvertures.

« Vous n'avez pas à vous inquiéter, ai-je dit à Sumaiya. Comme je l'ai expliqué hier, vous aurez un peu l'impression de flotter, vous serez comme bercée sur notre Méditerranée par temps calme. Vous allez avoir de moins en moins mal, et votre respiration va ralentir. C'est simple. Je serai tout le temps à côté de vous. »

Je m'apprêtais à m'asseoir quand j'ai remarqué de la panique dans ses yeux.

« Et Sammy ? a-t-elle dit. J'ai besoin qu'il soit ici. Je ne peux pas partir sans lui ici. »

J'ai demandé à Emma de le trouver et dès qu'il est revenu dans la pièce, sa femme a gloussé. J'ai cru qu'elle voulait dire quelque chose, mais elle a juste fait un grand sourire, comme si elle avait vu un ange. Tout son corps a exhalé un soupir de soulagement. Sammy a pris la chaise sur laquelle j'avais prévu de m'asseoir.

« Tu vérifieras que la petite se met en pyjama quand tu lui demandes », a dit Sumaiya à son mari.

L'orage s'est arrêté, la pluie s'est arrêtée.

Je me suis reculée. Emma se tenait à l'entrée de la tente, une sentinelle en larmes. Comme venus de nulle part, les doigts de Mazen se sont entrelacés dans les miens. Ensemble nous avons regardé Sammy recommencer le murmure. De l'index, il a écarté le foulard de sa femme, pour que ses lèvres aient un accès libre à son oreille.

Dire bonne nuit en libanais, mode d'emploi

La nuit, c'était la nuit sur Lesbos ; elle effaçait toute couleur. Hormis le centre de Mytilène, peu de choses étaient éclairées. En regardant par la fenêtre, je ne voyais rien de la Méditerranée. Je pouvais imaginer qu'il n'y avait rien là, une vaste étendue d'oubli. La vitre reflétait simplement la chambre d'hôtel bien éclairée, la fenêtre transformée en un miroir nullement embrumé par ce qu'il y avait derrière. Le monde derrière c'était moi – enfin moi et Mazen, car il venait de sortir de la salle de bains, déjà en pyjama.

« Qu'est-ce que tu regardes ? a-t-il demandé.

— Moi.

— Voilà qui nécessite une sérieuse réflexion. » Le reflet dans la fenêtre évoquait un tableau, *Lesbos Gothic*, un frère et une sœur, lui sans la fourche. « Est-ce que ça va ? a-t-il demandé.

— Oui, ça va, ai-je répondu. Rien n'a changé depuis la dernière fois que tu as posé la question, il y a cinq minutes. »

Il était inquiet parce que je lui avais dit que je n'avais encore jamais rien fait de tel, que je n'avais encore jamais aidé un patient atteint d'un cancer en phase terminale à mettre fin à sa vie. Je lui avais demandé s'il pensait qu'avoir de l'expérience apaiserait le tourment post-euthanasie du médecin, si tourment il y avait. Je n'en étais pas sûre. Cela pouvait-il un jour devenir habituel ?

« Tout s'est déroulé exactement comme tu as dit que ça se déroulerait, a fait remarquer Mazen, posant son bras sur mon épaule. Je dois reconnaître que je suis impressionné.

— C'est mon métier. Je suis censée savoir comment se comporte un corps.

— Moi je suis censé savoir comment se comporte la Bourse, a-t-il dit, mais elle ne fait jamais ce que je lui demande. Je n'arrive pas à croire que les gens soient plus prévisibles que les marchés financiers.

— Les corps le sont, ai-je dit. Pas les gens. »

Je n'allais pas mal. Ce n'étaient pas des troubles post-euthanasie, peut-être un peu d'agitation. Sumaiya était morte paisiblement, sans souffrir, et plutôt rapidement, comme elle l'avait souhaité. Je n'étais pas certaine d'avoir suivi à la lettre ce que j'avais juré de faire, ne savais pas si j'avais bien fait ou mal fait, mais je savais que, dans l'esprit, j'avais respecté son souhait. Hippocrate n'aurait pas de quoi se retourner dans sa tombe.

« Couchons-nous, a dit Mazen. La journée a été longue.

— Je ne devrais pas, ai-je dit. J'aimerais parler à ma femme, la vraie. Pas toi. »

Il voulait que je lui tienne compagnie au lit jusqu'à ce qu'il soit l'heure d'appeler Francine ou qu'il s'endorme. Nous allions regarder un film sur sa tablette.

« Tu crois que les jeunes mariés apprécient toujours leur chambre ? ai-je demandé.

— Absolument, mais pas autant que nous. »

Je me suis étendue sur le flanc, face à la fenêtre obscure, la couverture remontée jusqu'au cou. L'oreiller était trop mou et il a fallu que je prenne les deux. Mazen, calé dans mon dos, avait placé sa tablette devant moi. Il fallait que je la tienne. Il a placé sa tête à côté de la mienne, afin de pouvoir regarder le petit écran. Je retombais en petite enfance. Mon système nerveux central sécrétait de minuscules anges réconfortants qui parcouraient les axones de mon être.

« J'ai l'impression d'être en terrain connu », a-t-il dit.

L'euphorie n'a pas duré. Exactement comme nous le faisions quand nous étions petits, nous avons commencé à nous disputer. Quel film allions-nous regarder ? Pas de film où ça défouraille non-stop pour moi, pas de film prise de tête pour lui. J'étais trop girly, lui trop bête. Nous n'avons pas eu à nous décider parce que Francine a appelé. Nous avons répondu sur la tablette, et elle nous a vus en flagrant délit.

Sur l'écran, son visage est apparu, lumineux, épanoui. Elle venait juste de se réveiller, il était cinq heures du matin à Chicago, trop tôt, même pour elle. L'halogène de son côté à elle de notre lit était la seule lumière dans la pièce.

« Vous m'avez l'air bien installés, a-t-elle dit.

— Dommage que tu ne sois pas là, a dit Mazen. Un câlin à trois c'est mon fantasme ultime.

— Je n'arrivais pas à dormir, a-t-elle dit. J'étais inquiète.

— Il n'y avait pas de quoi, ai-je dit. Je tiens le coup.

— Tu fais mieux que tenir le coup, on dirait. Tu sembles heureuse.

— Ah bon ? Ça, je n'en suis pas sûre.

— Tu es rayonnante, a dit Francine.

— On se disputait pour savoir quel film on allait regarder.

— Tais-toi et écoute ! a-t-elle dit. Cela fait des années que je n'ai pas vu cette expression sur ton visage. Je ne sais même pas à quand remonte la dernière fois que je t'ai vue aussi heureuse, ce qui me rend encore plus heureuse. Tu me manques et ce gros benêt sur toi me manque aussi. Rentre à la maison. »

Le plongeon

Trois mois après Lesbos, tu étais avec nous à Chicago – enfin à Evanston, pour être précise. Tu avais accepté de donner dix semaines de cours à Northwestern. Tu allais finalement passer huit de ces dix semaines dans notre chambre d'amis. Tu ne supportais pas le meublé que l'université avait mis à ta disposition, trop banal, trop beige, trop mort. Pas une touche de couleur pour mettre en péril le neutre. Tes chats te manquaient, disais-tu, alors il fallait que tu câlines les nôtres. Ton psy te manquait, alors tu avais besoin de t'allonger sur notre canapé, la tête sur les genoux de Francine, à te plaindre de tout et du temps froid. Les recruteurs de l'université t'avaient piégé en te disant qu'à Chicago le printemps était plus chaud. Ce que tu n'avais pas saisi, c'est que plus chaud ne voulait pas dire chaud. Il y avait toujours de la neige en avril, simplement il y en avait un peu moins qu'en hiver. Et tu geignais. Et tu te plaignais. Comme à ton habitude, tu semblais à tout instant sur le point d'exploser.

Tu as jeté à la corbeille le roman que tu étais en train d'écrire sur les réfugiés syriens et en as commencé un sur ce qui t'était arrivé quand tu avais essayé d'aider les réfugiés syriens, des pages et des pages que tu froissais et jetais dans le puits sans fond du désespoir. Qu'est-ce qui te possédait pour que tu tentes d'écrire cela ? Que croyais-tu avoir accompli ? Cherchais-tu une forme d'absolution, espèce d'imbécile ? Tu es allé à Lesbos et tu t'es effondré ou, comme disent les jeunes, tu as grave craqué. As-tu cru qu'écrire sur cette expérience t'aiderait à comprendre ce qui s'était passé ? Tu t'accroches encore à des notions romantiques sur l'écriture, comme quoi tu seras capable de démêler les choses, de comprendre la vie, comme si la vie était compréhensible, comme si l'art était compréhensible. Quand est-ce que l'écriture t'a expliqué quoi que ce soit ? L'écriture n'impose pas une cohérence à un récit discordant. Tu savais cela, c'est toi qui me l'as dit. Et pourtant, tu as cru que ce roman serait comme par magie imprégné de tes rêves de répit. Quand bien même aucun des romans que tu avais écrits avant ne t'avait aidé de quelque manière que ce soit, celui-ci, as-tu cru, allait soigner ta douleur. Tel un fidèle analysant, tu as cru qu'en travaillant dur, en travaillant assez longtemps, tu tomberais sur l'indice qui résoudrait l'énigme, l'unique clé qui ouvrirait ton mystère. Les clés, si tant est qu'elles existent, mon chéri, on ne les trouve pas en littérature.

Pourquoi t'y es-tu accroché pendant si longtemps ? As-tu cru que si tu écrivais sur les réfugiés syriens, le monde les regarderait différemment ? Espérais-tu que les lecteurs compatiraient ? Qu'ils se mettraient pendant quelques heures dans la peau d'un réfugié ? Comme si c'était une espèce de panacée. Tu espérais toujours, quand bien même cela ne s'était jamais produit. Au mieux, tu aurais écrit un roman qui aurait été un palliatif affectif pour des couples de la banlieue résidentielle. Pendant quelques instants, ils auraient réalisé combien c'était atroce pour ces réfugiés. Ils se seraient offusqués sur les réseaux sociaux pendant dix minutes. Et puis ils se seraient resservi un verre de chardonnay. La compassion c'est très surfait.

Tu maugréais au sujet de ton roman. Ceci ne marchait pas, cela était pire que tout. Francine te caressait les cheveux. J'ai cru au début qu'elle n'écoutait pas car pleurnicher est ta façon naturelle d'être au monde et elle lisait un livre, le tenant dans l'autre main. De sa voix calme habituelle, elle a demandé : « As-tu envisagé d'écrire sur un couple américain de la banlieue résidentielle pour venir en aide aux réfugiés syriens ? Si tu faisais du bon boulot, des réfugiés syriens pourraient se mettre dans la peau d'Américains, enfiler leurs Cole Haan, compatir à leur ennui et leurs angoisses. Je parie qu'Asma adorerait un livre comme ça. »

Tu t'es redressé d'un coup, nous surprenant tous les trois. Tu lui as demandé de répéter ce qu'elle venait de dire, mais elle ne l'a pas fait.

Tu m'as dit qu'il fallait que j'écrive mon histoire. Peut-être que moi j'arriverais à tirer au clair ce qui se passait puisque toi manifestement tu n'y arrivais pas. Tu te retirais. Cette histoire d'écriture n'était pas pour toi. Je pourrais tenter le coup. Tu n'écrirais pas une phrase de plus, pas un mot. Tu détestais l'écriture plus que toute autre chose. Tu pouvais retourner travailler dans une quincaillerie. Ou tu écrirais un roman sur un Frankenstein libanais qui crée un monstre en assemblant des parties de corps appartenant à des victimes d'attentats-suicides, un bras gauche chiite, un bras droit sunnite, peut-être un cerveau catholique, un cœur druze. Oh, tu pourrais le faire. Ça pourrait marcher. Question luttes internes, on serait servi. Ou tu pourrais écrire un roman sur un Arabo-Américain de deuxième génération qui ne parle pas bien arabe mais se fait néanmoins engager comme interprète par le FBI et réussit à royalement tout foutre en l'air. Tu pourrais t'amuser avec celui-là. Une farce, oui, tu pourrais faire quelque chose dans ce goût. Tu as lancé idée sur idée, toutes plus extravagantes les unes que les autres, avant d'y renoncer. Tu allais abandonner. Ou bien écrire un autre roman. Non, tu ne pourrais plus jamais écrire sur les réfugiés syriens. C'était à moi de m'y coller, as-tu dit. Peut-être pourrais-je comprendre ce qui se passait, as-tu dit, élucider le mystère et trouver la clé. Peut-être arriverais-je à assumer mon passé et soigner mes blessures. Toi, toujours aussi délirant.

Il fallait que j'écrive, as-tu insisté.

Je n'étais pas écrivaine, ai-je dit. Je ne pouvais pas le faire.

Alors tu as plongé.

Remerciements

Des parties de la section « Saluer son frère, mode d'emploi » ont paru sous une forme légèrement différente sur le site du *New Yorker*.

Des parties de la section « Au-delà de l'arc-en-ciel » et « Rendre jaloux Liberace, mode d'emploi » ont préalablement été publiées dans un essai intitulé « Hope and Home » dans *Freeman's*.

La section « Salut à toi, ô puissant Harold » a préalablement été publiée, sous une forme différente, dans le livre *Bound to Last : 30 Writers on Their Most Cherished Book.*

Je suis redevable à beaucoup de gens qui m'ont aidé pour ce livre :

aux médecins qui ont eu la gentillesse de répondre à tant de questions : Yana Najjar, Ethan Schram, Sophie Gadeon, Peter Pollack et Fatima Karaki ;

à Susan Stryker, qui m'a aidé pour toutes les questions liées aux trans et pas que, loin de là ;

à ceux qui m'ont montré la bonne direction et m'ont aidé à me lancer : Lina Sergie Attar, Lina Sinjab, Lina Sergie Atassi, Laure Chedrawi, Tony Chakar, Anissa Helou, Kim Ghattas, Zora O'Neill, Jeanne Carstensen, Marsha Williams, Brad Adams, Sarah Schulman et Damian Ardestani/XOV ;

à Alia Malek, Marwan Hisham, Molly Crabapple et Rania Abouzeid, pour avoir écrit des livres qui ont nourri celui-ci ;

à ceux qui ont lu les premiers brouillons du manuscrit : Raja Haddad, Reese Kwon, Naheed Bashir, William Zimmerman, Oscar Villalon et Pamela Wilson ;

à Joy Johannessen pour son aide éditoriale précoce ;

à Elisabeth Schmitz, Deb Seager, John Mark Boling et tout le monde chez Grove ;

à Duvall Osteen, Grace Dietshe, Maya Solovej et tout le monde chez Aragi ;

à Nicole Aragi, bien sûr ;

et surtout, à tous les Syriens qui ont eu la générosité de me raconter leurs histoires, qui ont eu la gentillesse de me consacrer du temps, qui m'ont toujours offert du thé sucré.

*

[Le traducteur remercie chaleureusement Daniel Levin Becker pour ses lumières.]

Dernières parutions

Domaine étranger

Alexandra Andrews
L'Énigmatique madame Dixon

M. J. Arlidge
60 minutes

Anja Baumheier
La Liberté des oiseaux

Lesley Kara
Le Défi

Lydia Millet
Nous vivions dans un pays d'été

Ariana Neumann
Ombres portées

Ingrid Persaud
Love After Love

Olivia Potts
Une année douce-amère

Esther Safran Foer
Sachez que nous sommes toujours là

Alexis Schaitkin
Un si joli nulle part

Nancy Tucker
Le Premier Jour du printemps

Rosa Ventrella
Béni soit le père

Domaine français

Catherine Bardon
Un invincible été

Caroline Laurent
Rivage de la colère

Osvalde Lewat
Les Aquatiques

Marie-Diane Meissirel
Les Accords silencieux

Ivan Nabokov et Philippe Aronson
La Vie, les gens et autres effets secondaires

Grégory Nicolas
Les Fils du pêcheur

Roland Perez
Ma mère, Dieu et Sylvie Vartan

Emmanuel Pierrat et Joseph Vebret
Ernestine ou la Justice

Julie Printzac
Guetter l'aurore

Anne de Rochas
La Femme qui reste

Akli Tadjer
D'amour et de guerre

FSC
www.fsc.org
MIXTE
Papier issu de
sources responsables
FSC® C003309

L'éditeur de cet ouvrage s'engage dans une démarche
de certification FSC® qui contribue à la préservation
des forêts pour les générations futures.

Pour en savoir plus :
www.editis.com/engagement-rse/

Achevé d'imprimer par
Normandie Roto Impression s.a.s.
N° d'impression : 2201271
Imprimé en France